2024

Abitur

Original-Prüfungsaufgaben
mit Lösungen

Gymnasium · Gesamtschule NRW

Deutsch LK

STARK

17. neu bearbeitete und ergänzte Auflage
www.stark-verlag.de

Inhalt

Abiturprüfungsaufgaben 2023

Aufgaben 2023 .... **www.stark-verlag.de/mystark**

Sobald die Original-Prüfungsaufgaben 2023 freigegeben sind, können sie als **PDF** auf der **Plattform MyStark** heruntergeladen werden. Den Zugangscode finden Sie vorne auf der Umschlaginnenseite.

Autorinnen und Autoren:
Rainer Koch (Herausgeber, Hinweise und Tipps)

Andreas Baridis (Übungsaufgabe 1), Jennifer Hermann (Übungsaufgabe 2), Claudia Mutter (Übungsaufgabe 3), Dr. Ulrich Vormbaum (Übungsaufgabe 4), Petra Wurm (Übungsaufgabe 5), Regina Esser-Palm (Übungsaufgabe 6), Christian Heigel (Übungsaufgabe 7), Dr. Stefan Metzger (Übungsaufgabe 8)

Lösungen 2020: Dr. Hans-Friedrich Wessels (Aufgabe 1), Lothar Adam (Aufgabe 2)
Lösungen 2021: Ellen Schindler-Horst (Aufgabe 3)
Lösungen 2022: Regina Esser-Palm (Aufgabe 1), Redaktion (Aufgabe 2), Dr. Peter Peters (Aufgabe 3)

Vorwort

Liebe Abiturientinnen und Abiturienten,

der vorliegende Band hilft Ihnen bei der gezielten und optimalen Vorbereitung auf die **schriftliche Abiturprüfung 2024** im Fach **Deutsch**.

Das einführende Kapitel „**Hinweise und Tipps**" …

- informiert Sie über die offiziellen Vorgaben und macht Sie mit den im Deutschabitur möglichen Aufgabenarten vertraut.
- liefert praktische Tipps, wie Sie bei der Bearbeitung der Aufgaben am besten vorgehen, und enthält eine Liste mit gängigen Operatoren.

Der anschließende **Trainingsteil** …

- bietet Ihnen **Übungsaufgaben** im Stil der Prüfung – passend zu den **thematischen Vorgaben für 2024**.
- enthält eine Auswahl von **Original-Prüfungsaufgaben** aus den **Jahren 2020 bis 2022**, die Ihnen zeigen, was im Abitur auf Sie zukommt.
- gibt Ihnen konkrete **Hinweise und Tipps**, wie Sie die verschiedenen Aufgaben bewältigen können.
- führt Ihnen anhand von **ausformulierten Lösungen** unserer Autorinnen und Autoren vor Augen, wie ein mustergültiger Aufsatz geschrieben sein könnte.

Lernen Sie gerne am PC, Tablet oder Smartphone? Auf der **Plattform MyStark** haben Sie Zugriff auf:

- aktuelle **Original-Prüfungsaufgaben 2023** mit Lösungsvorschlägen
- ein **interaktives Grundlagentraining** zur Analyse von literarischen und pragmatischen Texten
- **Erklärvideos** zur Veranschaulichung der Textanalyse

Sollten nach Erscheinen dieses Bandes noch wichtige Änderungen in der Abiturprüfung 2024 vom Kultusministerium bekannt gegeben werden, finden Sie aktuelle Informationen dazu im Internet unter: *www.stark-verlag.de/mystark*.

Wir wünschen Ihnen eine effektive Abiturvorbereitung und eine erfolgreiche Prüfung!

Der Herausgeber, die Autor*innen und der Verlag

Hinweise zu den digitalen Zusätzen

Auf alle digitalen Zusätze können Sie online über die Plattform **MyStark** zugreifen. Ihren persönlichen Zugangscode finden Sie auf der Umschlaginnenseite.

PDF der Original-Prüfungsaufgaben 2023

Sobald die Original-Prüfungsaufgaben 2023 freigegeben sind, können Sie sie als PDF auf der Plattform MyStark herunterladen. Die entsprechende Datei finden Sie auf MyStark im Bereich „Originalprüfung 2023".

Erklärvideos

Mehr Sicherheit im Umgang mit Texten: **Erklärvideos** veranschaulichen, auf welche Aspekte bei der Erschließung litererarischer und pragmatischer Texte zu achten ist und wie man diese herausarbeitet.

Zu folgenden Themen sind Erklärvideos enthalten:

- Epische Texte analysieren
- Lyrische Texte analysieren
- Sachtexte analysieren

Interaktives Grundlagentraining

Das Online-Training **stärkt Ihre Kompetenzen** im Umgang mit verschiedenartigen Texten. Alle Aufgaben können direkt am PC oder Tablet bearbeitet werden. Sie erhalten dann sofort eine Rückmeldung zu Ihren Antworten.

Unter anderem werden diese Fertigkeiten durch kleinschrittige und abwechslungsreiche Aufgaben trainiert:

- Inhalt und Struktur von Texten herausarbeiten (Sachtexte, literarische Texte)
- sprachlich-stilistische Gestaltungsmittel bzw. die Leserlenkung untersuchen
- Figuren charakterisieren
- Motive und Themen analysieren
- Deutungsansätze entwickeln

Hinweise und Tipps

1 Grundlagen

1.1 Allgemeines

Die Aufgaben für die schriftliche Abiturprüfung werden in Nordrhein-Westfalen zentral vom Ministerium für Schule und Weiterbildung gestellt. Wesentliche Grundlage hierbei sind der Kernlehrplan Deutsch für die Sekundarstufe II Gymnasium/Gesamtschule sowie die jährlich vom Ministerium neu festgelegten thematischen Fokussierungen. Die Aufgaben für die mündliche Abiturprüfung hingegen werden weiterhin dezentral von der jeweiligen Schule entwickelt.

Alle für Sie wichtigen Informationen zur Prüfung finden Sie in den anschließenden Hinweisen. Im Internet können Sie sich auf den Seiten des Schulministeriums Düsseldorf ergänzend informieren:

www.standardsicherung.schulministerium.nrw.de/cms/zentralabitur-gost/faecher/fach.php?fach=1

1.2 Termine

Hinweise zu den Abiturterminen finden Sie hier: *https://www.standardsicherung.schulministerium.nrw.de/cms/zentralabitur-gost/termine/termine-2024*

1.3 Zeitrahmen

Bei den zentralen Abiturprüfungen im Fach Deutsch werden Ihnen vier verschiedene Aufgaben vorgelegt, von denen Sie eine zur Bearbeitung auswählen müssen. Für die Auswahl der Aufgabe und für die Anfertigung der Arbeit stehen Ihnen im Leistungskurs 315 Minuten zur Verfügung.

1.4 Ausrichtung der Abituraufgaben

Die Abituraufgaben entsprechen folgenden ministeriellen Vorgaben:

1. Die **inhaltlichen Schwerpunkte** beziehen sich auf die vier Halbjahre der Qualifikationsphase (Q 1 und Q 2) und werden ebenso wie die **Fokussierungen für das Abitur 2024** vorausgesetzt (siehe unten).

2. Die vier zur Auswahl gestellten Aufgaben greifen unterschiedliche Themen hieraus auf. Zur erfolgreichen Bearbeitung sind Kompetenzen aus unterschiedlichen Bereichen notwendig, da jede Abiturprüfungsaufgabe über einen einzelnen Schwerpunkt hinausreichende Kompetenzbezüge aufweist.
3. Die Abituraufgaben sind im Hinblick auf die konkrete Aufgabenstellung so gestaltet, dass sie von Ihnen Leistungen auf drei aufeinander aufbauenden Niveaus, den sogenannten „Anforderungsbereichen" (siehe ab S. XIX), verlangen und einer der im Kernlehrplan zugelassenen Aufgabenarten I bis IV (siehe S. IV ff.) entsprechen.

2 Unterrichtsbereiche und Aufgabenarten

2.1 „Inhaltliche Schwerpunkte" des Kernlehrplans und „Fokussierungen" im Fach Deutsch für die Abiturprüfung 2024 (im Leistungskurs)

Fokussierungen sind nur für das Inhaltsfeld **Texte** und das Inhaltsfeld **Kommunikation** festgelegt worden. Die folgende Tabelle verzeichnet diese zusammen mit den dazugehörigen Übungsaufgaben, die Sie im vorliegenden Band finden.

Inhaltlicher Schwerpunkt	Fokussierung 2024	Übungs-aufg.
Inhaltsfeld Texte		
• strukturell unterschiedliche Dramen aus unterschiedlichen historischen Kontexten	Georg Büchner: *Woyzeck*	2, 7
• strukturell unterschiedliche Erzähltexte aus unterschiedlichen historischen Kontexten	Arno Geiger: *Unter der Drachenwand*	1, 5
• lyrische Texte zu einem Themenbereich im historischen Längsschnitt	„unterwegs sein" – Lyrik vom Barock bis zur Gegenwart	3, 4
• poetologische Konzepte		
• komplexe, auch längere Sachtexte		
Inhaltsfeld Kommunikation		
• sprachliches Handeln im kommunikativen Kontext • rhetorisch ausgestaltete Kommunikation in funktionalen Zusammenhägen • Autor-Rezipienten-Kommunikation	Sprache in politisch-gesellschaftlichen Verwendungszusammenhängen: • politisch-gesellschaftliche Kommunikation zwischen Verständigung und Strategie • sprachliche Merkmale politisch-gesellschaftlicher Kommunikation • schriftlicher und mündlicher Sprachgebrauch politisch-gesellschaftlicher Kommunikation in unterschiedlichen Medien	6, 8

(Quelle: Ministerium für Schule und Weiterbildung Düsseldorf 2021)

Bei den literarischen Themen ist es hilfreich, sich als Ergänzung zum Unterricht eine **Interpretationshilfe** anzuschaffen, die vertieftes Wissen zu Inhalt und Deutung vermittelt. Im Programm des Stark Verlags finden sich folgende Interpretationsbände:

- Georg Büchner: **Woyzeck** (Titelnr.: 24042; ISBN: 978-3-8490-5665-0)
- Arno Geiger: **Unter der Drachenwand** (Titelnr.: 24931D; ISBN: 978-3-8490-4351-3)

Für die Abiturprüfung sind darüber hinaus die folgenden Inhaltsfelder mit ihren Schwerpunkten verbindlich, für die allerdings keine Fokussierungen vorgegeben sind:

Inhaltsfeld Sprache

- Spracherwerbsmodelle
- Sprachgeschichtlicher Wandel
- Sprachvarietäten und ihre gesellschaftliche Bedeutung
- Verhältnis von Sprache, Denken und Wirklichkeit

Inhaltsfeld Medien

- Informationsdarbietung in verschiedenen Medien
- filmisches Erzählen
- Bühneninszenierung eines dramatischen Textes
- kontroverse Positionen der Medientheorie

(Quelle: Ministerium für Schule und Weiterbildung Düsseldorf 2021; vgl. auch Kernlehrplan Deutsch für die Sek. II – Gymnasium/Gesamtschule in NRW)

Grundlage einer Prüfungsaufgabe des schriftlichen Abiturs können alle verbindlichen inhaltlichen Schwerpunkte dieser vier Inhaltsfelder und die Fokussierungen sein.

Eine Abituraufgabe zur Lyrik wird von Ihnen in der Regel nicht nur eine Interpretation eines Gedichts aus einer einzigen Epoche verlangen, sondern Sie z. B. auffordern, dieses aspektbezogen mit einem thematisch entsprechenden Gedicht einer anderen Epoche zu vergleichen.
Sie werden Aufgaben bekommen, die auf Kompetenzen basieren, die Sie im Unterricht im Zusammenhang mit diesen Texten erworben haben. Vorstellbar sind daher z. B.:

- eine Aufgabe mit einem Analyseauftrag zu einem dramentheoretischen Text und einem weiterführenden Schreibauftrag, der sich auf Büchners *Woyzeck* bezieht;
- die Aufgabe, zwei Rezensionen zu einem der Werke vergleichend zu analysieren;
- eine Aufgabe mit einem Analyseauftrag zu einem Text, in dem sich Georg Büchner zu seinem Werk oder zu seinem Verständnis als Schriftsteller äußert, verbunden mit einem weiterführenden Schreibauftrag, der umfassende Kenntnisse zum Werk, zum Autor oder zur jeweiligen Epoche voraussetzt;
- eine Aufgabe mit einem Interpretationsauftrag zu einem Auszug aus einem im Unterricht nicht behandelten Drama oder Roman mit anschließendem weiterführenden Schreibauftrag, der sich auf ein im Unterricht behandeltes Werk, z. B. Arno Geigers *Unter der Drachenwand,* bezieht (Voraussetzung: Beherrschen der Methode der Dramen- und Erzähltext-Interpretation, umfassende Kenntnisse der behandelten Werke sowie der jeweiligen Autoren und Epochen).

2.2 Aufgabenarten und Bearbeitungshinweise

In der Abiturprüfung 2024 werden Ihnen Aufgaben gestellt, die zu den folgenden vier Aufgabenarten gehören:

- **Analyse von literarischen Texten** (siehe unten auf dieser Seite)
- **Analyse von Sachtexten** (siehe ab S. IX)
- **Erörterung von Sachtexten** (siehe ab S. XIII)
- **Materialgestütztes Verfassen eines Textes mit fachspezifischem Bezug** (siehe ab S. XVII).

Die folgende Tabelle gibt Ihnen einen kurzen Überblick über die möglichen Varianten der **Aufgabenarten:**

I a I b	Analyse eines literarischen Textes (ggf. mit weiterführendem Schreibauftrag) Vergleichende Analyse literarischer Texte
II a II b	Analyse eines Sachtextes (ggf. mit weiterführendem Schreibauftrag) Vergleichende Analyse von Sachtexten
III a III b	Erörterung von Sachtexten Erörterung von Sachtexten mit Bezug auf einen literarischen Text
IV	Materialgestütztes Verfassen eines Textes mit fachspezifischem Bezug

2.2.1 Aufgabenart I: Analyse von literarischen Texten

Aufgabenart I bezieht sich auf die Analyse von literarischen Texten. Diese setzt fundierte Kenntnisse der im Unterricht behandelten Themen und der jeweiligen Epochen- und Textsortenmerkmale voraus.

Denkbar ist u. a. die Analyse folgender Texte:

- Auszüge aus einem Drama
- Auszüge aus einem Roman oder einem anderen epischen Text, der vor dem Hintergrund Ihrer Beschäftigung mit Geigers Roman von Ihnen analysiert werden soll,
- kurze literarische Texte,
- Gedichte, die Sie im Hinblick auf Ihre im Unterricht erworbenen Kenntnisse (z. B. zur Reiselyrik in der Romantik) analysieren können.

Hilfreiche Fragen für die Erschließung literarischer Texte

1. Aus welcher Epoche stammt der Text? Um welche Textsorte handelt es sich?
2. Wer ist der Autor? Um welches Thema handelt es sich?
3. Inhaltliche Aspekte

Epische Texte	Dramatische Texte	Lyrische Texte
Um welche handelnde(n) Figur(en) geht es? Wie werden sie charakterisiert? Wie stehen sie zueinander?	Um welche handelnde(n) Figur(en) geht es? Wie werden sie charakterisiert? Wie stehen sie zueinander?	Kommen im Gedicht Menschen vor? Tritt ein lyrisches Ich in Erscheinung? Wird jemand angesprochen?

Epische Texte	Dramatische Texte	Lyrische Texte
Wie setzt der Text/Auszug ein? Gibt es eine Einleitung oder beginnt er unvermittelt?	Wie lässt sich die Kommunikationssituation beschreiben?	Gibt es ein bestimmendes Motiv im Gedicht? Welche Stimmung wird vermittelt?
Was wird erzählt – ein Geschehen, ein innerer Vorgang, ein Gespräch etc.?	Wie lässt sich der Gesprächsverlauf genauer bestimmen? Welche Intentionen der Figuren liegen dem Gespräch zugrunde?	Was ist das Thema des Gedichts – handelt es sich beispielsweise um ein Naturgedicht oder ein Stadtgedicht, um Erlebnislyrik oder Reflexionslyrik?
In welche Sinnabschnitte lässt sich der Text untergliedern? Gibt es beispielsweise einen Spannungsbogen?	In welche Sinnabschnitte lässt sich der Text untergliedern? Gibt es beispielsweise einen Spannungsbogen?	In welche Sinnabschnitte lässt sich das Gedicht untergliedern? Wie ist seine „Architektur" (z. B. Rahmung durch Wiederholungen in erster und letzter Strophe)?
Was vermittelt der Erzähler über innere Vorgänge in den Figuren?	Wie sind die Redeanteile? Was sagen die Requisiten, die Körperhaltung und die Gestik über die Figuren bzw. die Situation aus?	Welchen Zusammenhang gibt es zwischen Gedichttitel und -text?
In welchen größeren inhaltlichen Kontext kann der Text gestellt werden (sofern es sich um einen Textauszug handelt)?	In welchen größeren inhaltlichen Kontext kann der Text gestellt werden (sofern es sich um einen Textauszug handelt)?	In welchen Publikations- bzw. Entstehungskontext kann das Gedicht gestellt werden? Ist es beispielsweise Teil eines Zyklus oder handelt es sich um ein Widmungsgedicht?

4. Gestalterische Aspekte

Epische Texte	Dramatische Texte	Lyrische Texte
Um was für einen Erzähler handelt es sich (Ich-Erzähler, personaler Erzähler, auktorialer Erzähler)?	Auf welcher Sprachebene bewegen sich die einzelnen Figuren (Umgangssprache, Fachsprache, Jargon, Vulgärsprache o. Ä.)?	Wie ist das Gedicht formal gestaltet (Strophen, Reimschema, Kadenzen, Metrum etc.)?
Weist der Text besondere erzählerische Mittel wie Perspektivenwechsel, innere Monologe, erlebte Rede oder szenisches Erzählen auf?	Weist der Text besondere dramatische Mittel wie Beiseitesprechen, Mauerschau oder Botenbericht auf?	Weist der Text besondere lyrische Mittel wie Refrains oder Verswiederholungen auf?

Epische Texte	Dramatische Texte	Lyrische Texte
Ist das Dargestellte chronologisch gereiht oder folgt es anderen Prinzipien (Rückblenden, Vorausdeutungen)? Wird zeitdehnend, -raffend oder -deckend erzählt?	Ist der Dramentext in Prosa oder in Versen verfasst? Ist er gereimt?	Welche Konnotationen haben die verwendeten Worte? Welche Assoziationen werden durch die Wortwahl geweckt?
Welche syntaktischen Kennzeichen hat der Text (z. B. hypotaktischer vs. parataktischer Stil)?	Welche syntaktischen Kennzeichen haben jeweils die Redebeiträge der Figuren (z. B. hypotaktischer vs. parataktischer Stil)?	Welche syntaktischen Kennzeichen hat das Gedicht? In welchem Verhältnis stehen Syntax und Versgestaltung (Zeilenstil vs. Enjambements)?
Welche Stilmittel verwendet der Verfasser (z. B. Bilder, Vergleiche, Metaphern, Antithesen, Klimax, Negationen, rhetorische Fragen)? Welche davon dominieren?	Welche Stilmittel verwendet der Verfasser (z. B. Bilder, Vergleiche, Metaphern, Antithesen, Klimax, Negationen, rhetorische Fragen)? Welche davon dominieren?	Welche Stilmittel verwendet der Verfasser (z. B. Bilder, Vergleiche, Metaphern, Antithesen, Klimax, Negationen, rhetorische Fragen)? Welche davon dominieren?
Welche Wirkung erzielt die erzählerische und sprachlich-rhetorische Gestaltung?	Welche Wirkung erzielt die sprachlich-rhetorische Gestaltung?	Welche Wirkung erzielt die formale und sprachlich-rhetorische Gestaltung?

5. Rezeption des Textes
   - Gibt es, z. B. in den Anmerkungen, Aussagen zur Textrezeption durch Dritte?
   - Wie reagieren Sie selbst auf den Text?

Hinweise zur Gliederung der Analyse

In Ihrer **Einleitung** zur Analyse sollten Sie kurz auf Titel, Autor, Entstehungszeit und Textsorte eingehen. Geben Sie am besten auch Ihr Text-/Themenverständnis wieder, indem Sie z. B. das Thema des zu analysierenden Gedichtes benennen. So haben Sie für die Analyse eine Arbeitshypothese.

Greifen Sie im Verlauf des **Hauptteils** wiederholt auf Ihre Arbeitshypothese zurück; Sie gelangen so im Fortgang Ihrer Ausführung zu einem zunehmend vollständigen Ergebnis. Achten Sie im Hauptteil darauf,

- dass Sie dem Text **kein starres Analyseschema** überstülpen, sondern von einer Arbeitshypothese oder von besonderen Textmerkmalen ausgehen und davon Ihre weiteren Analyseschritte ableiten;
- dass Sie die **Untersuchungsgesichtspunkte miteinander in Verbindung bringen**. So sollten Sie z. B. klären, welche rhetorischen Mittel der Autor einsetzt, um die Eigenschaften des Protagonisten besonders zu betonen;
- dass Sie den jeweiligen Aufgabenteil mit einer reflektierten Schlussfolgerung im Sinne einer vernetzten Zusammenschau der von Ihnen angeführten relevanten Aspekte abschließen.

Hinweise zur Bearbeitung

Im Verlauf Ihrer Textanalyse ist entscheidend, dass Sie keine bloße Auflistung von Textmerkmalen erstellen, sondern dass Sie die einzelnen Elemente stets hinsichtlich Ihrer **Funktion und Wirkung** hinterfragen und entsprechend erläutern.

> **Beispiel:**
> Das achtfache Vorliegen von Negationen im zweiten Abschnitt verdeutlicht im besonderen Maße die Ablehnung des Schriftstellers; die in diesem Abschnitt ebenfalls vorkommenden drei Antithesen verstärken das gemeinte positive Gegenbild, worin X die Lösung sieht.

Aufgabenart I a: Analyse eines literarischen Textes (ggf. mit weiterführendem Schreibauftrag)

Die Aufgabenarten I a und II a (siehe ab S. XI) sehen mehrheitlich einen weiterführenden Schreibauftrag vor, durch den die notwendige breite inhaltliche Anforderung auf allen drei Anforderungsebenen gegeben ist. Bei solchen Aufgaben wird in der Regel die Textanalyse einen etwas höheren Punktwert aufweisen als der weiterführende Schreibauftrag. Für die ab und zu geforderte bloße Analyse einer Textgrundlage gilt das im Folgenden zur Textinterpretation Gesagte entsprechend.

Hinweise zur Aufgabenstellung

Die Aufgabenstellung fordert die **Interpretation eines literarischen Textes**. Sie kann als allgemeiner Interpretationsauftrag an Sie gerichtet sein *(„Interpretieren Sie den vorliegenden Text.“)*, sie kann jedoch auch einen zusätzlichen Aspekt umfassen *(„Interpretieren Sie den vorliegenden Text unter besonderer Berücksichtigung der Metaphorik.“)*. In diesem Fall müssen Sie im Rahmen Ihrer Interpretation in besonderem Maße auf den genannten Untersuchungsaspekt eingehen.

Der **weiterführende Schreibauftrag** erfordert in der Regel, dass Sie sich erörternd, darlegend, erklärend und/oder deutend äußern, z. B. durch

- einen Vergleich von Rolle oder/und Verhalten einer Figur des vorgelegten Textes mit einer anderen aus dem Unterricht bekannten Figur,
- eine Verbindung zu einer im Unterricht behandelten Epoche oder zu einem im Unterricht behandelten Werk,
- eine ausführliche Stellungnahme.

> **Beispiele:**
> Erläutern Sie, welche Kritik ein Vertreter der Epoche der Klassik an vorliegendem Text geübt haben könnte.
>
> Vergleichen Sie das im vorliegenden Text zum Ausdruck gebrachte Frauenbild mit dem Bild, das in dem Ihnen bekannten Roman X von Figur Y entworfen wird.

Hinweise zur Gliederung des weiterführenden Schreibauftrages

Welche Gliederung sich beim **weiterführenden Schreibauftrag** anbietet, ist sehr aufgabenabhängig. Es sollte aber auf jeden Fall eine **aufgabenbezogene Überlei-**

tung formuliert werden. In einer reflektierten Schlussfolgerung am Ende Ihres Aufsatzes können Sie Ihre Ergebnisse bündeln.

Aufgabenart I b: Vergleichende Analyse literarischer Texte

Die vergleichende Analyse unterscheidet sich von der Analyse eines einzelnen literarischen Textes darin, dass Sie zwei Texte aspektbezogen hinsichtlich Ihrer Analyseergebnisse miteinander in Beziehung setzen und vergleichen sollen.

Hinweise zur Aufgabenstellung

Bei der vergleichenden Analyse literarischer Texte werden Ihnen zwei Texte (meistens Gedichte) vorgelegt. In der ersten Teilaufgabe interpretieren Sie den ersten Text und in der zweiten Teilaufgabe vergleichen Sie ihn mit dem zweiten Text. In der Regel werden die zu vergleichenden Aspekte vorgegeben.

> **Beispiel:**
> 1. Interpretieren Sie das erste der beiden vorliegenden Gedichte. Beachten Sie dabei besonders die Metaphorik.
> 2. Vergleichen Sie die Konzepte menschlicher Lebensführung, die in beiden Gedichten zur Sprache kommen. Berücksichtigen Sie hierbei die unterschiedlichen Entstehungszeiten.

Bei dieser Aufgabenart wird nicht verlangt, dass Sie eine Interpretation des zweiten Textes verfassen. Um den Vergleich auf feste Füße zu stellen, bedarf es gleichwohl einer vorbereitenden Erarbeitung dieses Textes, bei der Sie ein vertieftes Gesamtverständnis entwickeln. Beim zu verfassenden Vergleich kann es dann nötig sein, an der einen oder anderen Stelle Ihre Überlegungen zum zweiten Text auf dieser Grundlage textanalytisch zu untermauern, u. a. indem Sie diese mit Zitaten oder Verweisen belegen.

In den offiziellen Abituraufgaben bis zum Jahr 2022 wurde noch verlangt, dass Sie auch eine schriftliche Analyse des zweiten Gedichts verfassen. Beachten Sie beim Üben mit diesen Aufgaben, dass das nun nicht mehr der Fall ist.

Hinweise zur Bearbeitung

Einige Formulierungshilfen für die Vergleiche:

- „Während im Gedicht aus dem Barock …, betont das lyrische Ich im Gedicht der Romantik …“
- „Anders als bei Hölderlin …“ / „Im Gegensatz zu Eichendorff …“ / „Bachmann hingegen …“
- „Beide Hauptfiguren weisen einerseits eine Reihe ähnlicher Charaktermerkmale auf wie z. B. …; andererseits …“
- „Der Anfang der beiden Gedichte unterscheidet sich: Während beim ersten …, fängt das zweite unvermittelt an, indem …“
- „Anders als die Nachkriegsprosa, die durch … gekennzeichnet ist, weist die Erzählung des Expressionismus …“

Hinweise zur Gliederung
Folgende Gliederung empfiehlt sich bei dieser Aufgabenart:

1 Einleitung
2 Hauptteil
 2.1 Interpretation von Text 1
 2.2 Reflektierte Schlussfolgerung im Sinne einer vernetzten Zusammenschau
 2.3 Aufgabenbezogene Überleitung
 2.4 Aspektbezogener Vergleich von Text 2 mit Text 1
3 Schluss: Reflektierte Schlussfolgerungen im Sinne einer vernetzten Zusammenschau

2.2.2 Aufgabenart II: Analyse von Sachtexten

Aufgabenart II fordert die Analyse von Sachtexten mit überwiegend informierender, argumentierender oder appellativer Funktion. Sie lassen in der Regel weniger Deutungsspielräume zu, müssen jedoch trotzdem hinsichtlich ihrer Intention, der enthaltenen Argumentationsstruktur und des situativen Kontextbezuges interpretiert werden. Es werden Ihnen z. B. Texte vorgelegt, die sich mit Fragen der Literatur, der Sprache, der Medien oder der Kommunikation beschäftigen. Vorwiegend handelt es sich hierbei um Briefe, Rezensionen, (politische) Reden, um Zeitungsartikel oder auch um literaturwissenschaftliche Texte.

Denkbar sind z. B.:
- Rezensionen zu einer Inszenierung von G. Büchners *Woyzeck,*
- literaturwissenschaftliche Texte zu A. Geigers *Unter der Drachenwand,*
- Zeitungsartikel zum Thema *Politisch-gesellschaftliche Kommunikation*,
- dramentheoretische Texte, z. B. ein Brief, in dem sich ein Autor mit seiner Aufgabe als Dramatiker auseinandersetzt.

Hilfreiche Fragen für die Erschließung von Sachtexten

1. Welches sind Anlass, Thema, Inhalt und Intention des Textes?
2. Wer ist der Verfasser? Wer sind die Adressaten?
   Hinweise darauf sind z. B. den Anreden innerhalb des Textes und – im Falle einer Rede – den ausgewiesenen Reaktionen des Publikums zu entnehmen.
3. Inhalt und Argumentation des Textes
   - Wie geht der Verfasser vor, um wirksam zu sein?
     Besonders zu beachten sind die folgenden Elemente in ihrer Funktion/Wirkung:
     – Wovon handelt der Text? In welche Sinnabschnitte lässt sich der Inhalt untergliedern?
     – Wie ist der Text aufgebaut? Welche Argumentationsstruktur stellen Sie fest (Thesen, Argumente, Belege)?
     – Was ist die vorherrschende Funktion des Textes: Darstellung, Selbstoffenbarung/Ausdruck, Appell?

- Welche These(n) vertritt der Verfasser? Spricht er Vermutungen, Annahmen oder Überzeugungen aus?
- Enthalten die Thesen Forderungen? Falls ja: Welche Forderungen werden gestellt?
- Mit welchen Argumenten werden Thesen gestützt (z. B. Tatsachen, Gesetzmäßigkeiten, Forschungsergebnisse, Meinungen von Autoritäten oder Experten, allgemeine/persönliche Erfahrungen)?
- Mit welchen Belegen bzw. Beispielen verdeutlicht der Verfasser seine Argumente?
- Zieht der Verfasser Schlussfolgerungen?
- Wie setzt sich der Verfasser mit möglichen Einwänden auseinander?

4. Sprachlich-rhetorische Gestaltung
   - Auf welcher Sprachebene bewegt sich der Verfasser? Benutzt er Fachsprache(n), Umgangssprache, Vulgärsprache?
   - Wie lässt sich die verwendete Sprache charakterisieren? Handelt es sich um einen sachlichen Sprachstil oder ist die benutzte Sprache emotional geprägt?
   - Welche Stilmittel verwendet der Verfasser (z. B. Bilder, Vergleiche, Metaphern, Antithesen, Klimaxe, Negationen, rhetorische Fragen)?
   - Welche Wirkung soll durch die Verwendung dieser Stilmittel erzielt werden?
   - Wie lässt sich der Satzbau charakterisieren (hypotaktisch vs. parataktisch)?
   - Besitzt der Text einen appellativen Charakter?
   - Soll der Leser gegebenenfalls manipuliert werden?
5. Rezeption des Textes
   - Wie wurde der Text aufgenommen?
   - Welche Reaktionen sind zu erwarten?

Hinweise zur Gliederung der Analyse

Die oben zu 1 genannten Aspekte (Anlass, Thema und Intention des Textes) sowie zu 2 (Verfasser, Adressaten) sollten in Kurzform auch Bestandteil der **Einleitung** sein, sie werden ausführlich im Hauptteil bearbeitet.

> **Beispiel für eine Einleitung:**
> Zu seinem Brief vom ... wurde der Dramatiker ... durch die Vorwürfe seiner Familie veranlasst. Er will sich vor seinen Eltern rechtfertigen, wendet sich an seine Familie und erklärt, worin er seine Aufgabe als Dichter sieht. Besonderen Wert legt er darauf, sich von anerkannten Dichtern wie ... abzugrenzen. Sein Brief lässt die Annahme zu, dass er an das Verständnis seiner Familie appelliert.

Bei der **Analyse** (siehe die oben genannten Aspekte 3 und 4) müssen Sie darauf achten, dass Sie die Untersuchungsgesichtspunkte miteinander in Verbindung setzen und nicht nur additiv aneinanderreihen. Das bloße Aufzählen verdeutlicht z. B. nicht, aus welcher Wirkungsabsicht heraus die eine oder andere Textentscheidung vom Autor getroffen wurde.

Am **Schluss** des Analyseteils sollten Sie ein bündelndes Zwischenresümee in Form einer reflektierten Schlussfolgerung formulieren.

Hinweise zur Bearbeitung
Wichtig ist vor allem, dass Sie darauf achten, Merkmale des Textes nicht einfach nur aufzulisten. Sie müssen vielmehr stets die **Funktion bzw. Wirkung der verwendeten Elemente** hinterfragen – z. B.:

- Woran wird deutlich, dass der Verfasser weniger argumentiert als manipuliert?
- Welche Wirkung soll durch den Einsatz der rhetorischen Fragen an Stelle X des Textes hervorgerufen werden?

Da der Text in einem bestimmten **Kommunikationszusammenhang** steht, ist es erforderlich, auch diesen angemessen darzustellen. Nur auf diese Weise lassen sich Aussagen zur Funktion von Besonderheiten des Textes treffen. So ist es z. B. bei **Reden** wichtig, sowohl den zeitlichen Bezug herzustellen als auch den Zuhörerkreis zu betrachten, vor dem die Rede gehalten wurde. Machen Sie sich bewusst, dass jeder Text andere Eigenarten hat. So kann es bezogen auf den einen Text besonders wichtig sein, auf Anlass und Adressaten einzugehen. Bezogen auf einen anderen Text, z. B. den Werkstattbericht eines Autors, kann dies eher unbedeutend sein.

Aufgabenart II a: Analyse eines Sachtextes (ggf. mit weiterführendem Schreibauftrag)

Wie Aufgabenart I a (vgl. ab S. VII) sieht auch Aufgabenart II a die Möglichkeit eines **weiterführenden Schreibauftrages** vor. Bei solchen Aufgaben wird in der Regel die Textanalyse etwas höher bepunktet sein als der weiterführende Schreibauftrag: Sollte ausnahmsweise eine bloße Analyse einer Textgrundlage gefordert sein, gilt das im Folgenden zur Textuntersuchung Gesagte entsprechend.

Hinweise zur Aufgabenstellung
Die Aufgabenstellung fordert die **Analyse des Sachtextes**. Der Arbeitsauftrag beschränkt sich selten nur auf die Aufforderung *„Analysieren Sie den vorliegenden Text“*, er weist vielmehr überwiegend eine Schwerpunktsetzung auf, z. B. *„Analysieren Sie den vorliegenden Text unter besonderer Berücksichtigung der Frage, welcher Mittel der Leserlenkung sich der Verfasser bedient“*. In diesem Fall müssen Sie im Rahmen Ihrer Analyse besonders ausführlich auf diesen zusätzlichen Aspekt eingehen. Das kann z. B. dadurch geschehen, dass Sie rhetorische Mittel hinsichtlich der Wirkung, die durch sie erzielt werden soll, untersuchen und zudem erläutern, wie dadurch die Intention des Verfassers deutlich wird.

Beim **weiterführenden Schreibauftrag** sollen Sie mit Bezug zu dem in Teilaufgabe 1 analysierten Text(auszug) im Unterricht erworbene Kenntnisse einbringen und anwenden. Der weiterführende Schreibauftrag verlangt z. B.:

- ein In-Bezug-Setzen zu einem im Unterricht behandelten Werk, z. B. wenn ein literaturtheoretischer Text zur Analyse vorliegt;

  Beispiel:
  Verdeutlichen Sie, inwiefern sich die hier vertretene Position in literarischen Werken des 21. Jahrhunderts nachweisen lässt. Beziehen Sie sich dabei vor allem auf Arno Geigers „Unter der Drachenwand“.

- eine Prüfung der Aussagen des in Teilaufgabe 1 analysierten Textes auf der Grundlage der Kenntnisse zu einem im Unterricht behandelten Sachthema (z. B. „sprachliche Besonderheiten politischer Reden“);
- bei einem produktionsorientierten Auftrag: eine eigene kurze Rede zu einem bestimmten Anlass, z. B. der geplanten Namensgebung Ihres Gymnasiums im Anschluss an einen Zeitungsartikel, der sich mit der für die Neubenennung infrage kommenden Person kritisch auseinandersetzt.

Hinweise zur Bearbeitung

Die Untersuchung der Argumentation steht in der Regel im Vordergrund der Analyse. Eine Berücksichtigung der sprachlich-rhetorischen Mittel wird ebenfalls oft gefordert. Es gilt vor allem, Inhalt, Gestaltungsweise und Wirkung des Textes herauszuarbeiten und dabei alle relevanten textimmanenten Aspekte zu berücksichtigen.

Hinweise zur Gliederung des weiterführenden Schreibauftrages

Welche Gliederung sich beim **weiterführenden Schreibauftrag** anbietet, ist sehr aufgabenabhängig. Es sollte aber auf jeden Fall eine **aufgabenbezogene Überleitung** formuliert werden. In einer reflektierten Schlussfolgerung am Ende Ihres Aufsatzes können Sie Ihre Ergebnisse bündeln.

Aufgabenart IIb: Vergleichende Analyse von Sachtexten

Die vergleichende Analyse unterscheidet sich von der Analyse eines einzelnen Sachtextes nur darin, dass Sie zwei Texte hinsichtlich Ihrer Analyseergebnisse miteinander in Beziehung setzen und vergleichen sollen.

Hinweise zur Aufgabenstellung

Sie haben zwei Sachtexte zu bearbeiten, die Sie zunächst analysieren und anschließend miteinander vergleichen sollen.

Beispiel:

1. Untersuchen Sie den vorliegenden Textauszug 1 im Hinblick auf die Position des Verfassers und stellen Sie die Kerngedanken dar, mit denen er seine Position vertritt.
2. Stellen Sie dar, wie in Text 2 das Verhältnis von Welterfahrung und gegenseitigem Verstehen bestimmt wird. Vergleichen Sie die beiden Texte dahingehend, in welchen Punkten Autor A und B übereinstimmen und in welchen sie sich unterscheiden. Nehmen Sie abschließend begründet Stellung, indem Sie für eine der beiden Positionen Partei ergreifen.

Hinweise zur Bearbeitung

Einige Formulierungshilfen für den Vergleich:

- „Während Text 1 auf … abzielt, verfolgt Text 2 die Intention …“;
- „Anders als in Text 1 …“ / „Im Gegensatz zu Text 1 …“;
- „Dieser Aspekt wird im Vergleich dazu in Text 1 … thematisiert“;

- „Während in Text 1 davon ausgegangen wird, dass …, wird in Text 2 die Behauptung aufgestellt, … sei …“;
- „Anders als in Text 1 wird in Text 2 … positiv bewertet“.

Hinweise zur Gliederung
Folgende Gliederung empfiehlt sich bei dieser Aufgabenart:

1 Einleitung
2 Hauptteil
  2.1 Analyse von Text 1
  2.2 Reflektierte Schlussfolgerung im Sinne einer vernetzten Zusammenschau
  2.3 Aufgabenbezogene Überleitung
  2.4 Analyse von Text 2
  2.5 Aspektbezogener Vergleich der beiden Texte
3 Schluss: Reflektierte Schlussfolgerungen im Sinne einer vernetzten Zusammenschau

Sie sollten in der **Einleitung** den ersten Sachtext kurz im Hinblick auf Anlass, Thema, Verfasser, Intention und Adressaten vorstellen sowie das Thema benennen.

Sie müssen im **Hauptteil**

- zunächst den ersten Text im Hinblick auf die vorgegebenen Aspekte (im obigen Beispiel: *„Position des Verfassers“* und *„Kerngedanken“*) analysieren,
- danach in einer geeigneten Überleitung den zweiten Text kurz vorstellen und dann ebenfalls unter Berücksichtigung des vorgegebenen Aspektes/der vorgegebenen Aspekte analysieren (im obigen Beispiel: *„Verhältnis von Welterfahrung und gegenseitigem Verstehen“*),
- anschließend die Übereinstimmungen bzw. Unterschiede herausstellen.

Beenden Sie Ihre Ausführungen mit einem geeigneten **Schluss**.

2.2.3 Aufgabenart III: Erörterung von Sachtexten mit und ohne Bezug auf einen literarischen Text

Zentraler Bezugspunkt der Erörterung ist die differenzierte Erfassung der inhaltlichen Teilaussagen und der Argumentationsstruktur eines Sachtextes, gegebenenfalls verschiedener kurzer Sachtexte (Verstehensleistung). Daran anschließend soll die Erörterung der gestellten Problemfrage im Rahmen einer eigenständigen Argumentation erfolgen (Argumentationsleistung). Für die Erörterung gibt es meist mehr Punkte als für die Textuntersuchung. Daher sollten Sie sich bei der eingeschränkten Analyse auf das Wesentliche konzentrieren.

Hinweise zur Aufgabenstellung

Diese Aufgabenart fordert von Ihnen in der ersten Teilaufgabe meist eine **eingeschränkte Analyse** des Sachtextes. Dies bedeutet, dass sich die Textuntersuchung vor allem auf die Argumentationsstruktur sowie den Argumentationsansatz des jeweiligen Textes konzentriert.

> **Beispiel:**
> Erschließen Sie die Hauptaussagen des Textes und analysieren Sie ihn im Hinblick auf den Argumentationsansatz und die Argumentationsstruktur.

Die geforderte **Erörterung** in der zweiten Teilaufgabe wird sich in der Regel beziehen auf

- die im vorgelegten Sachtext vertretene Position oder
- eine im Text ausführlich entfaltete These sowie entsprechende Argumente.

Als Grundlage für die eigentliche Erörterung wird manchmal zunächst eine **Darstellung** von Zusammenhängen oder Sachverhalten gefordert, die von Ihnen aufgrund Ihres im Unterricht erworbenen (Text-)Wissens geleistet werden kann.

Hilfreiche Fragen für die Erschließung von Sachtexten bei der Aufgabenart III

Je nach Aufgabenstellung gelten die allgemeinen Hinweise zur Sachtextanalyse ab S. IX. Da in der Regel die Argumentationsstruktur des Textes im Mittelpunkt steht, sind die folgenden Fragen besonders wichtig:

- Welche These(n) vertritt der Verfasser?
- Spricht er Vermutungen, Annahmen oder Überzeugungen aus?
- Enthalten die Thesen Forderungen? Falls ja: Welche Forderungen werden gestellt?
- Mit welchen Argumenten werden Thesen gestützt (z. B. Tatsachen, Gesetzmäßigkeiten, Forschungsergebnisse, Meinungen von Autoritäten bzw. Experten, allgemeine/persönliche Erfahrungen)?
- Mit welchen Belegen bzw. Beispielen verdeutlicht der Verfasser seine Argumente?
- Zieht der Verfasser Schlussfolgerungen?
- Wie setzt sich der Verfasser mit möglichen Einwänden auseinander?

Hinweise zur Bearbeitung

Beachten Sie hierzu die „Hinweise zur Bearbeitung“ eines Sachtextes auf S. XI. Um die Aussagen eines Sachtextes in einen größeren Kontext einordnen zu können, bedarf es des Hinzuziehens von Unterrichtswissen.

Im Rahmen Ihrer **Erörterung** ist vor allem wichtig, dass Sie die Hauptthesen der Textvorlage und die vorgebrachten Argumente kritisch hinterfragen:

- Was spricht für die Stimmigkeit der Thesen?
- Welche Gegenargumente lassen sich anführen?
- Bietet sich gegebenenfalls ein Kompromiss an?

Hinweise zur Gliederung
Folgende Gliederung empfiehlt sich bei dieser Aufgabenstellung:

1 Einleitung
2 Hauptteil
  2.1 Sachtextanalyse
  2.2 Reflektierte Schlussfolgerung im Sinne einer vernetzten Zusammenschau
  2.3 Aufgabenbezogene Überleitung
  2.4 Erörterung
3 Schluss: Reflektierte Schlussfolgerung/begründete Stellungnahme

In der **Einleitung** sollten Sie kurz auf Titel, Textsorte, Autor und Entstehungszeit Bezug nehmen und das Thema benennen.
Im **Hauptteil** gehen Sie auf die in der Aufgabenstellung genannten Analyseaspekte ein. In der Regel wird dabei die Argumentationsstruktur eine zentrale Rolle spielen.

Wie sich die **Erörterung** aufbauen lässt, hängt stark von der Textvorlage und der Aufgabenstellung ab. Nicht immer wird sich eine blockbildende Pro-und-Kontra-Erörterung, bei der zunächst alle Pro-Argumente und dann alle Kontra-Argumente (oder umgekehrt) angeführt werden, oder eine fortlaufend antithetische Pro-und-Kontra-Erörterung, die nacheinander jeweils ein Pro-Argument und ein Kontra-Argument einander gegenüberstellt, durchführen lassen – insbesondere, wenn keine Problemfrage oder These vorgegeben ist, die es zu erörtern gilt. Oft verlangt die Aufgabenart beispielsweise lediglich die Erörterung der Argumentation einer Textvorlage. In solchen Fällen bietet es sich an, sich im Erörterungsaufbau nach den Einzelaussagen bzw. -argumenten zu richten: Prüfen Sie diese in sinnvoller Weise nacheinander. Nach Möglichkeit sollten Sie Ihre stärksten Argumente an den Schluss setzen.

Sie haben grundsätzlich drei Möglichkeiten für Ihre eigene Positionierung:

A Stimmen Sie begründet der Position/der These/dem Argument zu:
„Den Standpunkt des Verfassers halte ich insofern für richtig (teile ich), als …"
„Wenn der Verfasser kritisiert, dass …, so kann ich das bekräftigen, denn …"

B Lehnen Sie begründet die Position/die These/das Argument ab:
„Im Gegensatz zum Verfasser bin ich überhaupt nicht der Ansicht, dass …"
„Schon allein aus Grund X ist die These … nicht haltbar".

C Differenzieren Sie, d. h. stimmen Sie in Teilen zu und lehnen Sie in Teilen ab:
„Zwar hat der Verfasser recht, wenn er … fordert, aber …"
„Sicher kann man dem Verfasser darin zustimmen, dass …, aber er beachtet dabei nicht …"

Achten Sie darauf, Ihre Position immer sachlich und differenziert zu begründen, und wenden Sie hierfür die Kompetenzen an, die Sie im Unterricht erworben haben.

Zum **Schluss** Ihrer Ausführung fassen Sie die Ergebnisse Ihrer Erörterung im Sinne reflektierter Schlussfolgerungen zusammen.

Aufgabenart III a: Erörterung von Sachtexten

Aufgaben der Aufgabenart III a können sich auf alle im Unterricht obligatorisch behandelten Themen beziehen, die keinen Bezug zu einem literarischen Text aufweisen.

Mögliche Themen:

- theoretische Abhandlungen, z. B. über den Sprachgebrauch in den Sozialen Medien,
- die Funktion und Aufgabe von Literatur, geäußert z. B. in Briefen, die ein Dichter verfasst hat.

Beispiel:

1. Analysieren Sie den Text … des Verfassers … im Hinblick auf seine Thesen zur Sprache auf Instagramm und auf seine Argumentationsstruktur.
2. Erläutern Sie die Bedeutung von Instagramm für die politische Kommunikation. Überprüfen Sie auf dieser Grundlage, inwieweit die vom Verfasser geäußerten Thesen und Argumente plausibel sind.

Aufgabenart III b: Erörterung von Sachtexten mit Bezug auf einen literarischen Text

Diese Aufgabenart verknüpft die differenzierte Erfassung von Inhalt und Argumentation eines Sachtextes mit dem Deutungswissen zu einem literarischen Werk.

Mögliche Themen:

- (kritische) Stellungnahme zu einer im vorgelegten Sachtext geäußerten Meinung (z. B. zur Bedeutung einer bestimmten literarischen Person) vor dem Hintergrund der im Unterricht behandelten Ganzschrift(en),
- (kritische) Stellungnahme zu Rezensionen von Filmen oder Theaterstücken.

In der ersten Teilaufgabe wird in der Regel verlangt, dass Sie den Sachtext im Hinblick auf die vertretene Position und auf den Gedanken- bzw. Argumentationsgang untersuchen. In der zweiten Teilaufgabe schließt sich dann eine **Auseinandersetzung mit dem Sachtext** an, wobei Sie meist anhand des **literarischen Bezugstextes überprüfen** sollen, inwiefern der Verfasser des Sachtextes mit seinen Überlegungen richtig liegt. Häufig ist dabei die zu erörternde Position, These oder Frage nicht in der Aufgabenstellung vorgegeben, sondern muss aus dem Sachtext erschlossen werden.

Beispiel:

1. Untersuchen Sie den Text … des Verfassers … im Hinblick auf seine Deutung der Figur Woyzeck und auf seine Argumentationsstruktur.
2. Stellen Sie dar, wie Woyzeck dem Doktor und dem Hauptmann gegenüber auftritt. Erörtern Sie auf dieser Grundlage, ob die Deutung des Verfassers stimmig ist.

2.2.4 Aufgabenart IV: Materialgestütztes Verfassen eines Textes mit fachspezifischem Bezug

Im Unterschied zu der Auseinandersetzung mit literarischen Texten, die eine tiefgründige Analyse in inhaltlicher, sprachlicher und formaler Hinsicht verlangt, geht es bei dieser Aufgabenart darum, die Inhalte eines vorgelegten Materialpools **schnell zu erfassen**, mit eigenem **(Allgemein- und Unterrichts-)Wissen zu verknüpfen** und in einen überzeugenden Schreibplan zu integrieren.

Materialgestützte Aufgaben haben entweder einen **überwiegend erklärenden** oder **überwiegend argumentierenden Schwerpunkt**. Je nach Schwerpunkt sollten Sie bei der Sichtung der Materialien das Hauptaugenmerk entweder mehr auf die Sachinformationen und Erläuterungen oder auf die Argumentation und Wertung legen.

Hinweise zur Aufgabenstellung
Die Aufgabe besteht erstens aus der Beschreibung einer fiktiven Schreibsituation und zweitens aus dem Schreibauftrag. Sie enthält Hinweise auf das Thema, auf die zu verfassende Textsorte sowie auf den Adressatenkreis. Darüber hinaus fordert Sie zur Formulierung einer passenden Überschrift auf, gibt eine ungefähre Wörterzahl für Ihren Text vor und signalisiert Ihnen, ob die Aufgabe einen argumentierenden oder einen informierenden Schwerpunkt aufweist.

Beispiel:
Situation
Im Unterricht haben Sie sich zwei Monate lang mit dem Thema „Gendern“ beschäftigt. In Ihrer Schule sollen an einem Aktionstag der Oberstufe zum Thema „Gleichberechtigung“ Diskussionsbeiträge aus verschiedenen Fächern in Form eines umfangreichen Handouts vorgestellt werden. Neben Mitschüler*innen und Lehrer*innen werden auch Eltern eingeladen.

Schreibauftrag
Verfassen Sie für das Fach Deutsch einen Kommentar zu der Frage, ob „sprachliches Gendern“ ein sinnvoller Beitrag zur Stärkung der Gleichberechtigung in der Schule ist.
Formulieren Sie eine prägnante Überschrift und stützen Sie sich bei Ihrer Argumentation auf die Texte des Materialpools sowie auf Ihr eigenes Wissen zum Thema.
Ihr Beitrag sollte etwa 1000 Wörter umfassen.

Tipp: Zählen Sie bei der Vorbereitung des Deutschabiturs einmal, wie viele Wörter Sie mit Ihrer Handschrift für eine Spalte eines Klausurbogens benötigen. Dann können Sie in der Abiturprüfung besser abschätzen, wie viele Spalten Sie in etwa für Ihren Aufsatz nutzen können – ohne ständig die Wörter zu zählen.

Hilfreiche Fragen für die Erschließung der Aufgabenstellung
Lesen Sie zunächst genau die Aufgabenstellung, da Sie Ihnen wichtige Hinweise für den zu verfassenden Text gibt – und zwar zu …

- … dem **Thema** (Was ist das Hauptthema, zu dem ich mich äußern soll? Aus welchem Fachbereich stammt das Thema?)
- … dem **Schreibziel** (In welchem kommunikativen Zusammenhang steht mein Schreibauftrag? Was sind Anlass und Ziel?)
- … dem **Adressatenbezug** (Wer sind meine Leser? Gibt es bestimmte Merkmale und Eigenschaften, die diese von anderen unterscheiden, z. B. Alter, Geschlecht, Schulabschluss, Beruf etc.?)
- … der **Textsorte** (Welche Textsorte soll ich schreiben? Welche fachlichen Anforderungen werden an diese Textsorte gestellt?)

Hilfreiche Fragen für die Erschließung der Materialien
Da die Arbeitszeit für eine tiefgründige Auswertung des Materialpools nicht ausreicht, sollen Sie diese lediglich als „Informationsquelle" nutzen. Filtern Sie bei einem **„überfliegenden Lesen"** aus ihnen heraus, was für die Aufgabenstellung und das Thema wesentlich und für Ihre Ausführungen brauchbar ist.

Folgende Fragen helfen dabei:
- Was ist das Hauptthema?
- Welche Informationen und Meinungen sind im Materialpool enthalten? Welche davon sind für meinen eigenen Text relevant?
- Lassen sich unterschiedliche Positionen feststellen? Wenn ja: Welche sind das?
- Hat das jeweilige Material eher informierenden oder argumentierenden Charakter?
- Welches sind die Kernbegriffe?
- An wen richtet sich der jeweilige Text?
- Wer ist der Autor bzw. die Autorin und um was für eine Quelle handelt es sich? Lassen sich Rückschlüsse auf ihre Glaubwürdigkeit ziehen?
- Liegt ein appellativer Text vor, z. B. eine Rede oder ein Plakattext?
- Welche Informationen/Argumente kann ich für meinen eigenen Text verwenden?

*Grundsätzliche Fragen bei **diskontinuierlichen Texten:***
- Gibt die Überschrift bereits erste Hinweise auf das dargestellte Thema?
- Wird ein Zeitpunkt / Zeitraum abgebildet? Wenn ja, welcher?
- Wer ist der Herausgeber / Verfasser – aus welcher Quelle stammt die Information?
- Wie glaubwürdig und richtig ist die Aussage?

Hinweise zur Vorbereitung des Schreibprozesses
Bereiten Sie dann Ihren eigenen Schreibprozess vor, indem Sie …
- … die bisher gewonnenen Informationen durch **eigenes Vorwissen** zum Thema aus dem Unterricht und aus Ihrem Privatleben **anreichern**,
- … **zusammengehörige Aspekte und Teilthemen** auf Ihrem Konzeptpapier in einer Übersicht (z. B. Tabelle, Cluster, Mindmap) entsprechend **anordnen** und dabei auch veranschaulichende Beispiele und geeignete Zitate notieren,
- … sich die **Merkmale der geforderten Textsorte** noch einmal bewusst machen (häufigste Textsorten: Plakat-Text/Flyer-Text, Leserbrief, Kommentar sowie Beitrag für die Abitur-/Schülerzeitung oder den Jahresbericht der Schule),
- … Ihr **Schreibziel** festlegen – und zwar unter Berücksichtigung der Erwartungen der Leserinnen und Leser.

Hinweise zur Gliederung Ihres Textes
In der **Einleitung** gilt es in der Regel, beim Leser **Interesse** zu wecken und dafür einen geeigneten Einstieg zu finden. Den **Hauptteil** können Sie gegebenenfalls nach **Unterthemen** untergliedern. Am Ende müssen Sie einen geeigneten **Schluss** formulieren. Hierfür bieten sich z. B. ein Fazit, eine Schlussfolgerung, eine Einschätzung, ein Appell, eine Forderung oder auch ein Ausblick an.

Hinweise zum Verfassen des Textes
Nachdem Sie sich bei der Erstellung des Schreibplans Gedanken über Inhalt und Aufbau Ihres Textes gemacht haben, steht dessen Abfassung nun nichts mehr im Wege. Achten Sie dabei v.a. auf folgende Punkte:

- Geben Sie Ihrem Text eine prägnante Überschrift, die wie die Einleitung das Interesse Ihrer Leserinnen und Leser weckt.
- Veranschaulichen Sie allgemeine Aussagen, indem Sie Beispiele hinzufügen.
- Schreiben Sie abwechslungsreich – sowohl im Hinblick auf die Wortwahl (z. B. bei Kausalzusammenhängen nicht immer „weil“, sondern auch „da“, „wegen“, „infolge“) als auch hinsichtlich der Satzkonstruktionen (z. B. durch Variation der Satzglied-Reihenfolge).
- Gestalten Sie Ihre Ausführung so, wie es für die **geforderte Textsorte typisch** ist: So zeichnet sich z. B. ein Kommentar meist durch eine lebendigere rhetorische Gestaltung aus, mit der die eigene Meinung gestützt wird, als ein Lexikonartikel, der eher sachlich verfasst ist.
- Fügen Sie an geeigneten Stellen prägnante, nicht zu lange Zitate ein.
- Gestalten Sie die Übergänge zwischen einzelnen Abschnitten abwechslungsreich.
- Nutzen Sie die **textsortenspezifischen Möglichkeiten des Layouts** (z. B. Zwischenüberschriften bei einem Zeitungsartikel).

3 Anforderungsbereiche und Operatoren

3.1 Anforderungsbereiche (AFB)

In der Abiturprüfung erwarten Sie Aufgabenstellungen, die klar definierte Anforderungen an Ihre Verstehens- und an Ihre Darstellungsleistung stellen. Diese Anforderungen und die zugehörigen Arbeitsanweisungen lassen sich den drei verschiedenen **Anforderungsbereichen I bis III** zuordnen, die aufeinander aufbauen und von Ihnen einen zunehmenden Grad an Komplexität und an Abstraktionsfähigkeit verlangen.

Jede Abiturprüfungsaufgabe setzt sich aus Elementen dieser drei Anforderungsbereiche zusammen. Dies bedeutet, es werden von Ihnen bei der Bearbeitung der Aufgaben grundsätzlich Leistungen dreier verschiedener Leistungsniveaus verlangt: die **Wiedergabe von Kenntnissen** (Anforderungsbereich I), die **Anwendung dieser Kenntnisse** (Anforderungsbereich II) sowie das **Problemlösen und Werten** (Anforderungsbereich III). Der Schwerpunkt der Anforderungen liegt bei allen Aufgabenarten im Anforderungsbereich II, für den die meisten Punkte bei der Bewertung vergeben werden.

3.2 Operatoren

Operatoren definieren, welche Anforderungen mit einer Arbeitsanweisung verbunden sind. Sie zeigen zudem, welches Anforderungsniveau mit ihrer Hilfe angesteuert werden soll. Sie dienen durch ihre eindeutige Definition sowohl dazu, Arbeitsaufträge unmissverständlich zu formulieren und voneinander abzugrenzen als auch einheitliche Bewertungs- und Korrekturmaßstäbe zu ermöglichen und vorzugeben. Daher ist es äußerst wichtig, dass Sie sich mit den Anforderungen, die durch die einzelnen Operatoren an Sie gestellt werden, eingehend auseinandersetzen und sich bewusst machen, was jeweils konkret von Ihnen gefordert wird.

In der folgenden Tabelle werden die AFB im Zusammenhang mit den einzelnen Operatoren skizziert, die einzelnen Operatoren definiert und mit einem Beispiel erläutert.

Übersicht über die Operatoren

Operator	Definition	AFB	Beispiel
analysieren	einen Text als Ganzes oder aspektorientiert unter Wahrung des funktionalen Zusammenhangs von Inhalt, Form und Sprache erschließen und das Ergebnis der Erschließung darlegen	I, II, III	*Analysieren* Sie die Rede unter Berücksichtigung der Anmerkungen. *Analysieren* Sie den vorliegenden Text im Hinblick auf die Argumentationsstruktur.
begründen	ein Analyseergebnis, Urteil, eine Einschätzung, eine Wertung fachlich und sachlich absichern (durch einen entsprechenden Beleg, Beispiele, eine Argumentation)	III	*Begründen Sie* Ihre Einschätzung mithilfe Ihrer Kenntnisse zur Funktion von Dialekten.
(be)nennen	aus einem Text entnommene Informationen, Aspekte eines Sachverhalts, Fakten zusammentragen	I	*Nennen* Sie wesentliche Merkmale eines Sonetts.
beschreiben	Sachverhalte, Situationen, Vorgänge, Merkmale von Personen bzw. Figuren sachlich darlegen	I, II	*Beschreiben* Sie die äußere Form des Gedichtes.
beurteilen	einen Sachverhalt, eine Aussage, eine Figur auf Basis von Kriterien bzw. begründeten Wertmaßstäben einschätzen	II, III	*Beurteilen* Sie den Versuch des Autors, die Ereignisse und Folgen des 11. Septembers 2001 in lyrischer Form darzustellen.
charakterisieren	die jeweilige Eigenart von Figuren/ Sachverhalten herausarbeiten	II, III	*Charakterisieren* Sie die Titelfigur der Kurzgeschichte.
darstellen	Inhalte, Probleme, Sachverhalte und deren Zusammenhänge aufzeigen	I, II	*Stellen* Sie die Bedeutung des Briefs für den Handlungsverlauf *dar*.

deuten	unter Berücksichtigung des Wechselbezuges von Textstrukturen, Funktionen und Intentionen, der erfassten zentralen strukturbildenden genretypischen, syntaktischen, semantischen und stilistisch-rhetorischen Elemente und ihrer Funktion für das Textganze Ergebnisse der Textbeschreibung in einen Erklärungszusammenhang bringen	III	*Deuten* Sie Wortfeldschwerpunkte und Metaphern vor dem Hintergrund Ihrer bis dahin erfolgten Texterläuterungen, u. a. im Zusammenhang mit dem Epochenbezug.
einordnen	eine Aussage, einen Text, einen Sachverhalt unter Verwendung von Kontextwissen begründet in einen vorgegebenen Zusammenhang stellen	I, II	*Ordnen* Sie dieses Gedicht epochal *ein*.
entwerfen	in Verbindung mit einer Textvorlage auf der Grundlage einer konkreten Arbeitsanweisung einen eigenen Text unter Benennung der notwendigen Entscheidungen und Arbeitsschritte planen	III	*Entwerfen* Sie einen Schluss für diesen Text.
erklären	Textaussagen, Sachverhalte auf der Basis von Kenntnissen und Einsichten differenziert darstellen und durch zusätzliche Informationen und Beispiele veranschaulichen	II	*Erklären* Sie den Einfluss des Dialekterwerbs auf das Sprachvermögen.
erläutern	Materialien, Sachverhalte, Zusammenhänge, Thesen in einen Begründungszusammenhang stellen und mit zusätzlichen Informationen und Beispielen veranschaulichen	II, III	*Erläutern* Sie Büchners Theaterverständnis durch Miteinbeziehen seines Dramas X.
erörtern	auf der Grundlage einer Materialanalyse oder -auswertung eine These oder Problemstellung unter Abwägung von Argumenten hinterfragen und zu einem Urteil gelangen	I, II, III	*Erörtern* Sie die Notwendigkeit von Sprachförderkonzepten im Zusammenhang mit den Aussagen der beiden vorliegenden Texte.
erschließen	an Texten, Textaussagen, Problemstellungen, Sachverhalten kriterienorientiert bzw. aspektgeleitet arbeiten	II	*Erschließen* Sie anhand der Bildsprache die Grundstimmung des Textes.
formulieren	einen Sachverhalt, Zusammenhang, eine methodische Entscheidung, eine Problemstellung strukturiert, fachsprachlich zutreffend darlegen	–	*Formulieren* Sie eine Gegenthese aus der Sicht eines Expressionisten.
gestalten	in Verbindung mit einer Textvorlage, auf der Grundlage einer konkreten Arbeitsanweisung einen eigenen Text nach ausgewiesenen Kriterien erarbeiten	III	*Gestalten* Sie ein Flugblatt textlich und grafisch, das die Intention der analysierten Rede widerspiegelt.
in Beziehung setzen	Zusammenhänge unter vorgegebenen oder selbst gewählten Gesichtspunkten begründet herstellen	II, III	*Setzen* Sie Ihre Ergebnisse *in Beziehung* zur aktuellen Kritik an Sozialen Medien.

interpretie-ren	auf der Grundlage einer Analyse im Ganzen oder aspektorientiert Sinnzusammenhänge erschließen und unter Einbeziehung der Wechselwirkung zwischen Inhalt, Form und Sprache zu einer schlüssigen (Gesamt-)Deutung gelangen	I, II, III	*Interpretieren* Sie das vorliegende Gedicht. *Interpretieren* Sie den vorliegenden Text im Zusammenhang mit den Ihnen bekannten Dramentheorien.
prüfen	eine Textaussage, These, Argumentation, ein Analyseergebnis, einen Sachverhalt auf der Grundlage eigener Kenntnisse, Einsichten oder Textkenntnis auf ihre/seine Angemessenheit hin untersuchen und zu Ergebnissen kommen	III	*Prüfen* Sie, ob die Figurendeutung des Verfassers stimmig ist.
sich aus-einander-setzen mit	eine Aussage, eine Problemstellung argumentativ und urteilend abwägen	II, III	*Setzen* Sie *sich* mit der Position des Schriftstellers vor dem Hintergrund Ihrer Kenntnisse zum Expressionismus *auseinander.*
(kritisch) Stellung nehmen	die Einschätzung einer Problemstellung, Problemlösung, eines Sachverhaltes, einer Wertung auf der Grundlage fachlicher Kenntnis und Einsicht nach kritischer Prüfung und sorgfältiger Abwägung formulieren	III	*Nehmen* Sie zu den Aussagen des Autors *kritisch Stellung,* indem Sie Erkenntnisse der Sprachsoziologie berücksichtigen.
überprüfen	Aussagen / Behauptungen kritisch hinterfragen und ihre Gültigkeit kriterienorientiert und begründet einschätzen	II, III	*Überprüfen* Sie die Stimmigkeit der Aussage anhand der Gliederung und der rhetorischen Mittel.
unter-suchen	an Texten, Textaussagen, Problemstellungen, Sachverhalten kriterienorientiert bzw. aspektgeleitet arbeiten	II	*Untersuchen* Sie, inwiefern die rhetorischen Mittel die Aussageabsicht verstärken.
verfassen	auf der Grundlage einer Auswertung von Materialien wesentliche Aspekte eines Sachverhaltes in informierender oder argumentierender Form adressatenbezogen und zielorientiert darlegen	I, II, III	*Verfassen* Sie einen Leserbrief zu dem Artikel des Autors.
vergleichen	nach vorgegebenen oder selbst gewählten Gesichtspunkten Gemeinsamkeiten, Ähnlichkeiten und Unterschiede herausarbeiten und gegeneinander abwägen	II, III	*Vergleichen* Sie die Figurenkonstellation mit derjenigen im Drama X. *Vergleichen* Sie Art und Wirkung der Metaphorik in den Texten.
wieder-geben	Inhalte, Zusammenhänge in eigenen Worten sachlich und fachsprachlich richtig formulieren	I	*Geben* Sie die Hauptgedanken der Rede *wieder.*
zusammen-fassen	Inhalte oder Aussagen komprimiert wiedergeben	I, II	*Fassen* Sie die Überlegungen des Verfassers X *zusammen.*

Quelle (Spalten 1–3): https://www.standardsicherung.schulministerium.nrw.de/cms/zentralabitur-gost/faecher/getfile.php?file=5330

4 Bewertung der Abiturklausur

Bei der Bewertung Ihrer Prüfungsleistung werden beide Teilaufgaben einzeln mit Notenpunkten versehen; es ist deshalb unbedingt notwendig, dass Sie **beide Teilaufgaben** bearbeiten. Auf Leistungen zum AFB II entfällt hierbei der größte Punkteanteil. Aus der vorgegebenen Bepunktung setzt sich durch Addition die Gesamtpunktzahl zusammen. Insgesamt werden im Fach Deutsch genau 100 Punkte vergeben, davon 72 für die inhaltliche und 28 Punkte für die Darstellungsleistung.
Für die Note „gut" müssen annähernd vier Fünftel (mindestens 75 %) der Höchstpunktzahl erreicht werden. Die Note „ausreichend" soll erteilt werden, wenn annähernd die Hälfte (45 %) der vorgesehenen Höchstpunktzahl erreicht wird.

4.1 Anforderungen an die inhaltliche Leistung

Bei der Bewertung des inhaltlich-sachlichen Gehaltes Ihrer Ausführungen werden folgende Aspekte berücksichtigt:

Aufgabenarten I–III:
- sachlich richtige Wiedergabe/Darstellung auf der Grundlage richtigen und vollständigen Textverständnisses
- Aufzeigen erschließbarer situativer Bezüge eines Textes sowie seiner Bedeutung im historischen und/oder aktuellen Kontext
- richtige Bestimmung von Textart und zentralen Strukturelementen, wie z. B. Zeit-/Handlungsgerüst, Erzählperspektive, Figurenkonstellation, Argumentationsaufbau
- Erläuterungen von Wortschatz, Satzbau und poetischen oder rhetorischen Mitteln eines Textes im Zusammenhang mit ihrer Funktion und Wirkung
- sachangemessenes Erörtern fachspezifischer Sachverhalte, z. B. Überprüfung von Text- oder Wissenszusammenhängen im Hinblick auf eine These, die im ersten Arbeitsschritt aus einer Textvorlage zu entwickeln ist

Aufgabenart IV:
- Formulierung einer Überschrift, die die Intention Ihres eigenen Textes enthält
- Berücksichtigung der geforderten Textsorte und der für diese typischen Textmerkmale
- klare Darstellung der eigenen Position (bei argumentierenden Texten); klare Vermittlung der Sachinformationen, die für das Thema relevant sind (bei informierenden Texten)
- erkennbare Argumentation mit dem Ziel, die in der Aufgabenstellung benannten Adressaten von der eigenen Sehweise zu überzeugen (bei argumentierenden Texten); sinnvolle Gewichtung der Sachinformationen mit dem Ziel einer ausgewogenen Darstellung, die den Adressaten angemessen über das Thema informiert (bei informierenden Texten)
- Herstellung hinreichender Bezüge zu den relevanten Inhalten der Texte des Materialpools

- Einbezug von (Unterrichts-)Wissen in die eigene Darstellung und überzeugende Verknüpfung mit Inhalten des Materialpools
- Formulierung eines geeigneten Schlusses (insbesondere bei argumentierenden Texten: ein Fazit)

4.2 Anforderungen an die Darstellungsleistung

Neben dem inhaltlich-sachlich richtigen Ertrag kommt der Darstellungsleistung eine große Bedeutung zu – hierbei sind vor allem folgende Kriterien relevant:

- *Sachgerechte Strukturierung*
  Untergliedern Sie Ihre Darstellung in sinnvolle Absätze und Abschnitte, kennzeichnen Sie diese durch Einrückungen bzw. Leerzeilen.
- *Wissenschaftspropädeutische Richtigkeit*
  Stellen Sie Ihre Zitier- und Belegkompetenz unter Beweis.
- *Verwendung von Fachbegriffen*
  Auch im Fach Deutsch hat jedes „Kind" einen Namen: Belegen Sie also jedes Phänomen mit einem Fachbegriff, benennen Sie z. B. Stilmittel der Textanalyse ebenso wie literarische Epochen.
- *Stilistisch richtiges Schreiben*
  Unterlassen Sie umgangssprachliche Formulierungen, verwenden Sie ausschließlich Hoch- und Fachsprache, variieren Sie Satzanfänge.
- *Hypothesen/Vermutungen*
  Kennzeichnen Sie ungesicherte Aussagen, Vermutungen und Hypothesen als solche, grenzen Sie diese gegen gesicherte Aussagen ab:

  Beispiele:
  Es ist zu vermuten …
  Es könnte sein, dass …
  Für eine gesicherte Aussage fehlen folgende Informationen …
- *Syntaktisch richtige Schreibweise*
  Schreiben Sie in vollständigen Sätzen, achten Sie auf die richtige Wortstellung.
- *Verwendung einer präzisen und differenzierten Sprache*
  „Missbrauchen" Sie Hilfsverben nicht als Vollverben; benutzen Sie Synonyme statt Wiederholungen; variieren Sie beim Satzbau, wählen Sie Nebensatzkonstruktionen statt Hauptsatzketten. Denken Sie bei materialgestützten Aufgaben daran, Ihre Schreibweise auf den Adressatenkreis und auf das Ziel Ihres Textes auszurichten.
- *Rechtschreibung:* Im Klausurraum liegen Rechtschreibwörterbücher aus – Sie sollten sich nicht zu schade sein nachzusehen, wenn Sie unsicher sind.

Berücksichtigen Sie bei Ihrer Ausführung diese Anforderungen an **die korrekte Verwendung der deutschen Sprache**. Denn: gehäufte Verstöße gegen die sprachliche Richtigkeit führen im Rahmen der Bewertung der Darstellungsleistung zu Nichtgewährung von Punkten.

4.3 Formale Anforderungen

Berücksichtigen Sie bei Ihrer Ausführung auch die Anforderungen an **die äußere Form** einer Klausur.

- *Deckblatt-Vorgabe:* Berücksichtigen Sie die an Ihrer Schule getroffene Regelung.
- *Layout-Vorgabe:* Beachten Sie diese – an manchen Schulen darf z. B. nur eine halbe Seite je Bogen beschrieben werden, der Rest dient dann als halbseitiger Rand.
- *Seitenzahlen:* Fügen Sie ab Seite 2 diese am Fuß jeder Seite bei – nummerieren Sie erst am Schluss, wenn keine Einschübe mehr erfolgen!
- *Nachträge:* Setzen Sie diese als Fußnoten durchnummeriert an den Schluss jeder Teilaufgabe oder einheitlich ganz an den Schluss, quetschen Sie solche Zusätze nicht nachträglich in den Text oder an den Rand.
- *Sauberkeit:* Streichen Sie nicht unsauber durch. Gegebenenfalls setzen Sie zu Streichendes in eckige Klammern oder fügen Sie eine entsprechende Fußnote zur Erklärung bei.
- *Zeilenende:* Respektieren Sie den Rand, trennen Sie Wörter, schreiben Sie nicht über den Rand hinaus.
- *Kopf- und Fußzeile:* Diese gehören zum Seitenaufbau und sind kein geeigneter Platz für Zusätze oder Nachträge.

4.4 Punktgestützter Erwartungshorizont (dargestellt an Übungsaufgabe 3)

Aufgabenstellung:	**Punkte**
1. Interpretieren Sie das Gedicht *Auf Wolkenbürgschaft* von Hilde Domin.	42
2. Vergleichen Sie das Gedicht „Auf Wolkenbürgschaft" mit Bertolt Brechts Gedicht „Der Radwechsel" im Hinblick darauf, wie das Motiv des Unterwegsseins ausgestaltet wird. Berücksichtigen Sie dabei neben inhaltlichen auch sprachlich-formale Aspekte.	30

a) Inhaltliche Leistung

Teilaufgabe 1

	Anforderungen **Die Schülerin/der Schüler**	**maximal erreichbare Punktzahl**
1	formuliert eine aufgabenbezogene Einleitung unter Berücksichtigung von Autor, Titel, Textsorte, Entstehungszeit.	3
2	nennt das Thema des Gedichts, etwa: Heimweh ohne Heimat, gerichtet auf ein utopisch fernes Ziel.	3
3	beschreibt den formalen Bau des Gedichts: – formlose Lyrik, – zwei unterschiedlich lange Abschnitte, – verschieden lange Verse, – kein festes Metrum und keine Reime.	4

<table>
<tr><td>4</td><td>stellt den Inhalt des Gedichtes dar, etwa mit Hinweis auf dessen Zweiteilung:
1. Abschnitt (V. 1–11): Heimweh ohne genaues Ziel
• paradoxes „Heimat“-Gefühl: Sehnsucht nach einem unbekannten Land, in dem das lyrische Ich noch nie war,
• Widerspruch: Bekanntsein des lyrischen Ichs bei der Natur,
• die Existenz des lyrischen Ichs versichernde, personifizierte Natur;
2. Abschnitt (V. 12–26): Unterwegs-Sein und Charakterisierung des Sehnsuchtslandes
• Aufbruch des aktiv werdenden Ichs (V. 12, 14, 16),
• erfolgloses Tun/Reisen: ohne Ankunft (V. 16),
• gleichwohl anhaltender Optimismus, da das Unterwegs-Sein nicht in Gefahr gerät (V. 18),
• positive Einflüsse der Natur (z. B. Vögel, Sonne, V. 20 ff.),
• Hoffnung auf Ankunft auf imaginärem Kontinent, wo amtliche Personalnachweise nicht verlangt werden (V. 25 f.).</td><td>10</td></tr>
<tr><td>5</td><td>untersucht die formalen und sprachlich-stilistischen Gestaltungsmittel des Gedichtes mit Blick auf deren Funktion, etwa:
– Fehlen von fester äußerer Form, Metrum und Reimen → Entsprechung zur Hoffnung des Ichs, dass im Sehnsuchtsland Formalitäten keine Rolle spielen („Pass“, „Bürgschaft“, V. 25 f.),
– poetische Sprache als Ausdruck des Emotionalen, der Sehnsucht,
– unbestimmte Artikel als Indikatoren der unsicheren Situation,
– Personifizierung der Natur als Gegenpol zu menschlichen Erfahrungen (Negationen wie „niemals“, „keinem“ etc.)
– Anapher zur Verstärkung der Aktivitätsbemühungen (V. 12, 14, 16),
– Metapher: „Schlüssel-ins-Meer-Werfen“ (V. 14) als Zeichen unmöglicher Rückkehr und als Ausdruck scheinbarer Ausweglosigkeit („komme nirgends an“, V. 16),
– Bild des nicht reißenden, spinnenwebgleichen Segels als Ausdruck der Sicherheit, unterwegs bleiben zu können (V. 17 f.).</td><td>10</td></tr>
<tr><td>6</td><td>deutet das Gedicht (ggf. mit biografischen Bezügen), etwa:
– möglicher Rückschluss auf den Grund der Reise anhand der beiden letzten Verse: Vertriebene „ohne Paß“ (V. 25) in schwieriger Lebenssituation,
– Herstellung eines Bezugs zur Biografie der Schriftstellerin: Flucht als deutsche Jüdin im Dritten Reich nach Südamerika,
– Heimatverlust und Exil im existenziellen Sinn,
– Sehnsucht nach der verlorenen Einheit mit der Natur,
– „Prinzip Hoffnung“: Hoffnung auf Aufnahme in irgendeinem Land „jenseits des Horizonts“ (V. 19),
– Vertrauen in moralische Verpflichtung anderer Menschen, zu helfen,
– gleichwohl stärkere Hoffnung auf Unterstützung durch die Natur („Wolkenbürgschaft“, Titel und Schlussvers).</td><td>12</td></tr>
<tr><td>7</td><td>erfüllt ein weiteres aufgabenbezogenes Kriterium (max. 6 P.).</td><td></td></tr>
<tr><td></td><td>Summe erste Teilaufgabe</td><td>42</td></tr>
</table>

Teilaufgabe 2

	Anforderungen **Die Schülerin/der Schüler**	**maximal erreichbare Punktzahl**
1	formuliert eine aufgabenbezogene Überleitung unter Nennung von Autor, Titel, Textsorte und Entstehungszeit.	3
2	vergleicht die beiden Gedichte im Hinblick auf inhaltliche **Übereinstimmungen**, etwa: – Thematik des „Unterwegsseins“, – Unzufriedenheit der Reisenden mit der gegenwärtigen Situation, – das lyrische Ich/der Mensch auf der Suche nach Veränderung.	4
3	vergleicht die beiden Gedichte im Hinblick auf inhaltliche **Unterschiede**, etwa: – existenzielle Lebenssituation bei Domin vs. (scheinbar) banale Alltagssituation bei Brecht („Radwechsel“), – Sehnsucht nach Zugehörigkeit als Grund für die Reise bei Domin vs. Unklarheit bezüglich Beginn und Ziel der Reise bei Brecht, – Entsprechung von Heimweh und Fernweh bei Domin vs. Ablehnung des Herkunftsortes und des Zieles bei Brecht (V. 3 f.), – aktives Vorantreiben der Weiterreise durch das lyrische Ich bei Domin vs. ungeduldiges, passives Abwarten bei Brecht („sitze am Straßenhang“, V. 1), – sensible Wahrnehmung der Natur bei Domin vs. fehlendes Um-sich-Sehen bei Brecht, – Blick in die Ferne bei Domin vs. Blick nach innen bei Brecht („Warum sehe ich den Radwechsel / mit Ungeduld, V. 5 f.).	8
4	vergleicht die beiden Gedichte im Hinblick auf die **sprachlich-formale Gestaltung**, etwa: – Form der Gedichte jeweils modern (u. a. Reimlosigkeit, keine Regelmäßigkeit in strophischer und metrischer Gestaltung), – unterschiedliche Länge: 26 Verse bei Domin, die die ausführliche Darstellung der Sehnsüchte erlauben vs. extreme Kürze bei Brecht mit nur 6 Versen, durch die die Nüchternheit des Gedichts unterstrichen wird, – vielfältige rhetorische Mittel bei Domin, die die existenzielle Situation des lyrischen Ichs und seine Hoffnung auf Besserung veranschaulichen vs. sprachliche Kargheit bei Brecht als Ausdruck der freudlosen Situation, z. B. überwiegend kurze einfache Aussagesätze, lakonische Aussagen (V. 1–4), – poetische Sprache bei Domin vs. Schnörkellosigkeit und Beschreibungsgestus bei Brecht,	8

	– Parallelismen zur Intensivierung der Aussage bei Domin vs. die Nüchternheit der Aussagen unterstreichender Parallelismus (vgl. V. 3 f.) bei Brecht, – jeweils Negationen zur Verstärkung der negativen Gefühlsäußerung („keinem“ [V. 10] bei Domin bzw. „bin nicht gern“ [V. 3 f.] bei Brecht), – Zeilensprünge als Ausdruck der in die Ferne gehenden Gedanken bei Domin vs. Zeilensprung bei Brecht als Mittel der Hervorhebung der Frage (V. 5 f.), – Aussagesatz am Ende von Domins Gedicht als Ausdruck der Zuversicht des lyrischen Ichs vs. Fragesatz am Ende von Brechts Gedicht als Zeichen für Unwissenheit bezüglich der Entwicklungen in der Zukunft (V. 5 f.).	
5	vergleicht die beiden Gedichte auf der **Deutungsebene**, etwa: – beide Texte: Fahrt/Unterwegs-Sein als Sinnbild für das Leben mit Hoffnung auf Veränderung und Wandel, – Offenheit der Texte – bei Domin im Hinblick auf die Erreichbarkeit einer neuen Heimat in der Ferne vs. ohne Antwort bleibende Selbstbefragung bei Brecht im Hinblick auf die eigene Ungeduld, – Ausdruck von Hoffnung und Zuversicht bei Domin vs. Perspektivlosigkeit bei Brecht, – Sehnsucht nach der verlorenen Einheit mit der Natur (als Garant von Zugehörigkeit) bei Domin vs. nüchterner Technik-Bezug bei Brecht, – Dynamik bei Domin vs. Stagnation und Mangel an Entwicklung(sperspektiven) bei Brecht, – existenzielle Frage nach dem Wohin als Grundton des Daseins bei Domin vs. Unrast, Unsicherheit bezüglich menschlicher Sinnfragen und Perspektiven bei Brecht, – biografisch-politische Lesarten: Erfahrung des Heimatverlusts und deren Verarbeitung bei der Exilantin Domin vs. mögliche Hoffnung Brechts auf politische/gesellschaftliche Änderungen nach dem Arbeiteraufstand 1953 in der DDR.	7
6	erfüllt ein weiteres aufgabenbezogenes Kriterium (max. 4 P.).	
	Summe zweite Teilaufgabe	**30**
	Summe inhaltliche Leistung (Teilaufgaben 1 und 2)	**72**

b) Darstellungsleistung

	Anforderungen	maximal erreichbare Punktzahl
	Die Schülerin/der Schüler	
1	strukturiert seinen Text kohärent, schlüssig, stringent und gedanklich klar: – angemessene Gewichtung der Teilaufgaben in der Durchführung, – gegliederte und angemessen gewichtete Anlage der Arbeit, – schlüssige Verbindung der einzelnen Arbeitsschritte, – schlüssige gedankliche Verbindung von Sätzen.	6

2	formuliert unter Beachtung der fachsprachlichen und fachmethodischen Anforderungen: – Trennung von Handlungs- und Metaebene, – begründeter Bezug von beschreibenden, deutenden und wertenden Aussagen, – Verwendung von Fachtermini in sinnvollem Zusammenhang, – Beachtung der Tempora, – korrekte Redewiedergabe (Modalität).	6
3	belegt Aussagen durch angemessenes und korrektes Zitieren: – sinnvoller Gebrauch von vollständigen oder gekürzten Zitaten in begründeter Funktion.	3
4	drückt sich allgemeinsprachlich präzise, stilistisch sicher und begrifflich differenziert aus: – sachlich-distanzierte Schreibweise, – Schriftsprachlichkeit, – begrifflich abstrakte Ausdrucksfähigkeit.	5
5	formuliert lexikalisch und syntaktisch sicher, variabel und komplex (und zugleich klar).	5
6	schreibt sprachlich richtig.	3
	Summe der Darstellungsleistung	**28**
	Gesamtsumme Teile (a) und (b)	**100**

5 Allgemeine Tipps für die Anfertigung der Abiturklausur

5.1 Auswahl der Aufgabe

Am Tag der schriftlichen Prüfung können Sie eine aus vier zur Wahl gestellten Aufgaben auswählen. Um nicht zu viel Zeit zu verlieren, sollten Sie in der Lage sein, nach einem relativ kurzen Blick auf Arbeitsanweisungen und Texte diese Entscheidung zu treffen.
Anhand der **Überschrift** wird bereits klar, um welche Aufgabenart und um welchen Themenschwerpunkt es sich handelt. Auch wenn Sie sofort zu einer Aufgabe tendieren: Entscheiden Sie sich nicht vorschnell, überprüfen Sie in jedem Fall, ob Ihnen die jeweilige **Textgrundlage** „liegt". Entscheiden Sie erst danach. Hierbei kann unter Umständen auch die Tatsache behilflich sein, ob ein solches Thema (bezogen auf ein anderes Textbeispiel) bereits einmal Gegenstand einer **Klausur** war oder Sie sich sonst im Rahmen Ihrer **Vorbereitung** damit beschäftigt haben.

5.2 Zeiteinteilung

Beginnen Sie nicht zu früh mit der Reinschrift – zuerst müssen Sie sich Klarheit darüber verschaffen, welche Anforderungen die Aufgabe umfasst und welche Teilaufgaben erfüllt werden müssen. Zunächst sollten Sie eine **Grobgliederung** anfertigen, um Ihre Gedanken zu dem Thema zu strukturieren und in eine sinnvolle Reihenfolge zu bringen. In Abhängigkeit von der Aufgabenstellung sollten Sie bereits zu diesem Zeitpunkt Ihre **Arbeitshypothese** formulieren, sich die methodische Vorgehensweise überlegen und eine vorläufige Beantwortung gestellter Fragen im Stillen vornehmen.
Für einen **letzten Korrekturgang** sollten Sie am Ende ca. 20 Minuten einplanen. Da gilt es, formale Fehler (Rechtschreibung, Zeichensetzung, Layout-Anforderungen wie Deckblattgestaltung, Seitenzahlen-Hinweise u. a.) zu überprüfen.
Im Vorfeld der Prüfungen können Sie Ihre Zeiteinteilung kontrollieren und verbessern, indem Sie bei Klassenarbeiten oder beim Üben zu Hause die **Zeit**, die Sie **für die Ausfertigung** benötigen, festhalten. Erstellen Sie ein Zeitraster für den gesamten Arbeitsprozess: Maximalzeiten für das Lesen des Textes, für das Markieren im Text und am Rand, für die Gliederung der geplanten Ausführungen auf Konzeptpapier, für die eigentliche Niederschrift und zuletzt für die Überarbeitung am Schluss.

5.3 Notizen beim Erarbeiten der Textinformationen

Markieren Sie die **Operatoren** in der Aufgabenstellung, rufen Sie sich ins Gedächtnis, welche Anforderungen hiermit verbunden sind, und halten Sie sich unbedingt daran! So vermeiden Sie Themaverfehlungen.
Kennzeichnen Sie die Textstellen, die Sie z. B. zur Darlegung der Argumentationsstruktur verwenden oder die Sie als Zitat in Ihre Ausfertigung einfügen wollen. Anmerkungen und Notizen am Rand des Textes können Ihnen helfen, eine Gliederung zu erarbeiten und Ihr methodisches Vorgehen zu strukturieren.

5.4 Strukturierung

Die Aufgabenstellung legt meist durch die exakten Arbeitsanweisungen und die Formulierung in den Teilaufgaben eine Strukturierung nahe, an die Sie sich bei Ihrer Ausfertigung halten sollten. Dennoch wird von Ihnen verlangt, eine darüber hinausgehende Gliederung Ihrer Arbeit vorzunehmen, die logisch stringent und klar verständlich sein soll.
Fügen Sie Absätze ein, wenn Sie einen Gedankengang von einem anderen abheben und betonen wollen oder wenn Sie sich einem neuen Gliederungspunkt zuwenden. So machen Sie deutlich, dass Ihrer Ausfertigung eine klare gedankliche Ordnung zugrunde liegt. Überlegen Sie sich passende Überleitungen zwischen den Teilaufgaben und machen Sie sich frühzeitig Gedanken darüber, wie Sie den Schlussteil sinnvoll gestalten wollen. Damit erleichtern Sie nicht nur die Korrekturarbeit der Lehrkraft, sondern zeigen auch, dass Sie in der Lage sind, strukturiert und folgerichtig zu arbeiten.

5.5 Der Schluss

Der Schlussteil soll Ihre Ausfertigung vervollständigen, das Thema, das der Aufgabenstellung zugrunde liegt, nochmals aufgreifen und unter Bezugnahme auf die einzelnen Teilaufgaben zu einem stimmigen Abschluss führen. Lassen Sie, um im Bild eines Maurers beim Hausbau zu sprechen, mit dem letzten Satz zur letzten Teilaufgabe nicht die Kelle fallen: Zwar ist das gedankliche Gebäude vom Grundsatz her fertig und die Argumentation „dicht“ – aber zu einer Ausführung gehört nun einmal ein Abschluss wie zu einem Haus der äußere Verputz. Jede der Teilaufgaben hatte einen eigenen Arbeitsschwerpunkt – und alle hatten etwas mit dem Thema in der Aufgabenstellung zu tun. Dieses Thema ist quasi das Dach, das alle Gebäudeteile überdeckt.
Deshalb: Formulieren Sie Ihren Schlussteil möglichst unter Rückbezug auf die Themenstellung, und fassen Sie die wesentlichen Teilergebnisse in einer vernetzten Zusammenschau zu einem **Fazit** zusammen, ohne hierbei bereits Gesagtes mit derselben Formulierung zu wiederholen („wie gesagt“ gehört übrigens grundsätzlich nicht in eine Ausführung, da Sie ansonsten eine überflüssige Wiederholung auch noch selbst ankündigen würden!).

5.6 Materialien und Hilfsmittel

Für die schriftliche Abiturprüfung im Fach Deutsch sind ein deutsches Wörterbuch sowie unkommentierte Textausgaben der unter den „Fokussierungen“ aufgeführten Texte (G. Büchner: *Woyzeck;* A. Geiger: *Unter der Drachenwand)* im Klausurraum vorhanden.

5.7 Wiederholung und Übung

Wie können Sie am effektivsten wiederholen und üben, wie können Sie Ihre Vorbereitung auf die schriftliche Abiturprüfung Deutsch möglichst optimal gestalten?

Einige Tipps:

- Vergegenwärtigen Sie sich, wozu die einzelnen **Operatoren** aufrufen.
- Gewinnen Sie durch **schriftliches Üben** Sicherheit in der Bearbeitung der vier Aufgabenarten.
- Lesen Sie die **behandelten Pflichtlektüren** (G. Büchner: *Woyzeck;* A. Geiger: *Unter der Drachenwand*) noch einmal gründlich.
- Frischen Sie Ihre **allgemeinen Kenntnisse** zu den genannten Schriftstellern anhand Ihrer Unterrichtsmitschriften auf.
- Vergegenwärtigen Sie sich die **Methode der Analyse** eines Dramen- und eines Romanauszugs sowie eines Gedichtes.
- Wiederholen Sie **Epochenmerkmale** vor allem durch die Lektüre der Texte aus dem Unterricht und anhand Ihrer Hefteinträge zu diesen Themen. Schwerpunkte:
  - Barock, Romantik, Expressionismus u. a. ausgehend von Gedichten,
  - Soziales Drama/Vorläufer des Realismus ausgehend von Büchners *Woyzeck*,
  - dazu literaturgeschichtliches Wissen aus den anderen Epochen, die Sie bei der Analyse lyrischer, epischer und dramatischer Texte behandelt haben.
- Wiederholen Sie **Dramen- und Romantheorien**, soweit im Unterricht behandelt (z. B. Dramentheorie von Aristoteles, Goethe, Schiller, Büchner).
- Arbeiten Sie die im Unterricht vermittelten Kenntnisse zu den **vier inhaltlichen Schwerpunkten** auf:
  - Inhaltsfeld Sprache: z. B. sprachgeschichtlicher Wandel
  - Inhaltsfeld Texte: z. B. poetologische Konzepte
  - Inhaltsfeld Kommunikation: z. B. rhetorisch ausgestaltete Kommunikation in funktionalen Zusammenhängen
  - Inhaltsfeld Medien: z. B. kontroverse Positionen der Medientheorie
- Verbessern Sie Ihre **Darstellungsleistung**, indem Sie Übungen zu folgenden Teilaspekten durchführen:
  - einen Argumentationsgang schlüssig und gedanklich klar aufbauen,
  - beschreibende, deutende, wertende Aussagen begründet aufeinander beziehen,
  - klar und stilistisch angemessen formulieren: keine Umgangssprache verwenden, Wiederholungen vermeiden, Formulierungen variieren, treffende Begriffe benutzen,
  - Fachsprache an den richtigen Stellen anwenden,
  - Aussagen durch angemessenes und korrektes Zitieren belegen,
  - die Regeln der Rechtschreibung, Zeichensetzung und Grammatik üben.
- Trainieren Sie die **Sachtextanalyse:**
  - Analysieren Sie Sachtexte vor allem im Hinblick auf ihre Argumentationsstruktur und erörtern Sie die dabei vertretenen Positionen,
  - Untersuchen Sie Sachtexte auch im Hinblick auf die sprachlich-rhetorische Gestaltung.
- Trainieren Sie die Auswertung **diskontinuierlicher Texte** wie Karikaturen, Grafiken, Bilder.

Eine mündliche Abiturprüfung gibt es in jedem Fall im vierten Abiturfach. Daneben werden weitere mündliche Prüfungen im ersten bis dritten Abiturfach angesetzt, wenn ansonsten das Bestehen der Abiturprüfung gefährdet ist, weil die Mindestbedingungen gemäß § 29 Abs. 4 APO-GOSt nicht erfüllt sind. Außerdem kann sich jeder zu freiwilligen mündlichen Abiturprüfungen melden, u. a. um seine Abiturdurchschnittsnote zu verbessern. Für mündliche Prüfungen im ersten bis dritten Abiturfach gilt, dass sie inhaltlich nicht dem Stoffgebiet der Abiturklausur oder Leistungsprüfungen der Qualifikationsphase entsprechen dürfen.
Die mündliche Prüfung enthält in der Regel zwei gleichwertige Elemente, durch die einerseits die Fähigkeit zum **Vortrag**, andererseits die Fähigkeit zur Beteiligung an einem **Prüfungsgespräch** überprüft wird. Es gelten ansonsten grundsätzlich dieselben Kriterien für die Bewertung wie bei den schriftlichen Anforderungen, wobei der sprachlichen Darstellung aufgrund der Kommunikationssituation eine besondere Bedeutung zukommt.
Zunächst erhalten Sie eine Aufgabenstellung, die aus einer oder mehreren Teilaufgaben bestehen kann. Für die Bearbeitung dieser Aufgabe stehen Ihnen im Vorbereitungsraum 30 Minuten zur Verfügung. Innerhalb dieser Zeit sollen Sie einen 10- bis 15-minütigen Vortrag vorbereiten, der in sich geschlossen und logisch untergliedert ist. Während des Vortrages können Sie sich auf die Texte sowie auf Ihre stichwortartigen Aufzeichnungen stützen.
Die Kürze der Vorbereitungszeit schließt aus, dass Sie Ihren Vortrag schriftlich ausformulieren; vielmehr ist es notwendig, ähnlich wie bei der Sichtungsphase in der Klausur durch sinnvolles Markieren und knappe Anmerkungen den Vortrag vorzubereiten.

Folgende **Aufgabenarten** sind für den ersten Prüfungsteil vorgesehen:

Aufgabenart I	Analyse eines literarischen Textes (unter Nennung von Bearbeitungsschwerpunkten)
Aufgabenart II	Analyse eines Sachtextes (unter Nennung von Bearbeitungsschwerpunkten)
Aufgabenart III a	Erörterung eines Sachtextes
Aufgabenart III b	Erörterung eines Sachtextes mit Bezug auf einen literarischen Text

Der zweite Prüfungsteil besteht aus einem Prüfungsgespräch, in dem Ihr Hintergrundwissen und Ihre Fähigkeit, größere fachliche und sachliche Zusammenhänge zu erschließen, überprüft werden.

6.1 Prüfungsteil I: eigenständiger Vortrag

Die größten Schwierigkeiten bei der mündlichen Abiturprüfung liegen erfahrungsgemäß im ersten Teil: Hier wird ein mindestens 10-minütiger zusammenhängender, gegliederter Vortrag gefordert. Da es für solch lange Vorträge kaum echte Übungsmöglichkeiten im Unterricht gibt, zumindest nicht für jeden Einzelnen, fehlt es weitgehend an konkreten Vorerfahrungen – daher einige Tipps, mit denen Sie sich auf diese Prüfungssituation vorbereiten und Ihren Vortrag ansprechend gestalten können.

Tipps für die 30-minütige Vorbereitung

- Beginnen Sie sofort konzentriert mit der Bearbeitung.
- Beachten Sie die Themenstellung: Was ist die Zielrichtung der geforderten Bearbeitung?
- Achten Sie auf die Operatoren: Welche konkreten Anforderungen werden gestellt? Bei Mehrteiligkeit: Welche Gliederungshilfe bieten die Teilaufgaben?
- Bedenken Sie den Einstieg: Was führt schnell und zielführend zum Kern der Aufgabenstellung?
- Arbeiten Sie im Text: Fachbegriffe an den Rand schreiben, Quellen-Anmerkungen ergänzen, Stichworte für den Vortrag festlegen; wichtige Zitatstellen markieren.
- Gliedern Sie den geplanten Vortrag: Nummerieren Sie Ihre Markierungen, damit Sie anhand dieser Reihenfolge Ihren Vortrag gestalten können.
- Formulieren Sie ein Fazit: Themenformulierungen beinhalten häufig regelrechte Fragestellungen; bei anderen deutet die letzte Aufgabenstellung auf eine Lösung/Bewertung/Beantwortung hin. Gestalten Sie deshalb den Schluss Ihrer Ausführung mit einem klaren Fazit, in dem Sie eine klar formulierte Antwort geben.

Tipps für den Vortrag

- *Zeitmanagement:* Legen Sie eine Armbanduhr neben Ihr Konzept, schreiben Sie, bevor Sie zu sprechen anfangen, den konkreten Zeitraum für Ihren Vortrag auf Ihr Konzept – so haben Sie klare zeitliche Anhaltspunkte.
- *Grobstruktur:* Nennung der Aufgabenstellung – Einleitung – Bearbeitung der Teilaufgaben – Schlussteil.
- *Leitfaden Ihres Vortrages:* Nutzen Sie Ihre Anmerkungen, die Sie während der Vorbereitungszeit angefertigt haben.
- *Vortragsweise:* Sprechen Sie möglichst frei, klammern Sie sich nicht an Ihr Konzept. Sprechen Sie klar, deutlich und hinreichend laut.
- *Sprechtempo:* Versuchen Sie, nicht zu schnell zu sprechen.
- *Stil:* Vermeiden Sie sowohl „Endlossätze“ als auch Aneinanderreihungen und monotone Satzanfänge („Und … und … und …“).
- *Sprachniveau:* Verwenden Sie die Fachsprache, die Sie gelernt haben, um zu verdeutlichen, dass Sie Ihr Metier beherrschen.
- *Zitate/Textbelege:* Verdeutlichen Sie während des Vortrages, woher Sie Ihre Aussagen beziehen, indem Sie Kernstellen mit Zeilenhinweis anführen.
- *Nonverbale Kommunikation:* Ein gelegentlicher Blickkontakt zu Ihrem Prüfer/Ihrer Prüferin oder den übrigen Beisitzern zeugt von einem souveränen Umgang mit der Situation und den Kommunikationsregeln.

- *Adressatenbezug:* Bewegen Sie sich bei Ihrem Vortrag auf einer einheitlichen Sprachebene und vergegenwärtigen Sie sich, dass die Adressaten Ihres Vortrags allesamt Deutschlehrerinnen und Deutschlehrer, also Fachleute, sind.

Sie können diesen ersten Teil der mündlichen Prüfung üben und simulieren, indem Sie eine Teilaufgabe der Arbeitsaufträge in diesem Band nehmen, die Vorbereitungszeit exakt einhalten und zwei Kursmitglieder als fiktive Prüfungskommission hinzuziehen. Lassen Sie sich anschließend von Ihrer „Prüfungskommission" begründet darlegen, ob Ihr Vortrag sprachlich und inhaltlich „verstanden" wurde.
Ebenso können Sie in der Familie oder im Freundeskreis das Referieren üben oder zu diesem Zweck Ihren Vortrag selbst aufnehmen und überprüfen.

6.2 Prüfungsteil II: das Prüfungsgespräch

Die zeitliche Dauer des zweiten Prüfungsteils entspricht derjenigen des ersten Teils: 10 bis 15 Minuten, je nach Verlauf. Auch das Thema des Prüfungsgesprächs muss in Bezug auf das Thema des Vortrags einem anderen Kurshalbjahr entnommen sein. Meistens erfolgt durch den Prüfer/die Prüferin eine Überleitung von Ihrem Vortrag zu diesem zweiten Teil – hier können Sie unmittelbare Bezüge zum Ausgangsthema herstellen.
Im weiteren Verlauf sollen Sie Ihre Kommunikationskompetenzen im Rahmen eines Fachgespräches unter Beweis stellen: Zeigen Sie sich also als gewandter Gesprächspartner bzw. gewandte Gesprächspartnerin, der/die adressatengerecht und sachkundig die Fragen und Impulse aufgreift und möglichst selbstständig und tiefgründig damit umgeht.

Tipps für das Prüfungsgespräch

- *Sprechanteil:* Je eigenständiger und umfassender Sie als Prüfling mit den Fragen und Impulsen umgehen, desto besser! Begnügen Sie sich nicht mit Kurzantworten, führen Sie länger aus.
- *Erfassen der Frageintention:* Achten Sie auf die Operatoren und auf fachliche Kernbegriffe! Führen Sie sinnvolle Beispiele oder Vergleiche aus dem Unterricht an, zeigen Sie Ihr Hintergrund- und Allgemeinwissen. Aber schweifen Sie nicht ab, bleiben Sie beim Thema.
- *Gesprächsaufbau durch den Prüfer/die Prüferin:* In der Regel gestaltet der Prüfer/die Prüferin ein solches Gespräch nach dem Prinzip „Vom Einfachen zum Schwierigen, vom Einzelfallbeispiel zum Allgemeinen/Modellhaften".
  Wenn Sie einen Bezug zu einer Ihnen passend erscheinenden Theorie oder zu einem aus dem Unterricht bekannten Beispiel selbst herstellen können: Tun Sie dies!
- *Unterrichtsbezüge:* Hintergrund aller Fragen und Impulse ist das gemeinsam aus dem Unterricht Bekannte. Stellen Sie also dort, wo möglich, über das gerade angesprochene Einzelbeispiel Vergleiche zu dem im Unterricht Behandelten an, weisen Sie auf Gemeinsamkeiten oder auch auf Unterschiede hin. Machen Sie somit

deutlich, dass Sie den Gesprächsgegenstand aus dem Prüfungsgespräch in größere Zusammenhänge einordnen können.

- *Verständnisproblem:* Sollten Sie mit einer einzelnen Frage einmal nichts anfangen können: Verlieren Sie keine Zeit, bitten Sie an einer solchen Stelle um eine kurze ergänzende Erläuterung.
- *Unterbrechungen:* Lassen Sie sich nicht irritieren. Der Prüfer/die Prüferin möchte Ihnen entweder zurück auf den Haupt(frage)weg helfen oder den Themenschwerpunkt wechseln, was vielleicht nur daran liegt, dass die Prüfungszeit allmählich knapp wird: Werten Sie solche Unterbrechungen in jedem Fall als für Sie günstig und hilfreich.
- *Mimik und Gestik:* Lassen Sie sich nicht durch Äußerlichkeiten irritieren: Jeder ist bemüht, einen möglichst neutralen Eindruck zu machen.

Training/Vorbereitungen

Vereinbaren Sie mit Ihrem Kurslehrer/Ihrer Kurslehrerin möglichst einmal im Verlauf der Qualifikationsphase die Simulation eines solchen Prüfungsgespräches unter Abiturbedingungen. Gegebenenfalls können Sie weitere Trainings mit anderen Mitgliedern Ihres Kurses wechselseitig durchführen, indem Sie die jeweiligen Kurshalbjahresthemen und die Vorgaben zu den unterrichtlichen Voraussetzungen (inhaltliche Schwerpunkte) berücksichtigen.

Viel Erfolg!

Leistungskurs Deutsch (Nordrhein-Westfalen) – Übungsaufgabe 1
I a: Analyse eines literarischen Textes mit weiterführendem Schreibauftrag

Arbeitsgrundlage:
Erich Maria Remarque: *Im Westen nichts Neues*

Aufgaben:	Punkte
1. Interpretieren Sie den Auszug aus Erich Maria Remarques Roman *Im Westen nichts Neues.*	42
2. Vergleichen Sie – ausgehend von Ihren Interpretationsergebnissen – den Auszug mit Arno Geigers Roman *Unter der Drachenwand* im Hinblick auf die Verfassung des Protagonisten und auf sein Verhältnis zu den Zivilisten.	30

Erich Maria Remarque (1898–1970)
Im Westen nichts Neues (1928)

Vorbemerkung: *Mitten im Ersten Weltkrieg. Der Ich-Erzähler, der 19-jährige Paul Bäumer, hat sich noch als Gymnasiast für den Kriegseinsatz gemeldet und wurde nach der Grundausbildung an die Westfront geschickt, wo die Kampfhandlungen als zermürbender und brutaler Stellungskrieg festgefahren sind. Paul, der durch das allgegenwärtige Töten und Sterben abgestumpft ist, erhält eine zweiwöchige Urlaubserlaubnis und reist in seine Heimatstadt.*

[…] Es ist schön, still irgendwo zu sitzen, zum Beispiel in dem Wirtsgarten gegenüber den Kastanien, nahe der Kegelbahn. Die Blätter fallen auf den Tisch und auf die Erde, wenige nur, die ersten. Ich habe ein Glas Bier vor mir stehen, das Trinken hat man beim Militär gelernt. Das Glas ist halb geleert, ich habe also noch einige gute, kühle Schlucke vor mir, und außerdem kann ich ein zweites und ein drittes bestellen, wenn ich will. Es gibt keinen Appell und kein Trommelfeuer, die Kinder des Wirts spielen auf der Kegelbahn, und der Hund legt mir seinen Kopf auf die Knie. Der Himmel ist blau, zwischen dem Laub der Kastanien ragt der grüne Turm der Margaretenkirche auf.

Das ist gut, und ich liebe es. Aber mit den Leuten kann ich nicht fertig werden. Die einzige, die nicht fragt, ist meine Mutter. Doch schon mit meinem Vater ist es anders. Er möchte, daß ich etwas erzähle von draußen, er hat Wünsche, die ich rührend und dumm finde, zu ihm schon habe ich kein rechtes Verhältnis mehr. Am liebsten möchte er immerfort etwas hören. Ich begreife, daß er nicht weiß, daß so etwas nicht erzählt werden kann, und ich möchte ihm auch gern den Gefallen tun; aber es ist eine Gefahr für mich, wenn ich diese Dinge in Worte bringe, ich habe Scheu, daß sie dann riesenhaft werden und sich nicht mehr bewältigen lassen. Wo blieben wir, wenn uns alles ganz klar würde, was da draußen vorgeht.

So beschränke ich mich darauf, ihm einige lustige Sachen zu erzählen. Er aber fragt mich, ob ich auch einen Nahkampf mitgemacht hätte. Ich sage nein und stehe auf, um auszugehen.

Doch das bessert nichts. Nachdem ich mich auf der Straße ein paarmal erschreckt habe, weil das Quietschen der Straßenbahnen sich wie heranheulende Granaten anhört, klopft mir jemand auf die Schulter. Es ist mein Deutschlehrer, der mich mit den üblichen Fragen überfällt. „Na, wie steht es draußen. Furchtbar, furchtbar, nicht wahr? Ja, es ist schrecklich, aber wir müssen eben durchhalten. Und schließlich, draußen habt ihr doch wenigstens gute Verpflegung, wie ich gehört habe, Sie sehen gut aus, Paul, kräftig. Hier ist das natürlich schlechter, ganz natürlich, ist ja auch selbstverständlich, das Beste immer für unsere Soldaten!“ Er schleppt mich zu einem Stammtisch mit. Ich werde großartig empfangen, ein Direktor gibt mir die Hand und sagt: „So, Sie kommen von der Front? Wie ist denn der Geist dort? Vorzüglich, vorzüglich, was?“

Ich erkläre, daß jeder gern nach Hause möchte.

Er lacht dröhnend: „Das glaube ich! Aber erst müßt ihr den Franzmann verkloppen! Rauchen Sie? Hier, stecken Sie sich mal eine an. Ober, bringen Sie unserm jungen Krieger auch ein Bier.“

Leider habe ich die Zigarre genommen, deshalb muß ich bleiben. Alle triefen nur so von Wohlwollen, dagegen ist nichts einzuwenden. Trotzdem bin ich ärgerlich und qualme, so schnell ich kann. Um wenigstens etwas zu tun, stürze ich das Glas Bier in einem Zug hinunter. Sofort wird mir ein zweites bestellt; die Leute wissen, was sie einem Soldaten schuldig sind. Sie disputieren darüber, was wir annektieren sollen. Der Direktor mit der eisernen Uhrkette will am meisten haben: ganz Belgien, die Kohlengebiete Frankreichs und große Stücke von Rußland. Er gibt genaue Gründe an, weshalb wir das haben müssen, und ist unbeugsam, bis die andern schließlich nachgeben. Dann beginnt er zu erläutern, wo in Frankreich der Durchbruch einsetzen müsse, und wendet sich zwischendurch zu mir: „Nun macht mal ein bißchen vorwärts da draußen mit eurem ewigen Stellungskrieg. Schmeißt die Kerle ‘raus, dann gibt es auch Frieden.“ – Ich antworte, daß nach unserer Meinung ein Durchbruch unmöglich sei. Die drüben hätten zuviel Reserven. Außerdem wäre der Krieg doch anders, als man sich das so denke.

Er wehrt überlegen ab und beweist mir, daß ich davon nichts verstehe. „Gewiß, der einzelne“, sagt er, „aber es kommt doch auf das Gesamte an. Und das können Sie nicht so beurteilen. Sie sehen nur Ihren kleinen Abschnitt und haben deshalb keine Übersicht. Sie tun Ihre Pflicht, Sie setzen Ihr Leben ein, das ist höchster Ehren wert – jeder von euch müßte das Eiserne Kreuz haben –, aber vor allem muß die gegnerische Front in Flandern durchbrochen und dann von oben aufgerollt werden.“

Er schnauft und wischt sich den Bart. „Völlig aufgerollt muß sie werden, von oben herunter. Und dann auf Paris.“ Ich möchte wissen, wie er sich das vorstellt, und gieße das dritte Bier in mich hinein. Sofort läßt er ein neues bringen. Aber ich breche auf. Er schiebt mir noch einige Zigarren in die Tasche und entläßt mich mit einem freundschaftlichen Klaps. „Alles Gute! Hoffentlich hören wir nun bald etwas Ordentliches von euch.“

*

Ich habe mir den Urlaub anders vorgestellt. Vor einem Jahr war er auch anders. Ich bin es wohl, der sich inzwischen geändert hat. Zwischen heute und damals liegt eine Kluft. Damals kannte ich den Krieg noch nicht, wir hatten in ruhigeren Abschnitten gelegen. Heute merke ich, daß ich, ohne es zu wissen, zermürbter geworden bin. Ich finde mich hier nicht mehr zurecht, es ist eine fremde Welt. Die einen fragen, die andern fragen nicht, und man sieht ihnen an, daß sie stolz darauf sind; oft sagen sie es sogar noch mit dieser Miene des Verstehens, daß man darüber nicht reden könne. Sie bilden sich etwas darauf ein.

Am liebsten bin ich allein, da stört mich keiner. Denn alle kommen stets auf dasselbe zurück, wie schlecht es geht und wie gut es geht, der eine findet es so, der andere so, – immer sind sie auch rasch bei den Dingen, die ihr Dasein darstellen. Ich habe früher sicher genauso gelebt, aber ich finde jetzt keinen Anschluß mehr daran.

Sie reden mir zuviel. Sie haben Sorgen, Ziele, Wünsche, die ich nicht so auffassen kann wie sie. Manchmal sitze ich mit einem von ihnen in dem kleinen Wirtsgarten und versuche, ihm klarzumachen, daß dies eigentlich schon alles ist: so still zu sitzen. Sie verstehen das natürlich, geben es zu, finden es auch, aber nur mit Worten, nur mit Worten, das ist es ja – sie empfinden es, aber stets nur halb, ihr anderes Wesen ist bei anderen Dingen, sie sind so verteilt, keiner empfindet es mit seinem ganzen Leben; ich kann ja selbst auch nicht recht sagen, was ich meine.

Wenn ich sie so sehe, in ihren Zimmern, in ihren Büros, in ihren Berufen, dann zieht das mich unwiderstehlich an, ich möchte auch darin sein und den Krieg vergessen; aber es stößt mich auch gleich wieder ab, es ist so eng, wie kann das ein Leben ausfüllen, man sollte es zerschlagen, wie kann das alles so sein, während draußen jetzt die Splitter über die Trichter sausen und die Leuchtkugeln hochgehen, die Verwundeten auf Zeltbahnen zurückgeschleift werden und die Kameraden sich in die Gräben drücken! – Es sind andere Menschen hier, Menschen, die ich nicht richtig begreife, die ich beneide und verachte. [...]

Aus: Erich Maria Remarque: Im Westen nichts Neues, Köln, Kiepenheuer & Witsch 2014, Seite 148–152.

Teilaufgabe 1

Hinweise und Tipps

Welche Aufgabenart liegt vor und wie sind die Teilaufgaben gewichtet?
Die Aufgabe entspricht der ***Aufgabenart I a: Analyse eines literarischen Textes mit weiterführendem Schreibauftrag****. Wie meist bei diesem Aufgabentyp ist die* ***erste Teilaufgabe höher bepunktet*** *(42 Punkte) als die zweite Teilaufgabe (30 Punkte).*

Was verlangt die Aufgabenstellung von mir?
*Der Operator „****Interpretieren****“ verlangt von Ihnen eine genaue* ***Textuntersuchung*** *und* ***Deutung*** *des Romanauszugs, wobei der Inhalt, formale Elemente und die sprachliche Gestaltung berücksichtigt werden müssen. Es sind keine Untersuchungsaspekte oder Schwerpunkte vorgegeben. Ein Blick in die zweite Teilaufgabe zeigt Ihnen aber, dass es sinnvoll ist, schon bei der Textinterpretation einen Fokus auf die* ***innere Verfassung des Protagonisten und auf sein Verhältnis zu seinem Umfeld*** *zu legen.*

Wie gehe ich bei der Bearbeitung der Aufgabe sinnvollerweise vor?
Lesen Sie den vorliegenden Text mehrfach genau und erarbeiten Sie ihn mit farbigen ***Markierungen*** *und* ***Randnotizen****. Es ist ratsam, längere Text wie den vorliegenden in* ***Sinnabschnitte*** *zu untergliedern und diesen Überschriften zu geben, die den jeweiligen Inhalt auf den Punkt bringen. So behalten Sie den Überblick und können im Aufsatz den Aufbau des Auszugs besser darlegen.*
Überlegen Sie bei der Arbeit am Text, was er über den ***Ich-Erzähler*** *und sein* ***Verhältnis zu seinem Umfeld aussagt****. Fragen Sie sich also beispielsweise, was es bedeutet, dass er den Aufenthalt im Wirtsgarten so sehr genießt oder dass er seinem Vater nicht von seinen Kriegserfahrungen erzählen möchte.*
Die erzählerische und sprachliche Gestaltung des Textes können Sie z. B. anhand der ***folgenden Fragen*** *untersuchen:*
- *Wo wird Geschehen geschildert, wo dagegen reflektiert?*
- *Wie ist die Erzählsituation angelegt und welche Perspektive ergibt sich dadurch?*
- *Wie ist der Satzbau gestaltet?*
- *Finden Sie ungewöhnliche sprachliche Elemente?*
- *Was haben diese für eine Funktion?*

Nach diesen Vorarbeiten überlegen Sie, wie Sie den Aufsatz strukturieren möchten.

Wie kann ich meinen Aufsatz strukturieren?
Beginnen Sie Ihre Ausarbeitung mit einer ***knappen Einleitung****, in der Sie die Basisinformationen (Autor, Titel, Erscheinungsjahr, Thema) nennen. Im* ***Hauptteil*** *ist es ratsam,* ***abschnittsweise*** *vorzugehen und für jeden der von Ihnen ermittelten Sinnabschnitte* ***inhaltliche, formale und sprachliche Ebene zu verknüpfen****. So lassen sich Wiederholungen vermeiden. Stützen Sie Ihre Aussagen durch geeignete Zitate, die Sie mit der Fundstelle (Zeilenangabe) nachweisen. Da sich im vorliegenden Text das* ***Erzählverhalten*** *nicht ändert, empfiehlt es sich, die erzähltechnische Gestaltung in einem eigenen Absatz zu behandeln. Mit einem* ***Fazit*** *können Sie die zentrale Aussage des Romanauszugs nochmals zusammenfassen sowie Ihre Deutung abrunden.*

Lösungsvorschlag

Einleitung

Basisinformationen (Autor, Titel, Gattung, Jahr, Thema)

Krieg wird als Abwesenheit von Frieden definiert. Er ist ein Ausnahmezustand, der nicht nur Grenzen und Einflusssphären verrückt, sondern auch moralische Maßstäbe und das zwischenmenschliche Zusammenleben. Wer den Krieg aus nächster Nähe miterlebt hat, droht untauglich zu werden für den normalen Alltag. Davon erzählt der Auszug aus Erich Maria Remarques 1928 veröffentlichtem Roman „Im Westen nichts Neues".

Hauptteil

Kurze Inhaltszusammenfassung

Der erst **19-jährige Soldat Paul Bäumer** hat im **Ersten Weltkrieg** an der Westfront unmittelbar das brutale Gemetzel miterleben müssen. Nun, im **Heimaturlaub**, ist er unfähig, die eigenen Erfahrungen zu verarbeiten und sich mit seinem Umfeld zu verständigen. Die gutgemeinten Ratschläge und besserwisserischen Ansichten der Zivilisten stehen im krassen Gegensatz zu seinem authentischen Erleben und machen ihm bewusst, dass er sich verändert hat und **nicht mehr in seine alte Welt hineinpasst**.

Aufbau

Der vorliegende Romanauszug lässt sich in vier **Sinnabschnitte** untergliedern. Während Paul, der als Ich-Erzähler fungiert, im **ersten Abschnitt die Ruhe in einem Wirtsgarten** als friedvolles Gegenbild zum Gefecht ausmalt (Z. 1–9), beschreibt er in den beiden folgenden Abschnitten seine **Probleme im Umgang mit den Menschen daheim**. Zum einen gelingt es ihm nicht, seinem Vater ehrlich und schonungslos von der Front zu berichten (Z. 10–21). Zum anderen muss er am Stammtisch seines früheren Lehrers die ignoranten Weisheiten der Runde zu Strategie und Zielen des Kriegs ertragen (Z. 22–60). **Im vierten Sinnabschnitt** gelangt Paul schließlich zu der Erkenntnis, dass er seine **frühere Identität verloren** hat und mit der zivilen Welt nichts mehr anzufangen weiß (Z. 61–88).

Lineare Interpretation

1. Abschnitt: Idylle als Gegensatz zu Krieg

Eine kleine **Idylle** zeichnet der **erste Absatz**, in dem Paul allein in einem Wirtsgarten bei einem Glas Bier sitzt. Er genießt die **Stille** in der spätsommerlichen Natur, die – das schwingt ungesagt mit – eine Wohltat ist nach dem Kriegsinferno. Die Farbadjektive – der Himmel ist blau, der Kirchturm grün (vgl. Z. 7 f.) – schmücken die harmonische Szenerie aus, in der Kinder spielen und ein zutraulicher Hund zu ihm kommt. Allerdings scheint Paul die Eindrücke nicht für sich gelten lassen zu können, sondern beleuchtet sie **vor der Folie des Krieges:** „Es gibt keinen Appell und kein Trommelfeuer […]." (Z. 6 f.) Zudem bedeutet es für ihn schon ein Mehr an Freiheit und Selbstbestimmung, dass er weitere Gläser Bier trinken kann. Der kurze Konditionalsatz „wenn ich will" (Z. 5 f.) zeigt, dass im Urlaub nicht alles von Befehl und Gehorsam durchdrungen wird, sondern auch der eigene Wille eine Rolle spielen darf. Eine Antithese stellt die beiden **extremen Zustände** unversöhnlich gegenüber: den **Kampf** auf Leben und Tod mithilfe mechanischer

Waffen gegen das **Zusammensein mit glücklichen Kindern und dem Hund inmitten der Natur** (vgl. Z. 6 f.).

Sein Wohlbefinden angesichts dieser Umstände bilanziert Paul mit einer schlichten Selbstaussage: „Das ist gut, und ich liebe es." (Z. 10) Doch ist sie nur die Überleitung zu einem Abschnitt, in dem er sein **Leiden an den „Leuten"** (Z. 10) beschreibt. Von den **Eltern** hat er sich **entfremdet**. Zwar sei die Mutter die Einzige, die ihn nicht mit Fragen bedränge, doch bleibt offen, ob sie dies aus Rücksicht tut oder ob sie das Kriegsgrauen verdrängen will. Der Vater giert dagegen nach Geschichten von der Front, die mit „draußen" (Z. 12) umschrieben wird. Mit dem Begriffspaar „rührend und dumm" (Z. 12 f.) wertet Paul die väterlichen Wünsche ab, was die klassische Rollenhierarchie auf den Kopf stellt: Aufgrund seiner Erlebnisse erscheint nun der **Sohn reifer und wissender als der Vater**. Doch ist er nicht in der Lage, dieses Wissen auch zu artikulieren. Stattdessen speist er den Vater mit „lustige[n]" (Z. 19) Erzählungen ab und vermeidet längere Gespräche über den Krieg. Denn er betrachtet es als „Gefahr", „diese Dinge", also die Wahrheit über den Frontkampf, in Worte zu fassen, da sie dann „riesenhaft" (Z. 15 ff.) werden könnten. Die **unausgesprochenen Worte** werden durch die Metapher zu einem **Ungeheuer**, das den Sprecher um seinen Verstand bringen könnte. Mit einer rhetorischen Frage deutet der Ich-Erzähler an, dass man es **nicht wagen dürfe**, **das Grauen sprachlich zu erfassen:** „Wo blieben wir, wenn uns alles ganz klar würde, was da draußen vorgeht." (Z. 17 f.)

2. Abschnitt: Entfremdung Pauls von den Eltern

Nicht nur vom Elternhaus, auch vom sonstigen **sozialen Umfeld** fühlt sich Paul missverstanden, wie die Begegnung im dritten Abschnitt vorführt. Zwei unterschiedliche Lebenswelten prallen aufeinander: auf der einen Seite der durch den Krieg **verstörte Paul**, der in einem Zustand ständiger Wachsamkeit das Quietschen der Straßenbahn mit dem Fluggeräusch von Granaten verwechselt (vgl. Z. 23), auf der anderen Seite der leutselige **Deutschlehrer**, der leere **Durchhaltephrasen** von sich gibt und dreisterweise die Soldaten um ihre bessere Verpflegung beneidet (vgl. Z. 26 ff.). Hinter seinen Worten verbergen sich Selbstmitleid und der Vorwurf, die Zivilisten müssten größere Entbehrungen hinnehmen als die Soldaten.

3. Abschnitt: Belehrung durch besserwisserische Zivilisten

Nicht besser wird es im Kreis des **Stammtischs**, zu dem der Lehrer Paul mitnimmt. Die versammelten Herren reagieren hocherfreut auf den Besuch, gibt er ihnen doch Gelegenheit, **über ihre Sicht der Dinge zu schwadronieren**. Pauls ehrliche Meinung wird gar nicht gewünscht, da die Herren ohnehin schon alles besser wissen. Ein besonders großsprecherischer Direktor beantwortet seine Fragen daher gleich selbst: „Wie ist denn der Geist dort? Vorzüglich, vorzüglich, was?" (Z. 31) Mit der saloppen Aufforderung, die Deutschen müssten erst einmal „den Franzmann verkloppen" (Z. 33), käut er die gängigen **nationalistischen Feindbilder** wieder und strahlt eine **vermeintliche, gönnerhafte Überlegenheit** aus. Trotz ihrer Distanz zum Kriegsgeschehen führen sich die Stammtischbrüder siegessicher **als Experten** auf und diskutieren mögliche Gebietsannexionen. Der Direktor erweist sich dabei besonders unersättlich (vgl. Z. 40ff.) und gegenüber Einwänden „unbeugsam" (Z. 43) – so, als hätte er irgendetwas zu entscheiden. Es ergibt sich eine absurde Situation: Die selbst ernannten Fachleuchte fällen **Urteile ohne jede Sachkenntnis**, wohingegen Pauls Einwand, „der Krieg [wäre] doch anders, als man sich das so denke" (Z. 48), als falsche Einschätzung weggewischt wird: Der Einsatz des kleinen Soldaten sei zwar preiswürdig, doch fehle ihm der Überblick übers große Ganze (vgl. Z. 49ff.). Der Direktor hält sich dagegen für kompetent und „überlegen" (Z. 49) genug, um als Pseudo-Feldherr eine Strategie zu entwerfen, wie man bis nach Paris vorstoßen könne (vgl. Z. 55f.). Im Abschiedswunsch, dass man „[h]offentlich [...] nun bald etwas Ordentliches" (Z. 59f.) von den deutschen Soldaten hören werde, schwingt auch ein Vorwurf mit, so als ob es am einzelnen Soldaten läge, dass noch kein Sieg errungen sei.

Pauls innere Abneigung gegen Stammtischrunde

Paul ist „ärgerlich" (Z. 37) und fühlt sich in der Runde sehr unwohl, doch gelingt es ihm lange nicht, sich loszumachen. Vielleicht hat der militärische Drill ihn schon so sehr verbogen, dass er es auch **nicht wagt, gegenüber den bürgerlichen Würdenträgern Widerstand zu leisten**. So lässt er sich von seinem Lehrer zu dessen Stammtisch „[mit]schlepp[en]" (Z. 29) – eine Wortwahl, die seinen inneren Widerwillen verrät. Und er schafft es nicht, die ihm spendierten Biere abzuwehren. Dabei räumt er durchaus ein, dass die Runde es gut mit ihm meint, doch ist seine Formulierung sarkastisch aufgeladen: Die Herren „triefen nur so von Wohlwollen" (Z. 36f.), sie „wissen, was sie einem Soldaten schuldig sind" (Z. 39f.). In dieser Charakterisierung deutet sich bereits die Einsicht an, die den vierten Sinnabschnitt dominiert: **Paul kann mit den „Leuten" daheim**, ihren Sorgen und Wünschen, vor allem mit ihrem Bild vom Krieg **nichts anfangen**.

4. Abschnitt: Reflexion Pauls über seine innerliche Veränderung

So ist der vierte Sinnabschnitt eine **persönliche Bilanz Pauls** – auffällig ist das häufig verwendete Personalpronomen „ich". Desillusioniert stellt der junge Mann fest, dass sein einstiges **Umfeld ihm nun völlig fremd** geworden und er dieser Welt abhandengekommen ist. Mit der Metapher der „Kluft" veranschaulicht er, dass für ihn „heute und damals" (Z. 63) getrennt sind. Paul gelangt zu der Erkenntnis, dass er „es wohl [ist], der sich inzwischen geändert hat" (Z. 63). **Zermürbt** vom Kämpfen hat er kein Verständnis mehr für die Welt der Zivilisten und deren „Sorgen, Ziele, Wünsche" (Z. 74). Anhand seiner abschätzigen Beurteilung der Menschen in seiner Heimatstadt wird allerdings deutlich, dass es ihm keiner recht machen kann: Egal, ob sie sich nach seinen Erlebnissen erkundigen oder ob sie Takt beweisen wollen, **fühlt Paul sich durch sie gestört** und sehnt die Einsamkeit herbei (vgl. Z. 66 ff.). Dass die anderen „immer […] rasch bei den Dingen [sind], die ihr Dasein darstellen" (Z. 72), signalisiert, dass die Nicht-Soldaten persönliche Anliegen haben und den **ständigen Überlebenskampf der Soldaten nicht nachvollziehen können**. So misst Paul dem Stillsitzen einen besonderen Wert zu, den sein Umfeld nicht versteht, da es keiner „mit seinem ganzen Leben" (Z. 79) empfindet. Der Graben zwischen der sprachlichen Anteilnahme und der persönlichen Erfahrung scheint unüberwindbar. Die Zivilisten drückten ihr Verständnis „nur mit Worten, nur mit Worten" (Z. 77 f.) aus. Die **existenzielle Betroffenheit fehlt** ihnen, wohingegen Paul intensiv den Augenblick im Hier und Jetzt erlebt.

Sprachkritik

Somit hat der Text eine **sprachkritische Dimension**, da er die Fähigkeit der Sprache anzweifelt, über den Krieg zu sprechen und wahrhaftig mit Unbeteiligten zu kommunizieren. Die Sprache stößt an ihre Grenzen: Im Gespräch mit seinem Vater wagte es Paul nicht, mit Worten an das Grauen zu rühren (vgl. Z. 15 ff.). Nun kapituliert er bei dem Versuch, seine so andere Wahrnehmung zu artikulieren (vgl. Z. 79 f.).

Pauls Einstellung zur Zivilgesellschaft

Es ergibt sich ein **ambivalentes Verhältnis Pauls zu seiner angestammten Umgebung**, die er durch Antithesen ausdrückt. Er fühlt sich zugleich von der Normalität eines bürgerlichen Erwerbslebens angezogen und wegen dessen Enge abgestoßen. Er kann den Gegensatz zwischen Alltagsleben in der Heimat und Kriegshölle mit Tod und Zerstörung nicht ertragen (vgl. Z. 81 ff.). So gelangt er zu dem Eingeständnis seiner völligen Entfremdung: „Es sind andere Menschen hier, Menschen, die ich nicht richtig begreife, die ich beneide und verachte." (Z. 87 f.) Er scheint seine alte Identität verloren zu haben und **findet sich in der Zivilwelt nicht mehr zurecht**. Pauls Erfahrungen stehen zwischen ihm und den „Leuten", die meist mit dem Personalpronomen „sie" als unpersönliche Masse der Zivilisten bezeichnet werden.

Erzählerische Gestaltung

Das durchgehend **personale Erzählverhalten** sorgt dafür, dass der Leser nur **Pauls subjektive Sicht** der Dinge erhält. Das Erzähltempus **Präsens** sorgt für Unmittelbarkeit. Auch die vorwiegend **parataktische Syntax**, die knappe Sätze aneinanderreiht, die sparsame Verwendung sprachlicher Bilder und die vielen **Ich-Aussagen** lassen den Text **wie ein authentisches Dokument** wirken, das Zeugnis ablegt von der existenziellen Erschütterung, die Frontsoldaten erlebten.

Fazit

Der **Krieg hat Paul Bäumer fundamental verändert** und verformt, sodass es fraglich erscheint, ob er sich jemals wieder in seine alte Rolle wird einfügen können.

Teilaufgabe 2

Hinweise und Tipps

Was verlangt die Aufgabenstellung von mir?
Die zweite Teilaufgabe fordert einen **Vergleich** *des analysierten Romanauszugs mit Arno Geigers Roman „Unter der Drachenwand", der Ihnen aus dem Unterricht bekannt ist. Die Aufgabenstellung gibt die* **Vergleichsaspekte** *vor: Es geht zum einen um Pauls bzw. Veits* **innere Verfassung** *(also u. a. darum, wie sie sich fühlen) und um ihr* **Verhältnis zu den Zivilisten** *(also u. a. um ihre Einstellung zu ihrem Umfeld).*

Wie gehe ich bei der Bearbeitung der Aufgabe sinnvollerweise vor?
Zur Vorbereitung können Sie auf einem Konzeptblatt eine zweispaltige Tabelle anlegen, mit der Sie die beiden Soldaten einander gegenüberstellen. Suchen Sie nach geeigneten **Unteraspekten –** *beispielsweise:*
- *Wie sieht die jeweilige Situation der jungen Männer aus?*
- *Wie empfinden sie das Verhältnis zu ihren Eltern?*
- *Wie verläuft der Kontakt zu Bekannten?*
- *Ist von Freunden die Rede?*
- *Wie erleben sie das Zivilleben vor dem Hintergrund ihrer Fronterfahrungen?*
- *Welche Zukunftshoffnungen hegen sie?*

Wie kann ich meinen Aufsatz strukturieren?
Beginnen Sie mit einer **aufgabenbezogenen Überleitung**, *die zum Vergleichstext hinführt. Den* **Hauptteil** *bauen Sie am besten entsprechend Ihrer Vorarbeit auf, also nach den oben genannten Unteraspekten. Dabei ist es nötig, ausgewählte Inhalte aus Arno Geigers Roman kurz wiederzugeben, doch beschränken Sie sich unbedingt auf relevante Zusammenhänge und erzählen Sie nicht die ganze Romanhandlung nach. In einem* **Resümee** *können Sie Ihre Ergebnisse bündeln.*

Was gibt es bei dieser Aufgabe sonst noch zu beachten?
Beim Vergleich zweier Romane über den Krieg sind Grundkenntnisse **zum historischen Hintergrund** *unverzichtbar. Greifen Sie daher auf Ihr im Geschichtsunterricht erworbenes Wissen zum Ersten und Zweiten Weltkrieg zurück. Bedenken Sie, dass Zivilisten im Zweiten Weltkrieg viel direkter eingebunden und betroffen waren und thematisieren Sie diesen Unterschied zum Ersten Weltkrieg.*

Lösungsvorschlag

Überleitung
Unterschied zwischen Erstem und Zweitem Weltkrieg

Das Gegenüber von Front und Heimat, das den Ersten Weltkrieg prägte, war im **Zweiten Weltkrieg** beseitigt. Der **Krieg** war, wie von Propagandaminister Goebbels gefordert, „**total**" geworden. Er durchdrang alle Lebensbereiche, was auch der nationalsozialistische Begriff der „**Heimatfront**" andeutet. Von den Zivilisten wurde ebenfalls die totale Hingabe für die nationale Sache eingefordert, zudem waren sie durch Kriegshandlungen wie Bombardements existenziell betroffen und mussten nicht nur um ihren Besitz, sondern auch um ihr Leben bzw. dasjenige ihrer Angehörigen fürchten.

Textvergleich

Aktuelle Lage der Protagonisten

Arno Geigers 2018 erschienener Roman „Unter der Drachenwand" erzählt aus der Perspektive des 24-jährigen Soldaten **Veit Kolbe** davon, wie der Krieg nicht nur sein eigenes Leben, sondern auch die ganze Zivilgesellschaft überschattet und prägt. Nach einer Verwundung und der folgenden Operation wird er in einen **mehrmonatigen Genesungsurlaub** geschickt, den er – zuletzt mithilfe von Urkundenfälschung – immer weiter ausdehnen kann. So entkommt er schließlich etwa für **ein Jahr** der Kriegshölle, bevor er an die Front zurückkehren muss. **Paul** Bäumer hat dagegen einen nur **zweiwöchigen Heimaturlaub**. Seine Kontakte mit dem Umfeld sind daher zeitlich begrenzt und können ihn nicht so nachhaltig beeinflussen wie Veit.

Problematisches Verhältnis zu den Eltern

Auffällig ist beider **Entfremdung von den Eltern**. Während sich die **Mütter** jeweils heraushalten, wollen die Väter ihre Söhne in **Kriegsgespräche** verwickeln. Herr Bäumer hofft auf Berichte von spektakulären Fronterlebnissen, als sei der Krieg ein großes Abenteuer. Herr Kolbe hat eine ideologische Sicht auf den Krieg – die nationalsozialistische Indoktrination wirkt. Er betrachtet den Krieg als große nationale Aufgabe, die Opfer erfordere, und ergeht sich angesichts des Rückzugs in pathetischen Durchhalteparolen. Paul und Veit **entziehen sich diesen Gesprächen** mit den Vätern, die ihre Augen vor der Realität verschließen und bei ihrer vorgefassten Meinung bleiben wollen. Allerdings sagt Veit zuletzt seinem Vater die Meinung und überwirft sich mit ihm.

Angespanntes Verhältnis zur Zivilgesellschaft

Sowohl Paul als auch Veit **hadern mit der Zivilgesellschaft** und deren Sicht auf den Krieg. Während im Ersten Weltkrieg positive Erwartungen daher rührten, dass das eigentliche Kampfgeschehen weit weg war und die Probleme des deutschen Militärs verschwiegen wurden, war 1944 schon eher zu erahnen, dass Deutschland unterliegen würde. Dennoch sorgten Propaganda, Terror und eine innere Abstumpfung dafür, dass die Menschen den Krieg nicht offen infrage stellten. Wie es in Geigers Roman heißt, galt schon Schwarzsehen als Verrat. In beiden Fällen klagen die beurlaubten Soldaten über die **Zivilisten, die sich ein Urteil über den Kampfverlauf erlauben, ohne die tatsächlichen Zusammenhänge zu kennen**. Die besserwisserische Stammtischrunde gibt Paul Ratschläge, die Bürger von Mondsee werfen Veit Pflichtvergessenheit und Drückebergerei vor, da er sich in ihrer Gemeinde erholt und nicht wieder an der Front steht.

Versagen der Sprache bei Gesprächen über den Krieg

Paul ist **nicht in der Lage, seinem Umfeld das erlebte Grauen sprachlich zu vermitteln**. Er schottet sich daher innerlich von den „Leuten" ab und widerspricht nicht offen. Veit fällt es ebenfalls schwer, über die **Fronterfahrungen** zu sprechen, aber im Verlauf des Romans erzählt er dennoch gelegentlich davon – beispielsweise Margot (vgl. S. 199). Auch wegen seiner Kriegserlebnisse hat Veit zunehmend **Zweifel am nationalsozialistischen Regime**. So äußert er z. B. gegenüber der Quartiersfrau, einer fanatischen NS-Anhängerin, versteckt Kritik. Seine Erzählung ist zudem immer wieder von Einlassungen durchsetzt, die seine kritische Distanz zur Ideologie verdeutlichen. In Pauls Bericht dagegen finden sich – jedenfalls im vorliegenden Auszug – **keine vergleichbaren politischen Äußerungen**.

Kriegserfahrungen und politische Haltung

Beide Protagonisten **registrieren ihre innerliche Veränderung und Entfremdung von der Normalwelt**. „Ich finde mich hier nicht mehr zurecht, es ist eine fremde Welt." (Z. 65 f.), resümiert Paul seine Situation. Und auch Veit betrachtet den Krieg als Krankheit, der seine Persönlichkeit verzerrt und verformt hat. Er gelangt zu dem Schluss, dass er zeit seines Lebens immer Teil des Krieges bleiben wird. Auch wird ihm bewusst, dass er Aktionen zur Ermordung von Juden nicht wahrnehmen wollte. In gewisser Weise hat er durch sein Wegschauen eine Mitschuld auf sich geladen hat, die den Krieg überdauern wird.

Veränderung der eigenen Person

Paul und Veit werden von den **Schreckensbildern der Front** heimgesucht. So muss Paul auch in der heimischen Idylle daran denken, wie „jetzt die Splitter über die Trichter sausen und die Leuchtkugeln hochgehen" (Z. 84 f.), während Veit unter einer posttraumatischen Belastungsstörung leidet. In stärkerem Maß als bei Paul überkommen ihn anfallsartig Erinnerungen und konfrontieren ihn mit lebensgefährlichen Situationen aus dem Kampf.

Traumatische Erinnerungen

Kann sich eine junge Generation, die durch das permanente Töten abgestumpft und zermürbt ist, wieder **ins gewöhnliche Leben integrieren**? Paul verspürt eine große Sehnsucht nach dem Alltag und normalen Erwerbsleben, verachtet jedoch zugleich dessen Enge. Veit hat ebenfalls den Wunsch nach einem kleinen Privatglück und beklagt die verlorene Jugend. Denn eigentlich hätte er längst sein Studium abgeschlossen und würde ein unabhängiges Leben führen. **Geigers Roman** erzählt auch davon, wie der junge Mann **allmählich wieder ins Leben zurückfindet**. Vor allem zwei soziale Kontakte geben ihm Halt: So freundet er sich zum einen mit dem **Brasilianer** an, der dem Regime sehr kritisch gegenübersteht und trotz Lebensgefahr weiterhin seine Meinung äußert. Von ihm lernt Veit den Wert geistiger Freiheit und übernimmt dann auch Verantwortung, als er die Gärtnerei des Brasilianers während dessen Haftstrafe weiterführt. Und schließlich wird er sogar zum Mörder und erschießt seinen Onkel, um dem Brasilianer eine erneute Festnahme zu ersparen. Zum anderen schenkt ihm die **Beziehung zu seiner Zimmernachbarin Margot** neue Zuversicht und einen optimistischen Blick auf die Zukunft. Bei ihr erlebt er Zärtlichkeit und Ge-

Soziale Kontakte und Liebe als Hilfe für Veit

borgenheit und kann den Krieg zumindest kurzzeitig ausblenden. **Liebe und Freundschaft** erscheinen so als Heilmittel für die vom Krieg gezeichnete Seele Veits. Ob Paul eine ähnliche Wende zum Positiven vergönnt ist, lässt der Romanauszug offen. Er selbst scheint es zu bezweifeln.

Fazit des Vergleichs

Die Romane von Remarque und Geiger erzählen zwar von unterschiedlichen Kriegen, doch ist die **existenzielle Verstörung der beiden Protagonisten vergleichbar**. Sie müssen sich beide mit der Erkenntnis auseinandersetzen, dass sie aufgrund ihrer Erfahrungen von allen Zivilisten getrennt sind, zumal diese oft ihr eigenes Bild vom Krieg haben, das nicht mit der Frontrealität übereinstimmt. Paul und Veit erleben jeweils, dass sie nicht mehr in ihr altes Leben zurückkönnen. Doch das Beispiel Veits zeigt, was trotz aller seelischen Wunden ein **Weiterleben ermöglichen** kann: Die **Liebe** siegt über Schmerz und Leid.

Leistungskurs Deutsch (Nordrhein-Westfalen) – Übungsaufgabe 2
I a: Analyse eines literarischen Textes mit weiterführendem Schreibauftrag

Arbeitsgrundlage:
Ernst Toller: *Der deutsche Hinkemann. Eine Tragödie in drei Akten* (Auszug)

Aufgaben: Punkte

1. Interpretieren Sie den vorliegenden Auszug aus Ernst Tollers Drama *Der deutsche Hinkemann* (1923). 42
2. Vergleichen Sie den Auszug aus Tollers Drama mit Georg Büchners *Woyzeck* im Hinblick darauf, wie das Motiv „eine Frau zwischen zwei Männern" inhaltlich ausgestaltet wird. Gehen Sie dabei auch auf die Lebenssituation der Figuren, ihre Beweggründe und auf ihr Verhalten ein. 30

Ernst Toller (1893–1939)
Der deutsche Hinkemann (1923, Auszug aus I, 1)

Vorbemerkung: *Im Mittelpunkt des Dramas steht der Kriegsinvalide Eugen Hinkemann, dem im Ersten Weltkrieg die Genitalien weggeschossen worden sind. Davon weiß bisher nur seine Ehefrau Grete, mit der er in ärmlichen Verhältnissen lebt. In der vorliegenden Szene ist Hinkemanns Freund Paul Großhahn zu Besuch bei dem kinderlosen Paar. Im weiteren Verlauf des Dramas betrügt Grete ihren Mann mit Großhahn.*

HINKEMANN: […] Aber […] die Maschine!! Die zerbricht uns unsere Knochen, ehe wir noch so recht aufgestanden sind. Mir graut vor jedem neuen Arbeitstag, und wenn ich morgens die Arbeit aufnehme, kann ich mir kaum vorstellen, daß man das den ganzen Tag aushalten soll. Und wenn abends die Fabrikglocke geht, stürme ich zum Fabriktor hinaus, als wenn ich besessen wäre.

PAUL GROSSHAHN: Mich drückt die Maschine nicht. Ich bin der Herr und nicht die Maschine. Wenn ich an der Maschine stehe, packts mich mit Teufelslust: Du mußt den Knecht da fühlen lassen, daß du der Herr bist! Und dann treibe ich das heulende und surrende und stöhnende Ding bis zur äußersten Kraftleistung, daß es Blut schwitzt … sozusagen … und ich lache und freue mich, wie es sich so quält und abrackert. So, mein Tierchen, rufe ich, du mußt gehorchen! Gehorchen! Und das wildeste Stück Holz laß ich die Maschine verschlingen und laß es sie formen nach meinem Befehl! Nach meinem Befehl! Sei ein Mann, Eugen, dann bist du der Herr.

HINKEMANN *leise*: Es gibt Fälle auf Erden, wo einer eher ein Gott werden kann als ein Mann.

GRETE HINKEMANN *starrt Großhahn unverwandt an:* Wie wild Sie blicken können, Herr Großhahn.

PAUL GROßHAHN: Och …

HINKEMANN: Der hat das Wildblicken gelernt, aber nicht an der Maschine.

GRETE HINKEMANN: Sondern?

HINKEMANN: Wo, willst du wissen? Bei den Frauensleuten.

PAUL GROßHAHN: Was hat denn son Prolet[1] von seinem Leben? Wenn er auf die Welt kommt, flucht der Alte, daß wieder ein Esser mehr da ist. Hungrig geht er morgens in die Schule, und wenn er abends ins Bett geht, zwiebelt ihm der Hunger das Gedärm. Na, und dann kommt er in die Frohn[2]. Er verkauft seine Arbeitskraft, wie man einen Liter Petroleum verkauft und gehört dem Unternehmer, dem Prinzipal[3]. Er wird … sozusagen … ein Hammer oder ein Stuhl oder ein Dampfhebel oder ein Federhalter oder er wird ein Bügeleisen. Es ist doch so! … Was bleibt sein einziges Vergnügen? Die Liebe! Wo keiner ihm etwas dreinzureden hat? – Die Liebe! Wo er frei ist, wo er dem Herrn Unternehmer und Polizisten sagen kann: Hier ist meine Villa! Eintritt verboten!? – Die Liebe!! Sehen Sie, die reichen Leute haben so viele Sachen, mit denen sie sich amüsieren … Badereisen und Musik und Bücher … […] Für uns Proleten ist die Liebe ganz was anderes als für die reichen Leute. Sie ist für uns … sozusagen … der Lebenskern. Wenn der angefault ist, dann lieber gleich einen Strick. Ist es nicht so, Eugen?

HINKEMANN: Du magst wohl recht haben …

PAUL GROßHAHN: Sie sind eine verheiratete Frau, Frau Hinkemann, man kann deshalb ein offenes Wort mit Ihnen reden. Was hätte unsereiner wohl vom Leben, wenn er nicht jeden Tag einmal bei seinem Mädchen sein könnte.

HINKEMANN *beobachtet gespannt Grete.*

PAUL GROßHAHN: Was sagen Sie, Frau Hinkemann?

GRETE HINKEMANN: Was ich sage? … *Scheu.* Alle Frauen sind nicht gleich.

HINKEMANN *aufspringend:* Ich schaff Arbeit, Grete, da kannst du dich drauf verlassen … ich will dir doch was schenken können zu Weihnachten! …

PAUL GROßHAHN: Kannst dir den Weg sparen.

HINKEMANN: Abwarten, Paule! Auf Wiedersehen, Grete. *Hinkemann verläßt das Zimmer.*

Einige Minuten Stille.

PAUL GROßHAHN: Ein Mann wie ein Ringkämpfer. Ist doch jammerschade, daß der brach liegen muß. Und immer Humor. Sie sind wohl recht glücklich, Frau Hinkemann?

GRETE HINKEMANN *sieht ihn starr an:* Ja.

PAUL GROßHAHN: Ich bin immer neidisch auf den Eugen, wenn ich Sie beide so sehe.

GRETE HINKEMANN *stützt weinend den Kopf in ihre Hände.*

PAUL GROßHAHN: Was ist denn, Frau Hinkemann? … Ich habe doch nichts Übles gesagt? Sie weinen ja? … Was ist denn? … soll ich dem Eugen nachlaufen? Vielleicht erreiche ich ihn noch …

GRETE HINKEMANN *fassungslos aufweinend:* Mein Kopf zerbricht! … Mich können sie ins Irrenhaus schaffen! … Ich schrei! … Ich schrei! …

PAUL GROẞHAHN *besorgt:* Sind Sie krank, Frau Hinkemann? Kann ich Ihnen helfen? Oder sind Sie gar in guter Hoffnung[4]? … Da bekommen manche Frauen die Fallsucht[5].

GRETE HINKEMANN: Ach du lieber Herr Jesus, ach du lieber Herr Jesus … in andern Umständen … *Krampfhaft auflachend.* in Umständen, daß ich froh wäre, wenn sie mich heut begraben täten …

PAUL GROẞHAHN: Ist der Eugen nicht gut zu Ihnen? Schlägt er Sie?

GRETE HINKEMANN: Ich sags … ich sags … ich sags … ich bin ein armes Menschenkind … mein Eugen … mein Eugen … mein Eugen, der ist ja gar … der ist ja gar kein Mann …

PAUL GROẞHAHN: Sind Sie wirklich nicht krank, Frau Hinkemann? Vielleicht haben Sie Fieber?

GRETE HINKEMANN: Nee … mein Eugen … mein Eugen, den haben sie im Krieg draußen so zugerichtet … und jetzt ist er ein Krüppel … ich schäm mich ja so … ich kanns nicht erklären … Verstehen Sie mich doch, Herr Großhahn, er ist gar kein Mann mehr … *Hält sich wie erschreckt über sich selbst den Mund zu.*

PAUL GROẞHAHN *prustet einen kurzen, rohen Lachlaut.*

GRETE HINKEMANN: Ach Herr Jesus … was hab ich nu angerichtet? Was hab ich nu gesagt? Wie Sie mich jetzt auslachen … pfui! pfui! Das hätt ich nicht gedacht … das hätt ich Ihnen nicht zugetraut.

PAUL GROẞHAHN: Entschuldigen Sie, Frau Hinkemann, es kommt mir nur … es kommt mir nur so die Kehle herauf … Wenn ein Mann das hört, da muß er eben lachen. *Entrüstet.* Aber der Eugen, der ist ja ein Egoist! Was hält der Sie? Der liebt Sie nicht, sonst würde er Sie gehen lassen … *Großhahn streichelt Grete. Grete lehnt sich an ihn.*

GRETE HINKEMANN: Das ist alles viel schwerer, wie Sie sich das denken, Herr Großhahn. Man findet sich nicht zurecht. Eben ist es hell, und dann ist es wieder finstere Nacht … Der Mensch dauert mich so[6] … Was war das für ein Mann vor dem Krieg! Das blühende Leben! Aber heute … nur noch grübeln kennt er. Er hadert mit Gott und hadert mit den Menschen … Und wenn er mich anschaut, meine ich, er will mich durch und durch schauen, als ob ich ein Ding wäre und kein Mensch. Und manchmal, da fürchte ich mich vor ihm … da mag ich ihn nicht leiden … da ekelt er mich! … *Sich schüttelnd.* Da ekelt er mich! … Herr Jesus, wie soll das enden? …

PAUL GROẞHAHN *immer zärtlicher werdend:* Weinen Sie nur, Frau Grete, weinen Sie nur … Tränen, die man zurückhält, sind wie Steine, die einem auf dem Herzen liegen, hat meine Mutter selig immer gesagt …

GRETE HINKEMANN: Sie werden ihm nichts verraten, Herr Großhahn? Ich ginge ins Wasser!

PAUL GROẞHAHN: Nichts werde ich ihm sagen, Grete. Kein Sterbenswörtchen. Da kannst du ohne Sorge sein. Ich hab schon einmal einen Monat Gefängnis auf mich genommen, weil ich versprochen hatte, reinen Mund zu halten … Da kannst du ohne Sorge sein … Du bist ein junges Weib … guck mich mal an … zum Teufel, du machst es nicht mehr ein Jahr, wenn du dich so weiter grämst … Greteken … Greteken … *Küßt sie.*

GRETE HINKEMANN: Nu werde ich doch schlecht …

PAUL GROßHAHN: Schlecht? Wie kann schlecht sein, was aus der Natur kommt? … sozusagen … aus dem Blut … Schlecht, mit dem Wort jonglieren die Pfaffen und die Kapitalisten … Schlecht wärst du gegen dich, wenn du einem Mann, der kein Mann ist, die Treue halten wolltest. Und überhaupt Treue. Auch ein Gottseibeiuns fürs arme Volk. Für die reichen Leute ist das längst ein Ammenmärchen. Mein Freund hatte sogar eine Liebschaft mit … einer Frau Kommerzienrat …

GRETE HINKEMANN: Ich höre jemand auf der Treppe … Wenn es Eugen ist …

PAUL GROßHAHN: Dann will ich lieber gehen … Greteken, magst du mal zu mir kommen? Du weißt, wo ich wohne … Brauchst keine Bange zu haben, mich besucht niemand … Du kannst dein Herz bei mir ausschütten … sozusagen … Du kannst dich ruhig bei mir ausweinen … Kommst du zu mir?

GRETE HINKEMANN: Ich weiß es noch nicht …

PAUL GROßHAHN: Erinnerst du dich noch, wie wir zusammen am großen Sandhaufen im Stadtpark Burgen bauten, Greteken? … Ich hatte schon ein Auge auf dich geworfen, als du noch eine kleine Milchdirn[7] warst … Greteken, kommst du zu mir?

GRETE HINKEMANN *schüttelt widerstrebend den Kopf.*

PAUL GROßHAHN *plötzlich brutal:* Ohne Ziererei … Du kommst! …

GRETE HINKEMANN: Ich …

PAUL GROßHAHN: Du kommst!

GRETE HINKEMANN: Ja …

PAUL GROßHAHN: Adschö[8] auch, Greteken, adschö. *Großhahn geht.*

GRETE HINKEMANN *allein:* Man ist nur ein armes Weib. Und das Leben ist so verworren.

Aus: Ernst Toller: Der deutsche Hinkemann. Eine Tragödie in drei Akten. Potsdam: Kiepenheuer 1923, S. 7–12.

Anmerkungen:

1 *Prolet:* Proletarier, hier im Sinne von „einfacher Arbeiter“
2 *Frohn:* Frondienst (= im Mittelalter Dienstleistung der Bauern für ihre Grundherren, in der Regel von Zwang geprägt)
3 *Prinzipal:* Arbeitgeber (von lat. *princeps* = Vorsteher, Führer)
4 *in guter Hoffnung sein:* schwanger sein
5 *Fallsucht:* vor allem früher benutzter Begriff für Epilepsie (= plötzlich auftretende Krampfanfälle)
6 *dauern:* jemandem leidtun
7 *Milchdirn:* Milchmädchen = frühere Bezeichnung für Mädchen oder Mägde, die Milch besorgten und anboten
8 *Adschö:* dialektale Form des französischen Abschiedsgrußes „Adieu“

Teilaufgabe 1

Hinweise und Tipps

Welche Aufgabenart liegt vor und wie sind die Teilaufgaben gewichtet?
*Diese Aufgabe entspricht der **Aufgabenart I a: Analyse eines literarischen Textes mit weiterführendem Schreibauftrag**. Für die erste Teilaufgabe können Sie 42 Punkte erhalten, für die zweite Teilaufgabe 30 Punkte – die Analyse des vorliegenden Dramenauszugs ist also in der Bewertung stärker gewichtet.*

Was verlangt die Aufgabenstellung von mir?
*Teilaufgabe 1 besteht aus einem **Interpretationsauftrag:** Der Operator „**Interpretieren**" fordert die Untersuchung des Zusammenspiels von **Inhalt, Form und Sprache** sowie eine darauf beruhende **Deutung** des Textes – es gilt also, den Inhalt zu verstehen, die Art und Weise der Textgestaltung zu untersuchen und daraus eine Textauslegung zu entwickeln. Der Arbeitsauftrag macht keine Vorgaben, welche Aspekte im Fokus stehen sollen – Sie müssen also selbst erschließen, welche Aspekte besonders relevant sind.*

Wie gehe ich bei der Bearbeitung der Aufgabe sinnvollerweise vor?
*Lesen Sie für die Bearbeitung von **Teilaufgabe 1** zunächst mehrfach den vorliegenden Ausschnitt aus Ernst Tollers Drama „Der deutsche Hinkemann". **Markieren** Sie dabei alle Stellen, die Ihnen auffallen, sei es in sprachlicher oder inhaltlicher Hinsicht. Mithilfe von **Notizen am Rand** des Textes können Sie dabei schon wesentliche Beobachtungen festhalten. Am besten vermerken Sie hier auch den inhaltlichen **Aufbau** des Auszugs, indem Sie ihn in Sinnabschnitte einteilen und deren Inhalt in knappster Form zusammenfassen. Fragen Sie sich dazu, wann eine wichtige Veränderung stattfindet – beispielsweise wenn eine Figur die Bühne betritt oder verlässt oder wenn die Kommunikation eine entscheidende Wendung nimmt. Notieren Sie außerdem auffallende **Stilmittel** und überlegen Sie, welche Wirkung diese haben. Wenn Sie zudem Beobachtungen zu den **Figuren** notieren, fällt es Ihnen später leichter, diese zu charakterisieren.*

Wie kann ich meinen Aufsatz strukturieren?
*Beginnen Sie Ihre Ausarbeitung mit einer knappen **Einleitung**. In dieser nennen Sie Autor, Titel, Erscheinungsjahr, Textart, Textstelle (Akt und Szene) und den Hauptinhalt des vorliegenden Auszugs. Am besten fassen Sie anschließend **kurz den Inhalt zusammen**, um einen Überblick über den Auszug zu geben. Danach **interpretieren** Sie den Text, wobei Sie neben **inhaltlichen Aspekten** auch auf die **sprachliche Gestaltung** eingehen. Dabei ist es hilfreich, sich an den Sinnabschnitten zu orientieren. Eine andere Möglichkeit ist es, Inhalt und Sprache nacheinander abzuhandeln. Dabei besteht jedoch die Gefahr, sich zu wiederholen. Im folgenden Musteraufsatz werden die beiden Verfahren kombiniert: Die Untersuchung sprachgestalterischer Aspekte, die den gesamten Auszug betreffen, werden der Detailinterpretation der Abschnitte vorangestellt – sprachliche Besonderheiten, die an der jeweiligen Stelle bedeutsam sind, werden dann im Rahmen dieser Detailinterpretation berücksichtigt. Im Anschluss folgt eine zusammenfassende Charakterisierung der drei Figuren.*

Runden Sie den ersten Teil Ihrer Ausarbeitung mit einem ***Schlussteil*** *ab, in dem Sie Ihre Deutung zusammenfassen.*

Was gibt es bei dieser Aufgabe sonst noch zu beachten?
Eine Herausforderung bei dieser Aufgabe ist der Umfang des Auszugs. Aus zeitlichen Gründen können Sie nicht jeden einzelnen Redebeitrag auswerten – versuchen Sie daher, sich auf die ***zentralen Linien und wichtigen Punkte*** *zu konzentrieren.*

Lösungsvorschlag

Einleitung
Grundlegende Informationen zum Drama

Ernst Tollers Drama „Der deutsche Hinkemann. Eine Tragödie in drei Akten" von 1923, aus dem der vorliegende Textauszug stammt, handelt von dem Arbeiter Eugen Hinkemann, dem im Ersten Weltkrieg die Genitalien weggeschossen worden sind und den seine Frau Grete mit seinem Freund Paul Großhahn betrügt.

Hauptteil
Einteilung in Sinnabschnitte und kurze Inhaltswiedergabe

Der hier behandelte Auszug aus der ersten Szene des ersten Aktes zeigt einen Besuch Großhahns bei den Hinkemanns und lässt sich in **drei Sinnabschnitte** einteilen. Zu Beginn (vgl. Z. 1–49) unterhalten sich Hinkemann und Großhahn über die Fabrikarbeit, die sie sehr unterschiedlich wahrnehmen. Im Folgenden kommt Großhahn auf die in seinen Augen große **Bedeutung der Liebe** zu sprechen, woraufhin Hinkemann den Raum verlässt. Im zweiten Sinnabschnitt (vgl. Z. 50–81) plaudert Großhahn mit Grete über das scheinbare Glück der Hinkemann'schen Ehe und Grete bricht weinend zusammen – auf seine Nachfragen erzählt sie ihm von den fehlenden Genitalien ihres Mannes. Der dritte Sinnabschnitt (vgl. Z. 82–131) zeigt Großhahns Bemühungen, sich ihr **anzunähern**. Schließlich schafft er es, die anfangs zögerliche Grete zu einem Besuch bei ihm zu Hause zu bewegen.

Grundsätzliche Merkmale der sprachlichen Gestaltung

Der Haupttext ist in **Prosa** verfasst und bildet – mit Ausnahme von Gretes kurzem Monolog nach Großhahns Weggang – durchgehend einen **Dialog** ab. Die Ellipsen (vgl. Z. 47), Einschübe (vgl. „sozusagen", Z. 35) und die vielen Auslassungspunkte, die Gesprächspausen verdeutlichen, ahmen ebenso eine natürliche, **authentische Mündlichkeit** nach wie die dialektal gefärbte Umgangssprache (z. B. „son Prolet", Z. 23; „Adschö", Z. 129). Letztere unterstreicht auch teilweise die Zugehörigkeit der Figuren zur Arbeiterschicht.

Detaillierte Interpretation nach Sinnabschnitten
1. Sinnabschnitt

Im ersten Sinnabschnitt verdeutlicht das einleitende Gespräch der Männer über ihre Arbeit an der Maschine schon die erheblichen **Unterschiede in ihrem Charakter und ihrer Belastbarkeit**. Hinkemann erträgt sie kaum, wie u. a. die Bildlichkeit („zerbricht uns unsere Knochen", Z. 1; vgl. auch Z. 5) und die Wortwahl (u. a. „Mir graut", Z. 2) unterstreichen. Sein Freund hingegen empfindet bei der Bedienung der Maschine ein **Machtgefühl**. Bei ihm dominieren kraftvolle Ausrufe, kombiniert mit einer Herr-Knecht-Metaphorik für die Beziehung zwischen ihm und der als „Tierchen" (Z. 11) verniedlichten Maschine. Großhahn **überhöht sich** geradezu zu einem Beherrscher der Natur („das wildeste Stück Holz", Z. 12), der diese ganz nach seinem Willen zu „formen" (Z. 13) vermag. Mit seiner Aufforderung an Hinkemann, „ein Mann" zu sein, um „der Herr" (Z. 13 f.) zu sein, deutet er implizit einen **Mangel an „Männlichkeit" bei diesem** an, woraufhin Hinkemann erstmals leise sein Problem andeutet (vgl. Z. 15 f.).

Eine kurze Gesprächssequenz über Großhahns wilden Blick bildet die Überleitung zum **Thema Liebe** (vgl. Z. 17–22). Großhahn referiert über ihre existenzielle Bedeutung für die einfachen Arbeiter (vgl. Z. 23–37), deren klägliche Lebensläufe von Hunger und Verdinglichung (vgl. Z. 28 f.) geprägt seien. Als einziges Vergnügen und einziger **Freiheitsraum**, den sie gegenüber den Herrschenden behaupten könnten (vgl. Z. 31 f.), bleibe nur die Liebe, während die Reichen so viel mehr Möglichkeiten hätten. Seine Einschätzung unterstreichen die enthusiastischen Ausrufe „Die Liebe!" (Z. 30 ff.), mit denen er sich selbst gestellte Fragen beantwortet, und die metaphorische Umschreibung der Liebe als „Lebenskern". Sei dieser „angefault" (Z. 36), könne man sich doch gleich umbringen. Mit Großhahns direkter Ansprache der Eheleute (vgl. Z. 36 f., 43) gerät hier die Frage in den Blick, wie es denn bei ihnen um diesen „Lebenskern" stehe. Davon zeugen Hinkemanns **Anspannung** und Gretes **scheue Antwort** (vgl. Z. 42 ff.). Offenbar aus Sorge, Grete könne angesichts der Überlegungen Großhahns an ihrer Ehe zweifeln, verlässt Hinkemann das Zimmer, um sich Arbeit zu suchen und so seiner Frau ein Weihnachtsgeschenk kaufen zu können.

Im zweiten Sinnabschnitt lenkt Großhahn nun ausdrücklich den Blick auf die **Beziehung des Paares**, wenn er nach Gretes Eheglück fragt und seinen Neid bekundet (vgl. Z. 52 f., 55). Grete beginnt zu weinen. Der Spannungsaufbau bis zu Gretes Enthüllung erfolgt hier durch den Wechsel von **besorgt wirkenden Nachfragen** Großhahns und **steigende Verzweiflung** ausdrückenden Äußerungen Gretes. Diese reichen vom doppelten Ausruf „Ich schrei!" (Z. 61) über die Anrufung Jesu (vgl. Z. 65) bis hin zu Stammeln andeutenden Wiederholungen der Fügungen „ich sags" und „mein Eugen" (Z. 69 f.). Unter anderem die Ansprache Jesu verleiht ihrer Eröffnung, ihr Mann sei „gar kein Mann mehr" (Z. 76 f., vgl. auch Z. 71), den Charakter einer **Beichte**. Großhahns wenig einfühlsame Reaktion – er lacht prustend – enttäuscht Grete und lässt sie an ihrer Entscheidung zweifeln, das Geheimnis preiszugeben (vgl. Z. 79 f.). 2. Sinnabschnitt

Der dritte Sinnabschnitt zeigt Großhahns **Annäherungsversuche**. Nach einer halbherzigen Entschuldigung bahnt er erste Zärtlichkeiten an, die zunächst noch als Trost durchgehen könnten (vgl. Z. 85 f.), dann aber immer deutlicher Großhahns **sinnliches Anlie-** 3. Sinnabschnitt

gen verraten („immer zärtlicher werdend“, Z. 96; „Küßt sie“, Z. 106). Die Annäherung zeigt sich sprachlich durch die zunehmende Vertrautheit der Anrede: von „Sie“ (Z. 96) zu „du“ (Z. 102) und von „Frau Hinkemann“ (Z. 82) über „Frau Grete“ (Z. 96) und „Grete“ (Z. 101) hin zu „Greteken“ (Z. 105). Grete ihrerseits wird von Großhahns Trost dazu verleitet, ihm den tatsächlichen Zustand ihrer Ehe mitzuteilen: Sie leidet sehr unter der kriegsbedingten Schwermut ihres Mannes (vgl. Z. 87, 89) bis hin zu Furcht und Ekel vor ihm (vgl. Z. 93 f.). Eine Hell-dunkel-Metapher (vgl. Z. 88 f.) verdeutlicht dabei ihre schwankende Stimmung. Gretes Sorge, Großhahn könne ihrem Mann ihre peinliche Enthüllung offenlegen (vgl. Z. 99), stellt ihr Gesprächspartner als unbegründet dar. Ihre Bedenken bei seinem Kuss, die ihr Satz „Nu werde ich doch schlecht ...“ (Z. 107) andeutet, versucht er mit **moralkritischen Erwägungen** wegzuwischen (vgl. Z. 108–113). Ihre weiteren Reaktionen (vgl. Z. 114, 119, 124) auf seine Annäherungsversuche, zu denen auch seine Frage gehört, ob sie ihn besuchen kommen werde, signalisieren Abwehr. Unvermittelt schaltet Großhahn auf rigorose, „plötzlich brutal[e]“ (Z. 125) Aufforderungen um, die Grete kaum eine Wahl lassen (vgl. Z. 125, 127): Sie **bejaht** schließlich ein **heimliches Treffen**. Großhahn hat sein Ziel erreicht und verlässt das Haus.

Genauere Betrachtung der Figuren

Nimmt man die Figuren genauer in den Blick, fallen zunächst die **sprechenden Namen der beiden Männer** auf: „Hinkemann“ verweist auf eine Behinderung, während der „Hahn“ in „Großhahn“ als stolz, imposant und männlich gilt, was durch das vorangestellte Adjektiv noch verstärkt wird.

Hinkemanns innere Schwäche

Hinkemann ist vor dem verhängnisvollen Krieg „[d]as blühende Leben“ (Z. 90) gewesen und immer noch „[e]in Mann wie ein Ringkämpfer“ (Z. 51), was auf **äußere Stärke** verweist. Im Kontrast dazu steht seit der Verletzung seine **innere Schwäche**, die durch seine Klagen über die schwere Arbeit und seine häufigen Grübeleien (vgl. Z. 90) zum Ausdruck kommt. Der Krieg hat ihn zu einem **schwermütigen Menschen** gemacht. Dass seine **Ehe** ein **wichtiger Halt** für ihn ist, den er nicht verlieren möchte, zeigt sein Vorhaben, eine neue Arbeitsstelle zu suchen, um Grete etwas bieten zu können. In der vorliegenden Szene wirkt er im Vergleich zu seinem Freund und späteren Kontrahenten Großhahn **unterlegen**.

Berechnender Großhahn

Während die körperliche Liebe für den Kriegsversehrten unerreichbar ist, findet Großhahn in ihr sein „einziges Vergnügen“ (Z. 30) und seinen „Lebenskern“ (Z. 36). Statt einer festen Beziehung vergnügt er sich gerne mit „Frauensleuten“ (Z. 22), die bezeichnenderweise in der Pluralform genannt werden. Treue ist aus seiner Sicht ein religiös unterfüttertes „Ammenmärchen“ (Z. 112) und widerspricht dem natürlichen Begehren des Menschen. Seine **gesell-**

schaftskritische Haltung zeigen seine Beschreibung des Arbeiterlebens und sein Loblied auf die Liebe als einziger Freiheitsraum der Arbeiterschicht. Im Umgang mit Grete verhält er sich **berechnend**, denn auf ihre Enthüllung hin stellt er ihren Mann als **Egoisten** dar (vgl. Z. 84 f.), wohl in der Hoffnung, bei ihr ein Gefühl von Distanz zu ihrem Ehemann wachzurufen. Sogleich versucht er durch Zärtlichkeit, die verzweifelte Frau emotional an sich zu binden. Sein ganzes Verhalten Grete gegenüber scheint auf die Erreichung seines Ziels ausgerichtet, sie zum Ehebruch zu verleiten. Großhahns Selbstdarstellung als **Inbegriff der Männlichkeit** sowie seine **begeisterten Worte über die Liebe** lassen sich vor diesem Hintergrund möglicherweise schon als strategische Vorbereitung der Annäherungsversuche verstehen. Insgesamt kommt seine **Skrupellosigkeit** zum Ausdruck, denn er hat keinerlei Hemmungen, ein Verhältnis mit der Ehefrau seines Freundes anzufangen. Des Weiteren fällt Großhahns **Machtstreben** auf, einerseits gegenüber der Maschine bei der Arbeit, andererseits gegenüber Grete, wie seine herrischen Aufforderungen zu einem Treffen zeigen. Die **Anbahnung des** später folgenden **Ehebruchs geht von ihm aus**.

Verzweifelte Grete

Grete leidet unter den Auswirkungen der Kriegsverletzung ihres Mannes. In seiner Gegenwart wirkt sie verschlossen, was durch ihre wenigen, kurzen Redebeiträge im ersten Abschnitt deutlich wird. In der Folge wird sie als eine **unsichere Frau in Not** dargestellt, die sich – sich selbst kleinmachend – als „armes Menschenkind“ (Z. 69 f.) bezeichnet. Dass sie sich zur Enthüllung der Einschränkung ihres Mannes bewegen lässt, zeigt die **Dringlichkeit ihres Redebedürfnisses** und ihren Leidensdruck. Gleichzeitig schwankt sie zwischen **Pflicht- und Mitleidsgefühlen** gegenüber ihrem Mann und dem **Bedürfnis nach einem erfüllteren Leben**. Großhahns herrisches Auftreten nötigt sie schließlich zu einer Zusage zu einem Treffen, vor dem sie eigentlich zurückschreckt.

Schlussteil

Deutung als Gesellschaftskritik

Die Szene offenbart **gesellschaftskritische Züge:** Die Handlung ist im **Arbeitermilieu** angesiedelt, wo kein Geld für Geschenke übrig ist und die einfachen Leute die Folgen des Krieges, in dem sie sich für das Land einsetzen mussten, zu tragen haben – sowohl in physischer als auch in psychischer Hinsicht. Inwiefern Großhahns Aussagen, denen zufolge die reichen Leute alles haben und dürfen, während den Armen die Liebe als einziges Vergnügen bleibt, diesen gesellschaftskritischen Ansatz widerspiegeln, hängt auch davon ab, wie man Großhahn bewertet. Es wäre eine interessante Frage, wie diese hier intrigant wirkende Figur im weiteren Verlauf des Dramas weiter ausgestaltet wird – als skrupelloser Egoist oder ebenfalls als armes Opfer der gesellschaftlichen Verhältnisse, dessen Affäre mit Grete der einzige Lichtblick in einem tristen Leben ist.

Teilaufgabe 2

Hinweise und Tipps

Was verlangt die Aufgabenstellung von mir?
In Teilaufgabe 2 sollen Sie den interpretierten Dramenauszug mit Büchners Fragment „Woyzeck“ vergleichen, das Ihnen aus dem Unterricht bekannt ist. Als Vergleichsaspekt wird das ***Motiv „eine Frau zwischen zwei Männern“*** *genannt. Im Fokus des Vergleichs steht also die Figurenkonstellation. Dabei sollen Sie u. a. die* ***Lebenssituation****, die* ***Beweggründe*** *und das* ***Verhalten*** *der Figuren behandeln.*

Wie gehe ich bei der Bearbeitung der Aufgabe sinnvollerweise vor?
Als Vorbereitung des Vergleichs können Sie in einer ***Tabelle Unterschiede und Gemeinsamkeiten*** *der Texte im Hinblick auf die geforderten Punkte notieren. Es ist hier sinnvoll, die Tabelle schon so zu strukturieren, wie Sie den Aufsatz aufbauen möchten, in diesem Fall nach den jeweiligen „Rollen“ der Figuren. Die Grundanlage der Tabelle könnte dann beispielsweise so aussehen:*

Hinkemann	**Woyzeck**
harte Arbeit (Fabrikarbeiter)	harte Arbeit (Soldat, Rasieren, Experiment)
Bemühen um Zusatzverdienst, um Frau was zu bieten	Bemühen um Zusatzverdienst, um Existenz der Familie zu sichern
…	…

Großhahn	**Tambourmajor**
selbstbewusst, Herausstellen der Männlichkeit	selbstbewusst, Herausstellen der Männlichkeit
rhetorisch geschickt, manipulativ	eher einfach gestrickt, plump
…	…

Grete	**Marie**
…	…

Außerdem sollten Sie sich noch Gedanken machen, wie sich das Motiv der Frau zwischen zwei Männern deuten lässt. Insbesondere ließe sich die Frage beantworten, inwieweit in dessen Ausgestaltung jeweils eine ***sozialkritische*** *Stoßrichtung liegt.*

Wie kann ich meinen Aufsatz strukturieren?
Ihre Ausarbeitung beginnen Sie mit einer kurzen ***Überleitung*** *zum Vergleich. Anschließend gehen Sie auf die gefundenen* ***Unterschiede und Gemeinsamkeiten*** *ein. Bei Bedarf können Sie Textbelege aus „Woyzeck“ in Ihre Argumentation einflechten. Halten Sie sich aber nicht zu lange mit der Suche nach passenden Zitaten auf. Am Ende Ihres Aufsatzes ziehen Sie ein* ***Fazit****, in dem Sie die wesentlichen Erkenntnisse aus dem Vergleich festhalten oder auch einen Ausblick geben.*

Lösungsvorschlag

Aufgaben-bezogene Überleitung

Im Vergleich mit dem Fragment gebliebenen sozialen Drama „Woyzeck", das Georg Büchner 1836 zu schreiben begann, fällt die sehr ähnliche **Grundkonstellation** der beiden Werke auf: Im Zentrum der im **ärmlichen Milieu** spielenden Handlung stehen **zwei Männer und eine Frau**, die mit dem einen – gesundheitlich beeinträchtigten – Mann liiert ist und mit dem anderen, attraktiveren Mann fremdgeht. Ein genauerer Vergleich fördert weitere Gemeinsamkeiten, aber auch gewisse Unterschiede zutage.

Hauptteil: Vergleich der Texte

Hinkemann und Woyzeck

Eugen Hinkemann und Franz Woyzeck müssen beide **hart arbeiten**, um über die Runden zu kommen. Ersterer ist von der Fabrikarbeit an Maschinen stark belastet und beklagt sich auch darüber. Um seiner Frau etwas bieten zu können, bemüht er sich um einen Zusatzverdienst. Bei dem einfachen Soldaten Woyzeck ist Fabrikarbeit noch kein Thema. Er muss jede Möglichkeit wahrnehmen, um zusätzliches Geld zu verdienen. Bei ihm ist das Motiv dafür allerdings **existenzieller** als bei Hinkemann: Von seinem schmalen Sold allein könnte er Marie und den gemeinsamen Sohn nicht ernähren, was die **gesellschaftskritische Aussage** des Dramas unterstreicht. Im Gegensatz zu Hinkemann beklagt sich Woyzeck aber nicht, auch wenn er demütigende Aufgaben übernehmen muss. Marie und das Kind genügen ihm als Motivation, wobei sich darin ein wichtiger Unterschied zu Hinkemann zeigt: Letzterer hat kein Kind und wird auch keines mehr zeugen können. Beide Titelfiguren wirken **schwach und versehrt**, sowohl in physischer als auch in psychischer Hinsicht – aber aus **unterschiedlichen Gründen:** Hinkemann ist durch den Krieg von einem lebensfrohen in einen **schwermütigen Mann** verwandelt worden, Woyzeck leidet vor allem unter der herabwürdigenden Ausbeutung, zu der auch die verordnete Erbsendiät gehört. Die **psychische Beeinträchtigung** hat bei Woyzeck allerdings sehr viel **größere Ausmaße** – er gleitet immer mehr in Wahnvorstellungen ab. Beide Figuren erscheinen dabei **in ihrer Männlichkeit eingeschränkt** bzw. wirken wenig attraktiv, was ihre Frauen zum Fremdgehen verleitet.

Großhahn und der Tambourmajor

Die beiden Gegenspieler dagegen treten **selbstbewusst** auf und stellen ihre **Männlichkeit** heraus: Während sich der Tambourmajor als stattlicher Uniformträger präsentiert, im Wirtshaus mit seiner Körperkraft prahlt und Woyzeck verprügelt, inszeniert Großhahn sich als kraftstrotzender Herr über Maschine und Natur. Damit erfüllen sie die Rolle, die Hinkemann und Woyzeck aus verschiedenen Gründen nicht mehr verkörpern können. Der Tambourmajor wirkt dabei allerdings eher **einfach gestrickt und plump**, während Großhahn **rhetorisches Geschick** an den Tag legt und **manipulativ** verfährt. Sowohl Großhahn als auch der Tambourmajor neigen aber auch zu **befehlerischem Verhalten**, um ihren Willen zu bekommen (vgl. Z. 125, 127 und 6. Szene, S. 18). Ein Unterschied zwischen ihnen ist ihr **sozialer Status:** Großhahn ist wie Hinkemann ein armer Fabrikarbeiter, der schick uniformierte Tambourmajor ist dagegen **finanziell bessergestellt** als Woyzeck, wie z. B. das Geschenk an Marie verdeutlicht (vgl. 4. Szene, S. 14). Insgesamt erscheint Großhahn zudem **besonders skrupellos**, weil er seinen Freund mit dessen Frau hintergehen und dessen Schwäche unbarmherzig ausnutzen will. Der Tambourmajor hat mit Woyzeck hingegen keine näheren Berührungspunkte.

Grete und Marie

Die Frauenfiguren sind eher **unterschiedlich charakterisiert**. Grete wirkt **verzweifelt**, **unschlüssig** und **passiv** – sie lässt sich am Ende von Großhahn herumkommandieren und zu einem Besuch bei ihm überreden. Marie hingegen **nimmt sich ihre Freiheiten** und ihr Vergnügen mit dem Tambourmajor ohne Rücksicht auf die Konventionen aktiv heraus. So zeigt sie offen ihre Bewunderung für den Tambourmajor (vgl. 2. Szene, S. 10), flirtet hemmungslos mit ihm (vgl. 6. Szene, S. 17 f.) und ist sich ihrer Schönheit bewusst („hab' ich einen so roten Mund als die großen Madamen", 4. Szene, S. 14). Ein weiterer Unterschied zeigt sich in den **Gründen für das Fremdgehen:** Bei Grete liegen sie offenbar in ihrer **persönlichen Not** angesichts der Einschränkung ihres Mannes und dessen daraus resultierender depressiver Grundstimmung. Marie hingegen lässt sich nicht nur von der schicken Uniform des Tambourmajors und seiner demonstrativen Männlichkeit, sondern auch von den geschenkten Ohrringen **beeindrucken**. In ihr wird die Sehnsucht geweckt, der **Enge ihres ärmlichen Lebens** zu entfliehen und vielleicht auch mehr als eine einfache Frau sein zu können. Allerdings macht sich bei Marie ebenso wie bei Grete **ein schlechtes Gewissen** bemerkbar („Nu werde ich doch schlecht", Z. 107 und „Ich bin doch ein schlecht Mensch", 4. Szene, S. 15, vgl. auch Szene 17, S. 30 f.).

Gesellschaftskritik?

Das Motiv einer Frau zwischen zwei Männern ist also in den beiden Werken ähnlich, aber nicht gleich gestaltet. Zwar wird in beiden Dramen eine **sozialkritische Ebene** deutlich, allerdings kann man unterschiedliche Schwerpunktsetzungen in Bezug auf das genannte Motiv ausmachen. Büchner legt den Fokus sehr auf die **ökonomischen Umstände** der Figuren und insofern auf die gesellschaftliche Struktur: Die **ärmlichen Verhältnisse**, die Woyzeck zur Selbstausbeutung zwingen und denen Marie entfliehen möchte, sind der **maßgebliche Grund** für ihre Affäre mit dem Tambourmajor.

Im „Hinkemann" spricht Großhahn zwar die gesellschaftlichen Ungleichheiten direkt an. Aber weil er im Drama als Verführer eine eher unrühmliche Rolle spielt und seine Einlassungen auch eine strategische Dimension haben, wirkt er eher nicht wie ein Sprachrohr des Verfassers. Im Hinblick auf das Motiv einer Frau zwischen zwei Männern scheinen die **ärmlichen Verhältnisse** zudem mehr **im Hintergrund** zu stehen, **ausschlaggebend** ist hier für die sich anbahnende Affäre das eher **individuelle Schicksal Hinkemanns:** Sein Verlust der Genitalien im Krieg verändert ihn so sehr, dass Grete verzweifelt – und diese Verzweiflung ist der **Ansatzpunkt für die Annäherungsversuche Großhahns**, der die sehr spezifische Ehesituation schamlos ausnutzen will. Von ihm wird Grete sich außerdem auch eher **keinen Aufstieg** erhoffen können, denn dieser ist ein Arbeiter wie Hinkemann – während der Tambourmajor in der militärischen Hierarchie über dem einfachen Soldaten Woyzeck steht und Marie wegen seines höheren Solds mit Geschenken beeindrucken kann.

Fazit

Die **Situation Woyzecks** (und Maries) wirkt insofern im Vergleich zu dem individuelleren Schicksal Hinkemanns **zwangsläufiger, paradigmatischer und mehr strukturell bedingt**. Vielleicht ist das der Grund dafür, warum Toller sein Drama eine Tragödie genannt hat, während Büchners Stück gemeinhin als soziales Drama gilt.

Leistungskurs Deutsch (Nordrhein-Westfalen) – Übungsaufgabe 3
I b: Vergleichende Analyse literarischer Texte

Arbeitsgrundlage:
Hilde Domin: *Auf Wolkenbürgschaft*
Bertolt Brecht: *Der Radwechsel*

Aufgaben: Punkte

1. Interpretieren Sie das Gedicht „Auf Wolkenbürgschaft“ von Hilde Domin. 42
2. Vergleichen Sie das Gedicht „Auf Wolkenbürgschaft“ mit Bertolt Brechts Gedicht „Der Radwechsel“ im Hinblick darauf, wie das Motiv des Unterwegsseins ausgestaltet wird. Berücksichtigen Sie dabei neben inhaltlichen auch sprachlich-formale Aspekte. 30

Hilde Domin (1909–2006)
Auf Wolkenbürgschaft (1957–1959)

Ich habe Heimweh nach einem Land,
in dem ich niemals war,
wo alle Bäume und Blumen
mich kennen,
in das ich niemals geh,
doch wo sich die Wolken
meiner
genau erinnern,
ein Fremder, der sich
in keinem Zuhause
ausweinen kann.

Ich fahre
nach Inseln ohne Hafen,
ich werfe die Schlüssel ins Meer
gleich bei der Ausfahrt.
Ich komme nirgends an.
Mein Segel ist wie ein Spinnweb im Wind,
aber es reißt nicht.
Und jenseits des Horizonts,
wo die großen Vögel
am Ende ihres Flugs
die Schwingen in der Sonne trocknen,
liegt ein Erdteil,
wo sie mich aufnehmen müssen,
ohne Paß,
auf Wolkenbürgschaft.

Aus: Hilde Domin, Nur eine Rose als Stütze, Frankfurt am Main – Astano, Tessin, Juni 1957–Mai 1959. In: Hilde Domin, Gesammelte Gedichte. Frankfurt am Main: S. Fischer 1987, S. 131.

Anmerkung:
Hilde Domin wurde als Jüdin während der deutschen Nazi-Herrschaft verfolgt und ging ins Exil. Der Name Domin ist ein Pseudonym und geht auf ihr Gastland, die Dominikanische Republik, zurück. Gedichte mit dem Thema Exil schreibt sie auch nach der Rückkehr nach (West-)Deutschland in den 1950er-Jahren.

Bertolt Brecht (1898–1956)
Der Radwechsel (1953)

Ich sitze am Straßenhang.
Der Fahrer wechselt das Rad.
Ich bin nicht gern, wo ich herkomme.
Ich bin nicht gern, wo ich hinfahre.
Warum sehe ich den Radwechsel
mit Ungeduld?

Aus: Bertolt Brecht, Buckower Elegien. 1953, Suhrkamp Frankfurt.

Anmerkung:
Bertolt Brecht floh wie Hilde Domin vor den Nazis, siedelte sich nach dem Krieg jedoch in der damaligen DDR an. Das Erscheinungsjahr des Gedichts verweist auf ein historisch wichtiges Datum: In den Tagen um den 17. Juni 1953 fand in der DDR ein Arbeiteraufstand statt, der von der Sowjetarmee gewaltsam niedergeschlagen wurde. Brecht schrieb die Buckower Gedichte, zu denen *Der Radwechsel* gehört, nach diesem Aufstand.

Teilaufgabe 1

Hinweise und Tipps

Welche Aufgabenart liegt vor und wie sind die Teilaufgaben gewichtet?
*Diese Aufgabe entspricht der **Aufgabenart I b: Vergleichende Analyse literarischer Texte**. Die erste Teilaufgabe ist mit 42 Punkten stärker gewichtet als die zweite Teilaufgabe mit ihren 30 Punkten.*

Was verlangt die Aufgabenstellung von mir?
Der Operator „interpretieren" in Teilaufgabe 1 verlangt eine umfassende Untersuchung und Deutung des Gedichts. Dabei werden Ihnen keine Vorgaben gemacht, was mögliche Schwerpunktsetzungen angeht. Das bedeutet, dass Sie selbst herausfinden müssen, welche Aspekte für die Textdeutung besonders relevant sind.

Wie gehe ich bei der Bearbeitung der Aufgabe sinnvollerweise vor?
*Erarbeiten Sie zunächst das Gedicht mit **Markierungen** und **Anmerkungen**. Berücksichtigen Sie dabei neben dem **Inhalt** auch die **Sprache** (z. B. rhetorische Figuren, Metaphern) und die **Form** (z. B. äußere Gliederung, Rhythmus). Auf dieser Grundlage setzen Sie sich dann u. a. mit der Frage auseinander, wie das **Thema des Unterwegs-Seins** im Gedicht ausgestaltet wird, denn dieses Thema ist für den Vergleich in Teilaufgabe 2 entscheidend:*
– Von welcher Art des Unterwegs-Seins handelt das Gedicht?

– Was sind Grund und Anlass der Reise?
– Handelt es sich um eine reale oder eine gedankliche, womöglich utopische Reise?
– Welche Erfahrungen und Erlebnisse, Gefühle und Reflexionen kommen zum Ausdruck?

Wie kann ich meinen Aufsatz strukturieren?
*Beginnen Sie Ihren Aufsatz mit einer **Einleitung**, in der Sie zum Thema hinführen. Sie können dabei vom Schlüsselbegriff des Gedichts „Auf Wolkenbürgschaft" ausgehen. Achten Sie auf korrekte **Angaben zu Titel, Autor und Erscheinungsjahr**.*
*Im **Hauptteil** können Sie **linear** vorgehen, d. h. die Analyse entsprechend dem Gedichtverlauf verfassen, oder Sie können sich **aspektorientiert** die wichtigen Gesichtspunkte herausgreifen und unabhängig vom Gedichtverlauf darstellen. Vergessen Sie dabei nicht, dass Sprache und Form nicht isoliert betrachtet, sondern mit dem Inhalt verknüpft und für die Deutung nutzbar gemacht werden sollten.*

Was gibt es bei dieser Aufgabe sonst noch zu beachten?
*Bei den vorliegenden Gedichten werden recht ausführliche **Informationen zu den Autoren** gegeben. Lesen Sie diese aufmerksam, denn sie können Ihnen Anhaltspunkte für eine biografische und/oder politische Lesart der Texte liefern. Allerdings sollten Sie mit den Zusatzinformationen vorsichtig und behutsam umgehen – denn wie bei anderen Interpretationen gilt auch hier: Der Text ist primär.*

Lösungsvorschlag

Einleitung
Heimweh als Sehnsucht

Heimweh – mit diesem Begriff benennen Menschen in der Fremde ihre **Sehnsucht**, wieder in der Heimat zu sein. Nicht nur auf ein bestimmtes Land, eine Landschaft oder einen fernen Ort kann das Heimweh sich richten, auch der **Verlust** einer für sicher geglaubten Gemeinschaft oder einer vertrauten Umgebung kann das schmerzhafte Gefühl von Heimweh hervorrufen.

Grundlegende Informationen zu Domins *Auf Wolkenbürgschaft*

Von Heimweh spricht auch das lyrische Ich in Hilde Domins Gedicht „Auf Wolkenbürgschaft" (1957–1959). In **poetischer Sprache** beschreibt es ein **Heimweh ohne Heimat**, das sich nicht auf das Gewohnte und Vertraute der eigenen Herkunft richtet, sondern auf ein **utopisch fernes Ziel**.

Hauptteil
Form, Struktur, Inhalt

Auch wenn die äußere Gestalt mit den unterschiedlich langen Versen und Abschnitten keinem strengen Formprinzip folgt, so zeigt sich doch, dass sie bewusst gewählt ist. Die Zeilenumbrüche beispielsweise rhythmisieren das Gedicht, indem sie die Parallelität einzelner Aussagen formal stützen (so z. B. von V. 3 und 6), und die Zweiteilung des Gedichts entspricht der inhaltlichen Struktur: Im ersten Abschnitt schildert das lyrische Ich seine Sehnsucht nach einem Land, wo es weder jemals war noch jemals hingehen wird und dennoch bekannt ist. Im zweiten Abschnitt beschreibt es konkreter den Aufbruch sowie das Unterwegs-Sein (vgl. V. 12–18) und **imaginiert als Ziel seiner Reisen einen Erdteil**, wo es auch ohne amtlichen Identitätsnachweis aufgenommen wird (vgl. V. 19–26). Der Verzicht auf festes Metrum und Reim passt dabei zum erzählerischen Sprechgestus des lyrischen Ichs.

Erste Versgruppe

Ausgangssituation des lyrischen Ichs: Heimweh ohne genaues Ziel

Domins Gedicht beginnt mit einer Aussage, die dem Leser recht trivial vorkommt – auf den ersten Blick zumindest. „Ich habe Heimweh“ – wer hätte das noch nie gesagt? Aber bereits die Ergänzung „nach einem Land“ (V. 1) löst durch den **Gebrauch des unbestimmten Artikels** Irritationen aus, da sich Heimweh normalerweise auf ein **konkretes Ziel** richtet: Man hat z. B. Heimweh nach Deutschland, nach dem Bergischen Land, nach der Stadt oder dem Dorf, in dem man aufgewachsen ist. Das lyrische Ich jedoch hat Heimweh nach „einem Land, / in dem [es] niemals war“ (V. 1 f.) und in das es auch niemals gehen wird (vgl. V. 5). Wie seltsam, ja geradezu **paradox** mutet diese Aussage an, besteht die Voraussetzung für Heimweh doch gerade darin, dass man einen vertrauten Ort verlassen hat, dem man fest verbunden ist und an den man irgendwann zurückkehren will.

Charakterisierung des Sehnsuchtslandes

Für das lyrische Ich gilt dies nicht. Das **Land seiner Sehnsucht** hat andere Attribute: Es ist ein unbekanntes Land, wo jedoch in der Erde verwurzelte Pflanzen – Bäume und Blumen, und zwar alle – das lyrische Ich kennen (vgl. V. 3 f.) und wo **flüchtige, unbeständige Gebilde am Himmel** – Wolken – sich seiner „genau“ erinnern (vgl. V. 6–8). Die **personifizierte Natur**, nicht der Mensch, versichert es seiner Existenz. Deshalb bleibt es unbehaust, „ein Fremder, der sich / in keinem Zuhause / ausweinen kann“ (V. 9–11). Durch die **isolierte Position des Personalpronomens „meiner“** (V. 7) und die mehrfachen Negationen („niemals“, V. 2, 5; „keinem“, V. 10) wird dieser Eindruck unterstrichen.

Personifizierung der Natur

Zweite Versgruppe

Handlungen des lyrischen Ichs in zweiter Versgruppe

In der zweiten Versgruppe kommt Bewegung auf: Das lyrische Ich wird aktiv und so zum **handelnden Subjekt**. In einer dreiteiligen Satzreihe steht es als Anapher an jeweils erster Stelle und **am Versbeginn:** „Ich fahre“ (V. 12), „ich werfe“ (V. 14), „Ich komme […] an“ (V. 16). Aber die Aktivitäten des lyrischen Ichs **laufen ins Leere:** Es steuert „Inseln ohne Hafen“ (V. 13) an – Inseln also, die nicht auf die Ankunft Fremder eingestellt sind; es wirft „die Schlüssel ins Meer“ (V. 14) und schließt damit eine Rückkehr endgültig aus; es kommt „nirgends“ (V. 16) an. Im **Bild** des spinnwebgleichen Segels (vgl. V. 17 f.) hellt sich die Situation des lyrischen Ichs auf: Wo auch immer der Wind das Schiff hintreibt, wie stark auch immer es stürmt, das Segel bleibt beweglich, es gibt nach, passt sich an, „reißt nicht“ (V. 18). Wenn auch keine unmittelbare Hoffnung auf Ankunft besteht, so ist doch zumindest das Unterwegs-Sein nicht gefährdet.

Wohl auch deshalb gelingt es dem lyrischen Ich, zuversichtlich in die Zukunft zu blicken (vgl. V. 19–26) – und erneut ist es die **Natur**, die **Hoffnung** spendet: Vögel kommen nach offenbar längerem Flug auf einem entlegenen Erdteil an (vgl. V. 21: „am Ende ihres Flugs") und scheinen dort Ruhe zu finden, wie es das Trocknen ihrer Flügel in der Sonne, die wiederum ein positiv konnotiertes Element der Natur darstellt, andeutet (vgl. V. 22). Es wirkt fast so, als wolle das lyrische Ich es den Vögeln gleichtun: Es hofft, wie die Vögel in diesem Teil der Erde anzukommen und dort aufgenommen zu werden, und zwar „ohne Paß, / auf Wolkenbürgschaft" (V. 25 f.). **Grund und Anlass der Reise** lassen sich aus den letzten beiden Versen erschließen. Wer ohne Pass unterwegs und zum Betreten eines fremden Landes auf eine Bürgschaft angewiesen ist, befindet sich **in einer prekären Situation**, z. B. als Flüchtling. **Hilde Domins Biografie** als deutsche Jüdin, die vor dem NS-Regime nach Südamerika floh, legt diese Interpretation nahe.

Wichtige Rolle der Natur

Bezug zu Domins Biografie: Flucht und Exil

Die Deutung des Gedichts reicht jedoch weit darüber hinaus in zeitunabhängige Sinndimensionen. Es geht um **Heimatverlust** und Exil in einem existenziellen Sinn, um Unterwegs-Sein als Grundmuster menschlichen Lebens, um die **Sehnsucht nach der verlorenen Einheit mit der Natur**, um die **Vergeblichkeit allen Reisens** und den **Mut**, dennoch **zu vertrauen**. „[S]ie" (V. 24) – wer auch immer das ist – sind verpflichtet, das heimatlose lyrische Ich aufzunehmen. Völlig offen bleibt, worauf diese **Verpflichtung** beruht: Sind „sie" humanitären Werten verpflichtet, handeln „sie" aus Nächstenliebe, haben „sie" irgendeinen Vertrag unterschrieben, bekommen „sie" eine Gegenleistung?

Vertrauen auf Aufnahme im Ankunftsland

Der letzte Vers greift den Titel des Gedichts auf und nimmt auf die Beschreibung des Sehnsuchtslands Bezug (vgl. V. 6 ff.). Die **Verantwortung einer Bürgschaft für die Einreise in das fremde Land** übernehmen nicht Menschen, die sich für das lyrische Ich einsetzen, ein Pfand hinterlassen oder seine Integrität garantieren, sondern in irrealer Weise die Wolken, die sich des lyrischen Ichs „genau erinnern" (V. 8). Nur auf diese flüchtigen Gebilde, die am Himmel in wechselnden Formationen vorüberziehen, sich in Schnee und Regen auflösen oder uns heftige Gewitter bescheren, kann es sich verlassen. Es reist „auf Wolkenbürgschaft" (V. 26). Dass am Ende des Gedichts nicht Resignation, sondern eine Art **Hoffnungsschimmer** steht, ein Urvertrauen durchschimmert, erstaunt den Leser.

Ungewöhnliche Bürgschaft: Wolken als Garanten für lyrisches Ich

Anklang von Zuversicht am Gedichtende

Insofern ist das Gedicht auch eine emotionale Ermutigung, die Hoffnung auch bei widrigen Umständen möglichst nicht aufzugeben.

Schlussgedanke

Teilaufgabe 2

Hinweise und Tipps

Was verlangt die Aufgabenstellung von mir?
In Teilaufgabe 2 ist ein **Vergleich** *des in Teilaufgabe 1 interpretierten Gedichts „Auf Wolkenbürgschaft" mit Bertolt Brechts Gedicht „Der Radwechsel" verlangt, und zwar im Hinblick auf das Motiv des Unterwegsseins. Der zweite Satz macht deutlich, dass dabei neben der inhaltlichen auch die sprachlich-formale Ebene zu beachten ist.*

Wie gehe ich bei der Bearbeitung der Aufgabe sinnvollerweise vor?
Die Aufgabe fordert von Ihnen zwar keine schriftliche Interpretation von Brechts Gedicht – um aber einen guten Vergleich schreiben zu können, sollten Sie es als Vorbereitung **gründlich erarbeiten***, indem Sie Markierungen im Text vornehmen, am Rand relevante Beobachtungen vermerken und sich auf einem eigenen Blatt strukturierte Notizen machen. Angesichts der Kürze des Gedichts und der sprachlichen Kargheit ist folgendes Vorgehen ratsam: Versuchen Sie am besten zunächst, die „***Architektur***" des Gedichts zu ergründen. Benennen Sie dafür knapp neben dem Text, was in den Versen dargestellt wird – bei V. 1 f. beispielsweise „Situationsbeschreibung" –, und machen Sie mit beschrifteten Pfeilen Bezüge klar (z. B. Pfeil mit Wort „Gegensatz" von V. 3/4 zu V. 6).*
Rhetorische Figuren werden Sie in dem Gedicht nicht viele finden – solche zu suchen bzw. zu markieren, wird Ihnen daher nicht viel bringen. Notieren Sie sich stattdessen **allgemeiner***, wie das Gedicht* **sprachlich und formal** *gestaltet ist (z. B. nüchtern, einfache Aussagesätze in V. 1–4, reimlos).*
Für die **Deutung** *des Textes können Sie sich die folgenden Fragen stellen:*
- *Welche* **Gefühle** *artikuliert das lyrische Ich?*
- *Handelt es sich um eine* **reale** *oder eine* **gedankliche Reise***? Oder kann man das Unterwegs-Sein hier auch als* **Bild** *für eine bestimmte Situation verstehen?*
- *Lassen sich vielleicht* **historische oder persönliche Kontexte** *ausmachen, die bei der Deutung des Textes helfen? Für diese Frage ziehen Sie am besten die Anmerkungen zum Autor heran – nicht ohne Grund sind diese hier recht ausführlich.*

Den **Vergleich***, den Sie verfassen sollen, bereiten Sie dann am besten mit einer* **Gegenüberstellung** *der zentralen Unterschiede und Gemeinsamkeiten vor – z. B. in einer Tabelle. Denken Sie dabei daran, alle geforderten Aspekte zu berücksichtigen.*

Wie kann ich meinen Aufsatz strukturieren?
Mit einer **aufgabenbezogenen Überleitung***, in der Sie wie bei der Einleitung zu Teilaufgabe 1 die grundlegenden Informationen zum Gedicht nennen, beginnen Sie den zweiten Teil Ihres Aufsatzes. Im* **Hauptteil vergleichen** *Sie dann die beiden Gedichte miteinander. Folgen Sie dabei am besten bestimmten Gesichtspunkten (z. B. erst Form und Sprache, dann Reise als Suche usw.). Weil dem Vergleich ja keine gesonderte Interpretation des Brecht-Gedichtes vorangeht, ist es sinnvoll, im Zuge des Vergleichs Ihre Sicht auf das Gedicht etwas genauer zu erläutern und mit Textzitaten bzw. -verweisen zu belegen. Im* **Schlussteil** *können Sie die Ergebnisse mit einem selbst gewählten Schwerpunkt* **zusammenfassen** *oder auch einen Ausblick geben.*

Lösungsvorschlag

Auch Bertolt Brechts Gedicht „Der Radwechsel“ von 1953 gestaltet das Unterwegssein eines lyrischen Ichs aus – allerdings auf ganz andere Art und Weise als Domins „Auf Wolkenbürgschaft“.

Überleitung
Bertolt Brechts *Der Radwechsel*

Beide Texte können zwar angesichts der äußeren Form klar als **moderne Gedichte** eingeordnet werden: Sie sind reimlos und weisen keine regelmäßige strophische und metrische Gestaltung auf. Aber sowohl in der Länge – 26 Verse bei Domin, 6 Verse bei Brecht – als auch in der Sprache unterscheiden sie sich deutlich. Wie die vorangehende Analyse gezeigt hat, kennzeichnet Domins „Auf Wolkenbürgschaft“ eine **reiche Rhetorik**, u. a. mit parallelistischen Satzkonstruktionen, Enjambements sowie poetischer Wort- und Bildwahl, die die **existenzielle Situation des lyrischen Ichs** unterstreicht. Dem stehen bei Brecht knappe, wortkarge, lakonisch wirkende Verse gegenüber. Insbesondere die Verse 1–4 sind von einem nüchternen, schnörkellosen **Beschreibungsgestus** geprägt, der von Aussagesätzen und vom Zeilenstil getragen wird. Sie umreißen die **konkrete Lage des Sprechers**, ohne sie durch Adjektive oder Bildsprache zu veranschaulichen. Die rhetorischen Mittel der Anapher und des Parallelismus (vgl. V. 1, 3, 4) werden hier nicht zur Intensivierung eingesetzt, sondern stützen die Nüchternheit der Verse.

Hauptteil: Vergleich der beiden Gedichte
Unterschiede in sprachlicher und formaler Gestaltung

Diese konkrete Lage des Sprechers besteht darin, dass seine Fahrt von A nach B, vermutlich im Auto, **von einer Reifenpanne unterbrochen** wird. Während des Radwechsels hat er unerwartet Zeit und **Gelegenheit**, **über seine Situation nachzudenken**. Er muss feststellen: „Ich bin nicht gern, wo ich herkomme. / Ich bin nicht gern, wo ich hinfahre.“ (V. 3 f.) Er hat offenbar **weder Heim- noch Fernweh**. In Hilde Domins Gedicht dagegen bezeichnet das lyrische Ich die Sehnsucht nach einem fernen Land als Heimweh – es deckt sich insofern mit dem Fernweh. Die Sehnsucht ist dabei offenbar der **Grund für die Reise**. Im Unterschied hierzu bleibt dieser bei Brechts lyrischem Ich im Dunkeln: Ist es eine freiwillige Reise? Hat sie einen beruflichen oder einen privaten Anlass?

Situation und Bedeutung von Heim- und Fernweh

Anlass der Reise

Fest steht: Der Radwechsel verkehrt den Zweck seiner Reise ins Gegenteil, sein Wagen garantiert ihm nicht mehr Mobilität, sondern schafft **Stillstand und Ruhe**. Während Domins lyrisches Ich den **Blick in die Weite** richtet, kehrt Brechts **Sprecher** seine **Gedanken nach innen:** „Warum sehe ich den Radwechsel / mit Ungeduld?“ (V. 5 f.) Mitten im Alltag überfällt ihn eine Unrast, die ihn **verunsichert** und mit **Sinnfragen** konfrontiert. Für Domins lyrisches Ich dagegen bildet die existenzielle Frage nach dem Wohin den **Grundton seines Daseins**.

Blickrichtung

Domins lyrisches Ich schöpft dabei **Hoffnung aus der Natur:** Bäume, Blumen, Wolken, Inseln, das Meer, der Wind, Vögel, die Sonne – all dies nimmt das lyrische Ich im Sinne einer **Selbstvergewisserung** und als Bestätigung der eigenen Existenz sensibel wahr. Und es trägt dazu bei, dass das Ich **aktiv** die Weiterreise vorantreibt. In starkem Kontrast dazu schaut sich Brechts Sprecher nicht um. Er erwähnt seine Umgebung nur mit einem einzigen Wort: „Ich sitze am Straßenhang." (V. 1) Er bleibt ein **passiver Beobachter**.

Bezug zu Natur und Umgebung sowie Umgang mit der Situation

Die **Unzufriedenheit** mit dem, was hinter ihm und was vor ihm liegt (vgl. den Parallelismus in V. 3 f.), und die **Selbstbefragung** wirken **perspektivlos**. Ganz anders verhält es sich bei Domins Gedicht: Das lyrische Ich wird auf seiner gedanklichen Reise nach fernen Kontinenten **von der Hoffnung getragen**, „jenseits des Horizonts" (V. 19) einen Ort für ein neues Leben zu finden – auch wenn offen bleibt, ob es irgendwann ankommen wird, und auch wenn es dort nur auf „Wolkenbürgschaft" (V. 26) aufgenommen werden könnte. Domins Gedicht, dessen lyrisches Ich sich in einer **existenziellen Notsituation** befindet, wirkt insofern sehr viel **optimistischer** als Brechts Text, in dem die Lage des lyrischen Ichs eher **alltäglich** wirkt.

Grundstimmung

Auch Brechts Text bleibt offen: Der Leser wird mit einer **expliziten Frage aus dem Monolog des Sprechers entlassen** – und so dazu aufgefordert, sich **Gedanken über dessen paradoxe Lage** zu machen. Wieso empfindet der Sprecher Ungeduld? Besteht doch noch Hoffnung oder Vorfreude auf das Kommende?

Unbeantwortete Frage als Aufforderung an Leser

Hier könnte **Brechts persönliche Situation** eine biografisch-politische Deutung nahelegen: Hoffte er als DDR-Bürger nach dem Aufstand vom 17. Juni 1953 auf politische Veränderung, wie auch immer sie aussehen mochte? Dann kann der Radwechsel insgesamt als Metapher verstanden werden.

Biografische Lesarten

Domins Text lässt ebenfalls eine biografisch-politische Lesart zu: Die jüdische Exilantin könnte darin ihre **persönliche Erfahrung des erzwungenen Heimatverlusts** verarbeitet haben.

Weitet man die Perspektive, dann lässt sich die Reise in den beiden Gedichten aber auch als **Sinnbild für das Leben** verstehen: der Mensch *in statu viatoris*, d. h. ständig unterwegs, auf der **Suche nach einem Ort zum Wohlfühlen**, vor existenzielle Fragen gestellt, auf die es keine endgültigen und eindeutigen Antworten gibt. Insofern zeugt nicht nur die Form der beiden Gedichte von ihrer Modernität, sondern auch das **Fehlen eines verbindlichen, Sicherheit gebenden Sinnzusammenhangs**.

Sinnbildliche Bedeutung des Unterwegsseins

Schluss

Ob sich das Leben des lyrischen Sprechers bei Brecht in Zukunft ändern wird, bleibt offen. Zwar sieht er sich **für einen Moment mit existenziellen Fragen konfrontiert**, die ihm vorher wohl nicht in den Sinn gekommen sind. Der nüchtern-pragmatische Duktus seiner Aussagen, der ausbleibende Blick über die Straße hinaus und **seine Passivität während des Radwechsels** lassen aber vermuten, dass er schnell wieder in seinen Alltag zurückfinden wird. Seine **Sinnkrise wird** wohl **folgenlos bleiben**. Domins lyrisches Ich hingegen erlebt keine Sinnkrise, sondern empfindet eine **tiefe Sehnsucht nach dauerhafter Zugehörigkeit** – zur Natur, zu einem Land, zu einer Gesellschaft, in der es bedingungslos aufgenommen wird. Weltweit zeigt das **Schicksal vieler Flüchtlinge** die Aktualität dieses Gedichts.

Ausblick

Leistungskurs Deutsch (Nordrhein-Westfalen) – Übungsaufgabe 4
I b: Vergleichende Analyse literarischer Texte

Arbeitsgrundlage:
Ferdinand von Saar: *Eisenbahnfahrt*
Tobias Pagel: *deadlines*

Aufgaben: Punkte

1. Interpretieren Sie Ferdinand von Saars Gedicht *Eisenbahnfahrt*. 42
2. Vergleichen Sie Ferdinand von Saars *Eisenbahnfahrt* mit Tobias Pagels Gedicht *deadlines* im Hinblick auf das Motiv des Unterwegsseins. Berücksichtigen Sie dabei neben inhaltlichen Aspekten auch die Form der Gedichte. 30

Ferdinand von Saar (1833–1906)
Eisenbahnfahrt (1855)

Eingeschlossen vom Waggon
Lehn' ich in der Ecke,
Und der Dampf trägt mich davon
Brausend auf der Strecke.

In die Gegend rings hinaus
Blick' ich so im Fahren
Weithin breitet sie sich aus,
Blühend wie vor Jahren.

Ob des Zuges Hast auch steigt,
Scheint er doch zu weilen[1],
Nur vor meinem Auge zeigt
Sich ein Flieh'n und Eilen.

Dörfer, Felder, Wald und Au'n
Ziehn vorbei im Fluge,
Still, mit unverwandtem Schau'n,
Sinn' ich nach[2] dem Truge[3].

Und in tiefster Seele klar
Wird mir dieses Leben
Wo, was immer ist und war,
Scheint vorbei zu schweben.

Liebe, Glück und Jugendzeit,
Ach, sie alle weilen –
Nur der Mensch in Ewigkeit
Muss vorüber eilen.

Aus: Ferdinand von Saar: Werke. Hrsg. v. J. Minor. Bd. 2, Leipzig 1908, S. 162. Nach der Erläuterung in Bd. 3 auf S. 164 stammt das handschriftlich überlieferte Gedicht aus Saars erster, unveröffentlicht gebliebener Gedichtsammlung von 1855.

Anmerkungen:
1 *weilen:* verweilen, verharren, still stehen
2 *Sinn' ich nach:* denke ich über etwas nach
3 *Truge:* Trugschluss, Täuschung

Tobias Pagel (*1981)
deadlines[1] (2017/2018)

wie wald sich an der trasse entlangschient
bricht welle um welle am damm
wild
wechsel vielleicht ein dschungel un
begehbar wie die kulisse eines stückes
wald das nachziehen des mobiliars
im unterholz ***deadlines*** oder doch
nur unbehauene bücher
das stroboskop[2] der lichtblitze
durchs dickicht hinter lidern
gibt es keine welt jenseits
dieser gleise sommerränder nur
die gerade spur metall der wir nach
eilen durch die entente[3]
der bäume die die schmale schneise zu
wächst kein fort
kommen überland nur spiegel
bilder in verschlossenen landschaften

Aus: 25. Open mike. Wettbewerb für junge Literatur. Die 20 Finaltexte. München (Allitera Verlag) 2017, S. 108. Die vorliegende Fassung hat der Autor für die Internet-Plattform Fixpoetry im August 2018 leicht verändert (https://www.fixpoetry.com/texte/text-des-tages/tobias-pagel/deadlines).

Anmerkungen:
1 *deadlines:* (engl.) Fristen, äußerste Grenzen (wörtlich: „tote Linien“)
2 *stroboskop:* Gerät, das Lichtblitze in regelmäßigen zeitlichen Abständen abgibt, sodass Bewegungen abgehackt als eine Abfolge stehender Bilder erscheinen
3 *entente:* (franz.) Bündnis, Zusammenschluss (militärisch, politisch)

Teilaufgabe 1

Hinweise und Tipps

Welche Aufgabenart liegt vor und wie sind die Teilaufgaben gewichtet?
*Die Aufgabenart ist die „Vergleichende Analyse literarischer Texte“ (Aufgabentyp I b). **Teilaufgabe 1** ist mit 42 Punkten gegenüber Teilaufgabe 2 mit 30 Punkten etwas **stärker gewichtet**.*

Was verlangt die Aufgabenstellung von mir?
*In Teilaufgabe 1 wird eine **umfassende Interpretation** des Gedichts „Eisenbahnfahrt“ von Ferdinand von Saar gefordert, d. h. Sie sollen den **Inhalt** des Gedichtes erfassen, seine **Machart** (v. a. Form und Sprache) beschreiben und es auf dieser Grundlage **deuten**. Es werden von der Aufgabe keine Schwerpunkte gesetzt – daher müssen Sie selbst entscheiden, worauf Sie den **Fokus** legen wollen. Teilaufgabe 2 hilft Ihnen hier insofern weiter, als beim Vergleichsauftrag zwei wichtige Aspekte genannt werden, die Sie deshalb auch schon bei der Textanalyse beachten sollten: die **Wahrnehmung auf der Zugfahrt** und die mit der Fahrt verbundene **Erfahrung des Unterwegs-Seins**.*

Wie gehe ich bei der Bearbeitung der Aufgabe sinnvollerweise vor?
*Gewinnen Sie zunächst durch ein- oder zweimaliges Lesen einen ersten Eindruck vom Inhalt des Gedichts. **Arbeiten** Sie es dann **„mit dem Stift“ durch**, u. a. indem Sie es in **Sinnabschnitte einteilen** und **Stilmittel markieren**. Auf dieser Grundlage machen Sie sich Gedanken dazu, wie das Gedicht zu deuten ist. Fragen Sie sich beispielsweise, …*

- *… was die Fahrt im lyrischen Ich auslöst,*
- *… wie das lyrische Ich die durchfahrene Umgebung wahrnimmt,*
- *… ob es nur um die Zugfahrt selbst oder noch um etwas anderes geht (vgl. Strophe 5 und 6),*
- *… ob darin ein bestimmtes Menschen-/Weltbild aufscheint.*

Wie kann ich meinen Aufsatz strukturieren?
*In Ihrer **Einleitung** nennen Sie auf jeden Fall die grundlegenden Informationen zum Gedicht (Autor, Titel etc.). Sie können darüber hinaus aber auch zum Gedicht und seinem Thema hinführen. Im **Hauptteil** können Sie strophen- bzw. abschnittsweise durch den Text gehen und jeweils Inhaltserfassung, Sprach- und Formbeschreibung und Deutung miteinander verbinden. Da es sich um ein eher langes Gedicht handelt, kann das allerdings sehr zeitraubend sein; außerdem sind die **beiden Schlussstrophen ausschlaggebend** für die Gedichtdeutung. Deshalb bietet es sich an, nach einem ersten knapp gehaltenen Durchgang durch das Gedicht, der sich der inhaltlichen und gegebenenfalls sprachlichen Ebene widmet, das Gedicht auch noch einmal von den letzten beiden Strophen her zu betrachten und zu deuten. In einer **reflektierten Schlussfolgerung** können Sie Ihr Gedichtverständnis prägnant zusammenfassen oder das Gedicht zum Beispiel auch in seinen historischen Kontext einordnen.*

Lösungsvorschlag

Wer kennt ihn nicht, den **Blick auf wechselnde Landschaften**, die an dem Betrachter vorbeiziehen? Es ist wie ein Film aufeinanderfolgender Bilder von Häusern, Wäldern und Wiesen, die wegen der hohen Geschwindigkeit ineinanderzufließen und zu verschwimmen scheinen. Solche **Eindrücke während der Fahrt** – z. B. von einem Zugabteil aus – sind ein typisches Reisemotiv, das auch das Gedicht „Eisenbahnfahrt“ von Ferdinand von Saar aus dem Jahr 1855 aufgreift.

Einleitung
Hinführung zum Thema

Überleitung zum Gedicht

Seinem Titel entsprechend führt das Gedicht gleich zu Beginn ohne Umschweife in die Situation einer Bahnfahrt und in die Wahrnehmungen eines Reisenden ein. Das **lyrische Ich** lehnt **in der Ecke eines Waggons** (vgl. V. 1 f.) und blickt, während sich die Dampflokomotive in Bewegung setzt (vgl. V. 3 f.), nach draußen. Offenbar ist es Frühling, denn der Reisende fährt durch eine **blühende Landschaft** (vgl. V. 5–8).

Hauptteil
Von Saar: *Eisenbahnfahrt*

Beschreiben die zwei Anfangsstrophen die Ausgangssituation der Eisenbahnfahrt, so schließen sich im Mittelteil der folgenden beiden Strophen Überlegungen dazu an, **wie das lyrische Ich die Außenwelt wahrnimmt**, wenn es unterwegs ist. Ihm fällt auf, dass im Abteil alles still zu stehen scheint („weilen“, V. 10), obwohl der Zug doch fährt und sogar noch Tempo aufnimmt („Ob des Zuges Hast auch steigt“, V. 9). **Stillstand und Geschwindigkeit** kommen im Reimpaar „weilen“ (V. 10) und „Eilen“ (V. 12) prägnant zum Ausdruck. Es scheint, als bewege sich nicht die Eisenbahn, sondern die Landschaft, die am Reisenden vorüberzieht. Dieser **Trugschluss**, wie es im Gedicht heißt („Truge“, V. 16), wird durch den Gebrauch substantivierter Verben der Bewegung („Flieh'n und Eilen“, V. 12) und durch die gedrängte monosyndetische Reihung der wie „im Fluge“ (V. 14) dahinsausenden Landschaftsbilder („Dörfer, Felder, Wald und Au'n“, V. 13) noch unterstrichen. Wie ein Kontrapunkt dazu bleibt der Fahrgast geradezu statisch, wenn er sich „[s]till, mit unverwandtem Schau'n“ (V. 15) **von dem vorüberziehenden Spektakel beeindrucken** lässt.

Strophe 3 und 4

Trügerische Wahrnehmung des lyrischen Ichs

In den beiden Schlussstrophen gewinnt das lyrische Ich der widersprüchlichen Illusion eine **einschneidende Erkenntnis für sein Leben** ab: Die Bahnreise gleicht einer **Lebensreise**. Eigentlich ist nur der Zug mit seinen Passagieren in Bewegung. Die Landschaftsausschnitte scheinen dagegen nur vorbeizuschweben (vgl. V. 20), in Wirklichkeit sind sie fest verankerte Schauplätze, die der Mensch hinter sich lässt, weil er seine Lebensreise weiter fortsetzen muss (vgl. V. 21–24).

Strophe 5 und 6

Erkenntnisgewinn

Die Zugreise wird somit zum **Sinnbild für das Leben**, das unaufhörlich voranschreitet. Rhythmisch kommt dies durch das durchgängige **trochäische Versmaß** zum Ausdruck, das dem unentwegten Stampfen und Rattern einer Dampflokomotive ähnelt. Und auch das Reimschema – der **Kreuzreim** – folgt dem Prinzip der fortschreitenden Alternation. Der **Prozess** des **allmählichen Vergehens**, ja des **Schwindens** wird auch dadurch hervorgehoben, dass der jeweils zweite Vers kürzer ist, auf den ersten vierhebigen Vers also stets ein dreihebiger folgt – was optisch durch die Einrückungen sichtbar wird. Zudem endet die kürzere Verszeile regelmäßig mit einer weiblichen Kadenz, klingt also ohne Betonung aus.

Symbolik der Zugreise

Bedeutung der metrischen Form

Eindrücklich zeigt sich diese Struktur in der Schlussstrophe, in der die **Erkenntnis über die Vergänglichkeit des Lebens** formuliert wird. Die Entwicklungsphasen in der Jugend erfahren im vierhebigen Trochäus eine kraftvoll akzentuierte Betonung („Liebe, Glück und Jugendzeit", V. 21). Die schmerzvoll (vgl. die Interjektion „Ach" in V. 22) ausgerufene Erkenntnis, dass es diese Phasen zwar immer geben wird, diese aber für den einzelnen Menschen vorbeigehen (vgl. V. 22 und 24), verkürzt sich dagegen auf drei Hebungen mit unbetonter Auslautung.

Einsicht in Endlichkeit des menschlichen Daseins

Am Gedichtende liegt das Gewicht auf dem **ewigen Gesetz der Sterblichkeit**. Wie zum Beleg dafür ist der Mensch im kurzen Schlussvers als vorübereilende Erscheinung schon im Schwinden begriffen („Nur der Mensch in Ewigkeit / Muss vorüber eilen", V. 23 f.). Dabei betont der Gedankenstrich am Ende der drittletzten Verszeile den Kontrast zum Bleibenden. Vorausgedeutet wird der Prozess des Verschwindens bereits in der Anfangsstrophe mit der für den Zug stehenden Metonymie „Dampf" (V. 3), die der Lebensreise **etwas Flüchtiges, fast Körperloses** verleiht: „Und der Dampf trägt mich davon / Brausend auf der Strecke." (V. 3 f.)

Der Mensch als vorübergehendes Phänomen

Hat der Leser erst einmal die gleichnishafte **Analogie zwischen Eisenbahnfahrt und Lebensfahrt** erkannt, die durch die gleichen Reime von Strophe 3 und 6 noch auf formaler Ebene unterstrichen wird, rückt die konkrete Schilderung des Reiseerlebnisses in ein neues Licht. Die Tatsache, dass sich das lyrische Ich als „[e]ingeschlossen vom Waggon" (V. 1) beschreibt, kann dann möglicherweise als Anzeichen dafür gedeutet werden, dass sein Leben durch vorherbestimmte Wege – nämlich durch die Gleise – eingeengt ist. Diesem Bild entspricht auch die Position des lyrischen Ichs, das **nicht aktiv handelnd** im Mittelpunkt steht, sondern **eher passiv in der Ecke lehnt** (vgl. V. 2). Die Zurückstellung des Ichs wird auch syntaktisch und metrisch deutlich: Durch Inversionen werden die Örtlichkeiten an den Satzanfang und damit in den Fokus gerückt (vgl. Strophe 1, 2, 4), das lyrische Subjekt hingegen folgt erst nach dem Zeilensprung im angehängten dreihebigen Vers nach dem Verb

Lyrisches Ich als Beobachter, nicht als Akteur

an unbetonter Stelle (vgl. V. 2, 6, 16). Die Lebensreise mit ihren Abschnitten ist es, die im Vordergrund steht, nicht der Reisende.

Dabei lässt sich die trügerische Wahrnehmung einer in Bewegung geratenen Landschaft als **Erinnerung an vergangene Lebensstationen** deuten, die wie ein Film am Abteilfenster vorbeizuziehen scheinen. Ein Beleg für diese These ist die auffällige **Parallele zwischen den gereihten Landschaftsbildern** in der vierten Strophe **und dem aufgezählten Glück früherer Lebensphasen** in der sechsten Strophe. Auslöser für die Beschäftigung mit der Vergangenheit mag die ausgedehnte Gegend sein, die frisch in Blüte steht „wie vor Jahren" (V. 8). Dabei verstärkt jedoch der Blick zurück auf die Jugend die sentimentale Einsicht in die **Vergänglichkeit des menschlichen Lebens**.

Während der Zugreise: Wachwerden von Erinnerungen

Das Gedicht lässt den Leser in der Stimmung zurück, dass wir letztlich **nur Gast auf Erden** sind und für uns als Fahrgäste die Bahnreise zu einem unbestimmten Zeitpunkt enden wird.

Reflektierte Schlussfolgerung

Teilaufgabe 2

Hinweise und Tipps

Was verlangt die Aufgabenstellung von mir?
Teilaufgabe 2 fordert den ***Vergleich*** *des ebenfalls vorliegenden Gedichts „deadlines" von Tobias Pagel mit Ferdinand von Saars Gedicht. Als Vergleichsaspekt ist das* ***Motiv des Unterwegsseins*** *vorgegeben. Eine eigenständige Interpretation des Pagel-Gedichts gehört nicht zu den in der Aufgabe formulierten Anforderungen. Allerdings ist es dennoch notwendig, den Text als Vorbereitung des Vergleichs gründlich zu erarbeiten. Das gilt umso mehr, als Pagels modernes Gedicht „deadlines" weniger gut zugänglich ist als von Saars Text.*

Wie gehe ich bei der Bearbeitung der Aufgabe sinnvollerweise vor?
Erarbeiten Sie zunächst das zweite Gedicht mithilfe von ***Markierungen und Randnotizen****. Vermutlich wird es Ihnen schwerfallen, dieses Gedicht in Sinnabschnitte einzuteilen, da solche kaum zu identifizieren sind. Verzichten Sie deshalb in diesem Fall darauf und versuchen Sie, sich dem Inhalt von* ***Begriffen*** *her zu nähern, die Ihnen* ***zugänglich*** *erscheinen, z. B. weil sie eine konkrete Umwelt bezeichnen (u. a. „trasse", V. 1; „wald", V. 6; „bäume", V. 15; „schneise", V. 15). Von hier aus fällt es Ihnen leichter, die teilweise etwas kryptische Bildlichkeit und ungewöhnliche Wortwahl zu erschließen. Legen Sie den Fokus bei der Texterarbeitung auf die in der Vergleichsaufgabe genannten Aspekte.*
Ganz zentral ist es bei diesem Gedicht, dass Sie seine ***formale Anlage*** *untersuchen – sie ist schließlich einer der Gründe dafür, dass es so schwer zu verstehen ist. Machen Sie sich dafür u. a. auch bewusst, an welchen Stellen der Text gewollt* ***Mehrdeutigkeiten*** *produziert (z. B. „damm / wild / wechsel", V. 2 ff.).*

Auch wenn ein Vergleich der Sprache nicht von der Aufgabenstellung gefordert wird, sollten Sie die Bildlichkeit (z. B. „wie die kulisse eines stückes", V. 5; „stroboskop", V. 9) berücksichtigen – denn diese kann Ihnen wichtige Hinweise darauf geben, wie das Gedicht zu verstehen ist.
Auf der Grundlage der Texterarbeitung bereiten Sie dann den geforderten ***Vergleich*** *der beiden Gedichte am besten mit stichpunktartigen* ***Notizen*** *vor, beispielsweise in einer* ***Tabelle****, in der Sie* ***Unterschiede und Gemeinsamkeiten*** *verzeichnen. Vergessen Sie dabei nicht die formalen Aspekte – denn sie werden von der Aufgabe ausdrücklich gefordert.*

Wie kann ich meinen Aufsatz strukturieren?
Verfassen Sie zunächst eine ***aufgabenbezogene Überleitung****, in der Sie das zweite Gedicht mit seinen grundlegenden Daten (vgl. Teilaufgabe 1) vorstellen und am besten auch schon einen Bezug zum ersten Gedicht herstellen (z. B. über das Motiv der Bahnfahrt).*
Im ***Hauptteil*** *bietet sich ein verzahnter Vergleich an, bei dem Sie immer wieder zwischen den beiden Gedichten wechseln und dabei verschiedene Vergleichsaspekte abhandeln. Es ist allerdings auch möglich, zunächst die Gemeinsamkeiten und dann die Unterschiede herauszuarbeiten.*
Weil Sie ja keine eigenständige Interpretation von Pagels Gedicht verfasst haben, ist es im Rahmen des Vergleichs nötig, Ihre Sicht auf Pagels Gedicht ***textanalytisch*** *zu untermauern, d. h. mit interpretatorischen Hinweisen zu versehen und diese mit Textverweisen und -zitaten zu belegen.*
Runden Sie Ihren Aufsatz mit einem ***Fazit*** *ab.*

Was gibt es bei dieser Aufgabe sonst noch zu beachten?
Auf keinen Fall sollten Sie sich durch die ***Offenheit des zweiten Textes****, seinen fehlenden eindeutigen Wirklichkeitsbezug, entmutigen lassen. Stattdessen gilt es vielmehr, sich der* ***Unbestimmtheit der Bilder*** *zu stellen und sie als* ***wesentliches Merkmal des modernen Gedichts*** *herauszuarbeiten.*

Lösungsvorschlag

Aufgabenbezogene Überleitung mit Daten zum zweiten Gedicht

Wie anders erscheint uns dagegen Tobias Pagels Gegenwartsgedicht „deadlines" von 2017/18 – auch wenn es das **Motiv der Zugfahrt** mit von Saars Gedicht teilen mag. Sowohl inhaltlich als auch formal zeigen sich große Unterschiede zwischen den beiden Texten.

Hauptteil: Vergleich der beiden Gedichte

Form: regelmäßige Form bei von Saar vs. Pagels Verzicht auf formale Ordnung

Während Ferdinand von Saar eine sehr **regelmäßige Form** gewählt hat, weist Tobias Pagels **Gegenwartsgedicht keine formal gegliederte Ordnung** auf. Es ist von zum Teil harten Zeilensprüngen (sogar innerhalb von Wörtern, vgl. V. 4 f.), durchgängiger Kleinschreibung, dem Verzicht auf Interpunktion, von freien Rhythmen und von fragmentarischen, teilweise unklaren Satzstrukturen geprägt. Die formale Anlage des älteren Gedichts hilft dem Leser dabei, die wirklichkeitsnahe Darstellung der Reiseerfahrung und die ausdrückliche **Allegorisierung** nachzuvollziehen. In Pagels Text dagegen erzeugt die zerstückelte, unüberschaubare Form **Desorientierung** und erschwert dem Leser so den Zugang zum Text.

Pagel: fragmentierte Wahrnehmung

Darin spiegelt sich die **Fragmentierung** der Sinneseindrücke des lyrischen Ichs. Seine Wahrnehmung scheint von der Schnelligkeit des Zuges, die in Fügungen wie „stroboskop der lichtblitze" (V. 9) und „nach / eilen" (V. 13 f.) spürbar wird, so weit beeinträchtigt, dass sie **nicht mehr** in **geordneter Form** vermittelt werden kann. Man hat den Eindruck, dass sich die Konturen der gegenständlichen **Realität auflösen**. Es zucken nur noch Einzelbilder ins Auge, die aber selbst schon **nicht mehr eindeutig zu bestimmen** sind (vgl. „vielleicht", V. 4) bzw. ineinanderfließen. Das gilt insbesondere für die Verse 2–4, in denen der Begriff „damm" (V. 2) zunächst den Bahndamm zu meinen scheint, dann aber auch zusammen mit den Begriffen „wild" (V. 3) und „wechsel" (V. 4) auf das Damwild, also auf Tiere, bezogen werden kann.

Von Saar: zusammenhängende Wahrnehmung der Außenwelt

In Ferdinand von Saars Text erkennt der Zugreisende dagegen, wie sich Bild an Bild reiht, wie sich Dörfer mit Feldern abwechseln und Wiesen in Wälder übergehen – gewiss auch weil sich eine **ruckelnde Dampflokomotive im 19. Jahrhundert** sehr viel langsamer fortbewegt als die heute dahinbrausenden Schnellzüge und Intercitys. Die **wahrgenommene Welt erschließt sich** in den Pioniertagen der Eisenbahn noch **im Zusammenhang**.

Von Saar: lyrisches Ich als Vermittlungsinstanz vs. Pagel: Subjektivität der unmittelbar wirkenden Eindrücke

Dabei ist das **lyrische Ich** sehr präsent: Es teilt nicht nur seine Beobachtungen während der Fahrt mit, sondern thematisiert sich selbst als wahrnehmendes und denkendes Ich („Blick' ich", V. 6; „Sinn' ich", V. 16). Eine solche Vermittlungsinstanz scheint bei Pagel allenfalls im verallgemeinernden „wir" (V. 13) auf, ansonsten tritt der Sprecher **hinter die unmittelbaren Eindrücke von der Außenwelt zurück**. Diese sind allerdings umso mehr von der **Subjektivität des Sprechers** geprägt: Die gegenständliche Welt scheint von Assoziationen überformt zu sein („nachziehen des mobiliars / im unterholz", V. 6 f.; „sommerränder nur", V. 12).

Irritation der Wahrnehmung bei von Saar und Pagel mit unterschiedlichen Folgen

Allerdings löst das Unterwegs-Sein im Zug auch beim Ich in von Saars Gedicht durchaus eine **Irritation der Wahrnehmung** aus (vgl. „Truge", V. 16) – diese Irritation bleibt aber beherrschbar, wie die Reflexion darüber verrät. Im Unterschied dazu ist die **Verwirrung der Sinne** in Pagels Gedicht so weit fortgeschritten, dass das überforderte Ich ihrer **nicht mehr Herr zu werden vermag**. Das geht so weit, dass die Außenwelt geradezu **entwirklicht** erscheint. Das deutet sich auch in dem Vergleich mit einer „kulisse eines stückes" (V. 5) an und zeigt sich insbesondere in der Formulierung, es gebe „keine welt jenseits / dieser gleise" (V. 11 f.).

Bei von Saar dagegen eröffnet sich dem hinausblickenden Reisenden die Welt jenseits der Gleise: Er nimmt die **Weite der Landschaft und Natur** wahr, die in immer neuen Ausschnitten am Abteilfenster vorübergleitet, und verbindet damit offenbar positive Gefühle (vgl. „[b]lühend", V. 8).

Von Saar: positives Bild der Natur

Pagels Gedicht gestaltet die Natur im Kontrast dazu als **feindliche Kraft**, wie es u. a. Formulierungen wie „dschungel un / begehbar" (V. 4f.) und „stroboskop der lichtblitze" (V. 9) sowie die **militärisch-kriegerische Metapher** „entente / der bäume" (V. 14f.) zeigen. Schließlich gewinnt der Sprecher gar den Eindruck, der Wald hindere den Zug am Fortkommen (vgl. V. 15 ff.).

Pagel: Außenwelt/Natur als Gegenkraft

Ganz anders verhält es sich bei Ferdinand von Saars Gedicht – die Reiseerfahrung verhilft hier dem lyrischen Ich zu einer **tiefgreifenden Erkenntnis:** Das vorbeiziehende Landschaftspanorama wird für es zum **Sinnbild für das eigene Leben**. Es fasst die **Reise allegorisch als Lebensreise** auf und denkt davon ausgehend über die Flüchtigkeit des Lebens nach. Die Fahrt macht dem lyrischen Subjekt die **Vergänglichkeit des eigenen Seins** bewusst.

Von Saar: im Gedicht selbst formulierte Deutung der Reiseerfahrung – Erkenntnis

Dem modernen Menschen in Pagels lyrischem Text wird dagegen in unserer auf **Schnelligkeit ausgerichteten Welt** eine solche **beschauliche Erkenntnis nicht zuteil**. Durch die **Verschlossenheit der Natur** („verschlossene[] landschaften", V. 18) scheint das Ich **auf sich selbst zurückgeworfen** zu werden: Es ist offenbar nur fähig, „spiegel / bilder" (V. 17f.) wahrzunehmen. Entsprechend **pessimistisch** wirkt auch der Gedichttitel „deadlines" (vgl. auch V. 7), dessen genauerer Bezug im Übrigen unklar bleibt.

Pagel: Unmöglichkeit innehaltender Reflexion und auf sich selbst zurückgeworfenes Ich

Auch wenn also die beiden Gedichte eine **ähnliche Situation** gestalten – ein Mensch blickt während einer als schnell empfundenen Zugfahrt durch das Fenster nach draußen –, so sind die **Unterschiede** doch **gravierend:** Bei Ferdinand von Saars Gedicht fügen sich die Eindrücke einer Zugfahrt noch zu einem **geschlossenen Bild** zusammen, ja sie ermöglichen es sogar, dass das lyrische Ich sie als **Sinnbild einer abstrakten Erkenntnis** begreift. In Pagels Gedicht dagegen scheint das nicht mehr möglich – darin taugen sie nur noch als Ausdruck eines **Lebensgefühls der Entfremdung und der Ortlosigkeit**, vielleicht sogar der **Gefährdung**.

Reflektierte Schlussfolgerung

Leistungskurs Deutsch (Nordrhein-Westfalen) – Übungsaufgabe 5
II a: Analyse eines Sachtextes (ggf. mit weiterführendem Schreibauftrag)

Arbeitsgrundlage:
Radisch, Iris: *Stimmen des Krieges* (Rezension)

Aufgaben: Punkte

1. Analysieren Sie die vorliegende Rezension von Iris Radisch unter besonderer Berücksichtigung ihrer Beurteilung des Romans. 42
2. Setzen Sie sich mit Radischs Ausführungen zu dem von ihr festgestellten Schwachpunkt des Romans (vgl. Z. 103–113) auseinander. Berücksichtigen Sie dabei alle Erzählerfiguren. 30

Iris Radisch
Stimmen des Krieges

Was weiß man schon über das Lebensgefühl vergangener Zeiten? Arno Geigers Roman „Unter der Drachenwand" rekonstruiert einfühlsam die Gemütslage am Ende des Zweiten Weltkrieges.

Beim Betrachten alter Fotografien überfällt einen manchmal die Frage: Was, zum Teufel, haben die Leute, die da gerade eine Straße überqueren oder eine Fahne hissen, in dieser längst vergangenen Weltsekunde wohl empfunden? Die Geschichte des Lebensgefühls vergangener Zeiten wäre für immer verloren, gäbe es nicht schriftliche Überbleibsel, die Einblicke in das Innenleben der längst Verstorbenen gewähren. Sie sind eine Fundgrube für Schriftsteller. Walter Kempowski (1929–2007) hat jahrzehntelang Briefe und Tagebücher aus den vierziger Jahren gesammelt und damit eine Art Museum des deutschen Innenlebens zu Zeiten des Krieges hinterlassen. Sein monumentales, zehnbändiges „kollektives Tagebuch" *Das Echolot* war so überwältigend wie erschütternd: Die darin versammelten Lebensdokumente halfen sich angesichts des Schreckens der letzten Kriegsjahre in der Regel mit verlogenen Floskeln und daueraufgekratzter Munterkeit über das Grauen der Zeiten hinweg. Die Wahrheit war das erste und das letzte Opfer des Krieges.
Der Wiener Schriftsteller Arno Geiger, der zuletzt mit einem Buch über die Demenzerkrankung seines Vaters *(Der alte König in seinem Exil)* große Resonanz fand, versucht in seinem neuen Roman etwas Ähnliches. Auch er trägt Briefe und Tagebücher aus dem Jahr 1944 zusammen, die eine seelische Innenaufnahme des Kriegsendes ergeben sollen. Doch anders als Walter Kempowski hat er die schriftlichen Nachlässe der Zeitzeugen stark nachbearbeitet, wenn nicht gänzlich erfunden: Sein Kriegsroman *Unter der Drachenwand* ist eine geniale Authentizitätsfiktion[1], aus der der Autor sich anschließend so spurlos wie möglich zurückgezogen hat.
Übrig bleiben: der Wehrmachtssoldat Veit Kolbe, im Jahr 1944 gerade 24 Jahre alt, wohnhaft in der Possingergasse in Wien, schwer verwundet durch Granatsplitter an

der Ostfront und auf Genesungsurlaub in Mondsee am Mondsee im Salzburgischen. Die „Reichsdeutsche" Margot aus Darmstadt, frisch verheiratet mit einem Soldaten aus Linz, Mutter eines Säuglings und Nachbarin des Wehrmachtssoldaten in Mondsee, sowie deren Mutter aus dem total zerstörten Darmstadt. Außerdem die „Quartiersfrau" in Mondsee und der „Brasilianer", ihr von Brasilien und der Freiheit träumender Bruder. Ferner eine kinderlandverschickte Mädchenschulklasse im benachbarten Ort samt einer rätselhaft verschlossenen Wiener Lehrerin. Am Rande tritt auf: der jüdische Zahntechniker Oskar Meyer aus der Possingergasse, dem die Flucht aus Wien zu spät gelingt. Nachdem seine Frau und sein Kind deportiert werden, meldet er sich in Budapest freiwillig zur Zwangsarbeit.

Sie alle lernt man kennen, bevor sie den Kriegsausgang und die Zukunft auch nur ahnen. Im fingierten[2] Originalton der Zeit spricht in der Hauptsache der kriegsverletzte Tagebuchschreiber Veit Kolbe, gelegentlich unterbrochen von dem 16-jährigen Rekruten Kurt aus Wien, der rührende Liebesbriefe an seine 13-jährige Cousine ins Kinderheim am Mondsee sendet. Aus dem Bombenhorror von Darmstadt mischt sich hin und wieder die Mutter von Margot in den Stimmenchor. Die bestürzenden Briefe des jüdischen Zahntechnikers aus Wien sorgen dafür, dass die deutschsprachigen Opfergruppen des vorletzten Kriegsjahres in dem Roman nahezu vollständig vertreten sind – lauter von Krieg und Verfolgung schwer verwundete Seelen, die ihren Nöten in sorgfältig redigierten[3] Schriftstücken Luft machen.

Namentlich der Tagebuchautor Kolbe formuliert so gekonnt neusachlich und unprätentiös[4], als habe er in Wien ein Schreibseminar an der Schule für Dichtung besucht. In makellos entschlackter und nur hauchdünn mit einer Prise zeittypischer Umstandskrämerei überzuckerter Prosa berichtet er von seiner Verwundung an der Front: „Im Himmel, ganz oben, konnte ich einige ziehende Wolken erkennen, und da begriff ich, ich hatte überlebt." Und schreibt dann einen langen, mitreißenden Roman lang einfach so entspannt weiter – völlig frei von dem Schutt aus Witzelei und Schwulst, der in der naturtrüben Schriftform der Kempowskischen Originalzeugnisse aus dem Jahr 1945 den Blick auf die wahren Empfindungen verstellte. In der einfühlsamen Zeitzeugen-Simulation durch den 49-jährigen Schriftsteller, der man sich widerstandslos überläßt, verschwindet der historische Sicherheitsabstand, der uns von der ersten Hälfte des 20. Jahrhunderts inzwischen trennt, und unbeantwortbare Fragen aus der eigenen Familiengeschichte kommen beim Lesen zurück: Wie haben unsere Eltern und Großeltern das alles aushalten können, ohne seelisch zu zerbrechen?

Auch beim Tagebuchschreiber Kolbe scheint mehr als nur der Unterkiefer und der Oberschenkel zerfetzt zu sein. Er berichtet immer wieder von plötzlich auftretenden Panikattacken, die sich anfühlen, als müsse er unter dem Andrang des Erlebten ersticken. Er hat Furchtbares gesehen, Massenerschießungen von Partisanen, Dörfer in Russland, die man einfach „weggewischt" habe mit „jung und Alt", bis auf den Schutthaufen zwischen den Leichen nur noch „ein paar zerzauste Hühner" herumgelaufen seien. Damals hat er das so hingenommen, denn er kannte seit Jahren nichts als den Krieg. Erst beim Anblick der nach Mondsee kriegsverschickten Wiener Schulmädchen empfindet er mit voller Wucht die „ganze Traurigkeit" seines Lebens und seiner verpassten Jugend: „Wie weit die Verzerrung des eigenen Wesens schon vorangeschritten ist, merkt man, wenn man wieder unter normale Menschen kommt."

Der Amtsarzt in Mondsee verschreibt dem Traumatisierten gegen die unerträgliche Vergangenheit das Aufputschmittel Pervitin. Heilen wird ihn jedoch nicht die Wunderpille der Wehrmacht, sondern die junge Frau aus dem Nachbarzimmer in Mondsee, die ihn zum Abendessen einlädt – der Roman läuft auf eine glückliche Liebesgeschichte hinaus (in einer Nachbemerkung heißt es, die beiden hätten nach dem Krieg geheiratet, die Darmstädterin sei bei Abschluss des Manuskriptes 95 Jahre alt gewesen). „Ich weiß", kokettiert der auf seinen neuerlichen Ostfronteinsatz wartende junge Mann, „es sind schon ereignisreichere Geschichten von der Liebe erzählt worden, und doch bestehe ich darauf, dass meine Geschichte eine der schönsten ist. Nimm es oder lass es." Mit solch sentimentalem Understatement[5] wird Arno Geiger zweifellos ein großes Publikum erfreuen.

Doch während an dem Tagebuch schreibenden Wehrmachtssoldaten Kolbe ein halbwegs ambitionierter[6] Wiener Nachwuchsschriftsteller verloren gegangen ist – er nennt sich selbst ein „abgenagtes Stück Herz", vergleicht die „Liebe ohne Sexualität" mit einer „Kerze ohne Docht" und sieht „überall durch die Hülle hindurch das Totengerippe" –, inszeniert Geiger seine Nebenfiguren im Ton glaubhafter Naivität. „Das Gruseln kommt nicht aus einem raus, wenn es Abend wird", schreibt die von allen verlassene Mutter aus dem zerbombten Darmstadt. „Tante Emma und Onkel Georg sind schon acht Tage begraben und sind zu siebzehnt in einem Sarg." Dass die Töchter angesichts der Darmstädter Umstände noch nach Paketen mit dem „Sonntagsmantel", nach „Schleifchen" und „Friseurartikeln" verlangen, empört die gute Frau dermaßen, dass sie sich fragt, „was in Papa und mich gefahren ist, dass wir Kinder bekommen haben". Ihre Briefe aus der total zerstörten Stadt beschließt sie mit dem gut gemeinten Überlebensratschlag, ordentlich viele Zwiebeln zu essen. Die seien gesund.

Im liebevollen Auspinseln solcher kriegsabgewandter Winzigkeiten wie den Zwiebeln, dem abendlichen Bier nach der anstrengenden Gartenarbeit, den Nächten am Plattenspieler im Gewächshaus am Mondsee und vielen anderen vermeintlichen Banalitäten liegt die Stärke des Romans. Und es sind solche *safe spaces* des Alltäglichen, die eine Teilantwort auf die Frage nach dem seelischen Überleben in Zeiten des Krieges enthalten.

Wollte man überhaupt noch einen Schwachpunkt in dieser eindrucksvoll historisierenden Stimmenimitation suchen, dann wäre es die allzu einhellige Treuherzigkeit seines kriegsbeschädigten Erzählpersonals, das gegen NS-Ideologie und Führerkult vollständig immun ist. Die ungleich schwierigere Innenansicht der Täter, an der sich der ehrgeizige französische Autor Jonathan Littell in seinem Roman *Die Wohlgesinnten* vor Jahren die Zähne ausgebissen hat, wird vollständig ausgespart. Die Bösen, die Mitläufer, die Nazis haben nur kurze Gastauftritte. Nie sieht man ihnen ins dunkle Herz. Arno Geigers supersympathische schreibende Antifa-Truppe[7] weiß hingegen immer schon vorbildlich darüber Bescheid, wie „wahnwitzig und menschenfeindlich die Firma Blut und Boden" in Wahrheit ist. Romanentscheidend ist dieser Einwand nicht: Arno Geiger ist ein zu erfahrener Autor, um es beim Wunschkonzert des literarisch Bekömmlichen und menschlich Erfreulichen zu belassen. Am Ende, schreibt er, bleibt immer etwas in einem zurück, mit dem man niemals fertig wird.

Quelle: Iris Radisch: Stimmen des Krieges. In: Die Zeit, Nr. 3/2018
(Die Rechtschreibung entspricht dem Original)

Anmerkungen:

1 *Authentizität:* Substantiv zu *authentisch* (= der Wirklichkeit entstammend, echt); *Fiktion:* Erdachtes, nur in der Vorstellung Vorhandenes
2 *fingieren:* vorspiegeln, vorgeben, nachempfinden
3 *redigieren:* redaktionell bearbeiten
4 *unprätentiös:* bescheiden
5 *sentimental:* sehr gefühlsbetont, empfindsam; *Understatement:* gewollte Untertreibung
6 *ambitioniert:* strebsam, eifrig, Ambitionen (Ansprüche) habend
7 *Antifa:* Abkürzung von *Antifaschismus* bzw. von *Antifaschistische Aktion*, ein Oberbegriff für nicht klar strukturierte politische Bewegungen, die sich gegen den Faschismus wenden

Teilaufgabe 1

Hinweise und Tipps

Welche Aufgabenart liegt vor und wie sind die Teilaufgaben gewichtet?
*Die vorliegende Aufgabe entspricht der Aufgabenart **II a: Analyse eines Sachtextes mit weiterführendem Schreibauftrag**. Die erste Teilaufgabe bildet mit 42 zu vergebenden Punkten den Schwerpunkt, für die zweite Teilaufgabe können Sie 30 Punkte erhalten.*

Was verlangt die Aufgabenstellung von mir?
*Die erste Teilaufgabe basiert auf dem übergeordneten **Operator „Analysieren"**. Dieser verlangt von Ihnen eine umfassende Untersuchung des vorliegenden Textes, bei dem es sich um eine Rezension von Iris Radisch handelt. Dazu gehören die Erfassung der **wesentlichen Aussagen** der Verfasserin, wobei die **gedankliche Entfaltung** der Überlegungen mit beachtet werden sollte, sowie die Herausarbeitung ihrer **Position**. Aber auch die Beschreibung der **sprachlich-stilistischen Gestaltung** unter Berücksichtigung ihrer Funktion ist für solch eine Textanalyse essenziell. Außerdem ist es wichtig, die **Leserlenkung** mit in den Blick zu nehmen, d. h. unter anderem zu untersuchen, wie der Leserschaft die getroffenen Aussagen plausibel gemacht werden und wie sie gesteuert wird.*

Wie gehe ich bei der Bearbeitung der Aufgabe sinnvollerweise vor?
*Nachdem Sie sich die Anforderungen der Aufgabe bewusst gemacht haben, erarbeiten Sie den Text in mehrfachen Lesedurchgängen mithilfe von **Markierungen und Randbemerkungen**. Verwenden Sie am besten für unterschiedliche Aspekte auch unterschiedliche Farben, z. B. für wesentliche Aussagen rot und für wichtige sprachlich-stilistische Merkmale grün. Diese Texterarbeitung ist dann die Grundlage für Ihren Aufsatz.*

Wie kann ich meinen Aufsatz strukturieren?
*Bei diesem langen Text ist es ratsam, **Sprache und Stil nicht zusammen mit dem Inhalt** zu untersuchen, weil das dazu verführt, sehr ausführlich zu werden. Am besten gehen Sie zunächst **abschnittsweise auf den Inhalt** ein, indem sie den **Gedankengang** nachzeichnen und die **wesentlichen Aussagen** erfassen. Stellen Sie dann die Sprachgestaltung in einem eigenen Teil des Aufsatzes und zwar **summarisch und exemplarisch** dar – z. B. so: „Radischs Text zeichnet großer Abwechslungsreichtum*

aus, wie sich beispielsweise an der Verwendung verschiedener Sprachebenen zeigt. So finden sich sowohl umgangssprachliche (‚zum Teufel', Z. 4) als auch eher akademische Formulierungen (‚neusachlich und unprätentiös', Z. 47 f.).“ Die Leserführung können Sie dann in einem weiteren Abschnitt Ihres Aufsatzes behandeln.

Was gibt es bei dieser Aufgabe sonst noch zu beachten?
Der Umfang der Rezension ist eine echte Herausforderung. Damit Sie sich nicht verzetteln und nicht in Zeitnöte geraten, sollten Sie sich auf das Wesentliche des Textes konzentrieren und weniger wichtige Punkte weglassen. So ist es beispielsweise nicht sinnvoll, genauer wiederzugeben, wie Radisch in den Zeilen 25 bis 46 die Figuren im Einzelnen beschreibt. Es genügt hier bei der Erfassung des Inhalts eine ***summarische*** *Formulierung wie die Folgende: „Radisch stellt in größter Knappheit die wichtigsten Figuren der Romanhandlung vor und verzichtet dabei auf ausführlichere Charakterisierungen.“*

Lösungsvorschlag

Einleitung

Grundlegende Informationen zum Text

Bei dem vorliegenden Textauszug handelt es sich um eine **Rezension** mit dem Titel „Stimmen des Krieges“, die von Iris Radisch verfasst und am Anfang des Jahres 2018 in der renommierten Wochenzeitung DIE ZEIT publiziert worden ist. Darin befasst sich die Rezensentin mit Arno Geigers Roman „Unter der Drachenwand“, der kurz zuvor erschienen war, und bewertet ihn als **äußerst lohnenswerte Lektüre**.

Urteil der Verfasserin

Hauptteil

Aufbau, Inhalt, gedankliche Entfaltung

Kursiver Vortext

Der Text beginnt mit einem knappen, durch Kursivschrift abgehobenen **Vortext:** Mit der Eröffnungsfrage, was wir über das „Lebensgefühl vergangener Zeiten“ (Z. 1) wissen, steckt sie gleich zu Beginn den **Rahmen** ab, in dem sie den Roman betrachten möchte. Der anschließende Satz, dass dieser „einfühlsam die Gemütslage am Ende des Zweiten Weltkrieges“ (Z. 2 f.) rekonstruiere, lässt bereits Radischs **positive Sicht** auf den Roman anklingen, die dann im Folgenden ausführlich dargelegt wird. Die eigentliche Rezension lässt sich in **fünf Sinnabschnitte** einteilen:

Sinnabschnitt 1: *Das Echolot* und *Unter der Drachenwand*

Im ersten Abschnitt (Z. 4–24) stellt die Rezensentin Walter Kempowskis dokumentarische Sammlung von Lebensdokumenten, veröffentlicht unter dem Titel „Das Echolot“, Geigers Roman gegenüber. Sie sieht in den beiden Projekten einen ähnlichen Ansatz, nämlich den Versuch, einen **direkten Einblick in das Innenleben** der in den letzten Kriegsjahren **lebenden Menschen** zu gewähren. Als Unterschied nennt sie jedoch, dass Kempowski Originaldokumente versammelte, während Geiger Zeitzeugen-Dokumente nachbearbeitet oder gar erfunden habe (vgl. Z. 21 f.). Das führt Radisch zu dem **Werturteil**, dass der Roman eine „geniale Authentizitätsfiktion [sei], aus der der Autor sich anschließend so spurlos wie möglich zurückgezogen hat“ (Z. 23 f.).

Nach dieser **Würdigung der grundsätzlichen Anlage** des Romans wendet sich Radisch im zweiten Sinnabschnitt (Z. 25–46) dem Inhalt zu, indem sie die **wichtigsten Figuren des Romans** vorstellt und einen Eindruck vom Handlungsraum und -setting vermittelt. Es scheint hier der Verfasserin zunächst einmal darauf anzukommen, die **Breite und Vielfalt des Figurentableaus** zu verdeutlichen, denn auf genauere Charakterisierungen und die Darstellung von Zusammenhängen verzichtet sie. Radisch betont dafür aber die **auf den historischen Zeithorizont begrenzte Perspektive** der Figuren und insbesondere der vier Ich-Erzähler – Veit, Kurt, Margots Mutter und Oskar Meyer. Besondere Aufmerksamkeit schenkt sie dem Juden Oskar Meyer, dessen Weg sie schon zuvor etwas ausführlicher skizzierte (vgl. Z. 34 ff.). Durch diesen seien die „deutschsprachigen Opfergruppen des vorletzten Kriegsjahres" (Z. 44) fast vollständig vertreten. Als Gemeinsamkeit zwischen den vier Erzählerfiguren sieht Radisch, dass es sich um „von Krieg und Verfolgung schwer verwundete Seelen" (Z. 45) handele, denen das Schreiben helfe (vgl. Z. 46).

Sinnabschnitt 2: Die Figuren des Romans und die Erzählperspektive

Nach dieser eher beschreibenden Passage blickt die Rezensentin im dritten Sinnabschnitt (Z. 47–82) nun genauer auf die **Hauptfigur Veit Kolbe**, wobei sie zunächst seine **Sprache** in den Mittelpunkt stellt und hier auch eine wertende Perspektive einnimmt. Radisch würdigt seinen **Schreibstil** als „gekonnt neusachlich und unprätentiös" (Z. 47 f.), als „makellos entschlackt[]" (Z. 49), „enstpannt" (Z. 53) und „einfühlsam[]" (Z. 55). Einen erneuten **Vergleich** mit **Kempowskis Projekt** nutzt sie nun, um ihre **positive Wertung der Sprache** zu unterstreichen: Im Unterschied zu jenen Zeugnissen sei das fiktive Tagebuch Veits „völlig frei von [...] Schutt aus Witzelei und Schwulst" (Z. 53). Die Beschreibung der sprachlichen Gestaltung bildet für Radisch dann die Basis für ihre Einschätzung, wie der Roman auf den **Leser wirke:** Man überlasse sich dem Roman „widerstandslos" (Z. 56) und es „verschwindet der historische Sicherheitsabstand, der uns von der ersten Hälfte des 20. Jahrhunderts inzwischen trennt" (Z. 57 f.). Radisch belegt hier also die zuvor dem Roman bescheinigte Fähigkeit, **dem Leser die Vergangenheit zugänglich zu machen**.

Sinnabschnitt 3: Der Protagonist Veit Kolbe

Stil und Sprache

Nach Veits Schreibstil wendet sich Radisch der **Figurenanlage** zu: In den Mittelpunkt stellt sie seine aus den Kriegserfahrungen resultierende **psychische Versehrtheit**. Die Verfasserin skizziert hier einen wichtigen Erzählstrang der Handlung, und zwar die „glückliche Liebesgeschichte" (Z. 75 f.) zwischen Veit und Margot. Diese Liebe – und nicht das verschriebene Pervitin – begreift sie als das eigentliche Mittel gegen Veits Kriegstrauma. Erneut nimmt sie die **Wirkung des Romans auf die Leserschaft** in den Blick: Sie attestiert Veits Einordnung, dass seine Liebesgeschichte zwar ereignisarm, aber „eine der schönsten“ (Z. 80) sei, ein „sentimentale[s] Understatement“ (Z. 81), das „zweifellos ein großes Publikum erfreuen“ (Z. 82) wird.

Sinnabschnitt 4: Die weiteren Erzählerfiguren

Der Ausgangspunkt im vierten Sinnabschnitt (Z. 83–101) ist Radischs – schon zuvor angedeutete (vgl. Z. 48) – Einschätzung, dass **Veits Schreibstil etwas Literarisches** hat: An ihm sei ein „Nachwuchsschriftsteller“ (Z. 84) verloren gegangen. Die Sprache der weiteren Erzählerfiguren hebt er davon ab – sie äußerten sich „im Ton glaubhafter Naivität“ (Z. 87). Radisch untermauert diese Kontrastierung mithilfe von Textbelegen (vgl. „‚abgenagtes Stück Herz‘“, Z. 85, vs. „‚Das Gruseln kommt nicht aus einem raus, wenn es Abend wird‘“, Z. 87 f.). An diese Beispiele knüpft Radisch an, um eine weitere **Stärke des Romans** zu beschreiben: Geiger widmet sich nach ihrer Aussage „liebevoll[]“ (Z. 96) „kriegsabgewandte[n] Winzigkeiten“ (Z. 96) und „vermeintlichen Banalitäten“ (Z. 98 f.). Diese begreift sie als „*safe spaces* des Alltäglichen“ (Z. 99 f.), die wiederum eine „Teilantwort“ (Z. 100) auf die zuvor aufgeworfene Frage (vgl. Z. 59 f.) gäben, wie das „seelische[] Überleben in Zeiten des Krieges“ (Z. 100 f.) gesichert werden könnte.

Sinnabschnitt 5: Ein Schwachpunkt des Romans

Als einzigen **Schwachpunkt** des Romans benennt Radisch im letzten Sinnabschnitt (Z. 102–114) das **Fehlen einer Erzählfigur**, die gegen **NS-Ideologie und Führerkult** nicht „vollständig immun“ (Z. 105) ist, wodurch die „Innenansicht der Täter“ (Z. 105) ausgespart bliebe. Radisch erscheinen die Figuren offenbar **zu positiv**. Sie räumt allerdings ein, dass dieser **Einwand** nicht „[r]omanentscheidend“ (Z. 111), also eher **unwesentlich** sei. Das begründet sie damit, dass Geiger es nicht bei einer allzu positiven Sicht belasse (vgl. Z. 112 f.). Als **Beleg** dafür schließt sie mit der Paraphrasierung eines zentralen Satzes des Romans, nach dem „immer etwas in einem zurück[bleibt], mit dem man niemals fertig wird“ (Z. 114).

Sprache und Stil

Ihr insgesamt **sehr lobendes Urteil** über Geigers Roman präsentiert Radisch in äußerst abwechslungsreicher, **rhetorisch geschulter Sprache**. Die Aufführung des Romanpersonals gestaltet sie in **Ellipsen**, wodurch der Aufzählungscharakter dieser Passage unterstrichen wird (Z. 25–33). Besonders ausgeprägt ist die **Bildhaftigkeit**, mit der Radisch bestimmte Aspekte **plastisch veranschaulicht** (vgl. z. B. „Fundgrube“, Z. 9; „Museum des deutschen Innenlebens“, Z. 11; „Auspinseln“, Z. 96; „Wahrheit“ als „das erste und das letzte Opfer des Krieges“, Z. 15 f.). Auch mithilfe von Vergleichen (vgl. Z. 48, 63 f.) schafft sie **Anschaulichkeit**.

Flexibel zieht Radisch je nach Ausdrucksziel **verschiedene Sprachregister:** Zwar wird der Text von einer **gehobenen Wortwahl** dominiert (vgl. „neusachlich und unprätentiös“, Z. 47 f.; „sentimentale[s] Understatement“, Z. 81; „kriegsbeschädigt[]“, Z. 104), die ebenso wie die dichte Sprache (vgl. „nur hauchdünn von mit einer

Prise zeittypischer Umstandskrämerei überzuckerter Prosa", Z. 49 f.) zum eher akademisch geprägten Lesepublikum der ZEIT passt. Aber zuweilen greift Radisch auch auf **salopp-umgangssprachliche, manchmal humorvoll übertreibende Elemente** zurück („zum Teufel", Z. 4 f.; „supersympathische schreibende Antifa-Truppe", Z. 109; „Wunschkonzert", Z. 112), die dem Text wiederum eine **leichtgängige Lockerheit** verleihen.

Adressatenbezug

Die in der Sprache zum Ausdruck kommende **Leserorientierung** zeigt sich auch im gelegentlichen – wenn auch nicht ausdrücklichen – **Einbezug des Lesers**, u. a. durch die persönlich wirkende Ausgangsfrage (vgl. Z. 4 ff.), die Verwendung des Pronomens „uns" / „unsere" (Z. 57 ff.) oder auch, indem sie das Lese-„Publikum" (Z. 82) als solches benennt.

Leserlenkung

Ihre Beschreibungen und Wertungen unterfüttert Radisch dabei immer wieder mit **Zitaten**, wodurch sie ihrer Leserschaft einen **unmittelbaren Eindruck** von Geigers Sprache vermittelt und ihre Einschätzungen am Text belegt.

Auch wenn es sich um eine eher lange Rezension handelt, so hat man doch **kaum Mühe, den Ausführungen zu folgen**. Das liegt unter anderem daran, dass Radischs Text fast **leitmotivisch** (vgl. Z. 4–9, 20 f., 45 f., 59 f., 100 f.) die **Frage** durchzieht, was wir über das **Lebensgefühl bzw. das Seelenleben in vergangenen Zeiten** wissen (können) und wie wir Zugang dazu erlangen können. Als eine Art **roter Faden** dient auch der Aspekt der „Authentizitätsfiktion" (Z. 23), der in Formulierungen wie „fingierte[r] Originalton der Zeit" (Z. 38), „sorgfältig redigierte[] Schriftstücke[]" (Z. 46), „Zeitzeugen-Simulation" (Z. 55 f.) und „eindrucksvoll historisierende[] Stimmenimitation" (Z. 102 f.) wiederkehrt und **Kohärenz schafft**.

Dieser Aspekt ist für Radisch offenbar einer der ausschlaggebenden Gründe für ihr **äußerst positives Urteil** über Geigers „Unter der Drachenwand". Dabei gelingt es der Autorin, dieses Urteil in einer **höchst lesenswerten Form** zu vermitteln und auf den Roman Lust zu machen.

Schluss

Teilaufgabe 2

Hinweise und Tipps

Was verlangt die Aufgabenstellung von mir?
*Die zweite Teilaufgabe enthält nur einen einzigen Operator: „**Sich auseinandersetzen mit**". Es geht hier also darum, eine **Argumentation** zu entwickeln, die zu einem **begründeten und nachvollziehbaren Urteil** führt. Diese Argumentation soll sich auf den letzten Teil von Radischs Rezension beziehen, in dem sie einen **Schwachpunkt des Romans** beschreibt. Dabei wird in der Aufgabenstellung der Schwachpunkt nicht*

benannt. Womit genauer Sie sich also auseinandersetzen, müssen Sie aus der Rezension ableiten. Die Aufgabe gibt allerdings noch den Hinweis, dass Sie ***alle Erzählerfiguren berücksichtigen*** *sollen.*

Wie gehe ich bei der Bearbeitung der Aufgabe sinnvollerweise vor?
Machen Sie sich zunächst bewusst, zu ***welchen Aspekten*** *Sie die Argumentation entwickeln sollen. Lesen Sie dazu noch einmal aufmerksam die Zeilen 102 bis 114 und überlegen Sie, welche* ***Aussagen über die Figuren*** *sich für die genauere Betrachtung* ***eignen****. So ist es beispielsweise sinnvoll, zu fragen, ob denn die Erzählerfiguren tatsächlich alle „gegen NS-Ideologie und Führerkult vollständig immun" (Z. 104 f.) sind und ob die Einordnung des Erzählpersonals als „supersympathische schreibende Antifa-Truppe" (Z. 109) nicht zu weit führt. Als Vorbereitung der Argumentation können Sie sich solche „Textschnipsel" notieren und dann vermerken, inwieweit sie* ***auf die Figuren zutreffen****. In manchen Fällen werden Sie vielleicht auch feststellen, dass keine genaue bzw. keine eindeutige Aussage darüber möglich ist. Halten Sie auch das fest. Übrigens können Sie sich in Ihrem Aufsatz auch der Frage stellen, ob man – wenn man Radischs Einschätzung zum Erzählpersonal zu folgen gewillt ist – tatsächlich davon sprechen kann, dass es sich um einen Schwachpunkt handelt.*
Auf der Grundlage Ihrer Notizen verfassen Sie dann Ihre Argumentation.

Wie kann ich meinen Aufsatz strukturieren?
Beginnen Sie mit einer ***Überleitung*** *zur Argumentation. Es bietet sich an, darin die Punkte von Radischs Text, die Sie in den Blick nehmen wollen, kurz anzureißen – zum Beispiel in Frageform. Beim* ***Hauptteil*** *sollten Sie sich frühzeitig entscheiden, ob Sie Ihre Ausführungen eher* ***nach den einzelnen Figuren strukturieren*** *oder* ***nach den Punkten****, die Radisch anführt. Im unten stehenden Lösungsvorschlag wurde das erste Vorgehen gewählt. Dabei dürfen Ihre Überlegungen zu Veit Kolbe durchaus umfänglicher ausfallen als bei den anderen Figuren. Zum einen ist er die dominante Erzählfigur des Romans, zum anderen erfordern bei ihm einzelne Fragen (wie z. B. die Frage, inwieweit er als Täter gelten kann) eine ausführlichere, sehr differenzierte Auseinandersetzung.*
Ihre Ergebnisse sollten Sie am Ende möglichst noch einmal ***zusammenfassen****. Dafür können Sie den* ***Schlussteil*** *Ihres Aufsatzes nutzen.*

Lösungsvorschlag

Überleitung
Fragestellung

Auch wenn Iris Radisch nur einen Schwachpunkt im Roman ausmacht, so lässt sich doch fragen, inwieweit ihre diesbezügliche **Kritik tatsächlich trägt**. Sind die Erzählerfiguren tatsächlich allzu einhellig in ihrer Treuherzigkeit und gegen NS-Ideologie und Führerkult vollständig immun (vgl. Z. 103 ff.)? Bleibt die Innenansicht der Täter wirklich ausgespart (vgl. Z. 105)? Und trifft die – selbstverständlich bewusst übertreibende – Einordnung des Erzählpersonals als „supersympathische schreibende Antifa-Truppe" (Z. 109) zu? Diese Fragen sollen anhand der einzelnen Erzählerfiguren diskutiert werden.

Hauptteil

Oskar Meyer

Der einfachste Fall im Kontext dieser Thematik ist sicherlich **Oskar Meyer**, der der **faschistischen Ideologie kaum ferner stehen könnte**. Nicht die Innensicht eines Täters wird hier gezeigt, sondern die eines **direkten Opfers der nationalsozialistischen Untaten**. Sicherlich darf man ihn dabei zu den sympathischen Figuren zählen, aber an der in dem Begriff „Antifa-Truppe" (Z. 109) anklingenden **Einordnung Oskars** als eine Figur, die **Widerstand** leistet, darf man **zweifeln**. Der Wiener Jude und seine Familie werden eher als Getriebene gezeichnet. Zudem ist es gerade ein besonderes Merkmal Oskars, dass er die **eigene Gefährdung** durch das nationalsozialistische Regime wiederholt **unterschätzt**. Er scheint gerade – in ganz anderem Sinn, als Radisch es wohl meint – nicht „darüber Bescheid [zu wissen], wie ‚wahnwitzig und menschenfeindlich'" (Z. 110) es ist. So agiert er beispielsweise bei den Überlegungen zur Ausreise teilweise zu zögerlich, weswegen er später auch **starke Schuldgefühle** entwickelt (vgl. S. 401).

Margots Mutter

Bei Margots Mutter sind die **Kategorien Täter und Opfer schwer anwendbar**. Als Deutsche steht sie eher auf der Seite der Täter, zugleich ist sie ein Opfer des Bombenkrieges und insofern auch ein indirektes Opfer der nationalsozialistischen Aggression, deren Folge der Bombenkrieg ist. In den eher private Belange behandelnden Briefen von Margots Mutter finden sich **kaum Hinweise auf ihre politische Einstellung**. Deshalb lässt sich bei ihr schwer entscheiden, ob sie der NS-Ideologie anhängt. Aber wie bei Oskar fällt es schwer, in ihr eine antifaschistische, widerständige Figur zu sehen. Und besonders **sympathisch** wirkt Lore Neff auch **nicht** – so hat sie mit dem Ablösungsprozess ihrer Töchter erhebliche Probleme und versucht diese teilweise zu manipulieren.

Kurt Ritler

Kurt Ritler dagegen vermag – auch wenn er seine Freundin Nanni an manchen Stellen etwas von oben herab behandelt – zum Teil durchaus Sympathie zu erwecken, unter anderem durch sein **aufbegehrendes Verhalten**. Dieses richtet sich jedoch kaum gegen das faschistische System oder gegen seine Ideologie, sondern vor allem gegen seine Eltern, die auch seinen Kontakt zu Nanni unterbinden wollen. Kurt scheint **weder eine ausgeprägt kritische Haltung** zur NS-Ideologie zu haben, wie Radischs Formulierungen sie nahelegen, **noch dieser verfallen** zu sein. Beispielsweise erzählt er ganz neutral davon, wie ein entlaufener KZ-Häftling zu Tode geprügelt worden ist (vgl. S. 242), und geht ohne wertenden Kommentar dazu über, von einem Fußballspiel zu berichten. An anderen Stellen äußert er sich dann in seinen Briefen punktuell **leicht kritisch zum Regime** – beispielsweise wenn er vom militärischen Drill genervt ist (vgl. S. 98) oder einen Erlass der Reichsjugendführung ironisiert (vgl. S. 102). Davon, dass Kurt **nicht vollständig gegen die NS-Ideologie immun** ist, zeugt Veits Besuch bei ihm. So sagt er, dass er sich auch im Notfall nicht als Zivilist ausgeben will, um sein Leben zu retten, und dass er auch niemals unter einem fremden Regime leben wolle (vgl. S. 448 f.). In etwa zur gleichen Zeit ordnet er aber bestimmte Strafen in Hainburg als „krank“ (S. 387) ein. Insofern ergibt sich bei Kurt **kein eindeutiges Bild**.

Veit Kolbe

Am komplexesten ist sicher die Figur Veit Kolbe, in deren Gedankenwelt die Leserinnen und Leser einen besonders tiefen Einblick erhalten. Die **pauschale Aussage**, er sei „gegen NS-Ideologie und Führerkult vollständig immun“ (Z. 104 f.), ist **nicht zu unterschreiben**, denn für Veit ist die „Partei [...] die Sinngebung [s]einer Jugend gewesen“ (S. 135) und auch in der Erzählgegenwart kann er sich von dem „Gedanken, dass der F. ein großer Mann war, nicht gänzlich frei machen“ (S. 135). Als Wehrmachtssoldat, der schon im Einsatz war, **gehört Veit sicherlich auch mehr als die anderen Erzählerfiguren zu den Tätern**. Aber es handelt sich um einen „Täter“, der den Krieg, an dem er beteiligt (gewesen) ist, aufgrund seiner schrecklichen Fronterfahrungen schon **sehr kritisch** sieht. Im Verlauf des Romans wird er auch unter dem Einfluss des Brasilianers und angesichts des Umgangs des Regimes mit diesem eine zunehmend **regime- und ideologiekritische Haltung** einnehmen. Die von Radisch zitierte Textstelle („„wie wahnwitzig und menschenfeindlich die Firma Blut und Boden‘“, Z. 110 f.) ist für diesen Einfluss ein Indiz: Die Bezeichnung „Firma Blut und Boden“ für das nationalsozialistische Regime hat Veit vom Brasilianer übernommen (vgl. S. 136). Dass **Veit sich** in dieser Art und Weise während der Romanhandlung **entwickelt**, **unterschlägt Radisch**, wenn sie schreibt, dass die Schreibenden „immer schon vorbildlich“ (Z. 110) über Wahnwitz und Menschenfeindlichkeit des NS-Systems Bescheid wüssten. Dass Veit schließlich zum Mörder wird, um den Brasilianer **vor dem Zugriff der Herrschenden zu retten**, hat dann durchaus etwas von einer **antifaschistischen Aktion**.

Veits **Auseinandersetzung mit seiner Rolle im Krieg** und mit der **Frage der eigenen Schuld** (vgl. z. B. S. 451–454) darf man im Übrigen auch als Hinweis lesen, dass er nicht einfach nur der Opferseite zuzuordnen ist, sondern dass er **auch Täter** ist: Veit war zwar selbst nie an Erschießungen beteiligt, aber er **bereut**, das Zurückliegende nicht ändern zu können. Und er reflektiert über die **eigene Schuld**, das **Schicksal der Juden**, die hinter der Front ermordet worden sind, **ignoriert zu haben**. Insofern bekommt man durchaus einen gewissen Einblick in einen Täter, allerdings – und das scheint Radisch zu bemängeln – nicht in das Denken und Fühlen von Tätern, die sich in der Erzählgegenwart schuldig machen: „Nie sieht man ihnen ins dunkle Herz." (Z. 108 f.) Dies lässt sich zwar bestätigen, aber man darf durchaus fragen, ob dies eine Schwachstelle des Romans ist. Geigers Ziel ist es schließlich, die Menschen nicht schwarz oder weiß zu zeichnen, sondern in ihrer **Vielschichtigkeit** zu zeigen. Nicht ohne Grund wählt er für Veit den Begriff „Grauer" (S. 35), der auf dessen **gemischten Charakter** anspielt.

Weitere Figuren

Zudem ist es ein wenig **untertrieben**, den „Bösen", den „Mitläufer[n]", den „Nazis" (Z. 107 f.) **nur kurze Gastauftritte** zu bescheinigen. So prägen den Roman durchaus auch Figuren wie der opportunistische Onkel, wie die Quartierfrau und Veits Vater, die man als Nationalsozialisten einordnen darf, und wie Dohm, der sich als Überzeugungstäter am ehesten den „Bösen" zurechnen lässt.

Schluss

… mit abschließender Einschätzung

Vor dem Hintergrund all dieser Überlegungen wirkt der Kritikpunkt, den Radisch in ihrer ansonsten ausnehmend positiven Bewertung des Romans äußert, **nicht treffend**. Ihre Formulierungen sind **zu übertrieben** („supersympathische […] Anitfa-Truppe", Z. 109) oder **zu wenig differenziert** („vollständig immun", Z. 105; „immer schon vorbildlich", Z. 110). Insbesondere der von ihr erweckte Eindruck, dass die Figuren zu positiv („einhellige Treuherzigkeit", Z. 103; „supersympathische", Z. 109) gezeichnet seien, wird der **komplexen Anlage der Figuren**, allen voran Veit, **nicht gerecht** – auch wenn es stimmen mag, dass man die Innenwelt einer „bösen" Figur nicht vermittelt bekommt. Ein „Wunschkonzert des literarisch Bekömmlichen und menschlich Erfreulichen" (Z. 112 f.) bietet der Roman daher auch dann nicht, wenn man Geigers Satz unberücksichtigt lässt, dass am Ende „immer etwas in einem zurück[bleibe], mit dem man niemals fertig wird" (Z. 114).

Leistungskurs Deutsch (Nordrhein-Westfalen) – Übungsaufgabe 6
II a: Analyse eines Sachtextes mit weiterführendem Schreibauftrag

Materialgrundlage
Uwe Pörksen, Friedemann Schulz von Thun: *Die Kunst des Miteinander-Redens. Über den Dialog in Gesellschaft und Politik* (Auszug)

Aufgaben:

		Punkte
1.	Analysieren Sie den vorliegenden Textauszug.	42
2.	Setzen Sie sich mit Bezug zum Textauszug mit der Frage auseinander, welche Rolle die sozialen Medien im öffentlichen Diskurs spielen und inwiefern sie eine Gefahr für die öffentliche Kommunikation darstellen.	30

Uwe Pörksen, Friedemann Schulz von Thun
Die Kunst des Miteinander-Redens. Über den Dialog in Gesellschaft und Politik
(Auszug)[1]

Worum geht es in dieser Auseinandersetzung, in diesem Streit[2]? Auf der einen Seite stehen diejenigen, die entschieden für eine diskriminierungsfreie Sprache plädieren und die politisch korrekte Ausdrucksweise letztlich als ein „etwas erweitertes Höflichkeitsgebot“[3] betrachten. Sie sind der Auffassung, dass es schon der menschliche Anstand befiehlt, die Demütigung und die Erniedrigung des anderen zu vermeiden, dies in dem Wissen, dass das Sprechen immer auch ein Handeln ist und dass Diskriminierungserfahrungen einen Menschen verunsichern, ihn in die Depression und die Einsamkeit hineintreiben und letztlich brechen können. Das ist eine gut begründbare, außerordentlich ehrenwerte Position. Und doch muss man konstatieren: Man kann es auch übertreiben, jeden schlechten Scherz unversöhnlich verfolgen, jedem kleinsten Indiz der Diskriminierung mit maximalem Furor[4] nachgehen. Das heißt: Das Bemühen um eine zivilisierte Achtsamkeit und eine politisch korrekte Sprache kann in Richtung einer Dauermoralisierung[5] der Kommunikationsverhältnisse abstürzen, eine beklemmende, humorfreie Hypersensibilität[6] befördern, die das dialektische, auch produktiv polemische Prinzip von Debatten vorschnell verloren gibt.

Auf der anderen Seite des Spektrums möglicher Positionen finden sich die Vertreter einer robusten Unbekümmertheit, die sich auf das Mantra[7] verständigt haben: „Das wird man doch wohl noch sagen dürfen!“ Und weiter: „Ein paar vielleicht etwas zotige Witze werden doch wohl noch möglich sein in diesem Land! Schließlich herrscht Meinungsfreiheit! Und nun habt euch doch nicht so!“ Und auch hier gilt: Man kann es auch übertreiben. Denn Teile der Anti-Political-Correctness-Bewegung versuchen seit Jahren, das Gesamtprojekt einer achtsamen, diskriminierungssensiblen Redeweise pauschal als das Umerziehungsprogramm von *Tugendterroristen*, von *Meinungs-* und *Gesinnungsdiktatoren* und intoleranten *Gutmenschen* zu attackieren, die angeblich den Menschen in diesem Land den letzten Rest an Freiheit und Selbstbestimmung nehmen wollen. Das Plädoyer für Meinungs- und Redefreiheit ist hier also, das macht die Lage einigermaßen kompliziert, das Tarnvokabular eines ideologischen Ressentiments[8]. Und es ist ein Faktum, dass das gerade noch einigermaßen harmlos und vernünftig wirkende Plädoyer für die robuste Unbekümmertheit in manchen Publikationen und Pamphleten[9] der Anti-Political-Correctness-Bewegung selbst zur hysterischen Attacke wird, befeuert von düsteren DDR- und NS-Vergleichen, die den Willen zur Wut im Verbund mit eklatanter historischer Unkenntnis dokumentieren. Die Devise heißt dann: Wir leben doch längst in einer Diktatur! Und der Angriff auf die Meinungsfreiheit des Einzelnen trägt längst totalitäre Züge! Was dann an giftiger Häme[10] folgt, ist oft schlicht und einfach diskriminierend – gegenüber Frauen, Politikern, Andersdenkenden und Andersaussehenden. Die mehr oder minder offen ausgelebte Verachtung des Anständigen wiederum lässt auf der anderen Seite die Empörung erst so richtig emporschießen, weil man die Provokation und das Spiel mit dem Tabu als Beleg der Menschenverachtung sieht. „Sollen wir wirklich alles sagen dürfen“, so wird dann gefragt. „Wäre ein Innenminister, der Witze über Behinderte oder Juden macht, satisfaktionsfähig[11]? Darf ein Bundeskanzler sexistisch über Frauen reden und das Familienministerium als Gedöns[12] abtun? Nein. Ich verstehe überhaupt nicht, was es an kommunikativen Geboten und anständigen Umgangsformen auszusetzen gibt. Auf Minderheiten herumzutrampeln, ist keine Freiheit, sondern eine Frechheit.“[13] Ein dreifacher Befund lässt sich festhalten. Zum einen kann man hier beobachten, wie ein Teufelskreis der wechselseitigen Totalabwertung in Gang kommt und am Leben erhalten wird. Zum anderen wird offenbar, dass die Art der Diskursdiagnostik[14] selbst zum Instrument der Eskalationsrhetorik werden kann, die das Miteinander-Reden erschwert. Man produziert wechselseitig, so wie die Zeichner mittelalterlicher Ozeankarten, die jede Menge Ungeheuer und bizarre Fabelwesen in ihre Skizzen von fernen Meeren und Ländern hineinmalten, Zerrbilder der Kommunikationsrealität, entwirft Horrorgestalten und malt mit äußerst grobem Pinsel. Und diese Zerrbilder tragen dann zur allgemeinen Empörung und zur Verhärtung der Fronten bei. Wie soll man denn weiter sprechen, wenn einerseits behauptet wird, das große gesellschaftliche Gespräch sei endgültig zerstört und werde allein von Nazis und Netz-Trollen dominiert, die das Gift des Hasses versprühen? Was soll man sagen, wenn man zu lesen bekommt, die Öffentlichkeit, verstanden als der geistige Lebensraum einer liberalen Demokratie, ginge gerade „in Trümmer“ (Eva Menasse)[15]? Und wie soll man weiter sprechen, wenn es andererseits in den sogenannten alternativen Medien in endlos dröhnender Wiederholung heißt, wir lebten in einer *Meinungsdiktatur* oder einer Art wiederauferstandenen *DDR*? Und man dürfe eigentlich gar nichts mehr sagen in diesem Land der Unfreiheit, was ja schon durch den eigenen, eben gerade nicht zensierten Sprechakt unmittelbar widerlegt wird. Hier sieht man: Eine solche Art der Diskursbeschreibung will die Eskalation. Sie nutzt das Horrorszenario nicht, um zu warnen, die Dringlichkeit der Gegenwehr zu demonstrieren, sondern um die Polarisierung der Gesellschaft voranzutreiben, *den Riss zu vertiefen*, wie es ein Protagonist der Neuen Rechten einmal ausgedrückt hat. Schließlich und endlich wird am Beispiel der Political-Correctness-Debatte eine *metakommunikative Polarisierung* sichtbar, streitet man sich doch nicht mehr über Inhalte, sondern über die Art und

Weise des Miteinander-Redens selbst und schürt die Wut über die Wut und die Empörung über die Empörung der jeweils anderen Seite. Diese Empörung zweiter Ordnung ist längst zum kommunikativen Normalfall geworden, und sie ist kommunikationsanalytisch und zeitdiagnostisch brisant. Denn generell lässt sich beobachten, dass Auseinandersetzungen heute sehr schnell die Meta-Ebene emporklettern und man darüber streitet, ob man überhaupt sprechen solle, ob sich das Gespräch tatsächlich lohne. Und wenn man sprechen soll: in welcher Form? Vor welchem Publikum? Aus der dialektischen Perspektive, die hier vorgeschlagen wird, ist dieses Schwinden und Abhandenkommen der eigentlichen Inhalte und Dialoganlässe verständlich. Es lässt sich als Reaktion begreifen und als Versuch verstehen, ein normatives Vakuum[16] zu füllen, eine Unsicherheit aufzulösen, die in der Situation und den veränderten Kommunikationsbedingungen selbst liegt. Denn wenn Regeln wegfallen, gerade noch gängige Normen konstant verletzt werden und die Autorität etablierter Medienmacher schwindet, dann entsteht ein offener Raum, in dem man die Art und Weise des Miteinander-Redens immer wieder neu besprechen muss. Metakommunikation gleich welcher Art (und eben auch die hier geschilderte metakommunikative Polarisierung) ist, so gesehen, immer auch ein reaktiver[17] Aushandlungsprozess. Man will einordnen, was sich ungleich schwerer einordnen lässt, und versucht in Zeiten verfließender Kontext- und Kommunikationsgrenzen, Pfähle und Pflöcke wieder neu zu befestigen.

Aus: Uwe Pörksen, Friedemann Schulz von Thun: Die Kunst des Miteinander-Redens. Über den Dialog in Gesellschaft und Politik. München: Hanser 2020, S. 32–36.

Anmerkungen:

1 Fußnoten, die sich im Originaltext finden, wurden aus Gründen der besseren Lesbarkeit nicht übernommen.
2 *in diesem Streit:* gemeint ist der Streit um politische Korrektheit
3 Hier zitieren die Autoren einen Artikel aus der *ZEIT*, verfasst vom Journalisten Christian Staas.
4 *Furor:* gehobenes Wort für „Wut"
5 *Dauermoralisierung:* ständiges, übertriebenes Hinweisen auf moralisch korrektes Verhalten
6 *Hypersensibilität:* stark erhöhte Empfindlichkeit
7 *Mantra:* magische Formel
8 *Ressentiment:* auf Vorurteilen, Neid, Unterlegenheitsgefühl o. Ä. beruhende Abneigung
9 *Pamphlet:* Schmäh-/Streitschrift
10 *Häme:* boshafter Spott
11 *satisfaktionsfähig:* jemand, der genug Ehre besitzt, dass man ihn überhaupt für sein Verhalten zur Rechenschaft ziehen kann
12 *Gedöns:* Getue, Aufheben
13 Hier zitieren die Autoren einen Artikel von *SPIEGEL Online*, verfasst von der Politologin und Journalistin Ferda Ataman.
14 *Diskursdiagnostik:* Untersuchung des sprachlichen Handelns, z. B. in gesellschaftlichen Zusammenhängen
15 Eva Menasse: österreichische Schriftstellerin (geb. 1970) – das Zitat stammt aus einem von ihr verfassten Zeitungsartikel in der *Neuen Zürcher Zeitung*.
16 *normativ:* als Richtschnur, Norm, Regel dienend; *Vakuum:* Leere, Nicht-Ausgefülltsein
17 *reaktiv:* als Reaktion auf einen Reiz/Auslöser auftretend

Bernhard Pörksen, Jahrgang 1969, ist Medienwissenschaftler und Professor an der Universität Tübingen. **Friedemann Schulz von Thun**, Jahrgang 1944, ist Kommunikationspsychologe. Er ist v. a. bekannt für seine Kommunikationsmodelle wie beispielsweise das Kommunikationsquadrat.

Teilaufgabe 1

Hinweise und Tipps

Welche Aufgabenart liegt vor und wie sind die Teilaufgaben gewichtet?
Die vorliegende Aufgabe entspricht der ***Aufgabenart II a: Analyse eines Sachtextes mit weiterführendem Schreibauftrag****. Für die erste Teilaufgabe können 42 Punkte erzielt werden, für die zweite Teilaufgabe 30 Punkte. Der* ***Schwerpunkt*** *liegt demnach auf der* ***ersten Teilaufgabe****. Die Aufgabe bezieht sich auf das Inhaltsfeld „Kommunikation" mit dem Schwerpunkt „Rhetorisch ausgestaltete Kommunikation in funktionalen Zusammenhängen", wobei die Fokussierung „Sprache in politisch-gesellschaftlichen Verwendungszusammenhängen" angesteuert wird. Sie sollten daher diese Aufgabe nur wählen, wenn Sie mit diesen Zusammenhängen vertraut sind.*

Was verlangt die Aufgabenstellung von mir?
Die erste Teilaufgabe ist mit dem Operator „Analysieren" versehen. Dieser Operator verlangt „einen Text als Ganzes oder aspektorientiert unter Wahrung des funktionalen Zusammenhangs von Inhalt, Form und Sprache [zu] erschließen und das Ergebnis der Erschließung dar[zu]legen". Da ***keine Aspektuierungen*** *vorgegeben sind, müssen Sie in Anlehnung an die im Unterricht eingeübte Vorgehensweise selbst entscheiden, wie Sie die Analyse genauer ausgestalten. Dazu gehören die Erfassung der* ***Position der Autoren****, die Darlegung der* ***wesentlichen Aussagen*** *des Textauszugs in ihrer* ***gedanklichen und argumentativen Entfaltung****, die Untersuchung der* ***sprachlich-stilistischen Gestaltung*** *und die* ***Leserlenkung****.*

Wie gehe ich bei der Bearbeitung der Aufgabe sinnvollerweise vor?
Die gründliche Textlektüre bildet die Grundlage, um den Text analysieren zu können. So können Sie beispielsweise den Text zunächst überfliegen, um sich einen Gesamteindruck zu verschaffen. Die nächsten Lektüredurchgänge dienen dann dem Markieren der für die Analyse zentralen Aussagen und sprachlich-stilistischen Aspekte sowie der Anfertigung von Randnotizen, die Sie beim Verfassen der Analyse verwenden können.

Wie kann ich meinen Aufsatz strukturieren?
Grundsätzlich besteht eine Analyse aus Einleitung, Hauptteil und Schluss. In der ***Einleitung*** *nennen Sie die* ***Primärinformationen*** *des Auszugs (Autoren, Titel, Erscheinungsjahr, Textsorte) sowie sein Thema. Den* ***Hauptteil*** *können Sie linear anlegen, d. h., Sie gehen den Text von vorne bis hinten durch und erarbeiten dabei sukzessive die oben genannten Analyseaspekte – Sie können den Hauptteil aber auch nach diesen Analyseaspekten strukturieren (wie im nachfolgenden Lösungsvorschlag – vgl. hierzu die Hinweise in der Randspalte). Mit einem* ***Fazit*** *runden Sie die Analyse ab.*

Was gibt es bei dieser Aufgabe sonst noch zu beachten?
Achten Sie darauf, dass Sie Ihre Beobachtungen im Text nicht nur beschreiben, sondern auf die Funktion bzw. Bedeutung hin analysieren und mit Zitaten absichern.

Lösungsvorschlag

Der vorliegende **Sachtext** stellt einen Auszug aus dem Werk „Die Kunst des Miteinander-Redens. Über den Dialog in Gesellschaft und Politik“ von Uwe Pörksen und Friedemann Schulz von Thun aus dem Jahr 2020 dar. Die Autoren beschäftigten sich mit der **Frage**, wie der **Streit um politische Korrektheit in der Öffentlichkeit** ausgetragen wird.

Einleitung
Primärinformationen, Thema des Textes

Die beiden Wissenschaftler zeigen **am Beispiel der Political-Correctness-Debatte** auf, wie problematisch sich die Kommunikation über strittige Inhalte in der Öffentlichkeit gestaltet, sodass das Miteinander-Reden komplett zu scheitern droht. Das liegt nach ihrer Auffassung nicht nur daran, dass Gegner und Befürworter gegensätzliche Meinungen vertreten und sich ein **Teufelskreis an gegenseitiger Abwertung** bildet, sondern auch daran, dass die **Polarisierung sich auf die Ebene der Metakommunikation** ausweitet. Hintergrund dafür sei der Verlust von verbindlichen Kommunikationsregeln, den die Autoren offenbar auch den Veränderungen der Medienlandschaft zuschreiben. Es bedürfe trotz aller Schwierigkeiten in den „Zeiten verfließender Kontext- und Kommunikationsgrenzen“ (Z. 87 f.) genau eines solchen **Aushandlungsprozesses** in Bezug auf das **Wie der Kommunikation**.

Hauptteil
Position der Autoren

Zunächst stellen die beiden Verfasser **zwei tolerierbare Positionen** bezüglich der Political Correctness sprachlichen Handelns einander gegenüber. Die eine umfasst die **Haltung der Befürworter**, die sie als Gebot des Anstands und der Höflichkeit betrachten, wissend darum, dass sprachliche Diskriminierung betroffene Menschen demütigen und psychisch krank machen kann (vgl. Z. 5–8). Die andere Position nähmen „Vertreter einer robusten Unbekümmertheit“ (Z. 16 f.) ein, die sich auf Rede- (vgl. Z. 17 f.) und Meinungsfreiheit (vgl. Z. 19 f.) berufen würden. Kritisch sehen es die Verfasser, wenn die jeweilige Seite es mit ihrer Haltung übertreibt: Die Befürwortung der Political Correctness könne dann in eine überempfindliche „**Dauermoralisierung**“ (Z. 13) ausarten, die der lebendigen Debattenkultur schade (vgl. Z. 15). Und manche Gegner der Political Correctness würden es übertreiben, wenn sie pauschal jegliche Bemühungen um eine respektvollere Sprache als Teil eines „Umerziehungsprogramm[s] von *Tugendterroristen*“ (Z. 23) verunglimpfen, die das Recht auf Freiheit und Selbstbestimmung beschneiden wollten. Manche Gegner scheuten nicht einmal davor zurück, **Vergleiche mit der DDR oder NS-Zeit** zu bemühen, was nicht nur von mangelndem Geschichtswissen zeuge, sondern auch als **Legitimation** für die übelsten diskriminierenden Äußerungen dienen solle. Dieses Vorgehen verstärke die Empörungsbereitschaft der Be-

Wesentliche Textaussagen in ihrer gedanklichen Entfaltung

fürworter, die die offenen Tabubrüche als Angriff auf die Menschlichkeit verständen.

Die Beschreibung der beiden Positionen mit ihren problematischen Seiten ist für Pörksen und Schulz von Thun der Hintergrund für die **drei Befunde**, die sie im Folgenden formulieren: Der **erste benennt** einen „**Teufelskreis der wechselseitigen Totalabwertung**" (Z. 46), also eine gegenseitig sich verstärkende Herabsetzung des jeweils anderen. Der **zweite** besteht darin, dass die Beschreibung der Art und Weise, wie das andere Lager kommuniziere, häufig verzerrend und übertreibend ist („Zerrbilder der Kommunikationsrealität", Z. 51 f.) und so zur **weiteren Eskalation** beiträgt, die die Positionen weiter verhärtet. Äußerungen wie beispielsweise, man lebe in einer „*Meinungsdiktatur*" (Z. 60 f.), erschwerten die produktive Auseinandersetzung, förderten die gesellschaftliche Polarisierung und seien zudem widersinnig, denn bei wirklichem Redeverbot wäre diese Äußerung gar nicht mehr möglich. Den **dritten Befund** beschreiben die Verfasser mit der Wendung der *„metakommunikative[n] Polarisierung"* (Z. 68). Die Auseinandersetzungen bezögen sich nicht mehr nur auf die Inhalte, sondern auch auf die Art der Kommunikation: Man „schürt die Wut über die Wut und die Empörung über die Empörung" (Z. 70 f.). Dieses Vorgehen stelle inzwischen den „Normalfall" (Z. 72) dar und infolgedessen gebe es **weniger Debatten über Inhalte**, sondern mehr darüber, ob es überhaupt noch sinnvoll sei, miteinander zu reden.

Als Grund für die Verlagerung der Debatte auf die Metaebene sehen die Verfasser ein „normatives Vakuum" (Z. 79 f.), das sie auf die heutigen veränderten Kommunikationsbedingungen, auf den Wegfall von Regeln, die stetige Normverletzung und auf das Schwinden der „Autorität etablierter Medienmacher" (Z. 82 f.) zurückführen. Die beschriebene Metakommunikation ist für sie eine **Reaktion** auf dieses Vakuum, mithin als Versuch, **neue Regeln und Grenzen zu etablieren**.

Art und Funktion der Argumentation

Der Textauszug wird **mit einer Frage** bezüglich des Streits um Political Correctness eröffnet, die im Folgenden differenziert beantwortet wird. Denn die Verfasser legen nicht nur die **beiden tolerierbaren Positionen** in dieser Auseinandersetzung dar, sondern **problematisieren** auch die Überschreitung der **Grenzen des Tolerierbaren**. Als **Folge** dieser Grenzüberschreitung stellen sie die Empörung darüber im anderen Lager dar. Aus den Beobachtungen des kommunikativen Verhaltens **leiten** Pörksen und Schulz von Thun abstrahierend ihre **drei Befunde ab**, wobei sie dem dritten Befund, der metakommunikativen Polarisierung, besondere Aufmerksamkeit widmen, indem sie die Gründe für den **Sprung auf die Metaebene erklären**.

Die Verfasser beschreiben ihre Beobachtungen genau und veranschaulichen sie mit **typischen** (vgl. Z. 17 ff.) oder **konkret zuschreibbaren** (vgl. Z. 58) **Äußerungen** der jeweiligen Seite. Ihre Diskursbeschreibung ist dabei um Neutralität hinsichtlich der beiden Lager bemüht, wie ihre mehrfache Betonung der Wechselseitigkeit (vgl. Z. 46, 49, 70 f.) verdeutlicht. Eindeutige Positionierungen finden sich gleichwohl in Einzelfragen (vgl. Z. 8 f.: „Das ist eine gute begründbare, außerordentlich ehrenwerte Position.").

Sprachlich-stilistische Gestaltung in ihrer Funktion

Die sprachlich-stilistische Gestaltung zeugt von einer ambitionierten Herangehensweise. Der Text ist in **niveauvoller Standardsprache** verfasst, weist einen überwiegend **anspruchsvollen Satzbau** und einen **bildungssprachlichen Wortschatz mit einigen Fremdwörtern** auf („Spektrums", Z. 16; „Furor", Z. 11). Für Anschaulichkeit sorgen viele **Adjektive** („humorfreie", Z. 14; „produktiv polemische", Z. 15) und eine zum Teil **bildliche Sprache** („hineintreiben und letztlich brechen", Z. 8; „Teufelskreis", Z. 46), die auch immer wieder mit dem gehobenen Wortschatz verbunden ist („Diskursdiagnostik", Z. 48; „normatives Vakuum", Z. 79 f.; „Tarnvokabular", Z. 27). Die gleiche Funktion hat der einzige **bildliche Vergleich:** Zur Erläuterung der „Eskalationsrhetorik" (Z. 48) verwenden die Autoren das Bild von Zeichnern aus dem Mittelalter, die auf ihren Ozeankarten Ungeheuer und Monstergestalten malten (vgl. Z. 49–52). Diese **Analogie** soll deutlich machen, wie verzerrt und unrealistisch die Wahrnehmung des jeweils anderen ist. Zahlreiche **Aufzählungen** („von *Tugendterroristen*, von *Meinungs- und Gesinnungsdiktatoren* und *intoleranten Gutmenschen*", Z. 23 f.) **illustrieren die Gefährlichkeit** des in der Auseinandersetzung verwendeten Vokabulars. Auffällig sind zudem der Gebrauch **anaphorischer Satzanfänge** („Und", Z. 18, 20, 28), die die jeweilige **gedankliche Auseinandersetzung** vorantreiben, und die **wiederholten Fragen**, die die Gefahr des Kommunikationsabbruchs (vgl. Z. 54–61) oder die Ratlosigkeit, wie zu sprechen sei (vgl. Z. 76), vor Augen führen.

Leserlenkung

Der **überwiegend informierende Text** richtet sich an **gebildete Laien und Experten**, die den eloquenten Ausführungen aufmerksam folgen müssen, da der Sachverhalt differenziert und **in einem nahezu absatzlosen Fließtext** erläutert wird. **Strukturschaffend** sind vor allem die Auflistungsformeln wie „auf der einen Seite – auf der anderen Seite" (vgl. Z. 1, 16), „dreifacher Befund" (Z. 45), „zum einen – zum anderen" (vgl. Z. 45, 47), „schließlich und endlich" (Z. 67), die dem Leser eine **Orientierung** ermöglichen. Im Hinblick auf die Meinungsbildung wählen die Autoren eine **Darstellungsweise**, die von **Zurückhaltung** geprägt ist, aber dennoch ihre **eigene Position erkennen** lässt. So beschreiben sie zunächst das sprachliche Verhalten und ziehen anschließend ihre **Schlüsse**

aus dem Beobachteten („Hier sieht man: „Eine solche Art der Diskursbeschreibung will die Eskalation.“, Z.63 f.). So ist denn auch der **appellative Charakter** des Textauszugs nur indirekt zu erkennen und lässt dem Leser genügend **Spielraum, sich eine eigene Meinung zu bilden**.

Schlussbetrachtung

Die beispielhafte Analyse des Miteinander-Sprechens im öffentlichen Raum anhand des Streits um politische Korrektheit vermittelt die **doppelte Problematik**, von der gesellschaftliche Diskurse aktuell geprägt sind. So entzünden sich Streitthemen nicht nur an **inhaltlichen Differenzen**, sondern verlagern sich zudem auf die **metakommunikative Ebene** – häufig mit dem Ergebnis, dass die Konfliktparteien gar nicht mehr miteinander sprechen wollen und ausschließlich in ihrer eigenen Blase verbleiben. Die gegebenen situativen und kommunikativen Bedingungen begünstigen diese Haltung. Dennoch ist die „Kunst des Miteinander-Redens“ von hoher Bedeutung, um nicht den von beiden Seiten beschworenen Riss durch die Gesellschaft zu vertiefen.

Teilaufgabe 2

Hinweise und Tipps

Was verlangt die Aufgabenstellung von mir?
Der gewählte Operator lautet „Sich auseinandersetzen mit“ und beinhaltet, dass man „eine Aussage, eine Problemstellung argumentativ und urteilend abwägen“ soll. Thematisch bezieht sich die Teilaufgabe auf die ***Bedeutung der sozialen Medien*** *im öffentlichen Diskurs und auf die möglicherweise davon ausgehende* ***Gefährdung der öffentlichen Kommunikation****. Dabei sollen Sie Bezüge zum zuvor analysierten Text herstellen. Außerdem gilt es, Ihr Vorwissen zur spezifischen Ausprägung von Kommunikation in den sozialen Medien zu aktivieren.*

Wie gehe ich bei der Bearbeitung der Aufgabe sinnvollerweise vor?
Bevor Sie zu schreiben beginnen, notieren Sie sich ***Stichpunkte*** *bezüglich des oben genannten* ***aktivierten Vorwissens****. Überlegen Sie dann, wie Sie dieses Wissen mit Ihrer Analyse (Teilaufgabe 1) verbinden können. Da der Operator eine Abwägung fordert, sollten Sie sich sowohl zu* ***positiven*** *als auch zu* ***negativen Effekten*** *der sozialen Medien Gedanken machen. Fragen Sie sich zum Beispiel, wie sich die Sender- und Adressatenstruktur der öffentlichen Kommunikation geändert hat und welche Vorteile bzw. Nachteile diese hat. Planen Sie dann den Aufbau Ihres Aufsatzes.*

Wie kann ich meinen Aufsatz strukturieren?
Beginnen Sie mit einer ***Überleitung****, die eine Verknüpfung zwischen der Analyse (Teilaufgabe 1) und der vorgegebenen Aussage beinhaltet. In diesem Fall können Sie beispielsweise den Medienwandel, den die Verfasser des Textes als einen Faktor für die beschriebenen Kommunikationsmuster anklingen lassen, als Anknüpfungspunkt*

nutzen. Wenden Sie sich dann der ***gedanklichen Auseinandersetzung*** *anhand der von Ihnen vorbereiteten Notizen zu. Die Argumente, die für Ihre Position sprechen, sollten eher am Ende Ihrer Auseinandersetzung stehen. Der nachfolgende Musteraufsatz beginnt daher mit positiven Aspekten der sozialen Medien und lässt dann die kritischen Punkte folgen. Sie können dabei auch die digitalen Kommunikationsgewohnheiten thematisieren (z. B. schnelles Antworten, Anonymität, Nutzung von Bildern) und aufzeigen, welche Folgen diese für die Art und Weise, wie der öffentliche Diskurs geführt wird, haben. Um den Bezug zum Textauszug zu wahren, bietet es sich an, gelegentlich* ***Zitate*** *daraus einzubetten – insbesondere was die Beschreibungen der* ***Eskalation und Polarisierung*** *angeht, dürfte Ihnen das nicht schwerfallen.*
Als ***Fazit*** *können Sie festhalten, inwieweit das Netz die von den Autoren beschriebenen Defizite der Kommunikation tatsächlich begünstigt, und einen Ausblick geben, welche Möglichkeiten der Verbesserung es geben könnte.*

Lösungsvorschlag

Aufgabenbezogene Überleitung

Pörksen und Schulz von Thun streifen in ihrem Auszug die These, dass die beschriebenen Kommunikationsmuster auf den Medienwandel der letzten Jahrzehnte zurückzuführen ist, nur kurz (vgl. Z. 80–83). Man darf davon ausgehen, dass sie damit insbesondere das Aufkommen der **sozialen Medien** meinen. Aber welche Bedeutung haben die sozialen Medien im gesellschaftlichen Diskurs? Und gefährden sie die produktive öffentliche Kommunikation?

Hauptteil

Potenziale der sozialen Medien

Erweiterung der Diskursmöglichkeiten

Kommunikation im digitalen Zeitalter weist deutliche Unterschiede zum Vor-Internet-Zeitalter auf. So ist die **Beteiligung an öffentlichen Diskursen deutlich einfacher** geworden: Jede und jeder kann vom Empfänger zum Sender, vom **passiven Rezipienten** zum **aktiven Teilnehmer** werden. Widerstreitende Interessen, Meinungen und Weltanschauungen pluralistischer Gesellschaften können abgebildet werden. Darin liegt ein **großes Potenzial für den öffentlichen Diskurs** und die **Meinungsbildung**, da hier das „dialektische, auch produktiv polemische Prinzip von Debatten“ (Z. 14 f.) für eine konstruktive Auseinandersetzung genutzt werden kann.

Chancen der Vernetzung und ihre Wirksamkeit

Das Internet ist so auch der Ort, an dem **von Diskriminierung betroffene Menschen** öffentlich über ihre **Erfahrungen** sprechen können – zum Beispiel auf Instagram oder auf Youtube. Die entsprechenden Themen haben dadurch eine sehr viel **größere Präsenz** in der Öffentlichkeit, als das früher in den klassischen Massenmedien üblich war, in denen hin und wieder eine hierauf bezogene Reportage gesendet wurde. Insbesondere die sozialen Medien ermöglichen es betroffenen Menschen, andere Betroffene zu finden und sich mit ihnen zu vernetzen. Nicht zuletzt die Me-Too-Bewegung zeigt, wie kraftvoll die sozialen Medien im Hinblick auf die Anprangerung von **gesellschaftlichen Missständen** sein können.

Gefahren der sozialen Medien

Öffentlichkeit für Diskriminierung und Hasskommentare

Eine größere Öffentlichkeit erfahren in sozialen Netzwerken, Foren oder Kommentarbereichen der Internetauftritte von Zeitungen oder Institutionen allerdings auch diskriminierende Beiträge und **Hasskommentare**, oft mit Bezug auf bestimmte Gruppenzuschreibungen („Flüchtlinge", „Homosexuelle"). Auch Menschen, die sich schützend vor die Diskriminierten stellen, werden zur Zielscheibe. Im Internet fehlt ein **direktes Gegenüber**, dem man beim Sprechen in die Augen sieht, und dies führt zu einem **verbalen Enthemmungseffekt**. Was früher vielleicht am Stammtisch oder in der Fußballumkleidekabine gesagt wurde, kann nun öffentlich und prinzipiell für jeden zugänglich geäußert werden – und das häufig unter dem Deckmantel der **Anonymität**, die das Netz bietet. Diese Enthemmung begünstigt die von Pörksen und Schulz von Thun beschriebene **Eskalation und Polarisierung**.

Dazu kommt die **hohe Geschwindigkeit** des Mediums: Ein kurzer Kommentar unter einem Online-Artikel ist schnell geschrieben und veröffentlicht – im Unterschied zu seinem klassischen Pendant, dem Leserbrief. Dies kann dann **zulasten der Durchdachtheit und Ausgewogenheit** gehen, wodurch dann wiederum die Eskalation befeuert wird.

Internet bzw. soziale Medien als eher visuelles denn sprachliches Medium

Die in den letzten beiden Jahrzehnten stark wachsende Bedeutung der **Bildlichkeit in der Kommunikation** – zuweilen als ikonische Wende bezeichnet – ist als ein weiterer Faktor zu betrachten, der die Diskursfähigkeit der Userinnen und User bestimmt: An die Stelle der Sprache sind zunehmend **Bilder** (z. B. Memes) oder **bildhafte Zeichen** (z. B. Emojis) getreten. Ohne die Leistung von Bildern als Mittel der Repräsentation oder Interaktion verneinen zu wollen, bedarf es zur **Verhandlung anspruchsvoller Fragestellungen der differenzierten Möglichkeiten der Sprache**. Dies entspricht aber nicht dem, was besonders die sozialen Netzwerke bieten. Instagram, Tiktok oder Facebook leben von Bildern oder Videos, die zu **schnellem und oberflächlichem Konsum** einladen. Der Anteil sprachlicher Zeichen ist rückläufig, Aufmerksamkeit wird nicht durch Texte erzielt und wenn überhaupt durch **reißerische Überschriften und Untertitel** – bis hin zum Clickbaiting. Die Konkurrenz um Followerinnen und Follower, Klicks und Likes führt oft zu einer **simplifizierenden Darstellung**, um möglichst viele Menschen zu erreichen. Und mangelnde Differenziertheit provoziert dann häufig heftige – oft ebenfalls undifferenzierte – Reaktionen, die wiederum ebenso heftige Antworten nach sich ziehen. Dadurch kommt tatsächlich ein „Teufelskreis der wechselseitigen Totalabwertung in Gang" (Z. 46), wie ihn Pörksen und Schulz von Thun darstellen.

Aufmerksamkeitskonkurrenz und Mangel an Differenziertheit

Die Beispiele der Verfasser zeigen allerdings, dass Eskalation und Polarisierung **nicht allein in den sozialen Medien** zu beobachten sind. So zitieren die Verfasser aus Artikeln der klassischen Massenmedien (vgl. Z. 39–45, 58), um die Empörung über die Empörung zu verdeutlichen bzw. die Diagnose, die öffentliche Kommunikation werde zerstört, als Teil der Eskalation zu kennzeichnen. Wie zum Beispiel auch die **Debatte um Äußerungen des Satirikers Dieter Nuhr** in der ARD im Jahr 2020 bezeugt, wirken die sozialen Medien auch in die klassischen Massenmedien zurück. So verteidigte Nuhr, nachdem er in den sozialen Medien heftige Reaktionen auf bestimmte Äußerungen bekommen hatte, in einem Interview auf dem Nachrichtensender Phoenix seine Einschätzung, der „Shitstorm" sei „die humane Schwester des Pogroms". Dieser Vergleich löste dann wiederum in den sozialen Medien empörte und z. T. verächtliche Beiträge aus (Twitterkommentar: „Dieter Nuhr ist die humane Variante des Durchfalls."). Diese – maßgeblich von den sozialen Medien geprägte, aber nicht auf diese beschränkte – Auseinandersetzung ist ein **Paradebeispiel** für die **metakommunikative Polarisierung**, die Pörksen und Schulz von Thun beschreiben.

Differenzierung: Rückwirkungen auf klassische Medien

Die beiden Verfasser gehen zu Recht davon aus, dass die „Kunst des Miteinander-Redens" gefährdet ist. Die sozialen Medien spielen dabei gewiss eine wichtige Rolle. Insbesondere hier – aber nicht nur – sind Eskalationsrhetorik und Polarisierung an der Tagesordnung. Es bedarf daher einer Veränderung der **Diskurskultur**. Dazu gehört die Ehrlichkeit zuzugeben, dass es nicht nur Schwarz oder Weiß gibt, dass Inhalte komplex und Lösungen komplex sind und dass Ambivalenzen manchmal ausgehalten werden müssen. Dazu gehört die Verantwortung jedes Einzelnen, aber im Besonderen auch der Meinungsbildner. Dazu gehört Aufklärung, beginnend in den Schulen und Bildungseinrichtungen. Einen wichtigen Beitrag dazu leistet die **Politolinguistik**, ein neuer Teilbereich der Linguistik, der 1996 von dem Sprachwissenschaftler Armin Burkhardt begründet wurde und den **Prozess politischer Meinungsbildung** untersucht. Dabei beschränkt sich die Politolinguistik nicht auf den Sprachgebrauch der Politik und ihrer Akteure, sondern nimmt auch das Sprechen über Politik und in diesem Zusammenhang die Rolle der Medien in den Blick. Sie könnte Wege aufzeigen, wie die Kommunikation im öffentlichen Raum respektvoll gestaltet werden kann, um so den kommunikationsstrukturellen Chancen, die die sozialen Medien bieten, mehr Geltung zu verschaffen.

Schluss

Zusammenfassung und Ausblick

Leistungskurs Deutsch (Nordrhein-Westfalen) – Übungsaufgabe 7
III b: Erörterung von Sachtexten (mit Bezug auf einen literarischen Text)

Materialgrundlage
Was ist das, das in uns lügt, mordet, stiehlt? Auszug aus einem Gespräch mit dem Regisseur Ulrich Rasche (2019)

Aufgaben: Punkte

		Punkte
1.	Erschließen Sie die Kernaussagen und die Argumentation des vorliegenden Textes sowie die Position des Verfassers.	24
2.	Setzen Sie sich mit Rasches Deutung des Dramas *Woyzeck* unter besonderer Berücksichtigung seiner Sicht auf die Titelfigur auseinander.	48

Was ist das, das in uns lügt, mordet, stiehlt? Auszug aus einem Gespräch mit dem Regisseur Ulrich Rasche (2019)

In einem Interview zu seiner „Woyzeck"-Inszenierung am Theater Basel und dem Münchner Residenztheater erläutert der Regisseur Ulrich Rasche sein Verständnis des Dramas.

Ich finde es wichtig, dass wir Woyzeck nicht nur als Opfer wahrnehmen. Er besitzt viele Eigenschaften, die ihn als einen starken und in sich ruhenden Charakter auszeichnen. Woyzeck wird dadurch für andere zu einem Objekt, dessen Nähe man sucht oder das man vielleicht sogar besitzen möchte. Eine Figur, die einseitig die Repressionen einer Gesellschaft erdulden muss, ohne sie auch als Rad im Getriebe zu begreifen, interessiert mich im Grunde nicht. Wenn wir heute im Theater Machtverhältnisse untersuchen wollen, müssen wir im Auge behalten, dass unser Zusammenleben schon lange nicht mehr in einer oppositionellen Struktur wie Herr und Knecht oder Arm und Reich abgebildet werden kann. Im Grunde leiden alle Figuren in „Woyzeck" unter den gesellschaftlichen Verhältnissen und an der Einrichtung der menschlichen Existenz schlechthin. Beides zusammenzudenken, ist für mich die größte Herausforderung der Arbeit. Büchner zeichnet ein kritisches Bild einer Gesellschaft, wie sie in der Restaurationsphase nach 1815 in Deutschland geherrscht hat. Dabei unterscheidet er klar zwischen der feudalen Klasse, dem liberalen Bürgertum und den Armen am unteren Ende der Leiter. Dennoch schildert Büchner auch soziale Konflikte innerhalb der oberen Klasse und deren Unfähigkeit, ihr Leben so zu gestalten, dass sie es als freie und gleichberechtigte Individuen genießen können. Angesichts der drohenden Aufstände und Proteste innerhalb der Bevölkerung, die in revolutionäre Handlungen münden könnten, wird das Militär zweckentfremdet und zur Unterdrückung der Opposition eingesetzt. Die Offiziere werden ihrer eigentlichen Aufgabe enthoben und sind gezwungen, ein inaktives, monotones Leben in den Garnisonsstädten zu führen. Der Hauptmann beispielsweise leidet aufgrund dieser Situation unter einer Melancholie, wie es bei Büchner heißt, die wir heute als Depression beschreiben würden. Er langweilt sich und weiß nicht, wie er seine Zeit verbringen soll. Da er aufgrund der strikten Verordnungen des Militärs nicht heiraten darf und durch die moralische Doktrin der Kirche zum Triebverzicht verurteilt ist, dehnt sich für ihn der Augenblick zu einer beängstigenden Leere, die er nicht füllen kann. Zwischen Woyzeck und dem Hauptmann bildet sich eine Beziehung zwischen Bewunderung und Ablehnung. Woyzeck liebt sein uneheliches Kind, das er mit Marie gezeugt hat. In ihm erkennt er eine beneidenswerte Hingabe an seine Familie. Diese alle gesellschaftlichen Regeln ignorierende Bindung gibt ihm Grund und Sicherheit zu leben. Woyzeck leidet unter den Umständen seines Lebens nicht wirklich, solange ihm die Liebe zu seiner Frau und seinem Kind nicht genommen wird. Er ist eigentlich ein ganz zufriedener Mensch, der sieht, in welchen Verhältnissen er lebt und damit glücklich sein kann, obwohl alle sozialen Faktoren das Gegenteil sagen. Das ist der Punkt, wo Woyzeck für den Hauptmann interessant wird. Tatsächlich entwickelt sich das Drama auch erst, als Woyzeck das Fundament seines Lebens entzogen wird. Natürlich gibt Büchner den Prozessen, durch die das passiert, großen Raum, aber es ist wichtig, Woyzeck zunächst in einem hellen Licht zu sehen, in seiner charakterlichen Größe und Liebesfähigkeit.

Aus: Woyzeck. Programmheft des Residenztheaters. Spielzeit 2019/2020.

Teilaufgabe 1

Hinweise und Tipps

Welche Aufgabenart liegt vor und wie sind die Teilaufgaben gewichtet?
*Es handelt sich um eine Aufgabe des **Typs III b: „Erörterung von Sachtexten mit Bezug auf einen literarischen Text“**. Wie bei dieser Aufgabenart üblich, bildet die zweite Teilaufgabe (mit 48 zu erreichenden Punkten) den Schwerpunkt gegenüber der ersten Teilaufgabe. Für diese können höchstens 24 Punkte vergeben werden.*

Was verlangt die Aufgabenstellung von mir?
*Es ist Ihnen ein Sachtext (eine längere Aussage aus einem Gespräch) gegeben, den Sie in Teilaufgabe 1 untersuchen sollen. Sie werden aufgefordert, die **Kernaussagen**, die **Argumentation** und die im Text vertretene **Position** zu **erschließen**. Dazu sollten Sie die **zentrale(n) These(n)** identifizieren und die **Argumentationsstruktur** des Textes in den Blick nehmen. Es gilt herauszufinden, wie der Autor seine These(n) begründet und anhand welcher Beispiele er sie illustriert.*

Wie gehe ich bei der Bearbeitung der Aufgabe sinnvollerweise vor?
*Es empfiehlt sich, den Text zunächst mehrmals zu lesen und die unterschiedlichen Aspekte farbig zu **markieren** sowie **Randnotizen** anzufertigen. Diese Randnotizen können Sie vor allem dazu nutzen, sich die Argumentationsstruktur zu verdeutlichen.*

Wie kann ich meinen Aufsatz strukturieren?
*Beginnen Sie mit einer **Einleitung**, die den Text mit seinen grundlegenden Daten vorstellt. Im **Hauptteil** sollten Sie dann die Aussagen des Autors auf sachliche Weise*

(d. h. ohne Wertungen!) und ***in eigenen Worten wiedergeben*** *sowie seine* ***Argumentation verdeutlichen****. Zentrale Formulierungen können Sie zitieren. Am Ende Ihrer Ausführungen bietet es sich an, in einem* ***Fazit*** *zur Textuntersuchung die Position des Verfassers prägnant zusammenzufassen.*

Was gibt es bei dieser Aufgabe sonst noch zu beachten?
Bei Rasches Aussagen sollten Sie bedenken, dass er Theaterregisseur ist und seine Deutung des „Woyzeck"-Dramas dementsprechend auf eine ***Realisierung des Werks auf der Bühne*** *ausgerichtet ist. Dies schlägt sich in seiner Interpretation insofern nieder, als er den Dramentext sowohl im Hinblick auf seine Bedeutung für die Gegenwart (zum Zeitpunkt der Theaterinszenierung) betrachtet als auch in seinem historischen Entstehungskontext.*
Achten Sie beim Lesen bereits auf aus Ihrer Sicht ***fragwürdige Aspekte*** *in Rasches Argumentation. Diese sollten Sie notieren, da Sie sie für die Bearbeitung der zweiten Teilaufgabe benötigen.*

Lösungsvorschlag

Einleitung
Autor, Titel, Erscheinungsjahr, Thema

Wenn Regisseurinnen und Regisseure Stücke für das Theater inszenieren, tun sie dies auf der Grundlage einer eigenen Interpretation der jeweiligen Werke. Ein wesentliches Ziel sehen die Theatermacher*innen oft darin, **kanonische Texte auf ihre Bedeutung für die Gegenwart zu befragen**. Zugleich grenzen sie die eigene Sichtweise auf das Werk meist gegenüber älteren Deutungen ab. Von ähnlichen Überlegungen lässt sich der **Regisseur Ulrich Rasche** in seinen Interpretationsansätzen zu Georg Büchners unvollendetem Drama „Woyzeck" (1837) leiten. In einem Interview anlässlich seiner Inszenierung des Dramas am Münchner Residenztheater (in der Spielzeit 2019/20) plädiert er für eine – gegenüber traditionellen Deutungen – **neue Sicht auf die Figur Woyzeck** im Kontext der im Stück vorgeführten gesellschaftlichen Verhältnisse.

Textuntersuchung
Neudeutung Woyzecks und anderer Dramenfiguren

Im Mittelpunkt von Rasches Ausführungen steht eine **Neubewertung der Opferrolle Woyzecks**. Eine ausschließliche Wahrnehmung Woyzecks als Opfer bzw. als Figur, „die einseitig die Repressionen einer Gesellschaft erdulden muss" (Z. 4 f.), lehnt Rasche ab. Dieser aus seiner Sicht uninteressanten Sichtweise (vgl. Z. 6) stellt er eine **positive Deutung** des Protagonisten als „starke[r] und in sich ruhende[r] Charakter" (Z. 2) gegenüber. Durch diese Eigenschaften werde Woyzeck für andere attraktiv und zu einem „Objekt, dessen Nähe man sucht oder das man vielleicht sogar besitzen möchte" (Z. 3 f.). Zugleich rücken aus Rasches Sicht **andere Figuren** in den Fokus, die **ebenfalls als Opfer gesellschaftlicher Verhältnisse** gedeutet werden können. Der Regisseur formuliert in diesem Zusammenhang die These, dass alle Figuren im Stück unter den sozialen Zwängen und „an der Einrichtung der menschlichen Existenz schlechthin" litten (Z. 10f.).

Um diese Position zu begründen, verfolgt der Regisseur **zwei Argumentationsstränge**, die sich auf zwei unterschiedliche Zeitebenen beziehen: einerseits auf die Gegenwart zum Zeitpunkt seiner eigenen Theaterinszenierung und andererseits auf die Entstehungszeit von Büchners Drama. Beide Ebenen möchte er in seiner Theaterarbeit aufeinander beziehen (vgl. Z. 11f.). Die **Gegenwart** wird für Rasche insofern zum Bezugspunkt, als es ihm, ausgehend von Büchners Drama, auch um die **Untersuchung von aktuellen Machtverhältnissen** geht. Diese bestimmt er *ex negativo*, indem er die These aufstellt, dass das gegenwärtige Zusammenleben „nicht mehr in einer oppositionellen Struktur wie Herr und Knecht oder Arm und Reich abgebildet werden" könne (Z. 8f.). Im Hinblick auf den **historischen Kontext** des Stücks erläutert er die Herabwürdigung des Militärs zu einem Mittel, mit dem nach 1815 – in der restaurativen Phase in Deutschland – freiheitliche Bestrebungen unterdrückt wurden. Indem er ausführt, dass Offiziere aufgrund des Verlusts ihrer angestammten Tätigkeiten zu einem eintönigen, inaktiven Leben (inklusive Triebverzicht) verurteilt waren, charakterisiert Rasche den **Hauptmann als Opfer der gesellschaftlichen Umstände**, das unter Depressionen leide.

Bezug auf historischen Hintergrund und aktuelle Gegenwart

Zudem erkennt er in dem **Verhältnis des Hauptmanns zu Woyzeck** „eine Beziehung zwischen **Bewunderung und Ablehnung**" (Z. 28) sowie ein Interesse des Hauptmanns an seinem Gegenüber, das auch auf Neid (vgl. Z. 29f.) beruhe. An Woyzeck nehme der Hauptmann positiv konnotierte Aspekte wahr, wie dessen Liebe zu seinem unehelichen Kind und eine „Hingabe an seine Familie" (Z. 30), die sich über alle Konventionen hinwegsetze. Diese Beziehungen gäben Woyzeck Sicherheit und einen Lebenssinn.

Beziehung zwischen Hauptmann und Woyzeck

Aufgrund dieser Merkmale charakterisiert Rasche **Woyzeck** als einen – trotz der Verhältnisse, in denen er lebt und die ihm bewusst sind – **glücklichen und zufriedenen Menschen**. Er zeige sich „in seiner charakterlichen Größe und Liebesfähigkeit" (Z. 39), bis ihm die Grundlage seiner Existenz, Maries Liebe, zerbricht (vgl. Z. 36f.). Laut Rasche beginnt die **negative Entwicklung** der Dramenhandlung **erst mit dieser Verlusterfahrung Woyzecks**.

Rasches Charakterisierung von Woyzeck

Der Regisseur weist die Reduzierung Woyzecks auf ein Opfer sozialer Verhältnisse also in zweifacher Hinsicht zurück. Erstens deutet er Woyzeck als einen über weite Strecken zufriedenen sowie seine Zufriedenheit wahrnehmenden Charakter. Zweitens relativiert er den Opferstatus Woyzecks insofern, als er postuliert, dass auch andere Figuren als Opfer gesellschaftlicher Strukturen gelten können, was er an der Figur des Hauptmanns festmacht.

Schluss

Zusammenfassung von Rasches Position

Teilaufgabe 2

Hinweise und Tipps

Was verlangt die Aufgabenstellung von mir?
Ausgehend von Ihren Ergebnissen aus Teilaufgabe 1 sollen Sie sich eigenständig und auf der Basis Ihrer Textkenntnis zu „Woyzeck" mit Rasches Dramendeutung auseinandersetzen. Es wird also eine ***differenzierte Erörterung der Kernthesen des Textes und ihrer Begründungen*** *verlangt. Dabei soll* ***Ihre eigene Position*** *deutlich werden. Diese kann zustimmend oder ablehnend sein bzw. in einer Kombination aus diesen beiden Haltungen bestehen. Dazu müssen Sie Ihre Position* ***argumentativ entfalten****, d. h. in der Auseinandersetzung mit den Aspekten aus Rasches Text eigene Thesen entwickeln und diese begründen. Als Basis der Begründung dient* ***Ihre Kenntnis des „Woyzeck"-Dramas****. Diese schließt ein fundiertes Wissen über Aufbau, Handlung, Themen, Figuren und (historische) Kontexte ebenso ein wie plausible Werkdeutungen.*

Wie gehe ich bei der Bearbeitung der Aufgabe sinnvollerweise vor?
Die sehr pointierten Aussagen Rasches zum Opferstatus von Woyzeck und dem Hauptmann fordern zu einer differenzierten Betrachtung heraus. Vergegenwärtigen Sie sich ***zentrale Textstellen*** *aus Büchners Drama, die Sie für diese Betrachtung nutzen können – sowohl solche, die Rasches Überlegungen* ***bestätigen****, als auch solche, die diesen* ***entgegenstehen****. Dabei sollten Sie auch auf die im Unterricht erarbeiteten Aspekte zurückgreifen. Machen Sie sich zur Vorbereitung entsprechende Notizen. Anschließend sollten Sie planen, wie Sie Ihren Aufsatz aufbauen wollen.*

Wie kann ich meinen Aufsatz strukturieren?
Ihr Aufsatz sollte in jedem Fall aus einer ***aufgabenbezogenen Überleitung****, einem* ***Hauptteil*** *mit der Erörterung und einem* ***Schlussteil*** *– am besten in Form eines Fazits – bestehen. Der Hauptteil kann auf verschiedene Weisen strukturiert werden: Sie können Rasches Aussagen von vorne bis hinten durchgehen und dabei darstellen, wo Sie ihm zustimmen und wo Sie ihm widersprechen würden. Es ist aber auch möglich, blockbildend erst Argumente für die eine Seite und dann Argumente für die andere Seite darzulegen. Eine dritte Möglichkeit wäre es, in selbstgewählter Reihenfolge Aspekte von Rasches Überlegungen herauszugreifen und sie mit der eigenen Sicht auf das Drama und die Titelfigur zu konfrontieren.*

Was gibt es bei dieser Aufgabe sonst noch zu beachten?
Wenn Sie einzelnen Aussagen widersprechen wollen, sollten Sie Aspekte aus dem „Woyzeck"-Drama herausgreifen, die bei Rasche zu kurz kommen, nicht erwähnt, nicht ausreichend oder schlüssig begründet oder anders gedeutet werden, als Sie es vor dem Hintergrund Ihres Textverständnisses für angemessen halten.
Bei der Ausformulierung Ihres Textes ist es ratsam, zentrale Stellen aus dem Drama zu zitieren (mit Angabe der Seitenzahl).

Die Textnachweise zu Büchners „Woyzeck" im folgenden Lösungsvorschlag beziehen sich auf diese Ausgabe: Georg Büchner: Woyzeck. Stuttgart: Reclam 2021 (Reclam XL Text und Kontext).

Lösungsvorschlag

Aufgabenbezogene Überleitung

Wenn Rasche eine einseitige Betrachtung Woyzecks als Opfer gesellschaftlicher Verhältnisse ablehnt, dann erkennt er damit zugleich an, dass Woyzeck zumindest zu Teilen als ein solches betrachtet werden kann.

Auseinandersetzung mit Rasches Position

Widerlegung: Woyzeck als Opfer von Hauptmann und Doktor

Diese **Fremdbestimmung** lässt sich anhand der zahlreichen **Abhängigkeitsverhältnisse** festmachen, die im Drama dargestellt werden. So tritt Woyzeck aufgrund **materieller Not** in die Dienste des Hauptmanns und des Doktors, um den Lebensunterhalt für sich und seine kleine Familie zu sichern. Dabei wird er von den Vertretern gesellschaftlicher Institutionen – des Militärs und der Medizin – auf unterschiedliche Weise **unterdrückt** bzw. in seine untergeordnete Rolle verwiesen. Er ist den **Demütigungen des Hauptmanns** ausgesetzt, der ihn durch Fangfragen als „ganz abscheulich dumm" (S. 16) herabzuwürdigen versucht und sich angesichts von Woyzecks unehelichem Kind als moralisch überlegen darstellt (vgl. S. 16). Der Vertreter des Militärs nutzt also seine Stellung als Vorgesetzter, um Woyzeck dessen Abhängigkeit vorzuführen. Der **Doktor** wiederum bedient sich seiner überlegenen Position als medizinische Autorität sowie der Not Woyzecks, um diesen für **fragwürdige wissenschaftliche Experimente** zu missbrauchen (vgl. S. 19 f., 24 f.). In beiden Fällen wird Woyzeck für die Vertreter der gesellschaftlichen Ordnung zu einem **Objekt**, an dem sie ein je eigenes Interesse haben. In dem Ernährungsexperiment – Woyzeck darf nur noch Erbsen essen – begegnen sich medizinische und militärische Macht: Versuche an Soldaten mit einseitiger Ernährung dienten dazu, eine günstige und effiziente Versorgung des Militärs zu erproben.

Teilweise Zustimmung zu Rasches Aussage: Interesse anderer an Woyzeck

An diesem Punkt zeigt sich ein Bezug zu Rasches Beobachtung, dass Woyzeck für andere Figuren „zu einem Objekt [wird], dessen Nähe man sucht oder das man vielleicht sogar besitzen möchte" (Z. 3 f.). Sowohl der Doktor als auch der Hauptmann zeigen sich in physischer wie psychischer Hinsicht zudringlich und ergreifen Besitz von ihm, indem sie sich über seine Grenzen hinwegsetzen und seine Unversehrtheit bedrohen. Auf diese Weise wird **Woyzeck zum Objekt militärischer und medizinischer Machtausübung**.

Relativierung: Unklarheit der Motive des Hauptmanns; Fokus auf Ausbeutung Woyzecks

Anders als Rasche es nahelegt, dominieren hier jedoch Erkenntnis- und Machtinteressen und **weniger Bewunderung oder Neid**. Der Hauptmann mag Woyzeck möglicherweise um Dinge beneiden, die ihm selbst verwehrt bleiben – vor allem Familie und ein Ausleben der Sexualität. Aufgrund der fehlenden Innensicht – ein Charakteristikum der Gattung Drama – äußert sich dies jedoch allenfalls indirekt in den Aussagen des Hauptmanns. Wenn dieser die eigene Verführbarkeit durch sexuelle Reize erwähnt, seine Triebunterdrückung hervorhebt (vgl. S. 17) und zugleich Woyzecks Triebhaftigkeit anprangert (vgl. S. 16), dann mag man darin auf einer psychologischen Ebene **Projektionen des Hauptmanns** erkennen, mittels derer er eigene Wünsche externalisiert. Diese Deutung ist allerdings höchst **spekulativ** und nicht vom Text gedeckt. Zudem liegt im Drama eine starke **Fokussierung auf Woyzeck** vor, der im Mittelpunkt nahezu aller Szenen steht. Aufgrund dieser Konzentration auf die Titelfigur führt die Handlung viel stärker vor, wie sich die Verhaltensweisen des Hauptmanns auf Woyzeck auswirken. Die Beweggründe des Militärs geraten dagegen in den Hintergrund. Die **Beziehung Woyzeck – Hauptmann** zeichnet sich somit weniger durch (geheime) Nähe aus als durch ein **Ausnutzen der Machtposition** innerhalb der militärischen Hierarchie, auf deren unterster Stufe der Rekrut Woyzeck steht. In diesem Sinne ist auch ein Leiden an der „Existenz schlechthin" (Z. 10f.) weniger Thema des Dramas als **konkrete soziale Abhängigkeits- und Machtstrukturen**. Büchner arbeitet hier auf der Basis zeitgenössischer Fakten und Quellen, die etwa in seiner politischen Schrift „Der Hessische Landbote" (1834 gemeinsam mit Friedrich Ludwig Weidig verfasst) erläutert werden.

Zustimmung: Belege für Charakterstärke Woyzecks

Dass Woyzeck ein gewisses Maß an **charakterlicher Stärke** aufweist, wie Rasche feststellt, lässt sich am Text durchaus belegen. So setzt er den Demütigungen des Hauptmanns eigenständige Gedanken entgegen, mit denen er sich gegenüber den tautologischen Aussagen seines Vorgesetzten (vgl. S. 16: „Moral das ist wenn man moralisch ist") sogar überlegen zeigt. Auch **durchschaut** Woyzeck die **Verbindung von Armut und Ausbeutung** und die Tugendhaftigkeit als ein Privileg der höheren gesellschaftlichen Schichten: „[A]ber wenn ich ein Herr wär und hätt ein Hut und eine Uhr und en Anglaise und könnt vornehm rede, ich wollt schon tugendhaft sein." (S. 17) Eine Stärke Woyzecks zeigt sich darüber hinaus auch im **Erdulden** der zahlreichen Formen der Unterdrückung, deren Folgen sich in **körperlichen und seelischen Degenerationserscheinungen** offenbaren.

Widerlegung: negative Auswirkungen auf Woyzecks Gesundheit

Diese Auswirkungen thematisiert Rasche nicht. Doch gerade sie sind es, die Woyzeck in viel stärkerem Maße zu einem **Opfer gesellschaftlicher Verhältnisse** machen, als es der Regisseur nahelegt. Zudem widerlegen sie die Aussage, Woyzeck leide „nicht wirklich" (Z. 32) an den Verhältnissen. Er hat mit Angstzuständen, Halluzinationen, Unruhe und erhöhtem Pulsschlag zu kämpfen. Vor allem die körperlichen Beschwerden dürften eine Folge des Ernährungsexperiments sein. In diesem Zusammenhang kann auch nicht von Zufriedenheit und Glück gesprochen werden, allenfalls von einer **Anpassung an seine von Ausbeutung geprägte Lage**, die mit großem Leid verbunden ist.

Auch die **familiäre Situation** bleibt, anders als Rasche dies sieht, nicht unberührt von den sozialen Determinanten und ist deshalb keine „alle gesellschaftlichen Regeln ignorierende Bindung" (Z. 30 f.): Vielmehr ist sie aufgrund des fehlenden kirchlichen Segens gesellschaftlich **geächtet**, sie ist zudem geprägt von **Armut** sowie einem Mangel an Zeit, die zu einer zunehmenden Entfremdung der Partner führen. Zwar sind die Liebe Woyzecks zu seinem Sohn Christian (vgl. S. 15) und das Sorgen für seine Familie unter schwierigen Bedingungen ein Ausdruck von „**Größe und Liebesfähigkeit**" (Z. 39). Was Rasche dabei jedoch nicht berücksichtigt, ist, dass Woyzeck **kaum Zeit bleibt, sich seiner Familie zu widmen**. Aufgrund der zahlreichen Arbeiten (Militärdienst, Stöckeschneiden für den Hauptmann, Rasieren des Hauptmanns, Versuchsobjekt und Assistent des Doktors) ist er permanent beschäftigt und kann sich bei seinen kurzen Besuchen zu Hause seiner Familie nicht emotional zuwenden (vgl. Maries Aussage nach einem solchen Besuch: „Er [Woyzeck] hat sein Kind nicht angesehn", S. 11). Stattdessen liefert er rasch seinen Lohn bei Marie ab, um dann zu einer weiteren Tätigkeit zu hetzen (vgl. S. 15). Somit ist die Liebe zu Frau und Kind keinesfalls eine sorgenfreie.

Widerlegung: negative Auswirkungen auf Familie

Letztlich ist Rasches **Charakterisierung Woyzecks als „in sich ruhende[r] Charakter" (Z. 2) nicht zutreffend**. Tatsächlich steht diese im Widerspruch zu Woyzecks Rastlosigkeit, seiner Zerrissenheit zwischen der Versorgung der Familie und seinen Arbeiten sowie zu den Beschreibungen anderer (vgl. Hauptmann: „er sieht immer so verhetzt aus", S. 16). Es ist also fraglich, ob erst die Untreue Maries die Entwicklung zum Schlechten auslöst, wie Rasche mit seiner Anspielung auf das „Fundament seines Lebens", das Woyzeck entzogen werde, andeutet (vgl. Z. 36 f.). Denn nicht erst der Liebesverrat Maries (vgl. Z. 32 f.) löst das **Leiden** Woyzecks aus. Vielmehr ist dieses **von Beginn der Dramenhandlung an** vorhanden, als Folge seiner ausweglosen sozialen Situation (vgl. etwa die Eingangsszene, die die Angstvisionen und Halluzinationen Woyzecks zeigt, S. 9). Schließlich kulminieren in Woyzecks Eifersucht und der Ermordung Maries die gesamten Erfahrungen der Unterdrückung. Das „Fundament des Lebens" ist für Woyzeck von Anfang an aufgrund seiner sozialen Stellung und Armut brüchig; mit dem Verlust von Maries Liebe geht es dann vollends entzwei.

Widerlegung von Rasches Woyzeck-Bild

Gleichwohl ist **Rasche** zumindest **in Ansätzen zuzustimmen**, wenn er feststellt, dass nicht nur Woyzeck durch die sozialen Bedingungen negativ beeinflusst werde, sondern „[i]m Grunde […] **alle Figuren** in ‚Woyzeck' **unter den gesellschaftlichen Verhält-**

Bedingte Zustimmung: auch andere Figuren als Opfer deutbar

nissen“ (Z. 9 f.) **litten**. Im Hinblick auf den **Hauptmann** kann Rasche dies, auch unter Rückgriff auf zeitgeschichtliche Kontexte, plausibel machen. In der Tat scheinen dessen Langeweile und Melancholie Folge seines ereignislosen Dienstes zu sein. Seine Disziplinierung von Woyzeck ließe sich dann – wenn auch, aufgrund der fehlenden Innensicht, wiederum in spekulativer Weise – als **Kompensation** lesen, die seine eigenen Verlust- und Verzichterfahrungen, allen voran seine Triebunterdrückung, ausgleichen soll. Auch ist der Hauptmann nicht nur aktiv an der Unterdrückung anderer beteiligt, sondern er wird **selbst Opfer von Machtausübung**. So spielt der Doktor mit der Angst des Hauptmanns vor dem körperlichen Verfall und einer tödlichen Krankheit und bringt diesen damit in seelische Nöte (vgl. S. 21). Wie Woyzeck wird er zum Objekt wissenschaftlichen Interesses. Zu ergänzen wäre, dass auch Woyzecks Geliebte **Marie als ein Opfer** der gesellschaftlichen Verhältnisse gesehen werden kann. Ihre soziale und wirtschaftliche Notlage sowie der ebenfalls sozial bedingte Verlust der Bindung an Woyzeck machen sie anfällig für die Verführungen des Tambourmajors, an die sie die Hoffnung auf einen sozialen und materiellen Aufstieg knüpft (vgl. S. 14 f.). Selbst das **Kind** ist stark von der prekären sozialen Lage geprägt, was Woyzeck hellsichtig bemerkt, als er Marie gegenüber sagt, dass sein Sohn „sogar Schweiß im Schlaf“ (S. 15) habe.

Woyzeck allerdings als ein „Rad im Getriebe“ (Z. 5) und ein Opfer unter anderen einzuordnen, **verfehlt** die im Drama deutlich werdende **Differenzierung**. Es ist zu bedenken, dass sich die gesellschaftlichen Rahmenbedingungen höchst unterschiedlich auf Woyzeck und die anderen Charaktere auswirken – **abhängig von ihrem sozialen Status:** Woyzeck als Vertreter der unterprivilegierten Schicht und die Repräsentanten des Bürgertums mit ihren Privilegien haben mit sehr unterschiedlichen Problemen zu kämpfen. Dies gilt vor allem im Hinblick auf die **Befriedigung materieller Grundbedürfnisse**. Während der Hauptmann unter Langeweile und Beschäftigungslosigkeit leidet, aber materiell abgesichert ist, muss Woyzeck fortwährend um die physischen Grundlagen seiner Existenz fürchten. Hier offenbart sich das Phänomen des Pauperismus, d. h. der Massenarmut, als eines der zentralen Probleme im 19. Jahrhundert.

Einwand: Leugnen sozialer Unterschiede durch Gleichsetzung von Woyzeck mit anderen Figuren

Als höchst **fragwürdig** ist **Rasches Ansatz** einzustufen, seine Deutung mit **heutigen gesellschaftlichen Verhältnissen** zu begründen. Zwar ist es ein nachvollziehbares Erkenntnisinteresse eines Theaterregisseurs, die Bedeutung eines Dramas aus einer früheren Epoche für die Gegenwart zu suchen. Dies ist insofern sinnvoll, als Theater, auch wenn es ältere Texte zur Aufführung bringt, immer im Hier und Jetzt stattfindet. Problematisch erscheint es jedoch, wenn

Einwand: Hinterfragen der Methode, heutige Erfahrungen auf Dramenfiguren von 1837 zu projizieren

Rasche zentrale Aspekte des Textes so umdeutet, dass sie zwar den Verhältnissen zum Zeitpunkt der Inszenierung entsprechen, nicht jedoch denjenigen, die im Text dargestellt werden. In der Gesellschaft der 1830er-Jahre gab es sehr wohl **klare Oppositionen und soziale Ungleichheiten** (arm vs. reich, privilegiert vs. nicht privilegiert, gebildet vs. ungebildet) und auch heute ist das im Übrigen noch der Fall in der deutschen Gesellschaft und, in z. T. noch gravierendem Ausmaß, weltweit. Die Argumentationslogik, aus einer Diagnose heutiger Verhältnisse die Charakterisierung einer Dramenfigur abzuleiten, die stark von den Bedingungen ihrer Entstehungszeit geprägt ist, ist als **anachronistisch** zu bewerten. Ein solches Vorgehen führt, wie gezeigt werden konnte, zu Deutungen, die am Text vorbeigehen.

Fazit

Differenziertes Abwägen zwischen zutreffenden und problematischen Aussagen Rasches

In der Gesamtbewertung erscheint **Rasches Position zwiespältig:** Seine historisch gut informierten Ausführungen zur Figur des Hauptmanns machen überzeugend deutlich, dass auch der Vertreter des Militärs unter gewissen gesellschaftlichen Bedingungen seiner Zeit zu leiden hat. Diesen Zustand jedoch mit demjenigen Woyzecks zu parallelisieren, erscheint höchst fragwürdig. Zu unterschiedlich sind die an die jeweilige soziale Schicht gebundenen Lebensverhältnisse und deren Folgen. Vollends an der im Text geschilderten Lebensrealität vorbei geht Rasches Bild von Woyzeck als einem glücklichen und zufriedenen, in sich ruhenden Menschen. Die damit verbundene **Relativierung seines Opferstatus** missachtet vor allem die sozioökonomischen Bedingtheiten und Machtverhältnisse, die in Büchners Drama deutlich werden. **Fragwürdig** ist auch Rasches **methodischer Zugang**, heutige soziale Verhältnisse zugrunde zu legen, um ein Bild des Protagonisten zu zeichnen. Maßstab einer Interpretation sollte zunächst der Text in seinem Entstehungszusammenhang sein. Die Frage nach Gemeinsamkeiten und Unterschieden zwischen Entstehungs- und Jetztzeit ist ein davon unabhängiger Schritt. Vermischt man beide Aspekte miteinander, wie Rasche das tut, wird man weder dem Text noch der eigenen Gegenwart gerecht.

Leistungskurs Deutsch (Nordrhein-Westfalen) – Übungsaufgabe 8
IV: Materialgestütztes Verfassen eines Textes mit fachspezifischem Bezug

Arbeitsgrundlage:
M 1: Wikipedia: Twitter
M 2: Heiko Girnth: *Das Beispiel Twitter: Eine neue Form politischen Sprachhandelns im Internet*
M 3: Angelika Storrer: *Textorientiertes vs. interaktionsorientiertes Schreiben*
M 4: Markus Feldenkirchen / Veit Medick: *Die Hassmaschine*
M 5: Thomas Ammann: *Aus dem Nichts. Die neuen politischen Bewegungen*
M 6: Andreas Bernard: *Zum Verhältnis von Medientechnologie und politischer Öffentlichkeit im 20. und 21. Jahrhundert*
M 7: Statistik: Social Media hat ein massives Glaubwürdigkeitsproblem

Aufgabe:

Der Jugendgemeinderat Ihres Ortes veranstaltet ein Seminarwochenende zum Thema „Neue Formen politischer Kommunikation“. Die Veranstaltung richtet sich an Schülerinnen und Schüler der Oberstufe sowie an die interessierte Öffentlichkeit.

Ihre Aufgabe ist es, in einem einleitenden Vortrag am Beispiel der Plattform Twitter darüber zu informieren, wie sich die politische Kommunikation durch die digitale Vernetzung verändert hat.

Verfassen Sie auf der Grundlage der Materialien 1–7 sowie Ihres eigenen Wissens diesen Vortrag.

Hinweis: Diese Aufgabe ist eine offizielle Beispielaufgabe von Baden-Württemberg für die Abiturprüfung ab 2024.

Material 1:
Wikipedia: Twitter

Twitter wird als Kommunikationsplattform, soziales Netzwerk oder meist öffentlich einsehbares Online-Tagebuch definiert. Privatpersonen, Organisationen, Unternehmen und Massenmedien nutzen Twitter als Plattform zur Verbreitung von kurzen (max. 280 Zeichen) Textnachrichten (Tweets) im Internet. Im Gegensatz zu Facebook steht nicht der Kontakt mit bekannten Freunden im Vordergrund. […] Die maximale Länge eines Tweets ist seit November 2017 auf 280 Unicode-Zeichen (vorher 140) angehoben worden. Er ist standardmäßig öffentlich, also auch für unangemeldete Leser sichtbar. Er kann Hashtags (mit #), Links (als URL), Verweise auf andere Nutzerprofile (mit @) sowie Bilder (als URL oder direkt eingefügt) und Standorte enthalten. Tweets werden in erster Linie den sogenannten „Followern" eines Benutzers angezeigt, vor allem über Hashtags oder Verlinkungen/Retweets kann aber auch ein breiteres Publikum erreicht werden. […]
Die Beiträge sind häufig aus der Ich-Perspektive geschrieben und können völlig unterschiedliche Inhalte haben; häufig werden persönliche Meinungen und aktuelle Tätigkeiten veröffentlicht. Es werden auch mit anderen Nutzern Konversationen geführt. Letzteres führt dann zu einem Thread, der einzeln angezeigt werden kann. […]
Die Beiträge anderer Nutzer können favorisiert („gelikt"), durch das eigene Benutzerkonto weiter verteilt („geteilt"/„retweetet") oder mit einem eigenen Tweet kommentiert werden. […] Das Mikroblog bildet ein Echtzeit-Medium zur Darstellung von Meinungen und Aspekten des eigenen Lebens. Kommentare oder Diskussionen der Leser zu einem Beitrag sind denen möglich, die ein Twitter-Konto haben, wodurch eine beschränkte Form der Kommunikation möglich ist.

Aus: Wikipedia (2021): Twitter, [online] https://de.wikipedia.org/wiki/Twitter (letzter Zugriff am 31. 10. 2021)

Material 2:
Heiko Girnth
Das Beispiel Twitter: Eine neue Form politischen Sprachhandelns im Internet
(2013)

Politische Kommunikation war traditionell auf die audio-visuellen Medien Radio und TV sowie die Printmedien beschränkt. In jüngster Zeit gewinnt das Internet für die politische Kommunikation immer mehr an Bedeutung. […]
Für die politischen Akteure ist das Internet ein hervorragendes Medium, um sich zu profilieren und für die eigene politische Position zu werben. […]
Themen in Twitter sind das politische Tagesgeschäft, das aktuelle politische Geschehen, Alltagsthemen und persönliche Einstellungen. Wichtige in Twitter realisierte Sprachhandlungen sind insbesondere INFORMIEREN, ARGUMENTIEREN, KOMMENTIEREN, BEWERTEN, AKTIVIEREN, WERBEN, LEGITIMIEREN und PROFILIEREN. Dabei ist die Imagebildungsfunktion bei Twitter besonders ausgeprägt. Exemplarisch seien hier einige Tweets der CDU-Politikerin Kristina Schröder aufgeführt:

[…] „Eben war ich bei der Eröffnung der ‚Langen Tafel' am Alexanderplatz, bin Schirmherrin der ‚Tafeln' in Deutschland. 5 Jun 10 via mobile web" (Dr. Kristina Schröder, CDU). Schröder INFORMIERT über ihre politischen Aktivitäten und HEBT – getreu nach dem Motto ‚Tue Gutes und rede darüber' – ihre Tätigkeit als Schirmherrin der ‚Tafeln' HERVOR. Dadurch PROFILIERT sie sich zugleich als engagierte Politikerin, die wohltätige Zwecke unterstützt.

„Die meisten Kinder mit türkischem Hintergrund sind aber in 3. Generation hier, sind Deutsche. Da müsste Deutsch die Muttersprache sein! 29 Mär 10 via mobile web" (Dr. Kristina Schröder, CDU). Schröder STELLT eine BEHAUPTUNG AUF und FORDERT anschließend, dass Deutsch die Muttersprache bei Kindern mit türkischem Hintergrund, die in der 3. Generation in Deutschland leben, sein sollte.

„Ich sage: Vereinbarkeit von Familie und Beruf ist auch Vereinbarkeit von Pflege und Beruf! 3 Mär 10 via mobile web" (Dr. Kristina Schröder, CDU). Schröder STELLT hier eine politische FORDERUNG, wobei sie zugleich in der dem Twitter-Format geschuldeten Kürze ARGUMENTIERT. […]

Insgesamt zeigt sich Schröder in ihren Tweets als informierte und kompetente Entscheidungsträgerin, deren Einblicke in ihren Tagesablauf Transparenz schaffen und sie als Menschen wie du und ich erscheinen lassen. […]

Politiker nutzen den Kommunikationstyp Twitter neben der Möglichkeit der persönlichen Selbstdarstellung auch dafür, unabhängig vom Einfluss von Medien Informationen direkt an die Wähler weiterzugeben. Dabei suggerieren sie zudem, direkt und jederzeit ansprechbar zu sein, was vor allem im Wahlkampf eine große Rolle spielt. Die Informationen sind dazu oft mit aktuellen Links gekoppelt, wodurch die Informationsweitergabe zusätzlich ausgeweitet werden kann. […]

Neben der Informationsfunktion ist es vor allem auch die expressive Funktion[1], die für Twitter charakteristisch ist. Der Nutzer erhält Informationen über Einstellungen des Politikers und seinen alltäglichen Tagesablauf, die in Echtzeit nachverfolgt werden können.

Aus: Heiko Girnth: Twitter & Co. Neue Formen des politischen Sprachhandelns im Internet. In: Frank Liedtke (Hg.): Die da oben. Texte, Medien, Partizipation, Bremen: Hempen 2013, S. 115–122, 116 ff.

Anmerkung:
1 *expressive Funktion:* Funktion, seine eigenen Gefühle, Erfahrungen und Gedanken auszudrücken

Heiko Girnth (* 1964) ist Professor für Sprachwissenschaft an der Universität Marburg.

Material 3: Angelika Storrer Textorientiertes vs. interaktionsorientiertes Schreiben (2018)

Die Vorstellungen davon, wie Schriftsprache zu sein hat, waren lange Zeit geprägt von redigierten Texten, die meist erst nach sorgfältiger Prüfung und oft mehrfacher Überarbeitung veröffentlicht wurden. In der internetbasierten Kommunikation wird Schriftsprache aber zunehmend in Kontexten verwendet, in denen bislang eher gesprochen bzw. telefoniert wurde. Außerdem entstehen viele neue Schreibanlässe in den multimodalen, hypertextuellen Interaktionsumgebungen[1] des Social Web. Diese Entwicklungen fördern eine interaktionsorientierte Haltung zum Schreiben, die sich in zentralen Punkten von der textorientierten Schreibhaltung unterscheidet, wie sie für das Verfassen von literarischen, wissenschaftlichen oder journalistischen Texten charakteristisch ist.

Beim textorientierten Schreiben ist das Schreibziel ein Produkt, das über den laufenden Kommunikationszusammenhang hinausgehend Bestand haben soll. Sein Inhalt soll ohne weitere unmittelbare Interaktion zwischen Schreiber und Leser zu verstehen sein. Charakteristisch für das textorientierte Schreiben sind Prozesse des Planens und (oft mehrfachen) Überarbeitens, die Arbeit am Text [...].

Das interaktionsorientierte Schreiben ist hingegen auf einen Kommunikationsverlauf in einer digitalen Interaktionsumgebung bezogen, bei der die Möglichkeit besteht, Verstehensprobleme interaktiv zu bearbeiten. Die Produkte des interaktions-orientierten Schreibens müssen primär für die an der Interaktion Beteiligten verständlich sein. Die Versprachlichungsstrategien sind primär auf das Gelingen der laufenden Interaktion hin ausgerichtet. Hierfür kann eine schnelle Reaktion wichtiger sein als Prägnanz und sprachliche Elaboriertheit[2]. Die für das textorientierte Schreiben maßgebliche Tugend des Überarbeitens, des Feilens am Text, die auch beim interaktionsorientierten Schreiben grundsätzlich möglich wäre, ist dabei oft nachrangig. Dafür spielen Aspekte der Beziehungsgestaltung und der gemeinsamen Bearbeitung einer Kommunikationsaufgabe bei der Versprachlichung eine zentrale Rolle. [...]

Beim interaktionsorientierten Schreiben steht das Gelingen der laufenden sozialen Interaktion im Mittelpunkt; beim textorientierten Schreiben das Verfassen eines normkonformen und aus sich heraus verständlichen Textes. [...] Wichtig für diese Diskussion ist auch die Einsicht, dass interaktionsorientiertes und textorientiertes Schreiben für die Partizipation[3] am Social Web gleichermaßen relevant sind. In vielen digitalen Genres sind textorientiertes und interaktionsorientiertes Schreiben aufeinander bezogen, indem ein textorientiert verfasster Beitrag – z. B. ein Blogpost, ein Artikel einer Online-Zeitung – den Bezugspunkt von interaktionsorientierten Kommentaren bildet.

Aus: Angelika Storrer: Interaktionsorientiertes Schreiben im Internet. In: Arnulf Deppermann und Silke Reineke (Hrsg.): Sprache im kommunikativen, interaktiven und kulturellen Kontext, Berlin: de Gruyter 2018, S. 219–244, S. 227f.

Anmerkungen:
1 *multimodale, hypertextuelle Interaktionsumgebungen:* Kommunikation mithilfe von mehreren unterschiedlichen Medien und durch die Verknüpfung diverser Texte
2 *Elaboriertheit:* differenzierte Ausarbeitung
3 *Partizipation:* Teilhabe, Beteiligung

Angelika Storrer (* 1958) ist Professorin für Germanistische Linguistik an der Universität Mannheim.

Material 4: Markus Feldenkirchen / Veit Medick Die Hassmaschine (2021)

Robert Habeck ist im Januar 2019 bei Twitter – und auch bei Facebook – ausgestiegen. [...] Er galt als einer der Stars, nicht nur bei den Grünen, sondern eben auch auf Twitter. Heute will er sich das alles nicht mehr antun, Habeck ist ein gebranntes Kind. Er hat Fehler gemacht, ein paar Aussagen sind verrutscht. Im Jahr vor der bayerischen

Landtagswahl hatte Habeck auf Twitter gefordert, die CSU-Alleinherrschaft zu beenden, damit man sagen könne: „Endlich gibt es wieder Demokratie in Bayern." Den Menschen in Thüringen hatte er zudem indirekt abgesprochen, weltoffen und demokratisch zu sein.

„Ich habe meinen Ausstieg nie bereut", sagt Habeck heute. „Ohne Twitter fehlt mir gar nichts." Die Ablenkung, immer draufgucken zu müssen, die Sucht, sich selbst auf Twitter zu checken, die habe er nicht mehr, sagt er. „Ich habe Zeit, Konzentration und auch Selbstbewusstsein gewonnen."

Viele hätten ihn damals vor dem Schritt gewarnt, heutzutage könne es man sich als Politiker schlicht nicht leisten, Twitter fernzubleiben. Aber Habeck ignorierte die Warnungen. Er meldete sich ab. Habeck sieht in Twitter ein toxisches Medium: „Es gibt eine immanente Verführung, zehn Prozent mehr zuzuspitzen, mindestens. Der Ansporn, einen Tick unsachlicher zu sein, liegt im Medium begründet." [...]

Habeck sieht in Twitter eine Gefahr für die Politik. Zuweilen orientiere sie sich mittlerweile an den Gesetzen der Plattform. Es zähle nur noch die schnelle Schlagzeile, der heftige Spruch, die erste laute Reaktion. „Der politische Diskurs ist schon eine Weile zunehmend verwahrlost", sagt Habeck.

Es gibt aber auch Menschen, die Twitter für eine wunderbare Sache halten. Die davon überzeugt sind, dass die Politik das Medium braucht. Sascha Lobo gehört dazu, der auch für den SPIEGEL schreibt. Kaum ein anderer hat sich länger und intensiver mit den Mechanismen und Auswirkungen der Plattform beschäftigt als er. [...] „Twitter hat die Debatte sehr bereichert und sogar verbessert", sagt Lobo. Weil theoretisch jeder mitmachen könne. Weil Debatten noch nach Monaten nachvollziehbar seien und Twitter so eine Art kostenloses Archiv sei. Weil die Reduktion auf maximal 280 Zeichen einen großen Vorteil habe: „Gelaber wird radikal entlarvt", sagt Lobo. „Wer seine Kernaussagen nicht auf 200 Zeichen eindampfen kann, produziert in 90 Prozent der Fälle belangloses Geschwätz."

Lobo ist nicht naiv, auch er kennt die Probleme von Twitter, die potenziellen Nachteile. Aber dass politisch alles verflache, das glaubt er nicht. Lobo sieht es so: „Twitter ist wie eine Art digitale Echtzeit-Fußgängerzone." Politik bekomme gespiegelt, wie ihre Aktivitäten und Entscheidungen ankommen. Die Folgen seien oft positiv. [...]

Es gibt Beispiele für große gesellschaftliche Bewegungen, die vor allem auf und wegen Twitter wirkmächtig und international wurden. Die #MeToo-Bewegung zum Beispiel, die Klimaschützer von Fridays for Future, der Kampf gegen Rassismus mit dem Hashtag #BlackLivesMatter. „Es gab keine politische Diskussion der letzten Jahre, die irgendeine Wirkung hat, die nicht auf Twitter abgebildet worden ist", sagt Lobo.

Quelle: Markus Feldenkirchen, Veit Medick, DER SPIEGEL 39/2021.

Anmerkung:
Markus Feldenkirchen (* 1975) und **Veit Medick** (* 1980) sind Journalisten.

Material 5:
Thomas Ammann
Aus dem Nichts. Die neuen politischen Bewegungen (2021)

Greta Thunbergs[1] bevorzugtes Medium war von Anfang an Twitter, nicht etwa Instagram wie sonst in ihrer Altersgruppe üblich. Auswertungen zeigen, wie Ende 2018 die Nennung ihres Namens im Netz geradezu explodierte. […]
Mit Greta Thunbergs wachsender Popularität folgten die Auftritte bei den großen Konferenzen […], die sich wiederum über Twitter und Youtube viral verbreiteten. Jedes Video, jeder Tweet, rief 100 000-fache Reaktionen hervor, wurde gelikt, kommentiert und geteilt. Insofern spielen auch beim Aufstieg von Fridays for Future die Mechanismen der sozialen Medien eine entscheidende Rolle. Der Erfolg im Netz in Form gesteigerter Aktivitäten sorgt automatisch für immer mehr Erfolg, befeuert sich also gleichsam selbst.
Hier zeigt sich das Doppelgesicht der sozialen Medien. Die Algorithmen[2] können einerseits der Manipulation dienen, andererseits ermöglichen sie ein Empowerment[3] in dem Sinne, dass sich soziale Bewegungen durch sie in Windeseile formieren können. So werden sie tatsächlich zu einer fünften Gewalt, die eine Kontrolle politischer Macht darstellen kann. Nicht zu unterschätzen ist dabei die emotionale Komponente. Sowohl nach dem Massaker in Parkland als auch bei Fridays for Future sind es junge Frauen, die der Empörung und Betroffenheit ein Gesicht geben.

Aus: Thomas Ammann: Die Mac#tprobe. Wie Social Media unsere Demokratie verändern, Hamburg: Edition Körber 2021, S. 123 f.

Anmerkungen:
1 *Greta Thunberg:* schwedische Klimaaktivistin, Gründerin der Bewegung „Fridays for Future“
2 *Algorithmen:* Rechenvorgänge nach einem bestimmten [sich wiederholenden] Schema
3 *Empowerment:* Ermächtigung, Übertragung von Verantwortung

Thomas Ammann (* 1956) ist Journalist und TV-Produzent.

Material 6:
Andreas Bernard
Zum Verhältnis von Medientechnologie und politischer Öffentlichkeit im 20. und 21. Jahrhundert (2020)

Wie stark neue Medientechnologien auf die Genese[1] politischer Öffentlichkeit einwirken, lässt sich vor allem an der gegenwärtigen Ausprägung von Regierungskommunikation erkennen. […] Trumps[2] Twitter-Account ist Verlautbarungsorgan der Regierung, das Pressemeldungen, Wahlkampfparolen, Live-Berichterstattungen von Staatsbesuchen und Todesanzeigen von leitenden Mitarbeitern publiziert. (Diese Beiträge werden offenbar nicht ausschließlich von ihm selbst erstellt.) Es handelt sich aber ebenso um einen persönlichen Kommunikationskanal des US-Präsidenten, den er für Politiker- und Medienbeschimpfung, für Selbstverteidigung in laufenden Skandalen, für Buchempfehlungen und sogar zur Werbung für seine Unternehmen und Hotels nutzt. In der primären Kommunikationsform eines Staatsoberhaupts hat also eine Amalgamierung[3] von Amts- und Privatperson stattgefunden, die vermutlich noch vor 15 Jahren undenkbar gewesen wäre. Dank der sozialen Medien kann ein Regierungschef die komplexen Vermittlungs- und Publikationswege der Kommuniqués, Pressekonferenzen und gelegentlichen Zeitungs- und Fernsehinterviews umgehen und seine Abonnenten direkt adressieren. Und genau diese Medienkonstellation sorgt auch dafür, dass sich das Staatsoberhaupt eines demokratischen Landes in seinen öffentlichen Äußerungen dezidiert gegen die größten Tageszeitungen und Fernsehsender stellen kann. Trumps Twitter-Account versteht sich als Konkurrenzorgan zu jenen Massenmedien, die seiner Ansicht nach nichts als „Fake News" produzieren.

Aus: Andreas Bernard: Zum Verhältnis von Medientechnologie und politischer Öffentlichkeit im 20. und 21. Jahrhundert. In: Raphael Gross et al. (Hrsg.): Von Luther zu Twitter. Medien und politische Öffentlichkeit, Frankfurt a. M.: S. Fischer 2020, S. 32f.

Anmerkungen:
1 *Genese:* Entstehung, Entwicklung
2 *Donald Trump:* US-amerikanischer Unternehmer und Politiker, 45. Präsident der USA
3 *Amalgamierung:* Verschmelzung

Andreas Bernard (* 1969) ist Kulturwissenschaftler, Journalist und Publizist.

Material 7: Social Media hat ein massives Glaubwürdigkeitsproblem (2019)

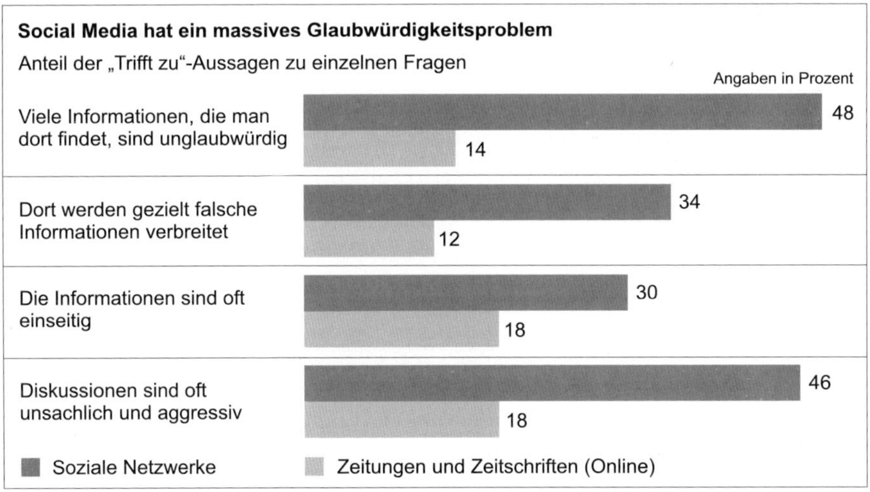

Aus: Jürgen Scharrer: So nutzen die Deutschen klassische Medien und US-Plattformen wirklich, Horizont 19. 2. 2019. Zitiert nach https://www.horizont.net/medien/nachrichten/wem-glauben-wir-was-so-nutzen-die-deutschen-klassische-medien-und-us-plattformen-wirklich-172992 (letzter Zugriff am 26. 04. 2023)

Hinweise und Tipps

Welche Aufgabenart liegt vor?
Es handelt sich um eine Aufgabe der ***Aufgabenart IV: „Materialgestütztes Verfassen eines Textes mit fachspezifischem Bezug“****. Das Verb „informieren“ im Arbeitsauftrag zeigt Ihnen, dass der Schwerpunkt der Aufgabe auf dem* ***informierenden Schreiben*** *liegen soll. Wie es bei dieser Aufgabenart üblich ist, gibt es keine Teilaufgaben.*

Was verlangt die Aufgabenstellung von mir?
Die Aufgabe, einen informierenden Text zu verfassen, erfordert, dass zu einem Thema die wesentlichen Zusammenhänge klar und differenziert dargestellt werden. Dazu bedarf es über das Dossier hinaus eigenen Wissens aus dem Themenfeld „Sprache in politisch-gesellschaftlichen Verwendungszusammenhängen“ sowie einer eigenständigen Konzeption Ihres Textes.
Die ***profilierte Aufgabenstellung*** *benennt das* ***Thema****, das zunächst immer genau eingegrenzt und geklärt werden sollte. In der vorliegenden Aufgabe stehen die* ***Veränderungen der politischen Kommunikation*** *durch den Medienwandel im Fokus. Das wird auch durch das Rahmenthema „Neue Formen der politischen Kommunikation“ deutlich. Wie die Wendung „digitale Vernetzung“ zeigt, geht es aber weder ausschließlich um Twitter noch um soziale Netzwerke im Allgemeinen, auch nicht um „das Internet“, sondern um die* ***spezifischen Vernetzungsmöglichkeiten****, die es bietet. Twitter soll als exemplarischer Fall für diese allgemeineren Zusammenhänge untersucht werden.*
Die Rahmung des Schreibauftrags gibt auch die ***Textsorte*** *vor: Sie sollen einen* ***Vortrag*** *verfassen. Wichtig ist es, dass die* ***kommunikative Funktion*** *beachtet wird, d. h. die Ausgangssituation (hier: Seminarwochenende), der Adressatenbezug (hier: Schülerinnen und Schüler der Oberstufe sowie die interessierte Öffentlichkeit) und ggf. der Veröffentlichungsort sowie das Handlungsziel (hier: informierende Hinführung). Diese Funktionen steuern Ihre* ***Auswahl*** *der zu vermittelnden* ***Informationen*** *(was ist wichtig für diese Gruppe, diesen Anlass?). Zudem sollte die Textsorte sprachlich angemessen umgesetzt werden.*

Wie gehe ich bei der Bearbeitung der Aufgabe sinnvollerweise vor?
Versuchen Sie, von vorneherein eine ***eigenständige Konzeption*** *im Blick zu haben. Es empfiehlt sich, zunächst im Unterricht erworbenes* ***Wissen*** *zu dem angegebenen* ***Themenfeld*** *zu* ***aktivieren****. Dies bezieht sich hier z. B. darauf, was politische Kommunikation ausmacht (z. B. Grundbegriffe der Kommunikation, Öffentlichkeit, Medien, Interessen, Meinungskampf), welche Formate und Möglichkeiten das Internet bietet und wie und wo dort Politik thematisiert wird. Auf dieser Grundlage können Sie sich* ***Leitfragen*** *notieren. Und vielleicht haben Sie jetzt auch schon eine Idee für den Aufbau Ihres Textes.*
Im nächsten Schritt sollten Sie das ***Dossier*** *durcharbeiten. Machen Sie sich dabei klar, wie die Texte jeweils* ***in das Problemfeld*** *der Aufgabenstellung* ***einzuordnen*** *sind. Markieren Sie zentrale Informationen und griffige Stellen, die Sie zitieren können. Erstellen Sie sich dann einen* ***Schreibplan*** *und planen Sie genügend Zeit für eine* ***Überarbeitungsphase*** *ein.*

Wie kann ich meinen Aufsatz strukturieren?
*Ein Vortrag bedarf einer **klaren Gliederung** (Ohröffner, Themennennung, Hauptteil mit klarer Gliederung, Fazit) und einer deutlichen **Hörerführung** (Markierung von Abschnitten und Sinneinheiten). Mit der Frage nach den Veränderungen legt die vorliegende Aufgabe für den Hauptteil einen Dreischritt nahe: Vorher (Massenmedien) – Neues (in Abgrenzung von dem, was sich nicht ändert) – Konsequenzen für den politischen Diskurs (z. B. anhand der Grundstruktur von Kommunikation: Nachricht, Rezipient, Autor).*

Was gibt es bei dieser Aufgabe sonst noch zu beachten?
*Bei informierenden Texten geht es um eine **verständliche Darstellung von Zusammenhängen und Diskussionskontexten**; eine eigene Stellungnahme ist nicht verlangt und allenfalls punktuell möglich. Entscheidend für die Qualität ist, dass Ihr Text eine ausreichende **Tiefe** und **Komplexität** erreicht.*

Lösungsvorschlag

Einleitung
„Ohröffner"

Zwei Vieren, neun Nullen – 44.000.000.000 $ für ein Unternehmen, das noch keinen Gewinn gemacht hat. Elon Musk muss in Twitter noch einen anderen Wert gesehen haben als nur einen monetären. Die Verstärkung seines Egos? Einfluss auf Meinungen und öffentlichen Diskurs? Oder ganz idealistisch und eigenem Bekunden zufolge „Freiheit" der Rede?

Thema und Anrede

Sehr geehrte Damen und Herren, liebe Mitschülerinnen und Mitschüler, Twitter ist ein gutes Beispiel dafür, wie sehr die **digitale Vernetzung zu „Neuen Formen politischer Kommunikation**" führt.

Überblick

Wie sich der öffentliche politische Diskurs durch die sozialen Medien verändert, wird deutlich, wenn wir uns erstens einmal klarmachen, wie politische Kommunikation früher von den „alten" Massenmedien geprägt war. Zweitens kläre ich, inwiefern die digitalen sozialen Medien im Vergleich zur traditionellen massenmedialen Kommunikation Neues bringen. In einem dritten Schritt lege ich dar, welche Auswirkungen die digitale Vernetzung auf die politische Kommunikation zeitigt.

Erster Teil
Funktion und Gestalt von Medien anhand der Massenmedien

Politische Kommunikation umfasst den **öffentlichen Austausch** von Bürgern und politischen Akteuren, d. h. Politikern, Parteien, Verbänden, NGOs usw., **über Fragen des Gemeinwesens**. Sie spricht über Politik, wird von der Politik geführt und ist selbst eine wesentliche Erscheinungsform von Politik. Medien übernehmen die Vermittlung und sind zugleich der institutionelle Ort der Öffentlichkeit. In modernen Gesellschaften waren dies vor dem Aufkommen des Internets die **Massenmedien:** Zeitung, Rundfunk, Fernsehen.

Funktionen von Medien

Man kann drei wesentliche **Funktionen in der massenmedialen politischen Kommunikation** unterscheiden: Medien vermitteln glaubwürdige **Information**. Sie wirken an der **Meinungsbildung** mit, indem sie im besten Falle alle wesentlichen Meinungen ausgewogen, informiert und argumentativ vertreten. Und sie üben **Kontrolle** gegenüber den politisch Handelnden aus. Die Massenmedien wirken in Rechtsstaaten als vierte Gewalt. Andererseits können sie auch zu einflussreichen Propagandainstrumenten und damit zu einem politischen Machtfaktor werden.

Medien kommen nicht ohne eine **technische** Verbreitungsinfrastruktur aus. Bis vor Kurzem ermöglichte diese nur die Kommunikation in eine Richtung. Die Massenmedien sind allgemein zugänglich, wenn auch nicht kostenfrei. Medien nutzen seit jeher die technischen Darstellungsmöglichkeiten. Ihre Texte waren immer multimodal und verbanden früh Text und Bild, später auch Ton und Film.

Einfluss von Medien auf den Inhalt

Eine wesentliche Leistung von Medien ist es, Sachverhalte **verständlich** und **transparent** aufzubereiten. Dabei gilt Transparenz nicht nur im Hinblick auf Informationsquellen, sondern z. B. auch mit Blick darauf, dass die jeweiligen **Sprechakte** explizit gemacht werden: Ob sie informieren, eine Meinung äußern, etwas fordern, die Selbstdarstellung von jemandem wiedergeben usw. Dies kann bis hin zu einer Differenzierung von Sende- und Textformaten oder Rubriken führen.

Vertiefung: Vermittlungsleistung und Transparenz

Um ihrer Funktion nachzukommen, bedarf es also der Darstellungsfähigkeit, eines kritischen Bewusstseins und nicht zuletzt politisch-gesellschaftlichen Sachverstandes, der auswählt, gewichtet, bewertet. Das alles ist die Leistung von Journalistinnen und Journalisten als Teil einer professionellen Redaktion, die in den Massenmedien eine wichtige **Gatekeeper-Funktion** hat. Sie ist der kollektive Autor, der für die Texte **verantwortlich** ist. Diese können der Redaktion als Urheber zugeschrieben werden, was einerseits die Vermarktungsrechte beinhaltet, andererseits aber auch definiert, wer sich im Zweifelsfalle für die Texte rechtfertigen muss – inhaltlich, moralisch, rechtlich.

Zentrale Rolle der Redaktion, Gatekeeper-Funktion

Was ändert sich durch die Vernetzungsmöglichkeiten des Internets? Was zeigt das Beispiel Twitter? Es ist zunächst einmal ganz erhellend zu sehen, **was sich *nicht* ändert**. Der **Verbreitungskanal** und das **multimodale Format** der Texte sind schon genannt worden. Twitter teilt mit ihnen die **Geschwindigkeit**, denn Radio und Fernsehen übertrugen schon live, als an das Internet noch nicht einmal gedacht war. Es teilt mit ihnen die allgemeine **Zugänglichkeit**, bei Twitter noch verstärkt dadurch, dass es kostenlos ist und alle Beiträge ohne Anmeldung einsehbar sind. Es teilt die Funktion, „so eine Art kostenloses **Archiv**" zu sein, wie es der bekannte Netzautor Sascha Lobo einmal formuliert hat. Und auch Twitter steht in **Konkurrenz** zu anderen Medienangeboten und hat damit ebenfalls ein **kommerzielles Interesse**, das auf Werbeeinnahmen zielt.

Zweiter Teil
Veränderungen durch Twitter

(Bezug zu M 1)

(Bezug zu M 4)

Drei Aspekte zeichnen Twitter aus: Da ist zunächst die technisch bedingte **Kürze**. Ein „Tweet" darf höchstens 280 Zeichen umfassen;

Neues an Twitter
(Bezug zu M 1)

Twitter ist damit sicher prototypisch für eine Tendenz zur Kürze im Netz, die mit dem schnellen und oft beiläufigen Lesen und Schreiben von Netztexten korrespondiert. Zudem ermöglicht Twitter **Kommunikation in zwei Richtungen**. Leser können zu Autoren werden, selbst Beiträge schreiben und sich explizit durch Hashtags oder Links auf andere Beiträge beziehen. Und sie können Beiträge direkt kommentieren. Zudem lassen sich Hashtags, Nutzerprofile oder Following nutzen, um aus der unüberschaubaren Fülle von Beiträgen eine Auswahl zu treffen. Zum Dritten **fehlt** eine **Redaktion**, die als Gatekeeper auftritt. Die Kommunikation ist direkt und ungefiltert.

Bidirektionale Kommunikation

Wegfall der Redaktion

Diese drei Aspekte verändern die politische Kommunikation deutlich. Im dritten Teil meines Vortrags soll umrissen werden, „[w]ie stark neue Medientechnologien auf die Genese politischer Öffentlichkeit einwirken", um eine Formulierung des Kulturwissenschaftlers Andreas Bernard aufzugreifen. Ich orientiere mich dabei am **Kommunikationsdreieck** von Nachricht, Leser und Autor.

Dritter Teil
Überleitung, Gliederung anhand des Kommunikationsdreiecks

(Bezug zu M 6)

Beginnen wir mit der **Nachricht**. Die Möglichkeiten der Verlinkung bettet diese stärker in laufende Diskussionen ein. Die **multimodale Gestaltung** durch Bild, Ton und Film erhöht die Wirksamkeit, weil die Wahrnehmung direkter erfolgt. Ob die Glaubwürdigkeit dadurch steigt, steht auf einem anderen Blatt. Bilder lassen sich bekanntlich verändern, im Ausschnitt oder Kontext anpassen und sind damit potenziell auch Manipulationsmedien.

1. Nachricht

Multimodales Format

Klarmachen muss man sich auch, dass soziale Medien nicht markieren, welche Art des Sprechaktes vorliegt. Während in den Tageszeitungen die Ressorts klar zwischen Information und Meinungsäußerung unterscheiden, muss dies bei Twitter der Leser klären. Zumeist – so hat es der Sprachwissenschaftler Heiko Girnth in einem Aufsatz zu „Neue[n] Formen des politischen Sprachhandelns im Internet" herausgearbeitet – gehen verschiedene **Sprechakte** in- und durcheinander. Die Absichten sind oft nicht Klarheit und Deutlichkeit, sondern Imagepflege, Themensetzung, Einflussnahme im Meinungskampf, Kampagnen usw. Ich komme darauf noch zurück.

Ineinander von Sprechakten

(Bezug zu M 2)

Viel diskutiert werden auch die **Konsequenzen der Kürze** der Beiträge. Die Journalisten Markus Feldenkirchen und Veit Medick haben die Positionen im Magazin „Der Spiegel" exemplarisch gegenübergestellt: Sie führen einerseits Sascha Lobo an, der meint, „Twitter hat die Debatte sehr bereichert und sogar verbessert", weil die **Partizipation** aller möglich sei, „Debatten noch nach Monaten nachvollziehbar seien" und die Kürze zu **Prägnanz und Präzision** zwinge. Dagegen wird Robert Habeck zitiert, der Twitter als „toxisches Medium" bezeichnet und sich 2019 dort abgemeldet hat. „Der Ansporn, einen Tick **unsachlicher** zu sein, liegt im Medium begründet", so Habeck, und er konstatiert, dass „[d]er politische Diskurs [...] zunehmend **verwahrlost**" sei.

Kürze in ihrer Ambivalenz
(Bezug zu M 4)

Medien wie Twitter haben auch einen **Einfluss auf die Sprache**. Die Linguistin Angelika Storrer unterscheidet mit Blick auf das Internet das herkömmliche textorientierte Schreiben, wo das Textprodukt und das planende und überarbeitende Verfassen im Mittelpunkt stünden, von **interaktionsorientiertem** Schreiben. Dieses sei durch konzeptionelle Mündlichkeit geprägt und stelle auf Kosten von „Prägnanz und sprachliche[r] Elaboriertheit" die „Beziehungsgestaltung" ins Zentrum. Dieses sprachliche Register findet sich bei Twitter nicht nur in den Kommentaren, sondern auch in den Tweets – dort aber gerade bei den professionellen politischen Nutzerinnen und Nutzern eher im Dienst einer kalkulierten Inszenierung von Spontaneität, Lesernähe und Bodenhaftung.

Sprache: textorientiertes vs. interaktionsorientiertes Schreiben

(Bezug zu M 3)

Betrachtet man die Auswirkungen digitaler Vernetzung auf die **Rezipienten** politischer Kommunikation, so ist das Kommentieren ein Gewinn an Beteiligungsmöglichkeiten. Es handelt sich allerdings nur in einem eingeschränkten Sinne um ein direktes Gespräch, weil das Sprechen vor der und für die Öffentlichkeit stattfindet. Der Leser nimmt damit die **Rolle** eines öffentlichen Subjekts ein. Zudem ist der Kreis der **User** im Falle von Twitter nicht nur eine netzaffine Klientel, sondern auch der professionelle Journalismus, der Tweets als Quelle nutzt. Darin liegt auch eine Gefahr, dass sich die politische Kommunikation ein Stück weit medial verselbstständigt.

2. Leser

Rolle des Lesers

Das Fehlen einer Gatekeeper-Funktion hat für den Leser gravierende Folgen, denn letztlich muss er die Leistungen übernehmen, die sonst bei Redaktionen lagen. Dies bürdet dem Leser enorme **Herausforderungen** an Einordnung und Bewertung auf und verlangt kritische Distanz. Es beginnt schon bei der **Auswahl** von Tweets. Zwar „unterstützen" im Hintergrund Algorithmen, doch sind deren Kriterien nicht transparent und ist deren Interesse zu einem Gutteil kommerziell, schließlich muss die Plattform Werbung verkaufen, um zu überleben. Die Herausforderungen beziehen sich vor allem auf die **Glaubwürdigkeit der Inhalte**, auf die Statthaftigkeit von Forderungen und auf die Konfrontation mit Emotionalisierungen als traditionellem Element politischer Rhetorik. Hier gilt es immer auch das **Interesse des Verfassers** zu identifizieren. Alltagserzählungen, Selbstaussagen usw., wie man sie oft auf Twitter findet, menscheln bewusst, sie operieren auf der Beziehungsebene und zielen auf Imagepflege und Identifikation. Der schon zitierte Medienwissenschaftler Heiko Girnth zeigt am Beispiel der CDU-Politikerin Kristina Schröder, wie diese sich durch die Schilderung eines Besuchs bei einer Tafel als alltagsnahe Kümmerin inszeniert. Dass die Nutzerinnen und Nutzer hier durchaus kritisch agieren, ist belegt: In einer von Jürgen Scharrer veröffentlichten Untersuchung von 2019 unterstellen nur 14 % der Befragten Online-Ausgaben von

Leser muss Leistung der Redaktion übernehmen

Herausforderung an den Leser: Auswahl

Kritisches Bewusstsein, Urteilskraft

(Bezug zu M 2)

Untersuchung zeigt kritisches Bewusstsein (Bezug zu M 7)

Zeitungen ein Glaubwürdigkeitsdefizit, aber 48 % halten Social Media für eher unglaubwürdig.

3. Autor
Attraktivität durch Direktheit

Bleibt noch der Blick auf die dritte Seite der politischen Kommunikation, den **Autor**. Für die am politischen Diskurs Beteiligten ist Twitter **attraktiv**. Der **Aufwand** ist gering, die **Reichweite** hoch. Ungefiltert, unbeeinflusst, ungerahmt können Botschaften **direkt** veröffentlicht werden. Das eröffnet alle Möglichkeiten der politischen Rhetorik und Selbstdarstellung, aber auch des manipulativen Sprechens – vom Untergraben der Autorität des politischen Gegners, dem Framing, d. h. dem Einsatz von negativ konnotierter Metaphorik, bis hin zu schieren Fake News oder einer Flutung des Diskurses mit Behauptungen und Meinungen. Nicht, dass es dies in den traditionellen Massenmedien nicht auch gegeben hätte. Die **Verantwortlichkeit** und Kontrolle ist aber auf den Netzplattformen geringer. Eine harte Grenze stellen – abgesehen von politischen Konsequenzen, die oft erstaunlich gering sind – eigentlich nur das Persönlichkeitsrecht, das Beleidigungen verbietet, und der Tatbestand der Volksverhetzung dar, beide freilich nur im nationalen Recht verankert.

Verstärkungseffekt
(Bezug zu M 5)

Der Journalist Thomas Ammann verweist auf einen weiteren Faktor: Wie er am Beispiel Greta Thunbergs erläutert, garantiert Twitter ab einem bestimmten Grad an Bekanntheit eine **Selbstverstärkung** von Äußerungen, die von Followern gelikt und geteilt werden. Ammann sieht diesen Verstärkungseffekt durchaus ambivalent, denn gesteigert würden sowohl „Empowerment in dem Sinne, dass sich soziale Bewegungen […] in Windeseile formieren können“, als auch Manipulationen aller Art.

Autoren als konstruierte, oft kollektive Subjekte

Zudem muss man bedenken, dass Akteurinnen und Akteure im politischen Diskurs immer **konstruierte Subjekte** sind, die in einer Rolle agieren. Das gilt nicht nur, wenn Institutionen sich äußern, sondern auch, wenn „Donald Trump“ oder „Elon Musk“ schreiben. Hier sind oft ganze Stäbe von Kommunikationsprofis und Spindoktoren am Werk, die Imagepolitik betreiben, Strategien erarbeiten und Kampagnen managen. Der Medienwissenschaftler Andreas Bernard weist darauf hin, dass in der Selbstdarstellung „eine Amalgamierung von Amts- und Privatperson statt[findet]“. Wir erleben gewissermaßen die Fortsetzung der klassischen Homestory mit modernen Kommunikationsmitteln, die eine neue Qualität des Politisch-Privaten hervorbringt, flankiert von sprachlichen Mitteln konzeptioneller Mündlichkeit und der Suggestion von Austausch. Das *docere*, also Information und Argumente, tritt in der politischen Rhetorik der digitalen Vernetzung zurück hinter das *delectare*, die Unterhaltung, und das *movere*, die Emotion.

(Bezug zu M 6)

Fazit: Bündelung der wesentlichen Informationen

Ich fasse zusammen: Die Untersuchung von Twitter als ein Beispiel für die Veränderungen der politischen Kommunikation durch digitale Vernetzung hat einige **Kontinuitäten** gezeigt. Hinsichtlich Verbreitungskanal, Zusammenwirken verschiedener Medien, Geschwindigkeit, Zugänglichkeit, Archivierungsmöglichkeiten und einem indirekt kommerziellen Interesse unterscheidet sich Twitter kaum von den klassischen Massenmedien. Charakteristisch **neu** ist seine Kürze in ihrer Ambivalenz zwischen Oberflächlichkeit und Prägnanz. Neu ist die Möglichkeit zur Kommunikation in zwei Richtungen, die zu verstärkter Beteiligung und Rückkopplung, zu einer Verstärkung von Impulsen und Kampagnen und zu vermehrtem Gebrauch konzeptioneller Mündlichkeit führt. Die weitreichendsten Folgen hat das Fehlen einer Redaktion mit ihrer Gatekeeper-Funktion. Dies ermöglicht eine direkte Gestaltung von Inhalten, Themen und Selbstinszenierung und schafft Beteiligungsmöglichkeiten, lässt aber auch ein Ineinander von Sprechakten zu und öffnet allen Formen politischer Rhetorik, interessengeleiteter Zurichtung und Manipulation die Tür. Der Leser muss viele Funktionen, die sonst Redaktionen haben, selbst übernehmen, muss kritisch auswählen, einordnen und bewerten. Urteilsfähigkeit sichert ihm Autonomie, ist aber eine Herausforderung an Können und Wollen.

Ausblick auf aktuelle Diskussion

Dies gilt umso mehr, als der Leserschaft oft institutionelle Kommunikationsprofis gegenüberstehen. Hier verschiebt sich die Macht im politischen Diskurs zuungunsten der Nutzerinnen und Nutzer. Deshalb entwickelt sich zunehmend eine Debatte darüber, ob aus den Einflussmöglichkeiten von Plattformen wie Twitter nicht die Verantwortung erwächst, diese auch redaktionell zu betreuen. Die Debatte wird so schnell nicht verstummen. Sie wird uns sicherlich noch bei unserem Seminarwochenende beschäftigen.

Leistungskurs Deutsch (Nordrhein-Westfalen): Abiturprüfung 2020
Analyse eines Sachtextes mit weiterführendem Schreibauftrag

Aufgaben — Punkte

1. Analysieren Sie den Textauszug „Sprache. Macht. Denken“ von Benjamin Mikfeld und Jan Turowski. — 38

2. Stellen Sie die Grundannahmen der Theorie von Edward Sapir und Benjamin Lee Whorf zum Verhältnis von Sprache, Denken und Wirklichkeit dar. Setzen Sie den Ansatz von Sapir und Whorf in Beziehung zu Mikfelds und Turowskis Ausführungen zum Bereich der Politik. Beurteilen Sie vor diesem Hintergrund die Überzeugungskraft des Ansatzes von Mikfeld und Turowski zum politischen Sprachgebrauch. — 34

Benjamin Mikfeld und Jan Turowski
Sprache. Macht. Denken (Textauszug)

Politische Macht artikuliert sich „sichtbar“ in den politischen Funktionen der Exekutive und der Legislative, die (zumindest in Demokratien) auf Zeit vergeben werden. Regierungschefs, Minister oder Parteien „kommen an die Macht“, wie der Volksmund sagt. Zu den Machtakteuren würden viele wohl zu Recht ebenso Großkonzerne, wichtige Verbände oder die Medien zählen, auch wenn ihre Insignien der Macht eher verschwommen sind. All diese Akteure der Macht agieren jedoch nicht im politischen Vakuum. Es gibt zu jeder Zeit politische Forderungen und Ideen, die mehrheitlich als „richtig“ und „angemessen“ beurteilt werden, und andere, für die dies nicht gilt. Solche Regelsysteme, die hinter den sichtbaren Machtstrukturen und -mechanismen liegen, bezeichnen wir als Diskurse. Sie regeln, was in bestimmten Gruppen oder der breiten Öffentlichkeit als „sagbar“ gilt und was nicht. Gerade in Krisensituationen können diese vormals starren Diskurse in Bewegung geraten und sich verschieben. So war nach der Reaktorkatastrophe in Fukushima auch in konservativen Kreisen ein strammes Bekenntnis zur Atomenergie kaum noch „sagbar“. Vor der globalen Finanzkrise 2007 wiederum waren bestimmte Forderungen zur Begrenzung der Macht der Finanzmärkte nur in bestimmten politischen Kreisen „sagbar“. Doch es dauerte nach Ausbruch der Krise nur wenige Monate, bis der bürgerliche Mainstream diese Forderungen (wenn auch nur halbherzig) übernahm.

Es gibt also auch „unsichtbare“ Kräfte der Macht, die Einfluss auf unser politisches Denken und Handeln nehmen. Politisches Denken vermittelt sich zu allererst über Sprache, die wiederum unser politisches Bewusstsein prägt. Eine unserer zentralen Thesen lautet, dass Diskurse nicht erst in Krisenzeiten in Bewegung geraten, sondern sich in einem Fluss ständigen politischen Ringens um „Meinungsführerschaft“ befinden. Wer politisch gestalten und Dinge verändern will, sollte sich daher nicht nur um parlamentarische Mehrheiten bemühen, sondern auch darum, auf der Ebene der Sprache, der Deutungen und Diskurse Einfluss zu gewinnen. […]

Die Sprache ist ein wichtiges Instrument der Politik. Sprache dient der Argumentation, der Verhandlung, der Konsensfindung, aber auch der Agitation und Manipulation. Über Sprache stellen wir politische Zustimmung und Zugehörigkeit ebenso wie Abgrenzung her. (Auch) über Sprache werden politische Allianzen geknüpft und Mehrheiten gebildet. Über Sprache entwickeln wir eine Vorstellung davon, was für uns „wahr" ist. „Wer die Sprache kontrolliert, hat somit Kontrolle über das gemeinschaftliche Wir", schrieb Benjamin Barber.[1] Von anderen Denkern der politischen Theorie kann man ähnliche Sätze finden. Ebenso findet man in der jüngeren Vergangenheit viele Beispiele des Machtge- und -missbrauchs von politischer Sprache:

- Aus dem Roman „1984" von George Orwell ist einer breiten Öffentlichkeit das „Neusprech" bekannt, eine vom diktatorischen Regime verordnete Sprache, die das Denken der Menschen verändern soll. Die jüngere Tradition der politischen Sprachkritik in Deutschland kennt Viktor Klemperers Lingua Tertii Imperii über die manipulative Sprache des Dritten Reiches oder das „Wörterbuch des Unmenschen" von Dolf Sternberger, Gerhard Storz und W. E. Süskind. […]
- In den 1990er Jahren war es vor allem die Debatte über das Asylrecht in Deutschland und die Häufung ausländerfeindlicher Gewalttaten, die einer diskursanalytisch orientierten Sprachkritik […] eine gewisse Aufmerksamkeit über die akademische Welt hinaus bescherte.
- Im letzten Jahrzehnt wiederum hat die Diskussion um die Neuorientierung in der Arbeitsmarkt- und Sozialpolitik, vor allem die „Agenda 2010" der rot-grünen Bundesregierung, die Sprachkritik auf den Plan gerufen. Kritisiert wurde eine betriebswirtschaftlich inspirierte „Hartzsprache"[2] oder auch die „Verluderung der öffentlichen Sprache"[3]. Dies spiegelte sich in der Entscheidung einer Jury wider, die alljährlich „Unwörter des Jahres" auswählt. Im Jahr 2002 fiel die Wahl auf die „Ich-AG", im Jahr 2004 war es das „Humankapital" und im Jahr 2005 die „Entlassungsproduktivität".

[…] Politische Sprache ist als *Soft Power*[4] zu verstehen. Sie prägt unsere Vorstellung von Wirklichkeit und hat daher „realitätskonstituierenden Charakter"[5]. Begriffe sind nicht „neutral", sondern vielfach Gegenstand sogenannter semantischer Kämpfe, in denen es darum geht, diese mit einem bestimmten Inhalt zu füllen oder Sachverhalte mit bestimmten Begriffen zu bezeichnen. Politische Sprache ist zudem nicht nur argumentativ, sondern sie beinhaltet immer auch normative und emotionale Elemente. Jede politische Denkrichtung oder Gruppe verfügt über ein spezifisches Arsenal an Begriffen, Topoi, Metaphern und Narrativen, die im Bemühen um Meinungsführerschaft und Deutungsmacht zum Einsatz kommen. Dabei geht es nicht immer um eine sachliche Beweisführung, sondern darum, Übereinstimmung zwischen Redner/in und Publikum herzustellen. Sprache ist somit Gegenstand sowohl politischer Deutungskämpfe wie auch politischer Taktik und Strategie: „Es geht um Deutungshoheit und Verwendungshoheit von Sprache. Denn Sprache ist ein Instrument zur Erlangung, Sicherung, Ausübung und Kontrolle von Macht".[6] […]

Quelle: Benjamin Mikfeld und Jan Turowski: Sprache. Macht. Denken – Eine Einführung, In: Sprache. Macht. Denken. Politische Diskurse verstehen und führen, Hrsg. v. Denkwerk Demokratie, Campus Verlag, Frankfurt am Main 2014, S. 15–19

Anmerkungen:
1 Barber: Starke Demokratie, S. 198.
2 Keil, Die Hartzsprache; Hachmeister, Die Kälte der Begriffe.
3 Negt, *Der politische Mensch,* S. 194.
4 Klein, Sprache und Macht, S. 7.
5 Girnth, *Sprache und Sprachverwendung in der Politik,* S. 5.
6 Girnth, Einstieg: Sprache und Politik.

Anmerkungen zu den Autoren und zum Herausgeber:
Jan Turowski ist Politikwissenschaftler und Benjamin Mikfeld Politiker (SPD). Das als Herausgeber fungierende „Denkwerk Demokratie" ist eine gemeinsame Gründung von SPD, Grünen und Gewerkschaftsvertretern.

Weitere Anmerkungen:

Fußnoten: Die sich auf die Zitate beziehenden Fußnoten wurden aus dem Originaltext übernommen. Die in der ursprünglichen Veröffentlichung am Ende des Textes angeführten Literaturangaben wurden nicht mit aufgenommen. Hinweise zu den zitierten Autoren: Benjamin Barber ist Politikwissenschaftler, Oskar Negt Sozialphilosoph. Heiko Girnth und Josef Klein sind Sprachwissenschaftler, Gert Keil und Lutz Hachmeister Journalisten.

Finanzkrise: Die Finanzkrise begann im Jahre 2007, hatte ihren Höhepunkt aber am 15. September 2008 mit dem Zusammenbruch der US-amerikanischen Großbank Lehmann Brothers. Angesichts der dramatischen Entwicklungen forderten damals viele Wirtschaftsexperten und Politiker eine stärkere Regulierung der Finanzmärkte durch staatliche Gesetze.

Agenda 2010: Das von der rot-grünen Regierung entwickelte Reformkonzept „Agenda 2010" sollte die Rahmenbedingungen auf dem Arbeitsmarkt verbessern und zu mehr Wachstum und Beschäftigung führen, wurde aber u. a. aufgrund der damit verbundenen Kürzungen staatlicher Sozialabgaben und der Lockerung des Kündigungsschutzes stark kritisiert. Die Kommission, die das Reformpaket konzipierte, wurde damals von Peter Hartz geleitet.

Topoi (Singular: Topos): Unter „Topoi" verstehen Mikfeld und Turowski in Begründungszusammenhängen und Debatten immer wiederkehrende Argumentationsmuster (z. B. „Der demografische Wandel zwingt uns zu den Reformen …").

Narrative: Mit „Narrativen" sind in diesem Zusammenhang politische Erzählungen (z. B. die Erzählung von der Geschichte der Französischen Revolution) gemeint, die für das Selbstverständnis einer Gesellschaft oder politischen Gruppe und die in ihr vorherrschenden Wert- und Normvorstellungen eine zentrale Rolle spielen.

Titel: Im Original trägt der Titel „Sprache. Macht. Denken" noch den Zusatz „– Eine Einführung", da es sich bei dem Text um den Auftakt einer in Buchform veröffentlichten Textsammlung handelt und er die Funktion einer Einführung erfüllt.

Teilaufgabe 1

Hinweise und Tipps

Welche Aufgabenart liegt vor und wie sind die Aufgaben gewichtet?
Die vorliegende Aufgabe entspricht dem **Typ II a: Analyse eines Sachtextes mit weiterführendem Schreibauftrag**. *Beide Teilaufgaben sind in etwa* **gleich gewichtet:** *Die Analyse wird mit maximal 38 Punkten, der weiterführende Schreibauftrag mit maximal 34 Punkten gewertet.*

Was verlangt die Aufgabenstellung von mir?
Die Aufgabe erfordert eine **möglichst umfassende Untersuchung** *des Auszugs. Die Arbeitsanweisung ist nur ganz generell mit „analysieren Sie" formuliert, sodass mögliche Hilfen wie vorgegebene Untersuchungsaspekte, Spezifizierungen oder Schwerpunktsetzungen entfallen. Es wird also vorausgesetzt, dass Sie die wesentlichen* **methodischen Schritte der Textuntersuchung** *beherrschen und selbst entscheiden, welche Aspekte in diesem Text besondere Beachtung verdienen. Um Ihr Verständnis des Textes darzulegen, müssen Sie die Thematik sowie den Gedankengang bestimmen und die wesentlichen inhaltlichen Aussagen selbstständig wiedergeben. Insbesondere bei diesem eher schwierigen Text kann es sinnvoll sein, auch einzelne Aussagen zu erläutern. Ebenso wichtig ist es, die* **sprachlich-rhetorische Gestaltung** *des Auszugs unter Einbezug der* **Textsorte** *zu untersuchen und aufzuzeigen, wie der* **Leser gelenkt** *wird.*

Wie gehe ich bei der Bearbeitung der Aufgabe sinnvollerweise vor?
Für eine möglichst fundierte Bearbeitung der Aufgabe ist es notwendig, dass Sie sich genügend **Zeit für die Vorbereitung** *nehmen. Dies gilt für den vorliegenden Textauszug in besonderem Maße, da er mit seiner Thematik und seiner abstrakten Begrifflichkeit recht hohe Ansprüche stellt.* **Lesen** *Sie den Text (wenigstens) zweimal* **konzentriert** *– das erste Mal, um zu einem Globalverständnis zu gelangen, das zweite Mal, um ihn im Detail zu untersuchen:* **Gliedern** *Sie den Text und erarbeiten Sie ihn mit* **Unterstreichungen** *(z. B. zu inhaltlichen Schwerpunkten oder zur Sprachgestaltung) und* **Randkommentaren** *(etwa zum gedanklichen Aufbau). Es wird Ihnen leichterfallen, die Teilaufgabe zu bewältigen, wenn Sie sich darüber hinaus ein* **Blatt mit Stichworten** *oder mit einem übersichtlichen* **Konzept** *anlegen, das Sie dann beim Schreiben als Grundlage nehmen.*

Wie kann ich meinen Aufsatz strukturieren?
Überlegen Sie sich gut, wie Sie Ihren **Analyseaufsatz** *methodisch aufbauen wollen: Wollen Sie dem Textaufbau folgend die Analyse von Inhalt, Sprache und Leserlenkung* **miteinander verbinden**? *Oder wollen Sie lieber in* **zwei getrennten Schritten** *vorgehen und sich* **zuerst dem Inhalt** *und* **danach der Sprachgestaltung sowie der Leserlenkung** *widmen? Der vorgestellte Lösungsvorschlag folgt der letztgenannten Struktur. Er ist in diesem Fall methodisch einfacher, hat aber den Nachteil, dass der Bezug zum Textinhalt immer wieder hergestellt werden muss.*
Beginnen Sie Ihre Analyse mit einer **Einleitung**, *in der Sie Aussagen zu Autor, Titel, Textsorte, Thema und Entstehungszeit verbinden. Wenn Sie dann den* **Hauptgedanken**

sachgerecht umschreiben, schaffen Sie sich und den Lesenden einen Orientierungspunkt für die folgende Textuntersuchung. Schließen Sie Ihre Analyse mit einer möglichst genauen ***Zusammenfassung Ihres Textverständnisses*** *ab.*
Achten Sie (auf der Basis Ihres Konzepts) auch darauf, Ihre ***Aussagen zu gewichten,*** *indem Sie Unwichtigeres raffend wiedergeben, zentrale Befunde dagegen betonen und gegebenenfalls erläutern.*

Was gibt es bei dieser Aufgabe sonst noch zu beachten?
Bei diesem anspruchsvollen Text ist es besonders wichtig, ihn „im Griff" zu haben und nicht ins Nacherzählen zu verfallen. Versuchen Sie, den Inhalt raffend und möglichst in eigenen Worten wiederzugeben.

Lösungsvorschlag

Einleitung

Textgrundlage, Kontext und Thematik

Der vorliegende Auszug stammt aus einem von **Benjamin Mikfeld und Jan Turowski** verfassten Text mit dem Titel „Sprache. Macht. Denken". Es handelt sich um den einleitenden **Beitrag zu einem gleichnamigen Sammelband** mit dem Untertitel „Politische Diskurse verstehen und führen", der von einer Gruppe namens „Denkwerk Demokratie" 2014 in Frankfurt am Main herausgegeben wurde. Wie die Titel schon andeuten, befassen sich die beiden Autoren mit der Frage, inwieweit **sprachliche Kommunikation** im öffentlichen Raum **gedankliche Einstellungen** und **politische Machtverhältnisse** beeinflussen kann.

Hauptteil

Wiedergabe des Gedankengangs

Abschnitt 1: Formen politischer Macht

Der erste Hauptabschnitt des Textauszugs (Z. 1–18) beginnt mit einer Umschreibung dessen, was die Autoren unter „**politischer Macht**" verstehen: Macht „haben" demnach – und zwar durchaus „sichtbar" (Z. 1) – zum einen **demokratisch legitimierte Institutionen** wie Legislative und Exekutive, zum anderen aber auch große Konzerne, **Verbände** und die **Medien**. Diese „Akteure der Macht" (Z. 6), so fahren die Autoren gedanklich fort, handeln auf der

Begriffsbestimmung „Diskurs"

Grundlage von Regelsystemen, die die **Kommunizierbarkeit bestimmter politischer Auffassungen und Vorstellungen** festlegen. Sie begrenzen in einzelnen gesellschaftlichen Gruppen oder auch in größeren Teilen der Bevölkerung, was „sagbar" ist (vgl. Z. 10 f.), d. h. die als sachangemessen oder zulässig erachteten Positionen und Aussagen. Derartige Regelsysteme bezeichnen die Verfasser als „Diskurse" (Z. 10). Dabei heben sie hervor, dass solche **Diskurse**

Eigenarten von Diskursen

zwar relativ stabil seien, sich aber insbesondere in „Krisensituationen" (Z. 11) **dynamisch** verändern können. Anhand von **zwei Beispielen veranschaulichen** die Autoren dies: So hätten sich etwa

Veranschaulichung mit Beispielen

nach der Reaktorkatastrophe von Fukushima oder der Finanzkrise von 2007 die Grenzen des Sagbaren in den entsprechenden Diskursen

Erläuterung

verschoben. Konservative Kreise – vermutlich sind hier vor allem die damals regierenden Parteien CDU und CSU gemeint – hätten ihre vorherigen Positionen zur **Atomenergie** revidiert und die breitere Bevölkerung hätte ihre Haltung zur **Finanzindustrie** verändert.

Aus diesen Beschreibungen **leiten** Mikfeld und Turowski zu Beginn des zweiten Abschnitts (Z. 19–26) **ab**, dass derartige **Diskurse** ebenfalls **als „Kräfte der Macht"** (Z. 19) **betrachtet** werden müssten, die im öffentlichen, politischen Raum wirksam würden. Allerdings seien diese im Unterschied zu **institutioneller Macht** „unsichtbar" (vgl. Z. 19). Daran schließt sich die **Grundthese** an, dass **politisches Denken** sich zuallererst **im Medium der Sprache** äußere und diese dadurch „unser politisches Bewusstsein prägt" (Z. 21). Anschließend wird der bisher explizierte Diskursbegriff zu der – als zentral gewerteten – These weiterentwickelt, dass diese „machtvollen" gesellschaftlichen Regelsysteme **eigentlich ständig in Bewegung** seien, und zwar bedingt durch den öffentlichen **Richtungskampf** der relevanten Akteure um die „wahre" oder „richtige" Lösung staatlicher wie gesellschaftlicher Probleme. Das Ziel derartiger Auseinandersetzungen wird mit dem Begriff **„Meinungsführerschaft"** (Z. 23) umschrieben. Deshalb, so die nachfolgende praktische Forderung, hänge der Erfolg politischer Mitgestaltung (oder Herrschaft) nicht nur von der Erringung von Mehrheiten ab, sondern auch von der Gestaltung, genauer **Lenkung gesellschaftlicher Diskurse** durch Einflussnahme auf den politischen Sprachgebrauch.

Abschnitt 2: Kampf um politische Führung

Grundthese

Weiterentwicklung der These: Kampf um Lenkung der Diskurse

Der **Hauptgedanke**, dass Sprache „ein wichtiges Instrument der Politik" (Z. 27) ist, wird im dritten Abschnitt (Z. 27–53) genauer entfaltet – zuerst dahingehend, dass dies die **unterschiedlichsten Sprachhandlungen** einschließe: Argumentation, Verhandlung, Konsensfindung, aber auch Agitation und Manipulation (vgl. Z. 27 ff.). Diese könnten dann zu **unterschiedlichsten Zwecken** eingesetzt werden, z. B. um „Zustimmung und Zugehörigkeit ebenso wie Abgrenzung" (Z. 29 f.) auszudrücken. In der Kommunikation artikuliere sich zudem die Vorstellung davon, was die Menschen als Wahrheit verstehen. Aus dieser Auffächerung von Sprachformen und Zwecken **schlussfolgern** die Verfasser im Rückgriff auf eine Formulierung des Politikwissenschaftlers Benjamin Barber, dass **Sprachkontrolle** auch „Kontrolle über das gemeinschaftliche Wir" (Z. 32 f.) bedeute. Was dies genauer heißt, aber auch, inwiefern dies gefährlich ist, wird im Folgenden an **drei Beispielen veranschaulicht:** Orwells „Neusprech" und die von Victor Klemperer und anderen untersuchte Propagandasprache der Nationalsozialisten stehen für die **manipulative Macht von Sprache**. Zeitlich und gedanklich näher liegen die anderen Beispiele, die Auseinandersetzungen über **Asylrecht** und Fremdenfeindlichkeit sowie über die sogenannte **Agenda 2010**. Dabei machen die Verfasser deutlich, dass die Öffentlichkeit in Bezug auf diese Zusammenhänge mit einer sprachkritischen Perspektive in

Abschnitt 3: Sprache als Instrument der Politik

Differenzierung: verschiedene Sprachformen und Zwecke

Schlussfolgerung: Sprachkontrolle = Kontrolle der Gemeinschaft

Veranschaulichung mit Beispielen

Berührung kam. Im Hinblick auf die Agenda 2010 illustrieren sie die Sprachkritik u. a. mithilfe der damaligen Unwörter des Jahres.

Abschnitt 4: Sprache als Macht, die unser Denken prägt

Auf der Basis der vorigen Ausführungen formulieren die Autoren im letzten Abschnitt (Z. 54–67) zunächst deutlich ihre **Position**, dass die **politische Sprache** insgesamt unsere **Vorstellung von gesellschaftlicher Wirklichkeit** präge (vgl. Z. 54 f.). Ähnlich wie zuvor wird dabei in Bezug auf **Formen und Funktionen von Sprache differenziert:** Nach Mikfeld und Turowski sind Begriffe im politischen Bereich nicht „neutral“ (Z. 56) oder semantisch eindeutig, sondern werden von politischen Gruppierungen oder „Akteuren“ mit je spezifischen wertenden Inhalten und emotionalen Aspekten aufgeladen. Die Begriffe, aber auch **andere politisch relevante Sprachformen** wie „Topoi, Metaphern und Narrative[]“ (Z. 61) verstehen die Verfasser als taktisch-strategisches Mittel im Kampf um die (Deutungs-) Macht, bei dem die Sachlichkeit leiden könnte. In diesem differenzierten Sinne ist für die Autoren Sprache ein „Instrument zur Erlangung, Sicherung, Ausübung und Kontrolle von Macht“ (Z. 66 f.).

Folgerung: Sprache als Mittel im politischen Kampf

Untersuchung der Leserlenkung und sprachlich-rhetorischen Gestaltung

Textsorte

Der Beitrag von Mikfeld und Turowski trägt im Original zu Recht den Untertitel „Eine Einführung“, denn er ist nicht nur ein einleitender, sondern offenbar auch ein grundlegender Beitrag zur Thematik des Sammelbandes. Als **Textsorte** bezeichnet **„Einführung“** die verknappende, aber fachlich fundierte Darstellung eines wissenschaftlichen Gegenstandsbereichs, die sich etwa an Studierende oder – wie auch hier – an größere, gebildete Leserkreise wendet, die am jeweiligen Thema interessiert sind. Dementsprechend herrscht bei Mikfeld und Turowski über weite Strecken ein **kategorisch wirkender** (statt abwägender) **Sprechgestus** vor, der sich zudem im leitenden **Nominalstil** widerspiegelt. Der **Eindruck gediegener Fach- und Sachkompetenz** wird durch übersichtliche Strukturierung des Gedankengangs, gut **nachvollziehbaren Satzbau**, der recht häufig **Gegenüberstellungen** (vgl. z. B. Z. 22 f., 55 ff.) aufweist, und eine **Vielzahl von Fachbegriffen** hervorgerufen. Deren Verständnis wird z. T. vorausgesetzt (etwa bei „Topoi“ oder „Narrativen“, Z. 61) oder wie im Fall des grundlegenden Diskursbegriffs im Text erklärt (vgl. Z. 8 ff.). Der **wissenschaftliche Ansatz** zeigt sich auch darin, dass wiederholt andere Wissenschaftler angeführt werden, deren Äußerungen zitiert und in den Fußnoten belegt werden. Dieses Vorgehen wirkt teilweise wie der Versuch, sich abzusichern (vgl. Z. 33 f.).

Wissenschaftliche Ausrichtung

Leserbezug

Sprachliche Mittel wie gelegentliche **Aufzählungen** (vgl. Z. 3 ff., 27 ff., 60 f.), **parataktische Reihungen** (vgl. Z. 27 ff.) und **parallele Satzstrukturen** (vgl. Z. 55–59) verwenden die Verfasser, um Inhalte aufzufächern. Sie helfen den Leserinnen und Lesern, einen Zugang zu der insgesamt doch anspruchsvollen Thematik zu finden.

Anschaulichkeit

Dem gleichen Zweck dienen **bildhafte Gegenüberstellungen** wie die von „sichtbarer“ und „unsichtbarer“ Macht sowie die **erläuternden**

Beispiele, die zudem für **Anschaulichkeit** sorgen. Dazu passen die den Charakter des Diskurses illustrierende „**Fluss**"**-Metapher** (vgl. Z. 23) und die vielen Metaphern, die sich in der ein oder anderen Form auf den **Vorstellungsbereich der Macht** beziehen (z. B. „Insignien der Macht", Z. 5; „Machtvakuum", vgl. Z. 6 f.; „Kämpfe", Z. 56; „Arsenal", Z. 60). Besonders pointiert ist die der Literatur entnommene **Wortneubildung** *„Soft Power"* (Z. 54), in der die Unterscheidung sichtbarer und unsichtbarer Formen von Macht wieder aufscheint und die die Vorstellung der Autoren komprimiert, wie politischer Einfluss auch über sprachliche „Deutungshoheit" erreicht werden kann.

Kritische Ausrichtung

Im Kontext der Beispiele, der Katastrophe von Fukushima oder der Agenda 2010, tauchen aber auch **kritische Sprachwendungen** auf, die auf den politischen Standort der Autoren hinweisen. Wenn dort von einem „stramme[n] Bekenntnis zur Atomenergie" (Z. 13 f.) die Rede ist, dann findet sich der politische Gegner wohl in „konservativen Kreisen" (Z. 13) wie im „bürgerliche[n] Mainstream" (Z. 17), wie es im Text heißt. Im anderen Fall wird (qua Zitat) die Verwaltungssprache drastisch mit dem Wort „Verluderung" (Z. 49) gebrandmarkt und Neubildungen wie „Ich-AG" (Z. 51) oder „Entlassungsproduktivität" (Z. 52 f.) werden indirekt als verzerrende **Euphemismen** entlarvt. Über die Sprachkritik läuft also die kritische Distanzierung von den Neuerungen der Sozialgesetzgebung, die zuerst von einer SPD-geführten Regierung beschlossen und später von der Großen Koalition beibehalten wurden.

Gruppen- und Leserbezug

Auffällig ist auch die Verwendung der Pronomina „wir" und „unser". Kann die Rede von „unserer" These (Z. 21) noch als Hinweis auf das Autorenteam verstanden werden, so werden diese Pronomina ansonsten gebraucht, um eine Beziehung und Nähe zu den Lesenden aufzubauen (vgl. u. a. Z. 19, 29).

Bestimmung der Aussageabsicht

Die Absicht der Autoren ist klar: Sie wollen ihre **Position untermauern**, dass Sprache im politischen Raum das Denken und damit auch das Handeln beeinflusst. Zugleich scheinen sie dazu anregen und anleiten zu wollen, diese Erkenntnis in der öffentlichen Selbstdarstellung wie der Diskussion mit politischen Gegnern praktisch umzusetzen. Darauf deutet neben einer Textstelle (vgl. Z. 24 ff.) auch der Untertitel des Buches hin: „Politische Diskurse verstehen und führen".

Schluss: Vertiefende Deutung und Wertung

Von daher könnte man den Textauszug auch als Teil eines grundlegenden, auf **Selbstvergewisserung zielenden Strategiepapiers** charakterisieren – zumal der Sammelband von dem „Denkwerk Demokratie" herausgegeben wird, das von SPD, Grünen und Gewerkschaften gegründet worden ist. Dass darin auch die von der SPD und den Grünen verabschiedete Agenda 2010 kritisiert wird, könnte man als Signal für innerparteiliche Auseinandersetzungen mit früheren Positionen in diesen Parteien verstehen.

Teilaufgabe 2

Hinweise und Tipps

Was verlangt die Aufgabenstellung von mir?
*Die Aufgabenstellung verlangt **drei verschiedene Operationen** mit **steigendem Anforderungsniveau**:*

- *Zunächst sollen Sie Ihre **Kenntnis der sogenannten Sapir-Whorf-Hypothese** nachweisen, indem Sie die grundlegenden Gedanken der genannten Autoren zum Zusammenhang von Sprache, Denken und Wirklichkeit wiedergeben.*
- *Danach sollen Sie diese Theorie zu der Auffassung von Mikfeld und Turowski in Beziehung setzen – d. h., Sie sollen **Berührungspunkte, Ähnlichkeiten und Unterschiede** benennen und erläutern.*
- *Zum Schluss sollen Sie auf dieser Basis **beurteilen**, inwieweit der Ansatz von Mikfeld und Turowski zum politischen Sprachgebrauch überzeugt.*

Wie gehe ich bei der Bearbeitung der Aufgabe sinnvollerweise vor?
*Zur Vorbereitung legen Sie am besten wieder ein **Blatt mit Stichworten** an, das Sie gegebenenfalls wiederum zu einem Konzept ausbauen können. Vergegenwärtigen Sie sich dazu die zentralen Aussagen der Theorie von Whorf und Sapir und notieren Sie diese. Als Vorarbeit für den zweiten Arbeitsauftrag ist es sinnvoll, eine Tabelle anzulegen, in der Sie die **Sapir-Whorf-Hypothese den Überlegungen von Turowski und Mikfeld gegenüberstellen**. Darunter können Sie dann stichwortartig vermerken, inwieweit der Textauszug überzeugt. Rufen Sie sich dafür Unterrichtsinhalte in Erinnerung, die als Bezugspunkt für die argumentative Herausbildung Ihres Urteils hilfreich sein können. Außerdem können Sie sich fragen, ob der Text vielleicht argumentative Schwächen hat. Heben Sie auf dem Stichwort-Blatt wichtige Gedanken, die Sie bei der schriftlichen Bearbeitung dieser Aufgabe unbedingt verwenden wollen, durch **Markieren oder Unterstreichen** hervor. Legen Sie möglichst früh eine **Reihenfolge Ihrer Argumente** zum dritten Arbeitsschritt fest. Hier kann auch eine vorläufige, aber gleichwohl genaue Formulierung Ihrer Auffassung helfen, auf die Sie den Aufsatz dann ausrichten.*

Wie kann ich meinen Aufsatz strukturieren?
*Da die **drei Arbeitsaufträge (Darstellen – In-Beziehung-Setzen – Beurteilen)** aufeinander aufbauen, ist die Struktur des Hauptteils von Teilaufgabe 2 von der Aufgabenstellung vorgegeben. Diesem Hauptteil sollten Sie auf jeden Fall eine **aufgabenbezogene Überleitung** voranstellen. Die Übergänge zum zweiten bzw. dritten Arbeitsschritt sollten Sie durch entsprechende Überleitungen deutlich machen. Beenden Sie Ihren Gedankengang möglichst mit einer **reflektierten Stellungnahme** oder Wertung in Bezug auf die Problemstellung.*

Was gibt es bei dieser Aufgabe sonst noch zu beachten?
*Versuchen Sie (auf der Basis Ihrer Vorarbeit), **gedanklich und sprachlich präzise** vorzugehen, und verzichten Sie auf nacherzählende Elemente, nebensächliche Aspekte oder Wiederholungen. Da die Teilaufgabe viel von Ihnen verlangt, sollten Sie unbedingt darauf achten, bei der vorgegebenen Aufgabenstellung zu bleiben und nicht in andere – vielleicht benachbarte – Fragestellungen oder Überlegungen abzuschweifen.*

Lösungsvorschlag

Im Unterschied zu den Autoren des eben behandelten Textes beschäftigten sich der Linguist Edward Sapir und sein Schüler Benjamin Lee Whorf im vorigen Jahrhundert mit der Erforschung diverser **Indianer- und Eskimosprachen** und entwickelten daraus eine Theorie, die sich ebenfalls mit dem Verhältnis von Sprache, Denken und Wirklichkeit befasst.

Aufgabenbezogene Überleitung

Sie fanden strukturelle Eigenarten dieser Sprachen – besonders im Vergleich zu europäischen, „westlichen" Sprachen – heraus, die sowohl Grammatik und Syntax als auch die Lexik betreffen und die mit ganz eigenen Wirklichkeitsvorstellungen und Wahrnehmungs- und Denkweisen einhergingen. Berühmt geworden sind etwa Aussagen zur sprachabhängigen Farbklassifizierung oder zur unterschiedlichen Anzahl von Benennungen des Phänomens „Schnee". Aus ihren Beobachtungen zogen sie den Schluss, dass **Sprache mehr ist als ein Medium** zum Ausdruck von Gedanken, nämlich dass gerade ihre jeweilige Struktur die gedankliche Erfassung und Durchdringung der Außenwelt und damit unser **Verständnis der Wirklichkeit** bestimmt (oder zumindest beeinflusst). Insofern sei Denken und Erkennen immer „relativ" zu den Strukturen der jeweiligen Sprache, die man spricht – eine Annahme, die als **Prinzip der linguistischen Relativität** bekannt geworden ist. Eine ähnliche Auffassung hatte schon vorher der deutsche Sprachphilosoph Wilhelm von Humboldt vertreten, demzufolge in jeder Mutter- oder Nationalsprache eine „eigentümliche Weltansicht" liege. Dies wollte Whorf unter anderem an der Sprache der Hopi belegen, die nach seiner Auffassung nicht klar zwischen (relativ festen, kompakten) Dingen und Handlungsabläufen unterscheiden und auch über keine – dem westlichen Denken ähnelnden – Mittel verfügen, über „Zeit" bzw. Zeitverläufe zu sprechen. Hopi hätten demnach auch **keine lineare Vorstellung von der Zeit** und würden sich daher selbst eher als Teil der zyklusartigen Prozesse der Natur verstehen.

Hauptteil

A: Darstellung der Grundannahmen von Whorf und Sapir

Der grundlegende gedankliche Zusammenhang zwischen der Sapir-Whorf-Hypothese und den Überlegungen von Turowski und Mikfeld wird besonders am Anfang des letzten Abschnitts deutlich, wo (qua Zitat) vom „realitätskonstituierenden Charakter" (Z. 55) der politischen Sprache die Rede ist. In beiden Fällen wird die Auffassung vertreten, dass **Sprache unsere Vorstellung von Wirklichkeit prägt**.

B: Bezüge zwischen Whorf/Sapir und Mikfeld/Turowski

Parallele: Prägung des Denkens durch Sprache

Allerdings gehen Whorf und Sapir von **Sprache als System** aus und dieses System strukturiert nach ihrer Auffassung unsere Wahrnehmung und Erkenntnis der Welt. Mikfeld und Turowski betrachten dagegen den **Sprachgebrauch** (konkurrierender) gesellschaftlicher Gruppen, die mit ihren jeweiligen Leitbegriffen und Narrativen den

Unterschiede: Sprache als System vs. Sprachgebrauch

Blick auf gesellschaftliche Gegebenheiten oder Themen (etwa Migration) bestimmen und durch die Beeinflussung von Denken und Einstellungen Macht ausüben (wollen). Dabei scheint die Lexik bzw. die Semantik im Mittelpunkt zu stehen, während Sapir und Whorf auch Syntax und Grammatik einbeziehen.

Modell: statisch vs. dynamisch

Daraus resultiert als weiterer Unterschied, dass die Theorie sprachlicher Relativität vor allem in ihrer strikten Bedeutung („Sprache bestimmt" statt „hat Einfluss auf") ein rigides, **statisches Modell** darstellt, aus dem es eigentlich „kein Entrinnen" gibt. Der Angehörige einer Sprachgemeinschaft kann nicht aus seiner „Welt" heraus – es sei denn, er lernt eine andere Sprache. Der **pragmatisch orientierte Ansatz** der deutschen Autoren ist dagegen wesentlich **dynamischer**, da sie ja gerade davon ausgehen, dass gesellschaftliche Diskurse nicht abgeschlossen sind und durch den – demokratisch gewollten – politischen Streit in Bewegung gehalten werden.

Ansatz: erkenntnistheoretisch vs. politisch

Mit ihrem Fokus auf die gesellschaftliche Meinungsbildung und auf den Kampf um Macht verfolgen Mikfeld und Turowski einen **politischen Ansatz**, der auch die pragmatische Frage nach politischer Strategie berührt, während die Sapir-Whorf-Hypothese in den Bereich der **Erkenntnistheorie** fällt. Die Annahme der Pluralität von Wahrheit gehört dabei zu beiden Theorien; der fortlaufende Kampf in der **öffentlichen Kommunikation**, was „sagbar" oder „wahr" ist, findet sich dagegen nur in Mikfelds und Turowskis Diskurstheorie.

C: Beurteilung des Ansatzes von Mikfeld und Turowski

Zustimmung zum Erklärungsmodell …

Aber wie überzeugend ist dieser Ansatz der Politikbetrachtung? Die beiden Verfasser entwickeln ein **Modell**, mit dem man Vorgänge im politischen Tagesgeschäft, d. h. in Parlamenten, Öffentlichkeit und Medien, beschreiben und erklären kann. Wenn hier für politische Forderungen geworben und um Positionen gestritten wird, so geschieht dies natürlich im **Medium der Sprache**, genauer mithilfe eines (fluktuierenden) **Fundus an Begriffen**, **Topoi und Narrativen**, aus dem sich die politischen Akteure bedienen.

… mit Beispielen

Wie stark z. B. Begriffe wie „Sicherheit", „Gerechtigkeit" oder „Freiheit" besetzt und vereinnahmt werden, zeigt sich schon daran, dass sie häufig mit entsprechenden politischen Parteien assoziiert werden – ein anschauliches Beispiel: Wenn – wieder einmal – um finanzielle Anreize für den Kauf von Neuwagen gestritten wird, fallen bestimmt Schlagwörter wie „Industriestandort", „Wirtschaftswachstum", „Arbeitsplätze", „Innovation", „Mobilität", „Umwelt", „Luftreinheit", „Klima" usw. Der – wiederholte – Gebrauch derartiger Begriffe erzeugt bzw. verstärkt **gedanklich wie emotional aufgeladene Kontexte**, um eine politische Entscheidung für oder gegen dieses Vorhaben zu begründen und zu „verkaufen".

Relativierung: „Macht" der Tatsachen

Allerdings findet die **Macht der Sprache** ihre Grenze bei der **Macht des Faktischen**. Die Bürger*innen dürfte weniger interessieren, wer ihnen wie etwas „verkaufen" möchte, sondern was durch politisches

Handeln in ihrer **konkreten Lebenswelt** „ankommt“: Bleibt mein Arbeitsplatz erhalten? Was kann ich mir für die Entlohnung meiner Arbeit leisten? Gibt es genügend (gut ausgestattete) Kita- und Ausbildungsplätze für meine Kinder? Bleibt Wohnraum bezahlbar? Wird meine Rente reichen? In dieser Perspektive wird auch klar, dass ein wesentlicher Aspekt von „Politikverdrossenheit“ darin besteht, dass der Zunft der Politiker Phrasendrescherei oder Schönfärberei unterstellt wird.

Relativierung: Steuerbarkeit von Diskursen

Zudem zeigt die Erfahrung auch, dass sich Diskurse und politische Meinungsbildung **nicht so genau und zielgerichtet steuern** lassen, wie Mikfeld und Turowski es unterstellen: Wir erleben es immer wieder, dass – nichtsprachliche – **Ereignisse** regionaler oder globaler Relevanz die **Diskussions- und Denkrichtung** bestimmen. So hat im Frühjahr 2020 die grassierende Corona-Pandemie in all ihren Facetten das vorher dominante Klimathema, das wiederum Fragen der Migration oder sozialer Gerechtigkeit nahezu abgelöst hatte, aus dem öffentlichen Bewusstsein weitgehend verdrängt. Es wird daher Aufgabe interessierter politischer Gruppen sein, diese – unerledigten – Themen wieder auf die Tagesordnung zu setzen. Dabei werden sich durch die neuen Entwicklungen auch die Argumentationsbedingungen verändert haben.

Aktualisierung: Problematik neuer Mediennutzung

Besondere Bedeutung bekommt der Ansatz von Turowski und Mikfeld heute vor dem Hintergrund der zu beobachtenden **medialen Verschiebungen** im Prozess der politischen Meinungsbildung, die im gegebenen Textauszug noch keine Rolle spielen. Teile gerade der jüngeren Bevölkerung verabschieden sich von den traditionellen Medien und bewegen sich im **Internet wie in sozialen Netzwerken** quasi wie in einer Blase, indem sie nur noch solche Informationen auf- und ernst nehmen, die ihrer Grundeinstellung entsprechen. Hier wird eigentlich nur noch in weitgehend **geschlossenen Systemen** kommuniziert, die von bestimmten Reizwörtern und Narrativen geprägt sind, die wiederum eine **bestimmte Denkweise stützen und befördern**. Und man muss nicht gleich auf Hasskommentare oder Verschwörungsmythen hinweisen, um deutlich zu machen, dass dabei häufig die Grenzen des „Sagbaren“ über die Maßen verschoben werden. Eine öffentliche Konkurrenz um die „**Wahrheit eines Diskurses**“ findet hier nicht mehr statt.

Schluss
Zusammenfassung und Wertung

Gerade in Zeiten von „fake news“ sollte es daher zum Handwerkszeug des viel beschworenen **mündigen Bürgers** gehören, herauszufinden, welche **Schlagwörter und Topoi** mit welchen **Kontexten und Zielen** von **welchen Gruppen** benutzt werden. Dazu bieten die Ausführungen von Mikfeld und Turowski geeignete Ansätze, auch wenn sie nicht in allen Details überzeugend sein mögen.

Leistungskurs Deutsch (Nordrhein-Westfalen): Abiturprüfung 2020
Vergleichende Analyse literarischer Texte

Aufgaben

		Punkte
1.	Analysieren Sie Joseph von Eichendorffs Gedicht.	36
2.	Analysieren Sie Durs Grünbeins Gedicht. Vergleichen Sie es mit Eichendorffs Gedicht. Berücksichtigen Sie dabei die Bedeutung des Reisens für das lyrische Ich, die Gestaltung des Reisemotivs und den jeweiligen historischen Hintergrund.	36

Joseph von Eichendorff (1788–1857)
Rückkehr (1834)

Wer steht hier draußen? – Macht auf geschwind!
Schon funkelt das Feld wie geschliffen,
Es ist der lustige Morgenwind,
Der kommt durch den Wald gepfiffen.

Ein Wandervöglein, die Wolken und ich
Wir reisten um die Wette,
Und jedes dacht: Nun spute dich,
Wir treffen sie noch im Bette!

Da sind wir nun, jetzt alle heraus,
Die drin noch Küsse tauschen!
Wir brechen sonst mit der Tür ins Haus:
Klang, Duft und Waldesrauschen.

Ich komme aus Italien fern
Und will euch alles berichten,
Vom Berg Vesuv und Romas Stern
Die alten Wundergeschichten.

Da singt eine Fei[1] auf blauem Meer,
Die Myrten[2] trunken lauschen –
Mir aber gefällt doch nichts so sehr
Als das deutsche Waldesrauschen!

Quelle: Joseph von Eichendorff: Rückkehr, In: Ders.: Werke in vier Bänden. Bd. I, Hrsg. v. Wolfdietrich Rasch, Hanser, München 1981, S. 46 (Erstveröffentlichung 1834)

Anmerkungen:
1 *Fei:* Fee
2 *Myrte:* im Mittelmeerraum verbreitete Pflanze mit duftenden Blüten, die in symbolhafter und mythischer Verwendung häufig in Zusammenhang mit Liebe und Schönheit gebracht wird

Durs Grünbein (*1962)
Kosmopolit (1999)

Von meiner weitesten Reise zurück, anderntags
Wird mir klar, ich verstehe vom Reisen nichts.
Im Flugzeug eingesperrt, stundenlang unbeweglich,
Unter mir Wolken, die aussehn wie Wüsten,
Wüsten, die aussehn wie Meere, und Meere,
Den Schneewehen gleich, durch die man streift
Beim Erwachen aus der Narkose, sehe ich ein,
Was es heißt, über die Längengrade zu irren.

Dem Körper ist Zeit gestohlen, den Augen Ruhe.
Das genaue Wort verliert seinen Ort. Der Schwindel
Fliegt auf mit dem Tausch von Jenseits und Hier
In verschiedenen Religionen, mehreren Sprachen.
Überall sind die Rollfelder gleich grau und gleich
Hell die Krankenzimmer. Dort im Transitraum,
Wo Leerzeit umsonst bei Bewußtsein hält,
Wird ein Sprichwort wahr aus den Bars von Atlantis[1].

Reisen ist ein Vorgeschmack auf die Hölle.

Quelle: Durs Grünbein: Kosmopolit, In: Ders.: Nach den Satiren. Gedichte, Suhrkamp, Frankfurt am Main 1999, S. 85

Anmerkungen:
1 *Atlantis:* ein mythisches, versunkenes Inselreich

Teilaufgabe 1

Hinweise und Tipps

Welche Aufgabenart liegt vor und wie sind die Aufgaben gewichtet?
Bei der vorliegenden Aufgabe handelt es sich um eine ***vergleichende Analyse literarischer Texte (Aufgabenart I b)****. Für beide Teilaufgaben können Sie gleich viele Punkte erhalten: maximal 36.*

Was verlangt die Aufgabenstellung von mir?
Der Operator „analysieren" in Teilaufgabe 1 verlangt eine umfassende Untersuchung des Eichendorff-Gedichts. Dazu gehören die differenzierte Erfassung des ***Inhalts****, die Darlegung des* ***Aufbaus****, eine Untersuchung und Deutung der* ***formalen und sprachlichen Gestaltung*** *– und zwar mit dem Ziel, zu einer möglichst stimmigen Gesamtauslegung des Gedichts zu gelangen. Beachten Sie dabei auch Besonderheiten der inhaltlichen Gestaltung wie z. B. die Sprechsituation.*

Wie gehe ich bei der Bearbeitung der Aufgabe sinnvollerweise vor?
Beginnen Sie die Bearbeitung mit der ***mehrfachen Lektüre*** *des Gedichts, bei der Sie nach und nach den* ***Inhalt bzw. das Thema*** *der einzelnen Strophen erarbeiten. Hilfreich sind Markierungen und Randnotizen. Halten Sie aber auch Ihren ersten Leseeindruck fest, er kann etwas über die Gesamtatmosphäre des Gedichtes verraten. Notieren Sie zudem wichtige Beobachtungen zu* ***Aufbau, Reim, Metrum und sprachlich-stilistischen Auffälligkeiten****. Beim Aufbau ist es sinnvoll, auch die zeitliche Struktur des Gedichtes zu beachten.*
Wenn Sie das Gedicht auf diese Weise erarbeitet haben, sollten Sie überlegen, welche ***Aussagen*** *Sie* ***über das lyrische Ich*** *und* ***seine Reisemotive*** *ableiten können. Auch die Frage, wie das bereiste Land und demgegenüber die Heimat charakterisiert werden, ist aufschlussreich. Verdeutlichen Sie sich dafür, welche Vorstellungen im 19. Jahrhundert wohl über Italien vorherrschten und welche Bedeutung die beiden Schlussverse haben. Hier bietet es sich an, auch die Kenntnisse über die Romantik einfließen zu lassen.*

Wie kann ich meinen Aufsatz strukturieren?
Ihr Aufsatz zur ersten Teilaufgabe sollte aus einer ***Einleitung****, einem* ***Hauptteil*** *und einem* ***Schluss*** *bestehen.*
Formulieren Sie eine ***Einleitung*** *mit den* ***zentralen Angaben*** *zum Text (Autor, Titel, Textsorte, Entstehungszeitraum). Sinnvoll ist an dieser Stelle auch die Zuordnung des Gedichts zu einem* ***Thema****.*
Den ***Hauptteil*** *können Sie in zwei Teile gliedern – so wie es im folgenden Lösungsvorschlag gemacht wird: Im* ***ersten Teil*** *können Sie den* ***Inhalt des Gedichts*** *den Strophen folgend wiedergeben, wobei Sie auch die* ***Intentionen des lyrischen Ichs*** *berücksichtigen. Der* ***zweite Teil*** *des Hauptteils – die* ***Detailanalyse*** *– ist schwieriger zu strukturieren: Hier sollten* ***inhaltliche, formale und sprachliche Aspekte so miteinander verknüpft*** *werden, dass eine in sich* ***stimmige Gesamtdeutung*** *entsteht. Zwei Möglichkeiten der Strukturierung bieten sich an. Entweder man hält sich (****chronologisch****) an den durch die Folge der Strophen vorgegebenen Aufbau, was allerdings zu*

Wiederholungen führen kann, oder man versucht, den Text ***systematisch*** *nach Aspekten zu erschließen, z. B. durch die Gegenübersetzung von Reiseerfahrung und Heimatwahrnehmung. Natürlich geht auch eine Kombination beider Strukturierungen, wie das Beispiel unten zeigt.*
Integriert werden muss in jedem Falle die ***genaue sprachliche Untersuchung****, vor allem hinsichtlich der* ***metaphorischen Beziehungen*** *und der* ***Ansprache unterschiedlicher Sinneswahrnehmungen****. Besondere Beachtung sollte der* ***Schlussvers*** *finden, da ansonsten die zentrale Aussage des Gedichts verkannt werden würde.*
In einem ***Schlussteil*** *können Sie Ihre* ***Untersuchungsergebnisse zusammenfassen****. Spätestens hier ist es sinnvoll, auch den* ***Epochenhintergrund*** *zu berücksichtigen. Möglich ist es an dieser Stelle auch, auf Ihren ersten Leseeindruck zu sprechen zu kommen und diesen zu Ihren Untersuchungsergebnissen in Bezug zu setzen.*

Was gibt es bei dieser Aufgabe sonst noch zu beachten?
Falls Sie ***biografische Informationen*** *über den Autor haben oder Ihnen vielleicht Gemälde aus der Epoche (z. B. von Caspar David Friedrich) bekannt sind, sollten Sie diese nur mit großer Vorsicht für eine Deutung nutzen. Zentral bleibt der Ihnen vorliegende Text, alles Weitere kann bestenfalls zu* ***Deutungsvarianten*** *führen, die dann auch als solche kenntlich gemacht werden sollten.*

Lösungsvorschlag

Einleitung
Rahmendaten, Thema

In dem romantischen Gedicht „Rückkehr“ von Joseph von Eichendorff, 1834 veröffentlicht, geht es um ein lyrisches Ich, das die freudige **Rückkehr von einer Italien-Reise** mit dem **Lob heimatlicher Naturerfahrungen** verbindet.

Hauptteil
Form

Seine Ankunft in der Heimat wird in fünf Strophen mit je vier Versen beschrieben. Das Metrum ergibt sich aus dem **Wechsel von drei- und vierhebigen Versen**, in denen Füllungsfreiheit herrscht. Die abwechselnd **männlichen und weiblichen Kadenzen** folgen einem **Kreuzreim**. Bei aller Dringlichkeit, die in den mehrfachen Ausrufezeichen (vgl. V. 1, 8, 10, 20), den imperativischen Aufforderungen (vgl. V. 1, 9 f.) und auch in der Drohung, die Tür aufzubrechen (vgl. V. 11 f.), liegt, verleiht diese volksliedhafte Form dem Gedicht Leichtfüßigkeit und einen **erzählerischen Ton**.

Inhalt
Strophe 1

Das Gedicht wird in der 1. Strophe mit einem kleinen **imaginierten Dialog** eröffnet, der die Vorstellung eines draußen vor der Tür stehenden Menschen weckt, der um Einlass bittet. Dabei wird die Atmosphäre eines sonnigen, aber leicht windigen Morgens in einer friedlichen bäuerlichen Landschaft evoziert. In der 2. Strophe **blickt** das lyrische Ich auf die Rückreise **zurück**, auf der es in der Gemeinschaft mit Wandervögeln und Wolken schließlich zur Eile motiviert wird, weil es sich vorstellt, die Daheimgebliebenen noch im Schlaf zu überraschen. Die 3. Strophe verbindet die **Ankunft** mit der drängenden Aufforderung an die Bewohner, herauszukommen. In der

Strophe 2

Strophe 3

4. Strophe bekundet das lyrische Ich die Absicht, von seinen **Erlebnissen in Italien** und den gehörten „Wundergeschichten“ (V. 16) zu berichten. In der 5. und letzten Strophe deutet das lyrische Ich mit einer singenden „Fei“ (V. 17) eine der zu erzählenden **fantastischen Geschichten** an, betont aber sofort, dass es die **heimatlichen Naturerfahrungen** höher schätzt.

Strophe 4

Strophe 5

Das heimkehrende lyrische Ich scheint mit seiner Rückkehr **drei Intentionen** zu verbinden: Es möchte von den Daheimgebliebenen **begrüßt** werden, zweitens von seinen Erlebnissen und den gehörten Geschichten **berichten** und drittens – in einer Pointe – „das **deutsche Waldesrauschen**“ (V. 20) **über seine Reiseeindrücke stellen**.

Zusammenfassung

Das Gedicht konfrontiert den Leser unmittelbar mit einer kleinen simulierten Sprechszene, in der die Frage zur **Identität** des Ankommenden mit der Aufforderung (im Imperativ) zum eiligen Öffnen verbunden wird. Dieser szenisch wirkende Beginn skizziert zwar die Grundsituation, bleibt aber insofern **uneindeutig**, als unklar bleibt, wer hier fragt und wer antwortet – und wer denn nun der vor der Tür Stehende ist. Wegen der wie eine Antwort wirkenden Fügung „Es ist“ ist man vorübergehend geneigt, den „lustige[n] Morgenwind“ (V. 3) als den Ankommenden anzunehmen. Dazu passen auch die in Strophe 2 beschriebene Reisepartnerschaft mit Wandervöglein und Wolken (vgl. V. 5) sowie die in Strophe 3 angedeutete (Tat-)Gemeinschaft mit „Klang, Duft und Waldesrauschen“ (V. 12). Erst die Strophen 4 und 5 werden so konkret, dass man als Leser*in doch eher von einem heimkehrenden Menschen ausgehen wird. Dies vorausgesetzt, unterstreichen die gerade genannten Textstellen die besondere **Nähe des heimkehrenden Ichs zur Natur** und seine Wahrnehmung mit mehreren Sinnen.

Detailuntersuchung

Identifizierung des lyrischen Ichs

Auch die Klärung, **wer** denn die angesprochenen Daheimgebliebenen genauer sind, ist nicht ganz einfach: Ist mit der Fügung „sie noch im Bette“ (V. 8) vielleicht die Geliebte gemeint und zusammen mit Vers 10 („Die drin noch Küsse tauschen“) die Gefahr ihres Fremdgehens angedeutet? Und ist das vielleicht die Erklärung für die Eile der Rückkehr? In der 4. Strophe sind dann mit dem „euch“, dem es zu berichten gilt (vgl. V. 14), eindeutiger alle Bewohner gemeint.

Identifizierung der Adressaten

Mit der Frage, wer denn die Akteure im Gedicht sind, wird insofern **spielerisch** umgegangen, sie eröffnet den Leserinnen und Lesern die Möglichkeit, eigene Deutungsakzente zu setzen.

Schlussfolgerung

Für die zentrale Aussage des Gedichts ist die Identität des lyrischen Ichs und seiner Adressaten aber auch gar nicht so entscheidend – wichtiger ist die **Pointe im Schlussvers**. Nachdem das lyrische Ich seine Reiseberichte so begeistert angekündigt hat, kommt der Verweis auf das **noch positiver** zu wertende „deutsche Waldesrauschen“ (V. 20) zwar überraschend. Die Pointe ist aber durch eine

Pointe im Schlussvers

Deutschland und Italien wiederholt kontrastierende Bildlichkeit und Wortwahl schon im Verlauf des Gedichtes vorbereitet.

Gegenüberstellungen:

Italien – Deutschland: Atmosphäre, Landschaft

Vor dem Hintergrund einer erlebnisreichen Italienreise durch ein Land, in dem zwar nicht überall „die Zitronen blühen", wie eine bekannte lyrische Charakteristik Italiens durch Goethe verkündet, aber häufig die Sonne bei einem azurblauen Himmel scheint, fällt auf, wie **idyllisch die Heimat** beschrieben wird: Der „lustige Morgenwind" (V. 3), der auch noch „gepfiffen" (V. 4) kommt, vermittelt Fröhlichkeit und das Feld, das im Morgenlicht „funkelt [...] wie geschliffen" (V. 2), lässt die Leser*innen an einen Diamanten denken. Die euphorisch wahrgenommene **Landschaftsformation** aus Feld und Wald steht dabei römischen Stadtlandschaften und vulkanischen Bergformationen diametral gegenüber. Dass das lyrische Ich die nordeuropäische Naturlandschaft mit **verschiedenen Sinnen** (V. 2: „Feld" – visuell; V. 3: „Morgenwind" – taktil; V. 12: „Klang" – akustisch; V. 12: „Duft" – olfaktorisch) wahrnimmt, zeugt davon, wie umfassend die Heimaterfahrung des Rückkehrers ist.

Art der Italiendarstellung

Bei der Ankündigung seines Reiseberichts greift das lyrische Ich zum einen auf typische Elemente der Italiendarstellung („Vesuv", V. 15; „Rom[]", V. 15; „blaue[s] Meer", V. 17) zurück. Zum anderen eröffnet es einen mythischen Bedeutungsraum, wenn es von den „alten Wundergeschichten" (V. 16), der singenden Fee (vgl. V. 17) und den zuhörenden „Myrten" (V. 18) erzählt. Dieser in der Tendenz eher wirklichkeitsenthobenen Beschreibung des Italienaufenthalts, die sich zudem tradierter Elemente bedient, steht die **konkretere, unmittelbarere Erfahrung der heimatlichen Natur** gegenüber.

Erotische und sinnliche Konnotationen

Der Wunsch, auf Goethes Spuren Italien zu besuchen, ist bei vielen Malern und Dichtern der Romantik anzutreffen. Und wie bei Goethe finden sich auch in Eichendorffs Gedicht **sinnliche und erotische Aspekte**. Dies deutet sich schon im Ausdruck „Romas Stern" (V. 15) an, der die Leser*innen an eine warme, sternenklare Sommernacht denken lässt. Noch klarer werden die sinnlichen und erotischen Reize in den Erzählungen, die das lyrische Ich erinnert. Vor allem das Bild der singenden „Fei auf blauem Meer" (V. 17), mit der vielleicht Venus, die Schaumgeborene, assoziiert werden kann, weckt in Verbindung mit den „Myrten", die „trunken lauschen" (V. 18), Vorstellungen von bacchanalen Ausschweifungen. Nachdem das lyrische Ich seinen Sehnsüchten in Italien nachgegangen ist, will es nun bei der Rückkehr etwas anderes: Es will die Küssenden aus den Betten treiben (vgl. V. 8–10) und ihnen von Italien erzählen. Das lyrische Ich strebt nun die **klar strukturierte Kommunikationssituation** mit einer Hörergruppe an, der er vom Erlebten und Gehörten berichten kann.

„Waldesrauschen"

Der **Höhepunkt in der Gegenüberstellung Italien – Deutschland** liegt in der Wiederholung des schon in der 3. Strophe verwendeten und dadurch hervorgehobenen Wortes „Waldesrauschen“ (V. 20). In diesem diffusen Höreindruck eines Laubwaldes bei Wind scheint das lyrische Ich seinen **Orientierungspunkt** nach der Reise wiedergefunden zu haben.

Epocheneinordnung

Damit wird eine Naturerfahrung angesprochen, die **typisch für die Epoche der Romantik** ist. Der bei Eichendorff schon fast formelhaft verwendete Begriff des Waldesrauschens richtet sich **gegen die zivilisatorischen und gesellschaftlichen Veränderungen** der Zeit und setzt auf eine **direkte, nicht sprachlich vermittelte Kommunikation mit der Natur**. Da das Waldesrauschen zudem mit dem Attribut „deutsch“ versehen wird, ist aber auch eine politische Dimension zu erkennen. Diese ist ebenfalls für die Romantiker kennzeichnend, die gerne auf ein **einheitliches vergangenes Deutschland** verwiesen, das sie im Mittelalter verorteten.

Politische Anspielungen

Schluss

Zusammenfassende Deutung

All diese Aspekte trägt das Gedicht mit einer **liedhaften, fast launigen Leichtigkeit** vor, wozu neben der Metrik die leicht verständliche Wortwahl, der abwechslungsreiche Satzbau und die eingängige Bildlichkeit beitragen. Dadurch entsteht der Eindruck von **Selbstverständlichkeit und Volksnähe**, verbunden mit einer **leicht nachvollziehbaren Aussage**, die zudem romantische Grundpositionen verrät: Das Gedicht lässt sich als eine **Huldigung der Heimat** deuten.

Teilaufgabe 2

Hinweise und Tipps

Was verlangt die Aufgabenstellung von mir?

Zunächst ist von Ihnen wieder eine ***vollständige Analyse eines Gedichtes*** *verlangt. Da es sich bei Durs Grünbeins Gedicht um einen Text handelt, der auf aktuelle Reiseerfahrungen Bezug nimmt, werden Sie bei der Deutung möglicherweise auf* ***eigene Reiseerfahrungen*** *zurückgreifen können. Ansonsten entsprechen die Anforderungen zur Analyse denen aus der ersten Teilaufgabe.*

In der Aufgabenstellung zum anschließenden ***Vergleich*** *werden verschiedene Aspekte genannt, die Ihnen hilfreiche Hinweise zum erwarteten Inhalt geben:*

- ***Die Bedeutung des Reisens:*** *Hier wird von Ihnen gefordert, dass Sie den jeweiligen* ***Stellenwert bzw. die besondere Funktion des Reisens*** *für das lyrische Ich herausstellen. Sie könnten zur Bearbeitung dieses Aspektes unter anderem den folgenden Fragen nachgehen: Welche* ***Art von Erfahrungen*** *haben die Reisenden gemacht? Wie werden die Reiseeindrücke* ***verarbeitet****?*
- ***Die Gestaltung des Reisemotivs:*** *Diese Formulierung weist darauf hin, dass Sie Ihr Augenmerk auch auf die auffälligsten formalen und sprachlichen Aspekte der Gedichte lenken sollen. Gehen Sie dabei auch auf die unterschiedlichen Grundstimmungen der Gedichte ein.*

– ***Der historische Hintergrund:*** *Dieser Schwerpunkt verlangt von Ihnen die vergleichende Einordnung der Gedichte in ihren (literatur-)geschichtlichen Kontext.*

Wie gehe ich bei der Bearbeitung der Aufgabe sinnvollerweise vor?
Erarbeiten Sie zunächst das Gedicht von Grünbein auf die gleiche Weise wie zuvor Eichendorffs Gedicht. Im Anschluss ist es sinnvoll, in Bezug auf die drei geforderten Teilaspekte eine **stichpunktartige und strukturierte Gegenüberstellung** *der beiden Gedichte anzufertigen – z. B. in einer Tabelle. Daran können Sie sich dann beim Ausformulieren des Vergleichs orientieren.*

Wie kann ich meinen Aufsatz strukturieren?
Auch Ihr Aufsatz zur zweiten Teilaufgabe sollte aus einem **einleitenden Teil***, der als Überleitung eine Verbindung zwischen den Gedichten herstellt, einem* **Hauptteil***, zu dem die Analyse des Grünbein-Gedichtes und der Vergleich gehören, und einem* **Schlussteil** *bestehen.*
Bei der Gedichtanalyse gehen Sie nach einer Formbeschreibung am besten schrittweise durch den Text und untersuchen dabei im Zusammenhang den Inhalt und die sprachlich-stilistische Gestaltung im Hinblick auf ihre Bedeutung.
Beim anschließenden Vergleich bietet es sich an, die vorgegebenen Aspekte in der Reihenfolge zu behandeln, in der sie in der Aufgabenstellung genannt werden.

Was gibt es bei dieser Aufgabe sonst noch zu beachten?
Da beide Teilaufgaben die gleiche Punktzahl haben, in der zweiten Teilaufgabe aber neben der Analyse auch noch ein Vergleich von Ihnen verlangt wird, sollten Sie bei der Analyse des Grünbein-Gedichts nicht alle der möglichen Detailuntersuchungen durchführen und sich nur auf die wichtigsten Aspekte beschränken.

Lösungsvorschlag

150 Jahre später hat sich das **Reisen in vielerlei Hinsicht verändert**. So verwundert es nicht, dass Durs Grünbein in seinem Reisegedicht „Kosmopolit" von 1999 zu einer völlig anderen Einschätzung gelangt. Der Sprecher **reflektiert kritisch seine Erfahrungen während einer längeren Flugreise**.

Aufgabenbezogene Überleitung

Thematische Einordnung

Die **zwei Versblöcke** mit je acht Versen und den **einzeln stehenden Schlussvers** – **ohne** durchgängiges **Metrum** und ohne Reim – zeichnet ein ruhiger, reflexiver Ton aus, wobei **Enjambements** (insbesondere V. 1 f., 6 f., 10 f., 13 f.) den reihenden Stil beleben. Der **Schlussvers** hat einen zusammenfassenden und – mit dem vorausgehenden Vers zusammen – sogar einen **pointenhaften Charakter**.

Hauptteil (1): Gedichtanalyse

Form

Im ersten Textblock reflektiert das lyrische Ich mit dem zeitlichen Abstand von einem Tag über seine letzte lange Flugreise und kommt verallgemeinernd zu dem **Schluss: „[I]ch verstehe vom Reisen nichts."** (V. 2) In den folgenden Versen wird diese Setzung durch **negative Erlebnisse** der letzten Reise erläutert: die Enge und **Unbequemlichkeit** in dem Flugzeug und die sich überlagernden und

Detailuntersuchung

1. Textblock

Schlussfolgerung

Negative Erlebnisse

kaum zu unterscheidenden Wahrnehmungen von Wolken, Wüsten, Meeren und Schneewehen. Eine Alliteration („Wolke[]", „Wüste[]", V. 4), **Wiederholungen**, Binnenreime und Assonanzen („Meere, und Meere", „Schneewehen", V. 5 f.) bekräftigen die Verwirrung **des lyrischen Ichs**. Diese wird zudem noch durch den **Vergleich** mit dem Gefühl „[b]eim Erwachen aus der Narkose" (Z. 7) veranschaulicht, das meist mit einer **räumlichen Desorientierung** einhergeht. Entsprechend erscheint die Reise mit dem Flugzeug als eine Irrfahrt (vgl. V. 8: „über die Längengrade zu irren").

Sprachliche Mittel

Verlust der Orientierung

Im zweiten Textblock werden die Erfahrungen während der Flugreise auf einer **etwas abstrakteren bildlichen Ebene** eingeordnet. Sowohl auf körperlicher („[d]em Körper", V. 9) als auch geistiger Ebene („den Augen Ruhe", V. 9; „[d]as genaue Wort", V. 10) ist das beherrschende Gefühl das des Verlusts („Zeit gestohlen, […] Ruhe", V. 9; „verliert seinen Ort", V. 10). Die Gegenüberstellung der substantivierten Ortsadverbien „Jenseits und Hier" (V. 11) kann zwar im Sinne eines **einfachen Orts- bzw. Landwechsels**, aber auch im religiösen Kontext als **Übergang vom Leben zum Tod** verstanden werden. Insofern weist diese Formulierung schon auf die „Hölle" (V. 17) voraus. Die Hoffnung jedenfalls, durch den Übergang qualitativ Anderes zu erfahren, wird als „Schwindel" (V. 10) entlarvt. An den Beispielen von Rollfeldern und Krankenzimmern wird die **Ähnlichkeit vieler Länder** betont, wobei auf der sprachlichen Ebene die mit einer Wiederholung verbundene Alliteration das Gesagte verdeutlicht: „gleich grau und gleich / [h]ell" (V. 13). **Negativer Höhepunkt** der Reiseerfahrung ist für das lyrische Ich der **Transitraum**. Der Neologismus „Leerzeit" (V. 15) unterstreicht – insbesondere in Kombination mit dem Adverb „umsonst" (V. 15) – anschaulich, dass es sich um **vertane Zeit** handelt, in der man darüber hinaus gezwungen zu sein scheint, bei Bewusstsein zu bleiben (vgl. V. 15).

2. Textblock

Verlustgefühle

Sprachliche Mehrdeutigkeit

Ländervergleich

„Transitraum"

In der letzten Zeile des zweiten Textblocks wird auf den **Mythos Atlantis** Bezug genommen. Aus einer Bar in dem untergegangenen Reich auf dem Grunde des Meeres stamme das Sprichwort: „Reisen ist ein Vorgeschmack auf die Hölle" (V. 17). Aufgrund seiner Reiseerfahrung zitiert das lyrische Ich diese **stark verallgemeinernde These zustimmend**.

Schlusszeilen

Mythos Atlantis

Dass diese durchgehend negative Bewertung des Reisens auch mit einem Augenzwinkern daherkommt, das heißt **leicht ironisch** und nicht ganz so rigoros gemeint ist, ergibt sich aus mehreren Aspekten des Gedichtes:

Ironische Grundhaltung …

So steht die **Überschrift** „Kosmopolit" mit ihrer positiven Konnotation zum Reisen im Gegensatz zum gesamten Gedicht und v. a. zum Schlussvers. Denn unter einem **Kosmopoliten** versteht man einen Menschen, der in der weiten Welt zu Hause ist und dem das Reisen so selbstverständlich wie vergnüglich ist.

… bei der Überschrift

Der komplexe Satzbau im ersten Textblock mündet in die Formulierung „sehe ich ein" (V. 7). Der hier angekündigte **Erkenntnisgewinn** steht aber in **gewissem Widerspruch** zu dem Eingangsstatement „ich verstehe vom Reisen nichts" (V. 2) – zumindest, wenn man es nicht als Floskel versteht, sondern wörtlich nimmt. ... beim Erkenntnisgewinn

Auch der Hinweis auf die Ähnlichkeit von Rollfeldern und Krankenzimmern an den verschiedenen Orten überzeugt nur wenig, da die Perspektive durch die Verengung auf Farb- und Helligkeitswahrnehmungen doch sehr beschränkt ist. Und eine Erfahrung des Andersseins wird zudem eher in der Begegnung mit „Land und Leuten" möglich sein. ... beim Vergleich

Am deutlichsten wird der ironische Ton aber beim **Sprichwort** aus den „Bars von Atlantis" (V. 16). Die Leser*innen werden hier in das Reich der Mythen verwiesen, d. h. der in einer Gemeinschaft geteilten Erzählungen. Da es sich bei dem Sprichwort aber offensichtlich um eine Erfindung handelt, die nicht zum eigentlichen Mythos gehört, haben die Schlussverse eine **spielerisch-ironische Ebene**. ... beim Sprichwort

Das Gedicht „Kosmopolit" von Durs Grünbein überführt eine individuelle, aber zugleich **zeittypische Reiseerfahrung** in eine kritische **Reflexion über das Reisen** und verbindet diese **ironisch gebrochen** mit einer (in diesem Fall mythologischen) **Erzähltradition und Bildwelt**. Zusammenfassung

Vergleicht man die Bedeutung des Reisens in beiden Texten, so fallen – auch wenn die Grundsituation eines heimkehrenden Reisenden gleich sein mag – die großen Unterschiede auf. **Hauptteil (2): Vergleich**

Bei Eichendorff kehrt ein lyrisches Ich von einer Italienreise in seine Heimat zurück und möchte den Daheimgebliebenen **begeistert** von seiner **bereichernden** Reise erzählen. Eine solche **Kommunikationssituation** sucht man bei Grünbein vergebens – bei ihm führt das Reisen zu einer **einsamen Reflexion** am folgenden Tag, dergestalt, dass die **verwirrenden Erfahrungen** mit den Mitteln des lyrischen Sprechens (und der Mythenbildung) aufgearbeitet werden. *Bedeutung des Reisens* Kommunikation vs. einsame Reflexion / Bereicherung vs. Verwirrung

Der beide Texte prägende **Vergleich** des Startorts mit dem Zielort führt dabei zu ganz unterschiedlichen Ergebnissen. Bei Eichendorff dient er dazu, die **Heimat zu loben:** Das heimische „Waldesrauschen" (V. 20) **überbietet** gar noch die ohnehin schon **höchst positiven Erfahrungen auf der Reise**. Grünbeins Gedicht dagegen betont deren **Austauschbarkeit:** Das häufig mit dem Reisen assoziierte **Versprechen einer Fremdheitserfahrung** wird **nicht eingelöst**. Während das Reisen bei Grünbein also zum einen **verstört und verunsichert** und zum anderen auch **keinen Wert** hat, verschafft es bei Eichendorff dem Reisenden **neue Erfahrungen** und **schärft** im Vergleich zugleich seinen **Blick für die eigene Heimat**. Heimatlob vs. Austauschbarkeit

Auch die **Gestaltungen** der beiden Gedichte weichen erheblich voneinander ab: Eichendorffs **Reise- und Landschaftsbilder** (das Feld, der Morgenwind, der Wald, Vesuv usw.) sind zwar wörtlich zu verstehen, haben aber konventionellen Charakter und sind so in ihrer emotionalen Wirkung vorgeprägt. Grünbein dagegen verwendet eine **neuartige Bildlichkeit** zur Verdeutlichung **negativer Flugerfahrungen**, wodurch bei den Leserinnen und Lesern eine höhere Kompetenz der **Entschlüsselung** erforderlich wird. Hinzu kommt, dass die Bilder bei Grünbein mehrfach aus dem **pathologischen Bereich** stammen (z. B. „Narkose", V. 7; „Krankenzimmer", V. 14) bzw. **negative Erfahrungen** ausdrücken (z. B. „[i]m Flugzeug eingesperrt", V. 3; „über die Längengrade […] irren", V. 8).

Gestaltung des Reisemotivs

Bildlichkeit

Wird in dem Eichendorff-Gedicht ein insgesamt **fröhlicher und heiterer Ton** mit erzählerischen Anteilen angestimmt, überwiegt bei Grünbein das **Nachdenkliche**. Insbesondere der pointenhafte Gedichtschluss, der spielerisch auf den Atlantis-Mythos referiert und der deutlich übertrieben wirkt, färbt die pauschalisierende Kritik am Reisen aber auch wieder ironisch ein. Spielerisch ist bei Eichendorff höchstens die Frage behandelt, wer das lyrische Ich und wer genau die Adressaten sind – die Schlusspointe dagegen will offenbar gänzlich unironisch als Lob der Heimat verstanden sein.

Grundstimmung

Ebenso starke Abweichungen finden sich in der Form: Eichendorffs **liedhafter Gestaltung** in fünf vierversigen Strophen mit **abwechslungsreicher**, aber leicht **zugänglicher Syntax** stehen bei Grünbein **Versblöcke** mit teilweise **komplexeren**, sperrigen **Satzstrukturen** gegenüber.

Form

Bedenkt man den **historischen Hintergrund** beider Texte, überrascht es nicht, dass das Reisen zu völlig verschiedenen Beschreibungen und Wertungen führt. **Eichendorff** als typischer Vertreter romantischer Dichtung hatte ein **besonders nahes Verhältnis zur Natur**, das an die Idee einer ursprünglichen Einheit aller Wesen erinnert. Vor allem der Ausdruck „Waldesrauschen" leistet in dem besprochenen Gedicht die Verbindung zu diesem Gedanken. Zugleich trieb es die **Romantiker gern in die Ferne**, v. a. nach **Italien**, wo sie nicht nur die griechische, römische und italienische **Kultur** studieren konnten, sondern auch ein anderes **Lebensgefühl** zu erleben hofften. Obwohl Eichendorff selbst nie in Italien war, zeugt das Gedicht auch von dieser Reiselust.

Historischer Hintergrund

Reisen der Romantiker

War zur Zeit Eichendorffs das Reisen noch ein Privileg weniger, ist es für den heutigen westeuropäischen Zeitgenossen nicht nur eine Selbstverständlichkeit, sondern für einige sogar zu einer Pflicht geworden. Ein **Erleben von Fremdem**, **qualitativ Anderem ist in der globalisierten Welt schwieriger geworden**. Diese Erfahrung prägt Grünbeins Gedicht. Das moderne Reisen mit dem Flugzeug unter-

Heutiges Reisen in einer globalisierten Welt

scheidet sich stark von früheren Formen des Reisens. Beim Romantiker Eichendorff darf man davon ausgehen, dass das lyrische Ich **zu Fuß** unterwegs ist und auch deshalb die Natur besonders intensiv (und mit verschiedenen Sinnen) erleben kann – ja es scheint fast **mit der Natur eins zu werden**. Bei Grünbein spielt die Naturwahrnehmung eine wesentlich andere (aber auch geringere) Rolle: Das lyrische Ich ist im **Flugzeug** vom **Außenraum abgeschnitten** („eingesperrt", V. 3) und die **Natureindrücke verschwimmen** im Auge des lyrischen Ichs ineinander.

Verhältnis zur Natur

Die grundverschiedene Ausrichtung der Gedichte spiegelt insofern deutlich den (literatur-)historischen Kontext wider: Der **euphorisierenden Natur- und Reiseerfahrung des Romantikers** stehen im Text Grünbeins das für die Gegenwartslyrik typische Gefühl der **Desillusionierung** und ein **kritisch-reflektierender Blick auf Aspekte des modernen Lebens** gegenüber.

Schluss
Abrundende Schlussfolgerung

Leistungskurs Deutsch (Nordrhein-Westfalen): Abiturprüfung 2021
Vergleichende Analyse literarischer Texte

Aufgaben

Punkte

1. Analysieren Sie Joseph von Eichendorffs Gedicht „Der verspätete Wanderer“ unter besonderer Berücksichtigung der Bildlichkeit. 36

2. Analysieren Sie Günter Kunerts Gedicht „Straßen“ und vergleichen Sie es mit Eichendorffs Gedicht. Berücksichtigen Sie dabei insbesondere das Motiv des Unterwegsseins und die unterschiedliche Entstehungszeit der beiden Gedichte. 36

Joseph von Eichendorff
Der verspätete Wanderer

Wo aber werd ich sein im künftgen Lenze?
So frug ich sonst wohl, wenn beim Hüteschwingen
Ins Tal wir ließen unser Lied erklingen,
Denn jeder Wipfel bot mir frische Kränze[1].

Ich wußte nur, daß rings der Frühling glänze,
Daß nach dem Meer die Ströme leuchtend gingen,
Vom fernen Wunderland die Vögel singen,
Da hatt das Morgenrot noch keine Grenze.

Jetzt aber wirds schon Abend, alle Lieben
Sind wandermüde längst zurückgeblieben,
Die Nachtluft rauscht durch meine welken Kränze,

Und heimwärts rufen mich die Abendglocken,
Und in der Einsamkeit frag ich erschrocken:
Wo werde ich wohl sein im künftgen Lenze?

Quelle: Joseph von Eichendorff: Der verspätete Wanderer. In: Ders.: Werke in einem Band. Hrsg. von Wolfdietrich Rasch. 3. Auflage. München/Wien: Hanser 1984 (Lizenzausgabe für die WBG Darmstadt), S. 444

Anmerkung:
1 *Kränze:* hier als Belohnung für erreichte Ziele

Anmerkungen zum Autor:
Eichendorff lebte von 1788–1857. Die Erstveröffentlichung des Gedichts war 1859.

Günter Kunert
Straßen

Straßen: begehbar, gesperrte, verschlammte, zu viele,
ansteigend, abfallend, grade und krumme zum Ziele,
gepflastert und steinig, nicht endend, so scheint es;
bis man da anlangt, ist man schon Aas und beweintes,
hat einen Platz an der Straße erhalten, doch unter
dem Boden. Drüber und weiter und unaufhaltsam und munter
gehen und laufen, marschieren, die leben, die blicken
nicht rechts, links und rückwärts, spüren die Tücken
der Straßen erst später, selber schon müde vom Laufen
harren des Zieles noch, und ohne Verschnaufen
tappen sie weiter, stürzen wo nieder und fragen vergebens
den leeren Himmel: Ob denn das Leben der Sinn allen Lebens.

Quelle: Günter Kunert: Straßen. In: Ders.: Warnung vor Spiegeln, Gedichte. München: Hanser 1970.

Anmerkungen zum Autor:
Kunert lebte von 1929 bis 2019, bis 1979 in der DDR, danach in der Bundesrepublik. Das Gedicht aus der erstmals im Jahr 1970 erschienenen Sammlung „Warnung vor Spiegeln" entstand zwischen 1965 und 1969 in der DDR.

Teilaufgabe 1

Hinweise und Tipps

Welche Aufgabenart liegt vor und wie sind die Teilaufgaben gewichtet?
Bei der vorliegenden Abituraufgabe handelt es sich um die ***Aufgabenart I b****. Es ist also eine „****Vergleichende Analyse literarischer Texte****“, in diesem Fall zweier Gedichte, gefordert. Dazu soll zunächst das Gedicht „Der verspätete Wanderer“ von Joseph von Eichendorff und dann das Gedicht „Straßen“ von Günter Kunert analysiert werden – mit dem Ziel, sie anschließend miteinander zu vergleichen. Beide Teilaufgaben sind gleich gewichtet und werden mit* ***jeweils 36 Punkten*** *bewertet.*

Was verlangt die Aufgabenstellung von mir?
*Die erste Teilaufgabe mit dem Operator „****Analysieren****“ fordert von Ihnen eine umfassende Beschreibung und Deutung des Gedichts von Joseph von Eichendorff. Wie dabei üblich sind hierfür die* ***Thematik****, die* ***Sprechsituation****, der* ***Inhalt****, der* ***formale Aufbau*** *und die* ***sprachliche Gestaltung*** *zu untersuchen. Die Teilaufgabe nennt dabei die* ***Bildlichkeit*** *als einen besonders zu beachtenden Aspekt.*

Wie gehe ich bei der Bearbeitung der Aufgabe sinnvollerweise vor?
Da der zugrunde gelegte Analysebegriff auf umfassende Interpretationsleistungen abzielt, sollten Sie sich noch einmal vor Augen führen, welche Aspekte für die Untersuchung eines Gedichts wichtig und wie sie zueinander in Beziehung zu setzen sind.
Lesen Sie sodann das Eichendorff-Gedicht aufmerksam und versuchen Sie dabei, den ***Inhalt*** *zu verstehen. Bei diesem Gedicht hilft es Ihnen, wenn Sie möglichst schnell die* ***zweiteilige Grundstruktur*** *des Gedichts erfassen. Markieren Sie dann in weiteren Lesedurchgängen – am besten in unterschiedlichen Farben – auffallende Aspekte der* ***formalen*** *und der* ***sprachlichen Gestaltung****, wobei Sie der Bildlichkeit besondere Aufmerksamkeit schenken sollten. Auch durch Anmerkungen am Rand und Kommentare sowie eine Strukturierung Ihrer Notizen können Sie Ihre schriftliche Analyse vorbereiten.*
Bevor Sie Ihre Untersuchungsergebnisse in einem Fließtext darlegen, vergegenwärtigen Sie sich am besten noch einmal die im Unterricht erlernte Struktur einer Gedichtanalyse, damit Sie auf der Basis Ihrer Arbeitsergebnisse eine den Anforderungen entsprechende, in sich schlüssige und kohärente Deutung verfassen können.

Wie kann ich meinen Aufsatz strukturieren?
In der Ihnen vertrauten Reihenfolge von Einleitung, Hauptteil und Schluss sollten Sie die Ergebnisse Ihrer Vorarbeit sinnvoll und gedanklich verknüpft darlegen. Beginnen Sie in der ***Einleitung*** *zur ersten Orientierung mit grundlegenden Informationen zum Gedicht (Autor, Textsorte, Titel und Erscheinungsjahr) und benennen Sie seine Thematik. Im* ***Hauptteil*** *führen Sie dann die einzelnen Aspekte der Analyse systematisch geordnet aus, sodass Sie im* ***Schlussteil*** *ausgehend von der Beschreibung zu einer reflektierten Gesamtdeutung – insbesondere auf der Basis der im Gedicht verwendeten Bildlichkeit – gelangen können.*

Was gibt es bei der Aufgabe sonst noch zu beachten?
Auch wenn zu einer umfassenden Gedichtanalyse eigentlich die Einordnung in den historischen Kontext einer literarischen Epoche gehört, empfiehlt es sich hier, diesen nur kurz zu nennen, da in der zweiten Aufgabe explizit danach gefragt ist, sodass dort dazu genauere Ausführungen erfolgen können. Es ließe sich allerdings auch in der Überleitung zum zweiten Teil darauf eingehen.
Da in der zweiten Teilaufgabe der Vergleich der beiden Gedichte gefordert wird, ist es ratsam, schon zu Beginn der Arbeit ***beide Texte*** *im Blick zu haben, vor allem was die beiden genannten Aspekte –* ***Motiv des Unterwegsseins*** *und* ***Entstehungszeit*** *– betrifft. Und denken Sie daran, Ihre Aussagen durch Zitate und Textverweise zu belegen.*

Lösungsvorschlag

Einleitung
Grundlegende Informationen zum Gedicht

Das Sonett „Der verspätete Wanderer“ von Joseph von Eichendorff wurde erstmals 1859 veröffentlicht und kann noch der Epoche der Romantik zugeordnet werden. Das Motiv des Wanderns, das in romantischen Gedichten oft mit dem vergnügten leichten Leben assoziiert ist, zeigt sich hier in etwas anderer Ausprägung. Dieses Gedicht ist eher von einem **nachdenklichen Grundton** bestimmt und reflektiert die sich im Laufe des Lebens **ändernde Haltung** – von **Unbeschwertheit und Optimismus** in der Jugend hin zu **Verunsicherung und Gedrücktheit** im Alter.

Hauptteil
Aufbau und formale Aspekte

Die Form des Sonetts unterstreicht dabei die **antithetische Grundanlage** des Gedichts: Der frischen und frohen Jugendzeit in den Quartetten wird in den Terzetten die Schwäche und Einsamkeit im Alter kontrastiv gegenübergestellt. Hierbei verleihen das ganz regelmäßige Reimschema (abba, abba, cca, dda), der fünfhebige Jambus und die weiblichen Kadenzen dem Gedicht in seiner reflexiven Grundstimmung eine gewisse **innere und rhythmische Einheitlichkeit**.

Inhalt

Im ersten Quartett **erinnert** sich das lyrische Ich an **einstige Wanderungen in der Gruppe**, die ein beschwingtes jugendliches Lebensgefühl vermitteln. Das zweite Quartett schildert die damalige unmittelbare **Wahrnehmung der wundervollen Schönheit** der leuchtenden und glänzenden Natur im Frühling. Dem lyrischen Ich zeigen sich in diesem Rückblick die **grenzenlosen Möglichkeiten** der Jugend: „Da hatt das Morgenrot noch keine Grenze.“ (V. 8) Die Terzette springen dann in die **Gegenwart:** Der inzwischen gealterte und einsame Wanderer hält inne und wird sich seiner **veränderten Lebenssituation** bewusst. Nicht mehr hinaus in die Welt weist sein Weg, sondern „heimwärts“ (V. 12). An die Stelle von Zuversicht und Verheißung ist **verunsichernde Ungewissheit** getreten.

Sprachliche Gestaltung

Besonders die **sprachliche Gestaltung** veranschaulicht den **Kontrast zwischen Jugend und Alter** in vielfältiger Weise. Der erste Vers („Wo aber werd ich sein im künftgen Lenze?“, V. 1) wird am

Ende des Gedichts in nahezu identischem Wortlaut **wiederholt** und bildet so mit diesem eine Art **Rahmen**. Allerdings wirkt Vers 1 im Kontext des Rückblicks auf die **jugendliche Aufbruchsstimmung** eher **energiegeladen**. Dagegen signalisiert der letzte Vers insbesondere in Verbindung mit dem die Frage einleitenden Satz („Und in der Einsamkeit frag ich erschrocken:“, V. 13) und durch das Wörtchen „wohl“ (V. 14) **Sorge und Unsicherheit**.

Auch der unterschiedliche **Tempusgebrauch** weist auf die verschiedenen Lebensalter hin. So wird in den Quartetten im **Präteritum** vom jugendlichen Wandern durch die herrliche Natur erzählt und an die vergangene Jugendzeit erinnert, während in den **Terzetten** im **Präsens** die Gegenwart des Alters ausgedrückt und die Situation des gealterten Wanderers reflektiert wird. Das Futur im ersten und letzten Vers unterstreicht, dass das lyrische Ich nach seinem Verbleib in der Zukunft fragt.

Und auch durch die **Wortwahl** werden die Unterschiede in den beiden Lebensphasen sehr deutlich. Bewegung („Hüteschwingen“, V. 2; „nach dem Meer die Ströme […] gingen“, V. 6) und Klänge („Lied erklingen“, V. 3; „Vögel singen“, V. 7) signalisieren zunächst **Heiterkeit und Beschwingtheit** des jugendlichen Wanderers. Zwar ist das lyrische Ich auch im zweiten Teil des Gedichts noch unterwegs, aber Begriffe wie „wandermüde“ und „zurückgeblieben“ (V. 10) deuten auf das **Nachlassen der Kräfte** am Lebensabend. Die „frische[n] Kränze“ (V. 4), deutbar als Belohnung für erreichte Ziele in der Jugend, sind zudem zu „welken Kränze[n]“ (V. 11) geworden – ein klarer Hinweis auf die **Vergänglichkeit**. **Leuchten** (vgl. V. 6) und **Glänzen** (vgl. V. 5) der Natur symbolisieren in den Quartetten die Schönheit der Welt. Zwar nimmt auch der gealterte und schwächliche Wanderer sinnlich erfahrbare Natureindrücke noch wahr, wie auch die Onomatopoesie „rauscht“ (V. 11) zeigt, doch scheint an die Stelle des Lichts die durch die Begriffe „Abend“ (V. 9) und „Nachtluft“ (V. 11) angedeutete **Dunkelheit** zu treten.

Darüber hinaus weisen Wendungen wie „nach dem Meer“ (V. 6), „Vom fernen Wunderland“ (V. 7) oder „keine Grenze“ (V. 8) in die Ferne, wobei die räumliche **Offenheit**, die auch in der Ausgangsfrage anklingt, hier auch für verheißungsvolle und grenzenlose Erfahrungsmöglichkeiten steht. In den Terzetten ist von dieser Offenheit nichts mehr zu spüren: Die Zeichen stehen auf **Heimkehr** („heimwärts“, V. 12). Der Bruch zwischen den Quartetten und den Terzetten wird dabei zur Kontrastierung der Lebenssituationen in der Jugend und im Alter durch das „Jetzt aber“ (V. 9) deutlich markiert.

Wandern ist zur Zeit der Romantik die typische Art des Unterwegsseins, aber es lässt sich hier auch metaphorisch als **Lebensreise** deuten, wobei der „verspätete Wanderer“ (vgl. Titel) an seinem Lebensabend noch nicht am Ziel seiner Reise angekommen zu sein scheint. Bildlichkeit

Metaphorisch deuten lassen sich darüber hinaus die **Jahres- und Tageszeiten**. So wird in den Terzetten ausdrücklich der Frühling benannt, der als **Frühling des Lebens** auch für die Jugend stehen kann. Das „Morgenrot“ (V. 8), Ausdruck der Kraft der Sonne, deutet auf die **jugendliche Energie** hin, während der „Abend“ (V. 9) mit der „Nachtluft“ (V. 11) und den „Abendglocken“ (V. 12) nicht nur die Tageszeit, sondern auch den **Lebensabend** meint. Die Wanderschaft erscheint vor diesem Hintergrund als **Lebensreise** – die ausstehende Rückkunft („heimwärts“, V. 12) ließe sich daher auch als **Andeutung des Todes** und aus religiöser Perspektive als **Heimkehr zu Gott** lesen, zumal die „[G]locken“ (V. 12) aus dem kirchlichen Bedeutungsbereich stammen.

Dabei wirft das Adjektiv „verspätet“ im Gedichttitel Fragen auf: Besinnt sich das lyrische Ich zu spät auf die Heimkunft? Erkennt es zu spät, dass es gealtert ist? Artikuliert die abschließende Frage vielleicht die Sorge, dass es den Weg nach Hause nicht mehr schaffen, das **Ziel der Lebensreise** – die Heimkehr zu Gott – **nicht mehr erreichen** wird? Unabhängig davon, wie man diese Fragen genau beantwortet, äußert sich in der Abend-Metaphorik das innehaltende **Sich-Besinnen auf den zu Ende gehenden Lebensweg**.

Schluss
Zusammenfassende Deutung

Das Gedicht lässt sich ausgehend von den Analyseergebnissen auch als eine **Auseinandersetzung mit dem Altern** lesen. Das gealterte lyrische Ich reflektiert seine Lebensperspektiven und scheint sich dabei des **nahenden Todes** bewusst zu werden. Was bleibt, ist der erschrockene Blick in die Zukunft und die Frage nach dem eigenen Verbleib, die man vor der Folie des gesamten Gedichts auch als **Zweifel** daran deuten darf, dass das lyrische Ich das **Ziel seines menschlichen Daseins** erreichen wird.

Teilaufgabe 2

Hinweise und Tipps

Was verlangt die Aufgabenstellung von mir?
*Die zweite Teilaufgabe enthält zwei Arbeitsaufträge: Zunächst fordert sie von Ihnen die **Analyse** des Gedichts von Günter Kunert, d. h., Sie müssen auch hier die **Thematik** benennen, die **Sprechsituation**, den **Inhalt** und die **formale sowie sprachlich-stilistische Gestaltung** untersuchen, um zu einer in sich stimmigen Deutung zu gelangen. Für den anschließenden **Vergleich** der beiden Gedichte werden Ihnen zwei besondere Aspekte genannt, die Sie in jedem Fall berücksichtigen sollten: das **Motiv des Unterwegsseins** und die jeweilige **Entstehungszeit**. Das heißt aber nicht, dass Sie die **Form** der Gedichte oder die verwendeten **Gestaltungsmittel** außen vor lassen sollten. Es bietet sich an, diese Gesichtspunkte in Verbindung mit den gesondert genannten Aspekten zu thematisieren.*

Wie gehe ich bei der Bearbeitung der Aufgabe sinnvollerweise vor?
Die Vorgehensweise unterscheidet sich im ersten Schritt kaum von der in der ersten Teilaufgabe. Auch hier ist es sinnvoll, zu ***markieren****, zu* ***unterstreichen*** *und zu* ***kommentieren****, was Ihnen für die Analyse bedeutsam erscheint. Im Hinblick auf den geforderten Vergleich empfiehlt es sich, auch schon* ***auffällige Unterschiede*** *zum Gedicht Eichendorffs zu vermerken und nebenbei stichpunktartig und/oder tabellarisch die jeweilige* ***(Be-)Deutung des Unterwegsseins*** *zu notieren. Systematisieren und strukturieren Sie Ihre Aufzeichnungen, bevor Sie mit dem Ausformulieren Ihrer Untersuchungsergebnisse und Gedanken beginnen.*

Wie kann ich meinen Aufsatz strukturieren?
Die Aufgabenstellung gibt bereits die Grobstruktur vor: Zunächst verfassen Sie die Analyse, dann den Vergleich. Beginnen Sie mit einer ***aufgabenbezogenen Überleitung****, in der Sie z. B. das beide Gedichte verbindende Motiv des Unterwegsseins als Lebensreise, verbunden mit der Frage nach dem Sinn und Ziel des Lebens, aufgreifen. Aber auch die Gegenüberstellung der verschiedenen Entstehungszeiten könnte sich als Überleitung eignen. In jedem Fall aber müssen Sie das Gedicht Günter Kunerts mit den* ***erforderlichen Informationen*** *(Textsorte, Autor, Titel, Entstehungszeit)* ***vorstellen****. Unter anderem weil die Analyse des zweiten Gedichts in dieser Aufgabenart meist weniger Punkte bringt als die Analyse des ersten Gedichts, bietet es sich an, die Textuntersuchung* ***aspektorientiert*** *anzulegen – denn ein lineares Vorgehen, bei dem Sie Schritt für Schritt durch den Text gehen, birgt die Gefahr, dass Sie sich verzetteln und zu viele Details thematisieren. Konzentrieren Sie sich daher auf die* ***zentralen Aspekte*** *des Gedichts.*
Die ***Struktur*** *des anschließenden* ***Vergleichs*** *können Sie an den beiden in der Aufgabenstellung hervorgehobenen Aspekten – Unterwegssein und Entstehungszeit – ausrichten. Beschränken Sie dabei Ihren Blick aber nicht zu sehr, denn der Arbeitsauftrag verlangt nur die besondere Berücksichtigung dieser Aspekte – und nicht deren ausschließliche Behandlung. So sollten Sie zum Beispiel durchaus auch die Form der beiden Gedichte und ihre Bildlichkeit miteinander vergleichen. Sie können sich aber auch dafür entscheiden, einzelne* ***Details beider Gedichte direkt zueinander in Bezug*** *zu setzen und dabei die genannten Aspekte besonders zu beachten. Achten Sie bei Ihrer Textproduktion darauf, dass die Ausführungen* ***aufeinander aufbauen****.*

Was gibt es bei dieser Aufgabe sonst noch zu beachten?
Da hier Analyse und Gedichtvergleich gefordert sind, ist es wichtig, von Beginn an ***konzentriert und zielführend*** *zu arbeiten, um nicht in Zeitnöte zu kommen. Auch wenn Sie auf Untersuchungsergebnisse der ersten Teilaufgabe zurückgreifen (müssen), darf dies* ***nicht zu bloßen Wiederholungen oder Redundanzen*** *führen. Denken Sie daran, Ihre Ergebnisse der einzelnen Arbeitsschritte schlüssig miteinander zu verbinden und Ihre Aussagen auch mit entsprechenden Zitaten zu belegen.*

Lösungsvorschlag

Aufgabenbezogene Überleitung
Grundlegende Informationen zum Kunert-Gedicht

Ähnlich wie in Eichendorffs romantischem Gedicht „Der verspätete Wanderer" ist auch in dem modernen Gedicht „Straßen" von Günter Kunert, entstanden Ende der 1960er-Jahre und erstmals 1970 veröffentlicht, das **Unterwegssein** das **zentrale Motiv**. Und auch hier steht dieses Motiv für die **Lebensreise** und wird mit der Frage nach dem **Sinn des Lebens** verbunden.

Das beständige Fortschreiten der Menschen und schließlich ihr verzweifeltes Niederstürzen scheinen dabei die Erfahrung zu umschreiben, dass die Suche nach einem **übergeordneten Lebenssinn vergeblich** ist. Letztendlich mündet der Weg in die Frage, ob das **Leben an sich der Sinn des Lebens** sein könnte.

Hauptteil
Analyse des Kunert-Gedichts

Form

Das Gedicht umfasst nur einen Abschnitt mit **zwölf Langversen**, die zu **sechs Paarreimen** geordnet sind. Es besteht aus **zwei Sätzen**, deren syntaktische Struktur sich nicht auf den ersten Blick erschließt, weil sie in ungeordnet scheinender Weise aus **Aufzählungen** und **Aneinanderreihungen** zusammengesetzt sind. Diese sind lediglich durch Kommata und ein Semikolon abgetrennt, sodass durch diese äußere Form bereits eine **unaufhaltsame Bewegung** suggeriert wird, die durch die Rhythmisierung, die sich durch den vielfachen Gebrauch des Daktylus ergibt, noch unterstrichen wird. Die geschlossene Form des Gedichtes steht dabei im **Kontrast** zu der offenen, unbeantwortet bleibenden Frage nach dem Sinn des Lebens.

Sprechsituation

In dem Gedicht tritt kein lyrisches Ich in Erscheinung, vielmehr handelt es sich um einen **distanzierten**, **verborgen bleibenden Sprecher**, der wie ein Beobachter verallgemeinernd („man", V. 4; „die leben", V. 7; „tappen sie", V. 11) das Unterwegssein der Menschen beschreibt.

Aufbau und Inhalt

„Straßen:" (V. 1) – so beginnt das Gedicht und nach dem Doppelpunkt wird über drei Verse hinweg in Form von aneinandergereihten Adjektiven und Attributen eine **Vielzahl** an unterschiedlich beschaffenen **Straßen** beschrieben, die kein Ende zu haben scheinen. Die Verse 4 bis 6 deuten dann an, dass das Ende der Straßen nie erreicht werde, da man auf dem Weg **sterben** („ist man schon Aas und beweintes", V. 4) und neben der Straße beerdigt (vgl. V. 5 f.) würde. Indessen – so die weitere Darstellung – bewegen sich auf der Straße weiterhin die Menschen auf ganz unterschiedliche Weise, aber **ohne nachzudenken**, **ohne innezuhalten** und **ohne das Ziel zu kennen** (vgl. V. 6–11). In den letzten beiden Versen wird deutlich, dass sie nach all den Anstrengungen **zusammenbrechen:** Sie „stürzen wo nieder und fragen vergebens / den leeren Himmel" (V. 11 f.), ob ein **Sinn für das Leben** im Leben selbst zu finden sei. Diese Frage bleibt unbeantwortet.

Schon der Titel „Straßen“ als Motiv und Metapher für die Lebensreise des Menschen signalisiert eine gewisse **Beliebigkeit des Weges** ohne jede Erwartung an etwas Schönes. Beliebig und assoziativ aneinandergereiht wirken auch die Attribute, die die Beschaffenheit der **unterschiedlichen Lebenswege** symbolisieren, und die Verben, die die gedankenlose, unaufhörliche Fortbewegung der Menschen kennzeichnen. Hier verstärken zudem die **Enjambements** (ab V. 5 bis zum Ende) den Eindruck des **pausenlosen Weiterlaufens**, auch wenn solche Einschübe wie „selber schon müde vom Laufen“ (V. 9) oder „und ohne Verschnaufen“ (V. 10) bremsend wirken mögen. Die bereits zuvor („nicht endend, so scheint es“, V. 3) angedeutete **Orientierungslosigkeit** wird gegen Ende des Gedichts offensichtlich: Die inzwischen ermüdeten Menschen bleiben **ziellos** („harren des Zieles noch“, V. 10), ihr Laufen wird mit dem Wort „tappen“ (V. 11) als **unbeholfen** charakterisiert und ihre verzweifelte, offenbar an Gott („Himmel“, V. 12) gerichtete **Frage nach dem Sinn bleibt unbeantwortet** („vergebens“, V. 11). Dabei deutet das auf den Himmel bezogene Attribut „leer[]“ (V. 12) auf die **Nichtexistenz Gottes** und damit auch auf die **Unmöglichkeit einer übergeordneten**, **transzendenten Sinnstiftung** hin.

Bildlichkeit und sprachliche Gestaltung

So lässt sich das **Motiv der Straßen** als **Metapher für die trostlosen und strapaziösen Lebenswege** des niemals und nirgendwo ankommenden Menschen lesen. Die Suche nach einem Sinn bleibt vergebens. Am Ende des Gedichts scheint das Leben als Sinn des Lebens – Leben als eine Art „Selbstzweck“ – lediglich als eine Möglichkeit auf. Insofern bestimmt das Gedicht die **Orientierungslosigkeit** des durch die Welt irrenden Menschen zum zentralen **Merkmal des Lebens in der Moderne**. Bezieht man die historische Situation mit ein, in der das Gedicht entstand, dann könnte man das Gedicht aber auch als **verschlüsselte Kritik an der DDR** verstehen, in der das „Mitlaufen“ gefragt und das „Mitdenken“ untersagt war.

Vergleich der beiden Gedichte

Gemeinsamkeiten

Vergleicht man die beiden Gedichte miteinander, so fallen trotz ihrer so unterschiedlichen Machart gewisse **Parallelen bzw. Ähnlichkeiten** auf. Das Unterwegssein steht jeweils sinnbildlich für die **Lebensreise** des Menschen. Beide Gedichte laufen dabei auf eine Ernüchterung hinaus – das zukunftsfrohe Wandern bei Eichendorff und das beständige, teilweise „munter[e]“ (V. 6) Laufen der Menschen bei Kunert münden in **Desillusionierung:** Die Menschen im moderneren Gedicht „spüren die Tücken/[…] erst später“ (V. 8 f.) und brechen am Ende kraftlos zusammen, ohne auch nur das Ziel ihres Weges oder eine Form von Sinngebung zu erfahren – so wie das lyrische Ich am Ende des über 100 Jahre älteren Gedichts zweifelt, ob es sein Ziel erreichen werde. Die **Frage nach dem Sinn** des Lebens beschäftigt insofern sowohl das lyrische Ich in Eichendorffs Gedicht als auch den distanziert-beobachtenden lyrischen Sprecher in Kunerts

„Straßen". Und jeweils wirkt die **Geschlossenheit der Form** – das Sonett bei Eichendorff, der kompakte Abschnitt bei Kunert – wie ein **Kontrast** zu der offenbleibenden **Frage nach dem Lebensziel**.

Unterschiede

Aber gerade die **äußere Form** des Kunert-Gedichtes, zwei Sätze voller aneinandergereihter Aufzählungen sowie der Verzicht auf Strophen und Versmaß, lässt es insbesondere gegenüber der strengen und traditionellen Sonettform Eichendorffs modern erscheinen. Dazu passen der **reflektierend-verallgemeinernde Ton** und das **Fehlen** eines identifizierbaren **Sprecher-Subjekts**. Dem steht im Gedicht Eichendorffs ein explizites **lyrisches Ich** gegenüber, das nicht distanziert, sondern **erzählend und erfahrungsbezogen** die eigene Lebenssituation im Alter reflektiert. Damit einher gehen auch Unterschiede in **Atmosphäre** und **Stimmung:** Die ganz im Rahmen der romantiktypischen Bildlichkeit bleibende Darstellung des **euphorischen Wanderglücks** in der schönen Natur steht im krassen Gegensatz zu der nahezu **intellektuell-sachlichen Aufzählung** der Beschaffenheiten verschiedener Straßen bei Kunert. Dabei sind diese metaphorisch für ganz unterschiedlich belastende bzw. anstrengende Lebensabschnitte und -wege der Menschen zu deuten. Insgesamt dominiert in Kunerts Gedicht das **metaphorische Sprechen:** Die **Sinnbildlichkeit** des Textes ist **offensichtlich**. Bei Eichendorff dagegen sind die Tages- und Abendzeiten sowie das Motiv des Wanderns **doppeldeutig** zu verstehen – **als wörtlich** zu nehmende Beschreibung der Wirklichkeit einerseits und **als Bild** für das menschliche Leben in der Jugend und im Alter andererseits, für die **Lebensreise** also. Dabei kann sich der alternde Wanderer, der spät, vielleicht zu spät unterwegs ist, an den **Abendglocken orientieren** (vgl. V. 12), während der moderne Mensch bei Kunert ziel- und heimatlos auf den Straßen herumirrt, bis er nicht mehr kann. Damit ist die **Sinnsuche** bei Kunert **vergeblich**, letztlich bleibt es **offen**, ob vielleicht im Leben selbst der Lebenssinn zu finden sein könnte. In eine ganz andere Richtung deutet Eichendorffs Gedicht: In der **Möglichkeit der Heimkehr** schwingt eine religiöse Bedeutung mit – im Sinne einer Heimkehr zu **Gott**.

Schluss

Berücksichtigung der Entstehungszeit

Abschließend lässt sich festhalten, dass das Motiv des Unterwegsseins in beiden Gedichten den **Bedingungen der jeweiligen Entstehungszeit entsprechend** gestaltet ist. Eichendorff greift auf ein **dominierendes Motiv der Romantik**, die Wanderschaft, zurück und verwendet es über die konkrete Bedeutung hinaus als **existenzielles Bild für die Lebensreise**. Im Aufscheinen eines **religiösen Sinnhorizonts** spiegelt sich dabei die die Romantik prägende **Rückbesinnung auf den Glauben** wider, wobei die mögliche Verfehlung des Lebensziels als das **individuelle Schicksal** eines verspäteten Wanderers ausgestaltet wird.

Kunerts Gedicht aus den 1960ern des vergangenen Jahrhunderts will dagegen auf eine **allgemeinere Erfahrung** hinaus: Im Bild des immer weiter hetzenden Menschen, der sich am Ende niederstürzend mit der Frage nach dem Sinn an den Himmel wendet, scheint es das **moderne Lebensgefühl der Rastlosigkeit** und den **Bedeutungsverlust religiöser Sinnstiftung** für den heutigen Menschen zu artikulieren. Modern an diesem Gedicht ist dabei auch sein **Mehrdeutigkeitspotenzial:** Denn setzt man es in Bezug zur konkreteren historischen Situation, so lässt es sich auch als gesellschaftskritische Einlassung gegen die **Zustände in der DDR** lesen.

Leistungskurs Deutsch (Nordrhein-Westfalen): Abiturprüfung 2022
Analyse eines Sachtextes mit weiterführendem Schreibauftrag

Aufgaben	Punkte
1. Analysieren Sie den Textauszug aus Kübra Gümüşays Schrift „Sprache und Sein".	38
2. Stellen Sie die Theorie von Edward Sapir und Benjamin Lee Whorf zum Verhältnis von Sprache, Denken und Wirklichkeit in Grundzügen dar. Vergleichen Sie diese mit der Position von Kübra Gümüşay. Nehmen Sie abwägend Stellung zu der von der Autorin aufgeworfenen Frage, ob wir eine Sprache brauchen, „die gänzlich darauf verzichtet, Menschen nach ihrer Geschlechtsidentität zu kategorisieren" (Z. 52 f.).	34

Kübra Gümüşay
Sprache und Sein (Auszug[1], 2020)

Stellen Sie sich vor, Folgendes geschieht: Ein Vater und ein Sohn sind mit dem Auto unterwegs und haben einen Unfall, bei dem beide schwer verletzt werden. Der Vater stirbt während der Fahrt zum Krankenhaus, der Sohn muss sofort operiert werden. Bei seinem Anblick jedoch erblasst einer der diensthabenden Chirurgen und sagt: „Ich kann ihn nicht operieren – das ist mein Sohn!"

Wer ist diese Person? Die Wissenschaftlerin Annabell Preussler verwendet dieses Beispiel, um zu verdeutlichen, welche Bilder sich aufgrund unseres Sprachgebrauchs in unseren Köpfen festsetzen. Die Antwort lautet: Es ist die Mutter.

Warum sorgt diese Geschichte im ersten Moment für Irritation? Weil wir uns – wenn von einem „Chirurgen" die Rede ist – einen Mann vorstellen, keine Frau. Wir tun das, weil die deutsche Sprache nicht nur geschlechtsspezifische Pronomen kennt, sondern auch ein *Genus,* also ein grammatikalisches Geschlecht – anders als beispielsweise das Englische, in dem der *teacher* sich auf eine Lehrerin oder einen Lehrer beziehen kann. Trotz dieser Unterscheidungsmöglichkeit gibt es die Konvention des generischen Maskulinums, die dazu führt, dass die Berufsbezeichnung *Lehrer* Männer wie Frauen umfassen soll.

Der Sprachwissenschaftler Peter Eisenberg argumentiert, dass mit einer solchen Sammelbezeichnung *weder* Männer *noch* Frauen gemeint seien, sondern eben alle, die lehren. Nur die Tätigkeit sei interessant. Damit wird jedoch der männliche Standpunkt als *neutral* universalisiert und die männliche Form als Standard vorgegeben. Wenn also weder Männer noch Frauen gemeint sind – warum dann nicht einfach die weibliche Form nehmen? Das schlägt Luise F. Pusch vor, Mitbegründerin der feministischen Sprachwissenschaft in Deutschland. Wenn also die Berufsbezeichnung *Lehrerin* lautete, ließe sich dann immer noch behaupten, es seien all jene gemeint, die lehren?

Das Gedankenspiel verdeutlicht die Unzulänglichkeit des generischen Maskulinums. Es reicht nicht aus, dass Frauen – womöglich – mitgemeint sind, wenn sie nicht auch von allen mitgedacht werden, die den Begriff verwenden.

Die Wissenschaftlerinnen Dagmar Stahlberg, Sabine Sczesny und Friederike Braun haben den Einfluss geschlechtergerechter Sprache auf unser Denken in folgendem Experiment aufgezeigt: Sie legten 50 Frauen und 46 Männern, unterteilt in drei Gruppen, jeweils einen Fragebogen vor. Die Fragebögen waren alle exakt gleich, sie unterschieden sich einzig in der Geschlechterbezeichnung. Während die einen nach ihren liebsten Roman*helden* befragt wurden, wurde die zweite Gruppe nach ihren liebsten Roman*figuren* und die dritte nach ihren liebsten Roman*heldInnen* befragt. Also mit männlicher, geschlechtsneutraler und schließlich männlich-weiblicher Begriffsform, dem Binnen-I.

Weibliche Romanheldinnen wurden am häufigsten in der geschlechtsneutralen und der männlich-weiblichen Begriffsform genannt, deutlich weniger dagegen in der ersten Gruppe, also jener, bei der die männliche Form vermeintlich Figuren beiderlei Geschlechts „neutral" umfasst. Viele ähnliche Studien, die sich mit dem Gebrauch der männlichen Sprachform beschäftigen, haben das gleiche Ergebnis erbracht: Frauen werden gedanklich weniger einbezogen.

Wie lässt sich dieses Problem lösen? Darüber wird seit Jahrzehnten gestritten und debattiert. Sollen wir ein Binnen-I verwenden (und damit eine binäre Geschlechterdarstellung sprachlich zementieren)? Einen Unterstrich (und damit die weibliche Form als Anhängsel in weite Ferne vom männlichen Wortstamm rücken)? Einen Doppelpunkt? Ein Ausrufezeichen? Ein Sternchen? Ein X? Und wie sprechen sich diese Schreibweisen jeweils aus? Was würde sich im Sprachgebrauch durchsetzen? Trotzdem bleibt die Frage: Bekämpfen diese Vorschläge nur Symptome? Brauchen wir vielleicht eine neue, sichtbar nicht neutrale Endung für die männlichen Formen? Damit Lehrer *tatsächlich* all jene meint, die lehren? Damit der Mann nicht mehr der Standard ist? Oder brauchen wir eine Sprache, die gänzlich darauf verzichtet, Menschen nach ihrer Geschlechtsidentität zu kategorisieren? Bei Sprachen wie Swahili, Usbekisch, Armenisch, Finnisch oder Türkisch ist das der Fall. […]

Klar ist: Wir müssen uns mit der Architektur der Sprache beschäftigen, die unsere Realität erfassen soll. Damit wir aussprechen können, was ist. Damit wir sein können, wer wir sind. Damit wir sehen können, wer die jeweils anderen sind.

> *Die Grenzen meiner Sprache bedeuten die Grenzen meiner Welt.*
>
> Ludwig Wittgenstein[2]

Bei einem Abendessen in einer diversen Runde habe ich über dieses Thema gesprochen – darüber, wie Sprache Menschen ausgrenzen kann. Viele am Tisch stimmten mir zu und berichteten von eigenen Erfahrungen, bis sich eine Frau zu Wort meldete, die bis dahin geschwiegen hatte. Sie sagte, sie sei überrascht, dass ich und auch andere im Raum sich so für Ungerechtigkeiten in der Sprache interessierten. Sie selbst habe sich nie vom generischen Maskulinum ausgeschlossen, nie durch Sprache begrenzt gefühlt. […]

Ein bisschen ratlos hörte ich ihr zu. Und dachte: Vielleicht kann sich ein Mensch, der noch nie gegen eine Mauer gelaufen, der noch nie hart auf den Boden der Machtlosigkeit, des Kontrollverlusts, der Demütigung, der Einsamkeit oder der Sprachlosigkeit geschlagen ist – vielleicht kann so ein Mensch sich die Mauern, die sich tatsächlich durch unsere Gesellschaft ziehen, gar nicht vorstellen. Vielleicht läuft dieser Mensch neben einer solchen Mauer entlang, ohne sie auch nur zu spüren. Ohne zu ahnen, dass sie für viele andere […] real ist.

Eine inzwischen berühmte Analogie des US-amerikanischen Autors David Foster Wallace ist ein bildlicher Ausdruck dessen, was Sprache und ihre Macht für mich bedeuten: „Schwimmen zwei junge Fische des Weges und treffen zufällig einen älteren Fisch, der in die Gegenrichtung unterwegs ist. Er nickt ihnen zu und sagt: ‚Morgen, Jungs. Wie ist das Wasser?‘ Die zwei jungen Fische schwimmen eine Weile weiter, und schließlich wirft der eine dem anderen einen Blick zu und sagt: ‚Was zum Teufel ist Wasser?‘“

Sprache in all ihren Facetten – ihr Lexikon, ihre Wortarten, ihre Zeitformen – ist für Menschen wie Wasser für Fische. Der Stoff unseres Denkens und Lebens, der uns formt und prägt, ohne dass wir uns seiner in Gänze bewusst wären. Wenn ich dieses Bewusstsein herstelle, wenn ich die Grenzen meiner eigenen Wahrnehmung spüre, dann löst das Demut in mir aus. Demut vor der Welt, die ich nur aus meinem eingeschränkten Blickwinkel betrachte. Ich bin dankbar für das Bewusstsein um die Existenz dieser Grenzen – ich hoffe, sie bewahren mich davor, mit unwandelbaren Prämissen und Grundannahmen durch die Welt zu gehen. Das Bewusstsein für unsere Grenzen relativiert die Dinge, die wir ignorant voraussetzen. Die Dinge, die wir als universal postulieren – definieren sie doch nichts mehr als die Grenzen unseres Horizonts.

Die Begrenztheit meiner Wahrnehmung ist aber auch Antrieb – sie veranschaulicht mir, wie viel ich noch lernen, aufsaugen und verstehen kann. Wenn Sprache unsere Betrachtung der Welt so fundamental lenkt – und damit auch beeinträchtigt –, dann ist sie keine Banalität, kein Nebenschauplatz politischer Auseinandersetzungen. Wenn sie der Stoff unseres Denkens und Lebens ist, dann müsste es selbstverständlich sein, dass wir uns immer wieder fragen, ob wir einverstanden sind mit dieser Prägung.

Quelle: Kübra Gümüşay: Sprache und Sein. 10. Auflage. Berlin/München: Hanser Berlin 2020, S. 19–23.

Anmerkungen:

1 Es handelt sich um einen Auszug aus einer Schrift, in der die Autorin Kübra Gümüşay sich mit der Frage beschäftigt, wie Sprache das Denken prägt und in die Politik hineinwirkt. Der Auszug entstammt dem ersten Kapitel, das einführend die Macht von Sprache thematisiert. Fußnoten, die sich im Originaltext finden, wurden aus Gründen der besseren Lesbarkeit nicht übernommen.

2 Kübra Gümüşay beginnt die meisten Kapitel ihrer Schrift „Sprache und Sein“ mit Zitaten. Häufig beginnt sie Textabschnitte mit einem Zitat, in diesem Fall mit einem Zitat des österreichischen Philosophen Ludwig Wittgenstein (1889–1951).

Anmerkung zur Autorin:

Kübra Gümüşay (geb. 1988 in Hamburg) hat in Hamburg und London Politikwissenschaften studiert. Sie lebt in Hamburg und arbeitet als Journalistin. Kübra Gümüşay schreibt zu den Themen Rassismus, Feminismus, Netzkultur und setzt sich mit Fragen gesellschaftlicher Vielfalt auseinander. Weiterhin betätigt sie sich als politische Aktivistin.

Teilaufgabe 1

Hinweise und Tipps

Welche Aufgabenart liegt vor und wie sind die Teilaufgaben gewichtet?
Die vorliegende Aufgabe entspricht der ***Aufgabenart II a: Analyse eines Sachtextes mit weiterführendem Schreibauftrag****.*
Die erste Teilaufgabe ist mit 38 Punkten etwas stärker gewichtet als die zweite Teilaufgabe mit ihren 34 Punkten.

Was verlangt die Aufgabenstellung von mir?
Teilaufgabe 1 fordert eine ***umfassende Untersuchung*** *des vorliegenden Textes aus dem Inhaltsfeld „Sprache". Der Arbeitsauftrag greift auf den Operator „****Analysieren****" zurück und enthält keine weiteren Fokussierungen. Sie müssen also selbst wissen, welche Teiloperationen mit der Analyse verbunden sind. Für die Analyse eines Sachtextes bedeutet dies, dass Sie dessen Inhalt, Sprache und Form in ihrem funktionalen Zusammenhang darlegen sollen. Zu den Untersuchungsaspekten gehört hierbei auch die Art der Argumentation und die Form der Leserlenkung.*

Wie gehe ich bei der Bearbeitung der Aufgabe sinnvollerweise vor?
In einem ersten Lesedurchgang sollten Sie zunächst versuchen, ein ***inhaltliches Grundverständnis*** *zu gewinnen: Worum geht es? Welche Position wird vertreten? Im nächsten Durchgang arbeiten Sie den* ***gedanklichen Aufbau*** *des Textes heraus. Teilen Sie den Text dafür am besten in Sinnabschnitte ein und vermerken Sie am Rand wichtige Aspekte des Inhalts. Ein weiterer Durchgang dient dem Markieren von Textstellen, die für* ***andere relevante Untersuchungsaspekte*** *wichtig sind, also zum Beispiel von Textstellen, die die Art der Leserlenkung zeigen.*
Auf einem Konzeptblatt können Sie nach dieser vorbereitenden Texterarbeitung Stichpunkte für den ***Aufbau Ihres eigenen Textes*** *notieren.*

Wie kann ich meinen Aufsatz strukturieren?
Folgenden Analyse-Aufbau könnten Sie wählen:
- ***Einleitung*** *mit Nennung der bibliographischen Angaben und des Themas*
- *Darstellung der* ***Position*** *der Autorin und der* ***wesentlichen Aussagen*** *des Textes in ihrer* ***gedanklichen Entfaltung:*** *Welche Position vertritt die Verfasserin hinsichtlich des gewählten Themas? Wie entwickelt sie auf der inhaltlichen Ebene ihre Überlegungen und ihre Meinung?*
- *Untersuchung der* ***Argumentationsweise*** *des Textes: Analysieren Sie, wie die Autorin ihre Argumentation auf der strukturellen Ebene gestaltet, um ihre Position überzeugend darzulegen, z. B.: Wie ist die Argumentation aufgebaut? Womit stützt sie ihre Argumente? Wen möchte sie ansprechen?*
- *Untersuchung der* ***sprachlich-stilistischen Gestaltung:*** *Mit welchen sprachlichen Mitteln arbeitet die Verfasserin, um ihre Leserschaft zu informieren und zu überzeugen?*
- *Untersuchung der* ***Leserlenkung:*** *Wie gelingt es der Autorin, die Leserschaft in der gedanklichen Entfaltung ihrer Ideen mitzunehmen? Achten Sie hierbei auf Textstellen, die Sie als Leserin oder Leser besonders angesprochen haben. Folgende Fragen*

*können Ihnen dabei helfen: Erfolgt eine direkte Ansprache der Leser*innen? Werden sie einbezogen? Wie wird der sachliche Inhalt veranschaulicht? Wie gelingt es der Autorin, das Interesse der Leserschaft aufrechtzuerhalten?*
- ***Schluss** mit einem Fazit hinsichtlich des Anliegens der Verfasserin*

Was gibt es bei dieser Aufgabe sonst noch zu beachten?
*Sie sollten diese Aufgabe nur dann wählen, wenn Sie über **fundierte Kenntnisse** zum Thema „Sprache – Denken – Wirklichkeit“ – insbesondere zum Aspekt „Aktualität der Sapir-Whorf-Hypothese“ – verfügen. Auch sollten Sie mit der linguistisch-gesellschaftlichen Debatte rund um das „Gendern“ im Ansatz vertraut sein.*
Bei der Analyse von Sachtexten wird nicht selten die Untersuchung der sprachlich-stilistischen Gestaltung vergessen. Aber auch diese ist bedeutsam für die Wirkung, die der Text auf die Leserinnen und Leser entfaltet.
Achten Sie darauf, Ihre Aussagen mit Zitaten in korrekter Zitiertechnik zu belegen.

Lösungsvorschlag

Einleitung
Primärinformationen, Thema des Textes

Der vorliegende Sachtext ist ein Auszug aus dem Werk „Sprache und Sein“ von Kübra Gümüşay aus dem Jahr 2020. Die Autorin beschäftigt sich darin mit der Frage, inwieweit Sprache, Denken und Wirklichkeit zusammenhängen. Sie konzentriert sich dabei auf die **Macht von Sprache in gesellschaftlichen Diskursen** und illustriert dies am Beispiel der **Genderfrage**.

Hauptteil
Position Gümüşays

Die Verfasserin konstatiert einen fundamentalen **Zusammenhang** zwischen unserer **Sprache** und der **Wahrnehmung der Wirklichkeit**. Deutlich werde dies an der **sprachlichen Repräsentation von Geschlechtern** in der deutschen Sprache durch das **generische Maskulinum**, das die Gefahr berge, Frauen, aber auch non-binäre Menschen zu diskriminieren und auszugrenzen. Nur ein **konsequentes Gendern** beziehungsweise eine **sprachliche Neutralisierung von Geschlechtszugehörigkeit** könnten zur **gleichberechtigten Behandlung aller Identitäten** führen und damit die mentalen Repräsentationen nachhaltig verändern. Der öffentliche und private Sprachgebrauch müsse also reflektiert und bewusst gehandhabt werden, um eine angemessene Repräsentanz der Geschlechter zu erreichen.

Wesentliche Textaussagen in ihrer gedanklichen Entfaltung

Der Textauszug beginnt mit der Aufforderung an den Leser, sich ein **Gedankenspiel** vorzustellen: Vater und Sohn verunglücken bei einem Autounfall, der Vater tödlich. Der diensthabende Chirurg lehnt die Operation des Kindes ab, weil es sein Sohn sei. Diese „Geschichte“ irritiere, weil der Vater doch schließlich tot sei. Es ist allerdings die Mutter, die hier mit einem generischen Maskulinum bezeichnet werde. Man habe sich aber bei „der Chirurg“ keine Frau vorgestellt. Dieses Gedankenexperiment nimmt Gümüşay als illustrierendes Beispiel dafür, wie **wirkmächtig** die **männliche Bezeichnung** hinsichtlich der **Vorstellungsbildung** sei. Nachdem sie die Besonderheit des

generischen Maskulinums in der deutschen Sprache dargestellt hat, bezieht sie gegen den Linguisten Peter Eisenberg Stellung, für den Sammelbezeichnungen wie z. B. „Lehrer" weder Männer noch Frauen meinen, sondern vor allem die **Tätigkeit** – in diesem Beispiel alle, die lehren. Nach Gümüşay ist das generische Maskulinum aber nicht neutral, weil die angeblich „neutrale" Bezeichnung der männlichen Form entspreche, diese also als **Standard** setze (vgl. Z. 17–20). Dann könne man ebenso gut ein **generisches Femininum** wählen, so wie die Linguistin **Pusch** es als Vertreterin der entgegengesetzten linguistischen Position vorschlage. Gümüşay bezweifelt, dass sich in diesem Fall die Menschen bei der generischen Verwendung weiblicher Berufsbezeichnungen auch einen Mann vorstellen würden.
Mithilfe der **Erläuterung eines wissenschaftlichen Experiments** untermauert die Verfasserin ihre Aussagen. Den Teilnehmenden wurden Fragebögen vorgelegt, die sich nur in den Geschlechterbezeichnungen unterschieden. Es zeigte sich deutlich, dass in den Antworten **Frauen** stärker berücksichtigt wurden, wenn **geschlechtsneutrale Formen oder Doppelformen verwendet** wurden. Daraus schließt Gümüşay, dass bei der reinen Verwendung generischer Maskulina Frauen sehr wohl deutlich weniger mitgedacht würden.
„Wie lässt sich dieses Problem lösen?" (Z. 43), fragt sie im Folgenden und zeigt mehrere **Möglichkeiten sprachlicher Sichtbarmachung** wie z. B. Binnen-I, Sternchen oder Doppelpunkt auf, die sie aber alle als unzulänglich **verwirft** – sei es, dass ihre mündliche Realisierung schwierig sei, sei es, dass sie diverse Identitäten nicht angemessen abbildeten. Die Verfasserin fragt schließlich, ob vielleicht eine Sprache nötig sei, **die Menschen überhaupt nicht mehr über ihr Geschlecht identifiziert**, wie es z. B. im Türkischen der Fall sei.
Gümüşay schlussfolgert, dass man sich mit der „Architektur der Sprache" (Z. 55) beschäftigen müsse. Für die Verfasserin ist das nicht nur eine Frage der angemessenen Wirklichkeitserfassung, sondern auch der **Identität** („Damit wir sein können, wer wir sind.", Z. 56 f.) und **intakter zwischenmenschlicher Beziehungen** („Damit wir sehen können, wer die jeweils anderen sind.", Z. 57).
In einer Art Zwischenüberschrift zitiert sie den bekannten Sprachphilosophen **Ludwig Wittgenstein:** „Die Grenzen meiner Sprache bedeuten die Grenzen meiner Welt." (Z. 58 f.) Sie illustriert den von ihr als richtig angesehenen Zitatinhalt mit einer **persönlichen Beobachtung bei einem privaten Gespräch**, in dem eine Frau kundtat, sie fühle sich durch das generische Maskulinum nicht ausgeschlossen. Gümüşay erklärt diese für sie unverständliche Einschätzung mit der **persönlichen Erfahrungswelt** der Frau, die vielleicht nie Grenzen und Einschränkungen selbst erlebt habe und damit auch nicht reflektieren könne. Die Verfasserin untermauert ihre Erklärung mit einem **Analogie-Beispiel** des amerikanischen Schriftstellers **David**

Foster Wallace: So wie die meisten Fische sich nicht bewusst seien, was Wasser sei (vgl. Z. 75–81), weil sie nichts anderes kennen, sei auch den Menschen die große **Macht der Sprache** nicht bewusst, weil diese so essenziell und selbstverständlich für sie sei. Man könne sich diese Macht aber **bewusst machen** und so auch die **Begrenztheit der eigenen Wahrnehmung erkennen**. Erst dann könne man die „ignorant" (Z. 90) vorausgesetzten Dinge als veränderbar ansehen. Daher appelliert sie an die Leserschaft, den Einfluss der Sprache auf die eigene **Wahrnehmung** immer wieder kritisch zu **hinterfragen**.

Argumentationsweise

Um den Leser auf diesen Weg bis hin zum Appell mitzunehmen, bedient sich Gümüsay einer **klaren Struktur:** Zunächst **führt** sie mit einem **Gedankenspiel** auf anschauliche Weise in die Problematik des generischen Maskulinums **ein**. **Argumentativer Ausgangspunkt** ist dann die von Eisenberg vertretene Position, gegen die die Verfasserin Stellung bezieht. Dabei stützt sie sich u. a. auf ein weiteres **Gedankenspiel** (vgl. Z. 20–27), wissenschaftliche **Forschungsergebnisse** (vgl. Z. 28–42) und **persönliche Erlebnisse** (vgl. Z. 61–74), sie greift aber auch auf **abstrakter wirkende Erwägungen** (vgl. insb. Z. 82–86) zurück. Auf dieser Basis fordert Gümüşay schließlich in einem **Fazit** einen kritischen, reflektierten Umgang mit der eigenen Sprache.

An mehreren Stellen bezieht Gümüşay die Ideen oder Ansichten wissenschaftlich, philosophisch oder literarisch **bekannter Autoritäten** ein, um ihre eigenen Ansichten zu **belegen** oder zu illustrieren und um damit ihre eigene **Expertise** zu zeigen. Die persönlichen Erlebnisse verdeutlichen ihre eigene Betroffenheit und sollen offenbar auch bezeugen, dass das generische Maskulinum nicht ein theoretisches, sondern ein **lebensweltlich relevantes Problem** darstellt. Mit der Offenlegung der eigenen Befindlichkeit durch Begriffe wie Demut, Dankbarkeit und Antrieb (vgl. Z. 86–93) weist sie darauf hin, dass sie an sich selbst Unzulänglichkeiten erkannt hat, die sie zum Positiven wenden konnte – sie erklärt damit ihre Motivation, die Sprache und damit auch die Welt zu verbessern. Auf diese Weise verleiht sie ihrer Argumentation, die zugleich **wissenschaftsnah** und **wirklichkeitsnah** gestaltet ist, einen **authentischen und appellativen Charakter**.

Sprachlich-stilistische Gestaltung

Das Zusammenspiel von **linguistischem Rekurs** und persönlicher Betroffenheit spiegelt sich auch im überwiegend **sachlich gestalteten Sprachduktus** des Textauszugs wider. Einerseits arbeitet er mit **linguistischem Fachvokabular** (z. B. „Pronomen", Z. 11). Andererseits zeugen die teilweise **bildhafte und damit veranschaulichende Sprache** (z. B.: „Architektur der Sprache", Z. 55) und die **anekdotische Erzählart** in einem insgesamt nicht zu komplexen Satzbau von einer **populärwissenschaftlichen Ausrichtung**, die es einem breiten Publikum ermöglicht, den Ausführungen zu folgen. Auffällig ist hierbei ein auf **Anaphern** basierender Reihungsstil an den Stellen, die der Verfasserin besonders relevant erscheinen: „Damit wir aussprechen können […]. Damit wir sein können […]. Damit wir sehen können […]“ (Z. 56 f.). Hier fällt auch der **Gebrauch der Personalpronomina** auf, wie in weiteren Textstellen, die den Leser entweder **direkt ansprechen** („Stellen Sie sich vor“, Z. 1) oder **einbeziehen** („Die Dinge, die wir als universal postulieren“, Z. 90 f.). Dazu tragen auch die im Text verwendeten **Fragen** bei, die den Leser auffordern, selbst eine Antwort zu finden oder weiterzulesen, um die Antwort zu erhalten. Dagegen stehen die erzählenden Passagen naturgemäß in der 1. Person Singular, die den persönlichen Bezug zur diskutierten Problematik unterstreicht. So erfolgt die Vermittlung der sprachtheoretischen Inhalte in einer insgesamt **abwechslungsreichen**, **eingängigen und unterhaltsamen Textgestaltung**.

Leserlenkung

Diese Textgestaltung führt dazu, dass sowohl **interessierte Laien als auch Fachpublikum** als Leserschaft adressiert werden. Deren Aufmerksamkeit wird durch die Abwechslung zwischen wissenschaftlich referierenden und erzählenden Textteilen aufrechterhalten. Schon die **direkte Anrede** beim Gedankenexperiment fordert die Leserschaft explizit dazu auf, dem argumentativen Gang des Textes aktiv zu folgen. Im weiteren Verlauf entfaltet der **Wechsel in die Wir-Form einen appellativen Sog**, sich der Meinung der Verfasserin anzuschließen („dass wir uns immer wieder fragen“, Z. 97 f.). Die Untermauerung ihrer Ansichten mithilfe **von Expertenwissen** und mithilfe des Einblicks in ihre emotionale Befindlichkeit bewirken, dass der Leser sich sowohl adäquat informiert als auch eindringlich aufgefordert fühlt, sich eine eigene Meinung zu bilden und an der Verbesserung der Sprache mitzuwirken.

Schlussbetrachtung

Gümüşay verfolgt ein ambitioniertes Ansinnen. Indem sie die Bedeutung der Sprache für Denken und Wahrnehmung hinsichtlich gesellschaftlicher Ausgrenzung darlegt, möchte sie das **sprachliche Bewusstsein der Sprecher** ausschärfen, das Werkzeug Sprache in einer **diskriminierungsfreien Art** zu benutzen. Erst wenn das Bewusstsein für die sprachlich erzeugten Grenzen der Wahrnehmung geschaffen sei, ergebe sich die Möglichkeit, diese Grenzen zu sprengen und neue Horizonte anzusteuern.

Teilaufgabe 2

Hinweise und Tipps

Was verlangt die Aufgabenstellung von mir?
Die zweite Teilaufgabe ist in sich noch einmal ***dreigeteilt****. Zuerst sollen Sie in geraffter Form Ihr* ***Wissen zur Sapir-Whorf-Hypothese*** *darstellen. Anschließend gilt es, die* ***Position Gümüşays****, die Sie in der ersten Teilaufgabe dargelegt haben, mit der Sapir-Whorf-Hypothese zu* ***vergleichen****. Als dritter Schritt ist vorgesehen, dass Sie zu einem* ***Zitat*** *aus dem Textauszug* ***abwägend Stellung*** *beziehen. Der Begriff „abwägend" deutet dabei darauf hin, dass nicht nur Pro-, sondern auch Kontra-Argumente zu ihrer Position berücksichtigt werden sollten.*

Wie gehe ich bei der Bearbeitung der Aufgabe vor?
Rufen Sie zunächst Ihr ***Vorwissen*** *zur Sapir-Whorf-Hypothese ab. Gegebenenfalls notieren Sie auf einem Konzeptpapier einige Stichpunkte und ergänzen diese mit Stichpunkten zur Position Gümüşays, um* ***Vergleichsaspekte*** *zu ermitteln. Betrachten und durchdenken Sie dann das* ***vorgegebene Zitat****. Hierzu können Sie – wiederum auf dem Konzeptpapier – stichpunktartig Pro- bzw. Kontra-Argumente vermerken, die Sie dann für Ihre begründete Zustimmung oder Ablehnung der im Zitat deutlich werdenden Idee nutzen können.*

Wie kann ich meinen Aufsatz strukturieren?
Formulieren Sie zunächst eine ***aufgabenbezogene Überleitung****. Da sowohl Sapir und Whorf als auch Gümüşay sich mit dem Verhältnis von Sprache, Denken und Wirklichkeit beschäftigen, können Sie dies als Gelenk benutzen.*
Nun wenden Sie sich der Darstellung der ***Theorie von Sapir und Whorf*** *zu. Im nächsten Schritt erfolgt der* ***Vergleich****. Das bedeutet, dass Sie sowohl die Aspekte darstellen, in denen eine Übereinstimmung zwischen den Positionen von Sapir/Whorf und Gümüşay vorliegt, als auch Punkte, in denen sie sich unterscheiden.*
Anschließend wenden Sie sich der abwägenden ***Stellungnahme*** *zu. Ob Sie hier Pro- und Kontra-Argumente in gegenseitiger Verschränkung oder zunächst die eine Seite, dann die andere Seite ausführen, bleibt Ihnen überlassen. Besonders überzeugend ist Ihr Aufsatz, wenn am Ende Ihrer Überlegungen ein* ***gewichtiges Argument für Ihre Position*** *steht.*
Eine reflektierte Schlussbetrachtung mit einem selbstgewählten Schwerpunkt (z. B. eigene kritische Gewichtung, Reflexion von Sprachsteuerungstendenzen) rundet wiederum den zweiten Teil ab.

Was gibt es bei dieser Aufgabe sonst noch zu beachten?
Achten Sie bei Ihren vergleichenden und argumentierenden Äußerungen darauf, die gebotene Fachsprache zu verwenden und sachlich zu bleiben.

Lösungsvorschlag

Aufgabenbezogene Überleitung

Obwohl Gümüşay in diesem Textauszug den **Bezug zur Sapir-Whorf-Theorie** nicht explizit aufruft, so darf man doch davon ausgehen, dass einige Grundannahmen der beiden Wissenschaftler bezüglich des Zusammenhangs von Sprache, Denken und Wirklichkeit eine **Basis für ihre Ausführungen** bilden.

Hauptteil

Darstellung der Theorie von Sapir und Whorf

So vertreten Sapir und Whorf die Auffassung, dass die Sprache, in die Sprecher hineingeboren werden, nicht nur dem **Ausdruck ihrer Gedanken** dient, sondern dass das System der Muttersprache auch **formt**, **wie die Menschen die Welt wahrnehmen**. Die jeweilige Sprache organisiere durch ihre spezifische grammatische Struktur und begriffliche Ordnung die Wirklichkeitswahrnehmung, sodass Sprecher verschiedener Sprachen die gleichen sinnlichen Eindrücke von der äußeren Welt unterschiedlich verarbeiten und ordnen würden. So würden von den verschiedenen Sprachen **unterschiedliche Sichten auf Welt und Wirklichkeit** produziert. Diese Kernaussage wird auch als „**linguistisches Relativitätsprinzip**“ bezeichnet, weil ihr zufolge die jeweilige Wahrnehmung keine absolute, sondern nur eine zur Sprache relative Wahrheit beanspruchen kann. Das Denken des Menschen sei also maßgeblich von dem linguistischen System der Sprache bestimmt, das „Schema und Anleitung für die geistige Aktivität“ sei.

Parallelen zwischen der Position Gümüşays und Sapir/Whorf

Vergleicht man die Sapir-Whorf-Hypothese mit Gümüşays Überlegungen, so lassen sich **eindeutige Überschneidungen** finden. So wie die Hypothese von der Lenkung des Denkens durch die Sprache ausgeht, spricht die Verfasserin von der Sprache als einem „Stoff unseres Denkens und Lebens, der uns formt und prägt“ (Z. 83 f.) und der unsere Wahrnehmungsmöglichkeiten begrenzt. Dieser **Begrenztheit** seien sich die Sprecher aber meist nicht bewusst, sie nähmen die „Prämissen und Grundannahmen“ (Z. 88 f.) als unumstößlich gegeben wahr. Auch nach Whorf sind sich die Sprechenden in der Regel des Einflusses der Sprache auf das eigene Wahrnehmen und Denken nicht bewusst. Wie Gümüşay hält aber auch Whorf einen **reflektierend-kritischen Umgang** mit der eigenen Sprache für möglich, indem man sich die sprachbedingten Grenzen der eigenen Wahrnehmung bewusst macht: Insbesondere Linguisten, die sich mit verschiedensten Sprachsystemen vertraut gemacht haben, könnten das eigene Sprachsystem relativieren.

Unterschiede zwischen der Position Gümüşays und Sapir/Whorf

Der appellative Charakter von Gümüşays Text, der zu einem solchen kritischen Umgang mit der eigenen Sprache aufruft, ist bei Sapir und Whorf aber nicht vorhanden. Sie betreiben in **wissenschaftlich-erkenntnistheoretischer Herangehensweise eine neutral-deskriptive Sprachanalyse** und schreiben diese nicht wie Gümüşay in ein politisch-gesellschaftliches Wertungsmuster ein. Sie zeigen also die

Wirkmacht der Sprache auf, ohne eine aktive Beeinflussung anzustreben. Für Gümüşay dagegen steht die **Sprachkritik** im Fokus. Sie bildet die Basis, um das Instrument der Sprache für Veränderungen zu nutzen. Sehr deutlich wird dies am Beispiel des kritisierten generischen Maskulinums, das ihrer Meinung nach Frauen ausgrenze und zur ungleichen Behandlung der Geschlechter führe. Das Instrument der Sprache könne man dann nutzen, um die Gleichberechtigung zwischen Mann und Frau voranzutreiben. Für Gümüşay steht also der **pragmatische Nutzen linguistischer Betrachtung** im Fokus, während Sapir und Whorf den Blick primär auf das **System der Sprache** richten. Sie untersuchten die Sprache hinsichtlich ihrer grammatikalischen Gestaltung, während es Gümüşay darauf ankommt, sie als wirkmächtiges Mittel der Kommunikation und der gesellschaftlichen Gestaltung anzusehen und zu verändern.

Abwägende Stellungnahme zum Zitat

Im Rahmen ihrer Überlegungen, wie sich das generische Maskulinum vermeiden ließe, wirft die Autorin die Frage auf, ob man vielleicht eine Sprache brauche, „die gänzlich darauf verzichtet, Menschen nach ihrer Geschlechtsidentität zu kategorisieren" (Z. 52 f.).

Plausibilität des Anliegens

Das Anliegen, das hinter dieser Überlegung steht, ist sehr nachvollziehbar: Das Ziel ist eine **geschlechtergerechtere Sprache**, in der nicht der Mann über das generische Maskulinum zum Standard erhoben wird. Unter anderem die von Gümüşay beschriebenen Forschungen unterstreichen, dass eine **Veränderung der Sprache** für die **Veränderung unseres Denkens** hilfreich sein könnte.

Frage nach dem besseren Weg

Ob aber die vollkommene Unsichtbarmachung der Geschlechter in der Sprache oder aber die durchgehende Sichtbarmachung der Geschlechter der bessere Weg ist, ist schon schwieriger zu beantworten.

Sichtbarmachung durch Gender-Gap

In der Tat ist es in der **deutschen Sprache kompliziert**, Frauen und auch nicht-binäre Personen sprachlich angemessen zu bezeichnen. Alle, inzwischen jahrzehntelangen Versuche – generisches Femininum, Schrägstrich, Binnen-I, Sternchen etc. – sind eher unbefriedigend. In letzter Zeit scheint sich in einigen Bereichen aber der **Gender-Gap** durchzusetzen, da er sowohl schriftlich mithilfe des Unterstrichs als auch mündlich durch die kurze Sprechpause leicht zu realisieren ist und zumindest im Anspruch alle möglichen Geschlechtsidentitäten repräsentiert. Deren Zugehörigkeit und Bedeutung für die Gesellschaft wird so auch sprachlich realisiert. Diese Form kann zu **Geschlechtergerechtigkeit und gleichberechtigter gesellschaftlicher Teilhabe** beitragen.

Frage der Sprachökonomie

Allerdings ist diese Form des gendersensiblen Sprechens aufwendiger und sperriger als zum Beispiel die Verwendung des generischen Maskulinums. Dieses sprachökonomische Argument lässt sich auch für eine Sprache ins Feld führen, die vollständig auf eine Kategorisierung der Menschen nach Geschlechtsidentität verzichtet. Mit dem „**Undoing Gender**" könnte zudem tatsächlich die Person nur noch in ihrer Funktion, Eigenschaft oder Leistung wahrgenommen werden und nicht mehr abhängig davon, ob sie Mann oder Frau oder divers ist. Dies wäre ein anderer Weg zur Gleichberechtigung der Geschlechter, der sich von Klischees, Stigmata oder auch von Zuschreibungen wie „typisch Mann“ oder „typisch Frau“ löst.

Allerdings muss man eine solche Neutralisierung der Sprache im Hinblick auf die Geschlechtsidentität als einen **sehr tief gehenden Eingriff** in das Sprachsystem verstehen. Eine solche Sprachregulierung – so darf man vermuten – würde in einigen Teilen der Gesellschaft einen noch größeren Widerstand auslösen, als dies schon beim Gender-Gap der Fall ist, der teilweise als ein unsinniges **Diktat der politischen Korrektheit** aufgefasst wird. Der beabsichtigten Gleichberechtigung könnte damit ein Bärendienst erwiesen werden.

Aspekt: Tiefe des Spracheingriffs

Zudem wäre der Weg der geschlechtsneutralen Sprache, des absichtsvollen „Vergessens“ des Geschlechts, vermutlich auch aus einem anderen Grund noch schwieriger als all die **Versuche sprachlicher Sichtbarmachung von Frauen** – ist doch die **binäre Zuordnung** neben biologischen Charakteristika über viele weitere **Zuschreibungen kodiert** wie beispielsweise Aussehen, Rollen und Charaktereigenschaften.

Aspekt: Gesellschaftlicher Kontext

Darüber hinaus darf man durchaus bezweifeln, ob die zur Diskussion stehende tiefgreifende Veränderung der Sprache ein angemessenes Mittel ist. Denn sie ist sicherlich noch **kein Garant** für eine wünschenswerte Veränderung der gesellschaftlichen Zustände. Als Beispiel kann man die von Gümüşay genannte türkische Sprache aufgreifen. Zwar verzichtet diese auf die geschlechtliche Kategorisierung, für die gleichberechtigte Stellung der Frau in der Türkei scheint dies aber nicht unbedingt wirksam zu sein. In Anbetracht der Unsicherheit, wie wirkungsvoll Maßnahmen der Sprachsteuerung schlussendlich sind, erscheint es doch angemessener und gangbarer, eher auf „kleinere“ Veränderungen wie den Gender-Gap zu setzen.

Weite Teile der Gesellschaft sind sich in dem Ziel einig, Genderungerechtigkeit zu beseitigen. Wie dies zu bewerkstelligen ist, darüber gehen die Meinungen zwar auseinander. Entscheidend ist aber, dass die Anstrengungen, eine diskriminierungsfreie Gesellschaft zu schaffen, nicht nachlassen – **auf beiden Ebenen:** auf der **gesellschaftlich-politischen**, damit Frauen beispielsweise die gleiche Bezahlung für gleiche Tätigkeiten erhalten wie ihre männlichen Kollegen, und **sprachpolitisch**, damit die männliche Form nicht automatisch der Standard ist. Im derzeitigen rasanten Wandel, den zumindest viele Gesellschaften des Globalen Nordens erleben, wird sich zeigen, ob sich der gegenwärtig aus guten Gründen prominente Gender-Gap tatsächlich durchsetzen wird.

Reflektierte Schlussbetrachtung

Leistungskurs Deutsch (Nordrhein-Westfalen): Abiturprüfung 2022
Vergleichende Analyse literarischer Texte

Aufgaben

	Punkte
1. Analysieren Sie Ingeborg Bachmanns Gedicht „Die Welt ist weit" unter besonderer Berücksichtigung des Reisemotivs.	39
2. Analysieren Sie Günter Kunerts Gedicht „Der Reisende blickt zurück". Vergleichen Sie die beiden Gedichte von Bachmann und Kunert im Hinblick auf ihre jeweilige Aussage und Gestaltungsweise.	33

Ingeborg Bachmann
Die Welt ist weit (1952)

Die Welt ist weit und die Wege von Land zu Land,
und der Orte sind viele, ich habe alle gekannt,
ich habe von allen Türmen Städte gesehen,
die Menschen, die kommen werden und die schon gehen.
Weit waren die Felder von Sonne und Schnee,
zwischen Schienen und Straßen, zwischen Berg und See.
Und der Mund der Welt war weit und voll Stimmen an meinem Ohr
und schrieb, noch des Nachts, die Gesänge der Vielfalt vor.
Den Wein aus fünf Bechern trank ich in einem Zuge aus,
mein nasses Haar trocknen vier Winde in ihrem wechselnden Haus.

Die Fahrt ist zu Ende,
doch ich bin mit nichts zu Ende gekommen,
jeder Ort hat ein Stück von meinem Lieben genommen,
jedes Licht hat mir ein Aug verbrannt,
in jedem Schatten zerriß mein Gewand.

Die Fahrt ist zu Ende.
Noch bin ich mit jeder Ferne verkettet,
doch kein Vogel hat mich über die Grenzen gerettet,
kein Wasser, das in die Mündung zieht,
treibt mein Gesicht, das nach unten sieht,
treibt meinen Schlaf, der nicht wandern will …
Ich weiß die Welt näher und still.

Hinter der Welt wird ein Baum stehen
mit Blättern aus Wolken
und einer Krone aus Blau.
In seine Rinde aus rotem Sonnenband

schneidet der Wind unser Herz
und kühlt es mit Tau.

Hinter der Welt wird ein Baum stehen,
eine Frucht in den Wipfeln,
mit einer Schale aus Gold.
Laß uns hinübersehen,
wenn sie im Herbst der Zeit
in Gottes Hände rollt!

Quelle: Ingeborg Bachmann: Die Welt ist weit.
In: Dies.: Werke. Bd. 1: Gedichte – Hörspiele – Libretti – Übersetzungen. Hrsg. v. Christine Koschel, Inge von Weidenbaum, Clemens Münster. 5. Auflage. München: Piper 1993, S. 22 f.

Anmerkungen zur Autorin:
Ingeborg Bachmann lebte von 1926 bis 1973. Seit 1952 betätigte sie sich als freie Schriftstellerin. Bachmann verfasste zunächst Gedichte, wandte sich dann aber auch der Prosa zu.

Günter Kunert
Der Reisende blickt zurück (2019)

verwundert über die zurückgelegte
Strecke, die ungezählten Meilen,
die endlosen Straßen, die einsamen Pfade,
die den Abdruck der Sohlen verleugnen.
Alles Irrwege, Umwege des einen
und einzigen Heimwegs. Am Ende
fällt doch die Tür ins Schloss,
verweht das letzte Kalenderblatt,
kraftlos durch die Mühen
der hastigen Zeiten
wie ich.

Quelle: Günter Kunert: Der Reisende blickt zurück.
In: Ders.: Zu Gast im Labyrinth. Neue Gedichte. Hrsg. von Wolfram Benda.
München: Hanser 2019, S. 70.

Anmerkungen zum Autor:
Günter Kunert lebte von 1929 bis 2019. Bis 1979 lebte er in der DDR, danach in der Bundesrepublik. Das Gedicht stammt aus Kunerts letztem Lyrik-Band „Zu Gast im Labyrinth“, der kurz nach Kunerts Tod erschienen ist.

Teilaufgabe 1

Hinweise und Tipps

Welche Aufgabenart liegt vor und wie sind die Teilaufgaben gewichtet?
*Diese Aufgabe entspricht der **Aufgabenart I b: Vergleichende Analyse literarischer Texte**. Wie meistens bei dieser Aufgabenart wird die erste Teilaufgabe (39 Punkte) **etwas stärker gewichtet** als die zweite Teilaufgabe (33 Punkte).*

Was verlangt die Aufgabenstellung von mir?
*Die erste Teilaufgabe fordert mit dem Operator „Analysieren" eine Untersuchung des vorliegenden Gedichts „Die Welt ist weit" von Ingeborg Bachmann. Es sind also **Inhalt, Form und Sprache** zu berücksichtigen, um zu einer **vernetzten Deutung** des Textes zu gelangen. Kleiner Hinweis: Im Abitur ab 2023 kommt der Operator „Analysieren" bei literarischen Texten nicht mehr zum Einsatz – der stattdessen verwendete Operator „Interpretieren" ist aber mit den gleichen Anforderungen verbunden.*
*Die Aufgabenstellung enthält noch einen Hinweis auf ein Motiv, dass in jedem Falle berücksichtigt werden sollte: das **Reisemotiv**.*

Wie gehe ich bei der Bearbeitung der Aufgabe sinnvollerweise vor?
*Als Erstes gilt es ein **Grundverständnis** des Textes zu erlangen. Lesen Sie dafür zunächst den Text mindestens einmal durch und beantworten Sie sich die Frage, worum es darin geht. Dann bearbeiten Sie das Gedicht in weiteren Lesedurchgängen mithilfe von **Markierungen und Randnotizen**, und zwar in Bezug auf folgende Aspekte:*
- *die **Sprechsituation** (u. a.: Wer spricht? In welcher Situation? Gibt es einen Adressaten?),*
- *den **Inhalt** (u. a.: Worum geht es in den einzelnen Teilen des Textes? Was wird ausgesagt?) sowie den **Aufbau** (u. a.: Welche Sinnabschnitte gibt es? Wie ist die „Architektur" des Gedichts?),*
- *die **formale Gestaltung** (u. a.: Wie ist der Text optisch gegliedert, z. B. in Strophen? Herrscht ein bestimmtes Reimschema vor? Gibt es ein Metrum?),*
- *die **sprachliche Gestaltung** (u. a.: Welche rhetorischen Mittel werden verwendet und welche Funktion haben sie? Ist das Gedicht von einer besonderen Bildlichkeit geprägt? Welche Wirkung hat die Wortwahl?).*

*Am besten richten Sie bei der Texterarbeitung auch schon den Blick auf das **Reisemotiv** und machen sich **Notizen** dazu, wie es hier eingesetzt wird und welche Bedeutung es hat. Auch zur **Deutung** des Gedichts (für die die letzten beiden Strophen besonders relevant sind) sollten Sie sich ein paar Stichworte notieren.*

Wie kann ich meinen Aufsatz strukturieren?
*In jedem Falle beginnen Sie Ihren Aufsatz mit einer **Einleitung**, in der Sie die grundlegenden Daten zum Gedicht (Titel, Autorin, Veröffentlichungszeitpunkt, Textsorte) anführen und am besten auch schon das Thema kurz benennen. Im **Hauptteil** schließen Sie die **Analyse** des Textes an. Im vorliegenden Lösungsvorschlag werden zunächst grundsätzlich die **Sprechsituation**, die **Struktur** und die **Form** des Gedichts erläutert, um dann in einer **linearen** – also Schritt für Schritt durch den Text gehenden – **Analyse** den **Inhalt** in Verbindung mit der **sprachlichen Gestaltung** zu untersuchen und zu*

deuten. Die lineare Analyse bietet sich bei diesem Text deshalb an, weil sich in ihm ein deutlicher Blickwechsel vollzieht und sich dieser in einer linearen Analyse am besten verfolgen lässt. Welche Rolle das Reisemotiv spielt, können Sie hierbei ebenfalls schon beachten – im vorliegenden Lösungsvorschlag wurde aber der Weg gewählt, das Reisemotiv im Rahmen einer anschließenden zusammenfassenden Deutung zu berücksichtigen. Runden Sie Ihre Analyse mit einer ***Schlussbetrachtung*** *ab.*

Was gibt es bei dieser Aufgabe sonst noch zu beachten?
Das Gedicht ist verhältnismäßig lang. Um nicht in Zeitnot zu kommen, sollten Sie konzentriert arbeiten und sich möglichst nicht verzetteln. Außerdem ist das Gedicht teilweise von einer ***Bildlichkeit*** *geprägt (vgl. z. B. V. 10), die sich nicht immer direkt erschließt und* ***verschiedene Deutungen*** *zulässt. Es ist kein Schaden, wenn Sie die Deutungsoffenheit mancher Passagen benennen – gleichwohl sollten Sie eine in Ihren Augen plausible Lesart anbieten.*

Lösungsvorschlag

Einleitung
Grundlegende Informationen zum Gedicht

Das Gedicht „Die Welt ist weit" von Ingeborg Bachmann stammt aus dem Jahr 1952 und wirkt wie eine resümierende **Reflexion** über **ein bewegtes, aber zehrendes Leben**, verbunden mit dem **Ausblick** auf eine **andere, bessere Zukunft im Jenseits**.

Hauptteil
Sprechsituation und Struktur

In Bachmanns Gedicht äußert sich ein **lyrisches Ich**, das sich offenbar in einer **Übergangssituation** befindet. Darauf deuten schon die unterschiedlichen **Tempi** hin: Während zunächst mithilfe des Perfekts und Präteritums auf die eigenen (Reise-)Erfahrungen in der Welt zurückgeblickt wird, erfasst das lyrische Ich seine momentane Situation, in der die Fahrt vorüber ist, im Präsens („Die Fahrt ist zu Ende", V. 11). Der das Gedicht abschließende Ausblick in die Zukunft, der vom Futur geprägt ist, zeigt dann die Hoffnung auf das Kommende, die auch mit der **Ansprache** eines weitgehend unbestimmt bleibenden Gegenübers verbunden ist (vgl. V. 32). (Adressat)

Form

Die zeitliche Struktur des Gedichts spiegelt sich auch in der **Verslänge** und im **Reimschema** wider: Von der ersten Strophe (Rückblick) über die zweite und dritte Strophe (aktuelle Situation) bis hin zur vierten und fünften Strophe (Blick in die Zukunft) werden die Verse im Durchschnitt immer kürzer. Die **Dreiteiligkeit** der Struktur wird dabei auch von Wiederholungen der Strophenanfänge gestützt (vgl. V. 11 und 16 bzw. V. 23 und 29). Im Reimschema vollzieht sich ebenfalls eine Veränderung: Der in der ersten Strophe durchgängig verwendete Paarreim wird in der zweiten und dritten Strophe durch eine Waise (vgl. V. 11, 16) aufgelockert und verliert sich in den Strophen 4 und 5 vollständig. Der Verzicht auf ein metrisches Muster und auf regelmäßige Kadenzen passt dabei zum eher **erzählerischen Ton**, den das Gedicht anschlägt.

Der Rückblick des lyrischen Ichs auf seine Reise zeugt von einem **bewegten Leben:** Schon die am Beginn stehende Feststellung „Die Welt ist weit" (V. 1), die den Titel wiederholt, deutet darauf hin, dass das lyrische Ich **von der Welt viel gesehen** hat. Das **hyperbolisch** wirkende Pronomen „alle" (vgl. V. 2, 3), das sich auf die gesehenen Orte und die bestiegenen Stadttürme bezieht, unterstreicht dies noch. Die Formulierung, sowohl die Menschen gesehen zu haben, „die kommen werden", als auch die, „die schon gehen" (V. 4), deutet dann eine Erweiterung des bis dahin auf die räumliche Weite gerichteten Blicks ins **Zeitliche** an. Auf metaphorischer Ebene spielt sie schon auf die Frage nach dem Leben und Sterben an, die später in den Mittelpunkt rückt. Die zeitliche Perspektive schwingt auch in Vers 5 noch nach, wenn mit „Sonne und Schnee" auf Sommer und Winter verwiesen wird. Zusammen mit dem nachfolgenden Vers drückt das lyrische Ich hier auch den **Reichtum der äußeren Welt** aus, der von **vielgestaltiger Natur** („Felder von Sonne und Schnee", V. 5; „zwischen Berg und See", V. 6) geprägt ist, zu dem aber auch **zivilisatorische Elemente** wie „Schienen und Straßen" (V. 6) gehören. Ging es bisher vor allem um die visuelle Wahrnehmung der Welt, treten ab Vers 7 nun weitere Sinnesebenen hinzu, während zugleich auch die **Beziehung des lyrischen Ichs** zur bereisten Welt stärker in den Fokus rückt: Die Welt spricht zu ihm, wie die metaphorische Rede vom weiten „Mund der Welt" und den vielen „Stimmen" (V. 7) am Ohr des lyrischen Ichs andeutet, und bringt es selbst zum Singen (vgl. V. 8). Interpretiert man die Gesänge als Metonymie für poetische Werke, dann darf man in diesem Vers eine **poetologische Ebene** mitlesen: Die reichen Erfahrungen in der Welt haben das lyrische Ich zu vielfältigem (vgl. V. 8) **lyrischem Schaffen** inspiriert. Die Formulierung, den „Wein aus fünf Bechern [...] in einem Zuge" (V. 9) ausgetrunken zu haben, ist wiederum hyperbolisch und deutet umfassende **Sinnenfreuden**, vielleicht sogar Ausschweifungen an. Das Bild des Haares, das vom Wind getrocknet wird (vgl. V. 10), erzeugt den Eindruck eines **harmonischen Verhältnisses** zwischen Ich und den Gewalten der **Natur**. *Lineare Analyse* Strophe 1

Insgesamt leuchtet die erste Strophe die **vielfältigen Erfahrungen** in der Vergangenheit mithilfe beispielhafter Wahrnehmungen und Erinnerungen aus. Diese werden zwar aneinandergereiht, wirken aber dennoch nicht eintönig, weil Inversionen Akzente setzen (z. B.: „Weit waren", V. 5) oder auch die Konjunktion „und" einen euphorischen Ton vermittelt (insbesondere V. 7 f.).

Überdeutlich markiert der lakonische Satz am Beginn von Strophe 2 einen **inhaltlichen Einschnitt:** „Die Fahrt ist zu Ende" (V. 11). Auch wenn damit die gegenwärtige Situation in den Blick kommt, so steht doch noch die Frage im Mittelpunkt, was die Erfahrungen **mit dem Ich gemacht** haben. So positiv sie in Strophe 1 erschienen Strophe 2 und 3 sind, so **negativ** wirken sie angesichts der **Bilder** in Strophe 2: Das lyrische Ich konnte Dinge nicht zu Ende bringen (vgl. V. 12), hat an **Empfindungsvermögen eingebüßt** („jeder Ort hat ein Stück von meinem Lieben genommen", V. 13), **körperliche Versehrungen** erfahren („jedes Licht hat mir ein Aug verbrannt", V. 14) und den **Schutz**, den Kleidung („zerriß mein Gewand", V. 15) bietet, **verloren**. Die Wiederholung des Eingangsverses von Strophe 2 zu Beginn der dritten Strophe unterstreicht dann das Ende der Fahrt noch einmal. Eine **Loslösung** von der Vergangenheit scheint allerdings noch **nicht möglich** zu sein, wie die Metapher in Vers 17 („Noch bin ich mit jeder Ferne verkettet") verdeutlicht. Das Bild des „über die Grenzen" (V. 18) rettenden Vogels – ein Symbol der Freiheit – deutet dabei an, dass eine solche Loslösung ein Schritt der **Befreiung** wäre. Zugleich jedoch konnotiert das nachfolgende Bild des im Wasser treibenden, nach unten sehenden Gesichts (vgl. V. 19 f.) den Tod. Die Verse suggerieren hier, dass die **Freiheit im Tod** zu finden sei. Mit der doppelten Verwendung der **Negation** „kein" (V. 18 f.) wird aber betont, dass es für das Ich noch nicht so weit ist – auch wenn die Welt um es herum schon „näher und still" (V. 22) geworden ist.

Strophe 4 und 5

Mit dem Begriff „Welt" (V. 23) zu Beginn von Strophe 4 wird sowohl an das Ende der Strophe 3 als auch an den Beginn des Gedichts angeknüpft. Die Präposition „Hinter", mit der der Begriff versehen ist, markiert wiederum deutlich den **inhaltlichen Einschnitt** – die **zeitliche** und die **topografische Perspektive** wechseln: Der Blick in die Zukunft („wird", V. 23) ist zugleich der Blick auf das **Jenseits der Welt:** „Hinter der Welt wird ein Baum stehen" (V. 23). Die nachfolgende Beschreibung lässt dieses Jenseits als **verheißungsvollen Ort** erscheinen – sie erzeugt ein harmonisches, von intensiven, klaren **Farben** getragenes Bild, in dem die Elemente des Baumes **mit der Himmelsnatur überblendet** werden: Die Blätter sind „Wolken", die Baumkrone ist „Blau" wie der Himmel, die Rinde ein „rote[s] Sonnenband" (V. 24 ff.). Stellt man sich die Wolken als Blätter und die Krone als Himmel vor, erscheint die „Frucht [...] mit einer Schale aus Gold" (V. 30 f.) als Sonne. Die überhöhende Überblendung von Baum und Himmelsszenerie öffnet den Blick für **kosmische Zusammenhänge**, die mit dem abschließenden Verweis auf **Gott** (vgl. V. 34) auch noch **religiös** konnotiert werden. Hierin scheint sich die Hoffnung des lyrischen Ichs auf ein **Ankommen bei Gott** auszudrücken. Interessanterweise spricht das lyrische Ich in den beiden Strophen nicht mehr nur von sich, sondern benutzt den Plural („unser", V. 27; „uns", V. 32). Das **Symbol** des in die Rinde geschnittenen Herzens deutet darauf hin, dass sich diese Pronomen auf eine Person beziehen, zu der es Liebe empfindet. Mit dem Blick in die jenseitige Zukunft verbindet sich insofern offenbar auch die Hoffnung auf eine **gelingende Liebe**. Die direkte Aufforderung an den geliebten Menschen, gemeinsam „hinüber[zu]sehen" (V. 32), vermittelt den Eindruck, dass das lyrische Ich die „letzten Dinge" zusammen mit diesem erfahren will.

Deutung unter Berücksichtigung des Reisemotivs

Insbesondere angesichts der Anspielungen auf den Tod (vgl. V. 20, auch: „Herbst der Zeit", V. 33) lässt sich die erste Strophe als ein Rückblick am **Lebensende** lesen. Die Reise durch die weite Welt erscheint als **Lebensreise**, die **vielfältige Erfahrungen** ermöglicht, das Ich aber **versehrt** zurückgelassen hat. Die resümierende Auseinandersetzung mit dem eigenen Leben wird verknüpft mit der sehnsuchtsvollen Aussicht auf **Heilung** und **gelingende Liebe** im Jenseits. Die Reise, deren Ende eigentlich mit dem Satz „Die Fahrt ist zu Ende" (V. 11, 16) festgehalten wird, endet daher eigentlich noch nicht. Davon zeugen insbesondere die **Bewegung** andeutenden Formulierungen (vgl. V. 4–21) und insgesamt die über die Grenzen der Welt hinausweisende **Topografie:** Als eigentliches Ende der Lebensreise rückt die **Ankunft bei Gott** in den Blick. In gewisser Form wird der **Titel** des Gedichts vom Text unterlaufen: „Die Welt ist weit", aber hinter der Welt geht es noch weiter.

Schlussbetrachtung

Das Gedicht vermittelt daher die Hoffnung auf eine **Aufhebung des Schmerzes**, von dem das Leben geprägt gewesen ist, in der **Transzendenz**, letztendlich bei Gott. Es bleibt also nicht bei einem resignativen und desillusionierten Rückblick, es wird vielmehr das **Vertrauen** darauf vermittelt, dass sich das **Leben im Tod zum Guten wenden** werde.

Teilaufgabe 2

Hinweise und Tipps

Was verlangt die Aufgabenstellung von mir?

Die Teilaufgabe ist in sich ***zweigeteilt:*** *Zunächst wird die* ***Analyse*** *eines zweiten Gedichts (Günter Kunerts „Der Reisende blickt zurück") verlangt. Hier gilt es die gleichen Aspekte zu untersuchen wie bei Bachmanns Gedicht, wobei keine besondere Beachtung des Reisemotivs gefordert ist. Anschließend sollen die beiden Gedichte miteinander* ***verglichen*** *werden. Dafür sind zwei Aspekte vorgegeben: die jeweilige* ***Aussage*** *und die* ***Gestaltungsweise****. Diese Vorgabe zeigt Ihnen zweierlei: Zum einen soll die inhaltliche Betrachtung offenbar auf die Deutungsebene („Aussage") ausgerichtet sein. Zum anderen soll der Vergleich darüber hinaus die Art und Weise, wie die Gedichte gestaltet werden, berücksichtigen. Der verhältnismäßig allgemeine Begriff „Gestaltungsweise" meint hier sowohl die formale als auch die sprachliche Ebene.*

Wie gehe ich bei der Bearbeitung der Aufgabe vor?

Zunächst ***erschließen*** *Sie* ***Kunerts Gedicht*** *in der gleichen Weise, wie Sie Bachmanns Gedicht erschlossen haben. Eine Einteilung in Sinnabschnitte ist angesichts der Kürze*

nicht unbedingt erforderlich, sie kann Ihnen aber trotzdem helfen, sich bewusst zu machen, inwiefern sich in den drei Sätzen eine Entwicklung oder auch ein Blickwechsel vollzieht.
Anschließend ***bereiten*** *Sie den* ***Vergleich vor****, indem Sie* ***Unterschiede*** *und* ***Gemeinsamkeiten*** *der beiden Gedichte notieren. Das können Sie beispielsweise in einer Tabelle oder auch in einer Mindmap machen. Denken Sie daran, sich hierbei auf die beiden Aspekte zu fokussieren, die in der Aufgabe genannt sind.*

Wie kann ich meinen Aufsatz strukturieren?
Zu Beginn stellen Sie in einer ***aufgabenbezogenen Überleitung*** *den Bezug zu Kunerts Gedicht her und nennen wiederum die grundsätzlichen Informationen zu diesem. Im* ***Hauptteil*** *schließen Sie dann dessen* ***Analyse*** *an, wobei es sich auch hier wieder anbietet, zunächst auf* ***Sprechsituation****,* ***Form*** *und* ***Struktur*** *einzugehen, bevor Sie sich der* ***linearen Analyse*** *der drei Sätze widmen. Dann wenden Sie sich dem* ***Vergleich*** *der beiden Gedichte zu. Es ist hier sinnvoll, zunächst die Gestaltungsweise und dann die Aussage der Texte zu thematisieren. Denn eine Abrundung des Aufsatzes ausgehend von der inhaltlichen Deutung fällt in der Regel leichter.*

Was gibt es bei dieser Aufgabe sonst noch zu beachten?
Kunerts Gedicht ist sehr viel kürzer als Bachmanns Text und auch etwas leichter zu verstehen. Das erklärt, warum trotz geringerer Bepunktung der zweiten Teilaufgabe hier neben der Gedichtanalyse auch noch der Vergleich verlangt wird.

Lösungsvorschlag

Aufgabenbezogene Überleitung

Auch Günter Kunerts Gedicht „Der Reisende blickt zurück“, das 2019, also fast 70 Jahre später erschienen ist, lässt sich als **resümierende Auseinandersetzung** mit dem **vergangenen Lebensweg** lesen.

Hauptteil

Analyse des Kunert-Gedichts

Sprechsituation

Die Sprechsituation des Gedichts wird schon durch den Gedichttitel konturiert: Er kündigt einen **Rückblick auf eine Reise** an. Kunerts Wortwahl und insbesondere die Bildlichkeit verdeutlichen schnell, dass diese hier wiederum als **Lebensreise** zu verstehen ist, die an ihr „Ende“ (V. 6) gekommen ist. Dass es sich bei dem Reisenden um das **lyrische Ich** handelt, erschließt sich allerdings erst mit dem letzten Vers des Gedichts.

Form

Der elfversige Text hat keine strophische Unterteilung und verzichtet sowohl auf metrische Gestaltung als auch auf Reime. Dass von den drei Sätzen des Gedichts zwei elliptisch sind, unterstreicht dessen **nüchterne Form** noch – die erste Hälfte des Gedichts wirkt im Ton fast wie eine Tagebuchnotiz. Diese Gestaltung passt insgesamt zum **resignativen Verhältnis** des Ichs zu seiner Vergangenheit. Die mehrfachen, zum Teil auch starken (vgl. V. 1 f., 5 f., 6 f.) Enjambements spiegeln dabei auf formaler Ebene das unausweichliche Voranschreiten der Zeit wider, das im Gedicht zur Sprache kommt.

Inhaltlich lässt sich das Gedicht in **zwei Teile strukturieren**. Im ersten Teil (vgl. V. 1–6) steht der **Rückblick** auf die Lebensreise, im zweiten Teil die **Erwartung des nahen Lebensendes** im Mittelpunkt.

Aufbau

Der unvermittelte Beginn des Gedichts, der durch die Kleinschreibung des ersten Wortes noch betont wird, artikuliert gleich eine Empfindung, die **wenig positiv** erscheint – „verwundert" (V. 1) blickt das lyrische Ich zurück. Der Lebensweg wird dabei in einer asyndetischen Aufzählung ähnlicher Begriffe („Strecke", „Meilen", „Straßen", „Pfade", V. 2 f.) aufgefächert. Die Wortwahl lässt dabei den Eindruck entstehen, dass es ein **langer** („ungezählten", „endlosen", V. 2 f.), aber **freudloser** („einsamen", V. 3) Weg gewesen ist. Das Bild des verleugneten Sohlenabdrucks („die den Abdruck der Sohlen verleugnen", V. 4) wirkt besonders **resignativ:** Im Rückblick erscheint das eigene Handeln und Wirken bedeutungslos, es hinterlässt **keine sichtbaren Spuren**.

Lineare Analyse
– Erster Satz

Der zweite Satz bringt die **Resignation** des lyrischen Ichs noch klarer zum Ausdruck: Es beurteilt die zuvor geschilderten Wege als „Irrwege, Umwege" (V. 5) und beklagt damit die gänzlich **falsche Ausrichtung** des gelebten Lebens. Die Rede vom „einen und einzigen Heimweg[]" (V. 5 f.) veranschaulicht – die Bildlichkeit des Lebenswegs fortsetzend – die **Zwangsläufigkeit**, mit der das Leben irgendwann enden muss.

– Zweiter Satz

Nach zwei unvollständigen Sätzen, die den Eindruck spontaner Empfindung unterstreichen, ist der dritte Satz nun vollständig. Dadurch wird die Unvermeidlichkeit des nahenden Todes betont, der mit zwei **Bildern** veranschaulicht wird: Sowohl die ins Schloss fallende Tür (vgl. V. 6 f.) als auch das Verwehen des „letzte[n] Kalenderblatt[s]" (V. 8) vermitteln die **Unausweichlichkeit des Todes**. Der Vergleich „wie ich" (V. 11), der durch seine Alleinstellung besonders hervorgehoben wird, schreibt die aus den „Mühen / der hastigen Zeiten" (V. 9 f.) resultierende Kraftlosigkeit (vgl. V. 9) nicht nur dem Kalenderblatt, sondern auch dem lyrischen Ich zu. Diese Wortwahl fügt der Lebensreise eine weitere Facette hinzu: Sie war **beschwerlich** – und zwar nicht zuletzt aufgrund der Schnelllebigkeit der Zeit, in der das lyrische Ich gelebt hat.

– Dritter Satz

In einfacher und durch die Bildhaftigkeit anschaulicher Sprache bringt das Gedicht die **resignativen Gefühle** des lyrischen Ichs zu seinem Lebensweg zum Ausdruck. Sein Wissen um den nahenden Tod lässt sein Tun in der Vergangenheit **vergeblich** erscheinen. Insofern knüpft Kunert hier an das barocke Motiv der Vanitas an, das auf die **Vergeblichkeit und Nichtigkeit** des menschlichen Lebens angesichts des Todes verweist. Die im Barock (und später in der Romantik) typische Hoffnung auf Transzendenz in Gott, zu dem

Zusammenfassende Deutung

man im Tod zurückkehrt, wird allerdings in Kunerts modernem Gedicht nur noch im Begriff des „Heimwegs“ (V. 6) anzitiert, aber nicht weiter inhaltlich unterfüttert: Das lyrische Ich bleibt mit seinem **Wissen um den Tod so allein**, wie es im letzten Vers steht.

Vergleich mit Bachmanns Gedicht

Gestaltungsweise: Form und Sprache

Auch wenn die beiden Gedichte von Kunert und Bachmann das Thema miteinander teilen, gibt es doch einige Unterschiede: Formal ähneln sich die Texte zwar insofern, als sie auf **traditionelle Gestaltungselemente** wie Metrum oder regelmäßige Strophen **verzichten**. Bachmann greift allerdings zunächst noch auf den Reim zurück, löst sich aber gegen Ende von ihm. Diese Loslösung korrespondiert mit der Hoffnung auf innere Befreiung in der Transzendenz und kann insofern als **formale Spiegelung dieser Befreiung** gedeutet werden. Das **Fehlen jeglicher Reime** in Kunerts Gedicht stützt dagegen insgesamt dessen eher **trostlosen Ton**. Sprachlich wiederum haben die Gedichte eine starke Bildlichkeit gemein. Während diese bei Kunert verhältnismäßig **einfach** ist und **kaum Verständnisbarrieren** aufbaut, ist sie bei Bachmann komplexer und deutungsoffener. Und auch der Stil ist ein anderer: Bachmanns Text ist durchgängig und insbesondere gegen Ende von einem **poetisierten Sprechen** geprägt, Kunert dagegen bedient sich einer prosanahen Sprache, die zum **nüchternen Grundgestus** des Textes beiträgt.

Aussage

Inhaltlich teilt Bachmanns „Die Welt ist weit“ mit Kunerts Gedicht die **Veranschaulichung des menschlichen Lebens** als **Reise**, auf die ein lyrisches Ich zurückblickt. Der Rückblick auf die Lebensreise steht dabei im Zeichen des **nahenden Lebensendes**, wodurch er den Charakter eines Lebensresümees bekommt. Während allerdings Kunert ein ausschließlich **negatives Bild** von der Vergangenheit zeichnet, geprägt von Einsamkeit, Irrwegen, Mühen und dem Wissen um die eigene Bedeutungslosigkeit, hat das lyrische Ich bei Bachmann zumindest ein **erfahrungsreiches Leben** hinter sich, auch wenn dieses **Schmerzen und Verluste** gebracht hat. Das Bewusstsein für die eigene Vergänglichkeit prägt dabei beide Texte. Bei Kunert bleibt es bei der **Resignation** über das gelebte Leben, der Tod wird die Lebensreise beenden. Bei Bachmann dagegen öffnen die letzten Strophen die Perspektive auf ein **Jenseits der Welt**. Hier artikuliert sich die Hoffnung auf **Transzendenz** und auf **Aufgehobensein bei Gott** – und auf **gelingende Liebe**. Bei Kunert hallt eine solche Aussicht nur noch schwach im Begriff des Heimwegs nach, die Perspektive bleibt auf das Diesseits ausgerichtet.

Schlussgedanke

Den Leserinnen und Lesern vermittelt Bachmanns Gedicht insofern die **Zuversicht**, dass am Ende die geschundene Seele **geheilt** werden wird. Bei Kunert werden sie hingegen nicht mit einer solch positiven Aussicht aus dem Text entlassen – insbesondere angesichts der Tatsache, dass Kunert sein Gedicht tatsächlich am eigenen Lebensende verfasste, lässt es einen eher **traurig** zurück.

Leistungskurs Deutsch (Nordrhein-Westfalen): Abiturprüfung 2022
Analyse eines literarischen Textes mit weiterführendem Schreibauftrag

Aufgaben

	Punkte
1. Analysieren Sie die Kurzgeschichte „An der Brücke“ von Heinrich Böll und erschließen Sie dabei die Gestaltung der Figur des Ich-Erzählers.	38
2. Stellen Sie dar, welche Bedeutung die Beziehung zu Margot Neff für die Entwicklung von Veit Kolbe in dem Roman „Unter der Drachenwand“ von Arno Geiger hat. Vergleichen Sie vor diesem Hintergrund die literarische Gestaltung der beiden vom Krieg betroffenen Männerfiguren. Berücksichtigen Sie dabei auch die erzählerische Anlage beider Texte.	34

Heinrich Böll
An der Brücke (1949)

Die haben mir meine Beine geflickt und haben mir einen Posten gegeben, wo ich sitzen kann: ich zähle die Leute, die über die neue Brücke gehen. Es macht ihnen ja Spaß, sich ihre Tüchtigkeit mit Zahlen zu belegen, sie berauschen sich an diesem sinnlosen Nichts aus ein paar Ziffern, und den ganzen Tag, den ganzen Tag, geht mein stummer Mund wie ein Uhrwerk, indem ich Nummer auf Nummer häufe, um ihnen abends den Triumph einer Zahl zu schenken.

Ihre Gesichter strahlen, wenn ich ihnen das Ergebnis meiner Schicht mitteile, je höher die Zahl, um so mehr strahlen sie, und sie haben Grund, sich befriedigt ins Bett zu legen, denn viele Tausende gehen täglich über ihre neue Brücke …

Aber ihre Statistik stimmt nicht. Es tut mir leid, aber sie stimmt nicht. Ich bin ein unzuverlässiger Mensch, obwohl ich es verstehe, den Eindruck von Biederkeit zu erwecken.

Insgeheim macht es mir Freude, manchmal einen zu unterschlagen, und dann wieder, wenn ich Mitleid empfinde, ihnen ein paar zu schenken. Ihr Glück liegt in meiner Hand. Wenn ich wütend bin, wenn ich nichts zu rauchen habe, gebe ich nur den Durchschnitt an, manchmal unter dem Durchschnitt, und wenn mein Herz aufschlägt, wenn ich froh bin, lasse ich meine Großzügigkeit in einer fünfstelligen Zahl verströmen. Sie sind ja so glücklich! Sie reißen mir förmlich das Ergebnis jedesmal aus der Hand, und ihre Augen leuchten auf, und sie klopfen mir auf die Schulter. Sie ahnen ja nichts! Und dann fangen sie an zu multiplizieren, zu dividieren, zu prozentualisieren, ich weiß nicht, was. Sie rechnen aus, wieviel heute jede Minute über die Brücke gehen und wieviel in zehn Jahren über die Brücke gegangen sein werden. Sie lieben das zweite Futur, das zweite Futur ist ihre Spezialität – und doch, es tut mir leid, daß alles nicht stimmt …

Wenn meine kleine Geliebte über die Brücke kommt – und sie kommt zweimal am Tage –, dann bleibt mein Herz einfach stehen. Das unermüdliche Ticken meines Herzens setzt einfach aus, bis sie in die Allee eingebogen und verschwunden ist. Und alle, die in dieser Zeit passieren, verschweige ich ihnen. Diese zwei Minuten gehören mir, mir ganz allein, und ich lasse sie mir nicht nehmen. Und auch wenn sie abends wieder zurückkommt aus ihrer Eisdiele – ich weiß inzwischen, daß sie in einer Eisdiele arbeitet –, wenn sie auf der anderen Seite des Gehsteiges meinen stummen Mund passiert, der zählen, zählen muß, dann setzt mein Herz wieder aus, und ich fange erst wieder an zu zählen, wenn sie nicht mehr zu sehen ist. Und alle, die das Glück haben, in diesen Minuten vor meinen blinden Augen zu defilieren[1], gehen nicht in die Ewigkeit der Statistik ein: Schattenmänner und Schattenfrauen, nichtige Wesen, die im zweiten Futur der Statistik nicht mitmarschieren werden …

Es ist klar, daß ich sie liebe. Aber sie weiß nichts davon, und ich möchte auch nicht, daß sie es erfährt. Sie soll nicht ahnen, auf welche ungeheure Weise sie alle Berechnungen über den Haufen wirft, und ahnungslos und unschuldig soll sie mit ihren langen braunen Haaren und den zarten Füßen in ihre Eisdiele marschieren, und sie soll viel Trinkgeld bekommen. Ich liebe sie. Es ist ganz klar, daß ich sie liebe.

Neulich haben sie mich kontrolliert. Der Kumpel, der auf der anderen Seite sitzt und die Autos zählen muß, hat mich früh genug gewarnt, und ich habe höllisch aufgepaßt. Ich habe gezählt wie verrückt, ein Kilometerzähler kann nicht besser zählen. Der Oberstatistiker selbst hat sich drüben auf die andere Seite gestellt und hat später das Ergebnis einer Stunde mit meinem Stundenergebnis verglichen. Ich hatte nur einen weniger als er. Meine kleine Geliebte war vorbeigekommen, und niemals im Leben werde ich dieses hübsche Kind ins zweite Futur transponieren lassen, diese meine kleine Geliebte soll nicht multipliziert und dividiert und in ein prozentuales Nichts verwandelt werden. Mein Herz hat mir geblutet, daß ich zählen mußte, ohne ihr nachsehen zu können, und dem Kumpel drüben, der die Autos zählen muß, bin ich sehr dankbar gewesen. Es ging ja glatt um meine Existenz.

Der Oberstatistiker hat mir auf die Schulter geklopft und hat gesagt, daß ich gut bin, zuverlässig und treu. „Eins in der Stunde verzählt", hat er gesagt, „macht nicht viel. Wir zählen sowieso einen gewissen prozentualen Verschleiß hinzu. Ich werde beantragen, daß Sie zu den Pferdewagen versetzt werden."

Pferdewagen ist natürlich die Masche[2]. Pferdewagen ist ein Lenz[3] wie nie zuvor. Pferdewagen gibt es höchstens fünfundzwanzig am Tage, und alle halbe Stunde einmal in seinem Gehirn die nächste Nummer fallen zu lassen, das ist ein Lenz!

Pferdewagen wäre herrlich. Zwischen vier und acht dürfen überhaupt keine Pferdewagen über die Brücke, und ich könnte spazierengehen oder in die Eisdiele, könnte sie mir lange anschauen oder sie vielleicht ein Stück nach Hause bringen, meine kleine, ungezählte Geliebte …

Aus: Heinrich Böll: An der Brücke. In: Ders.: Werke. Kölner Ausgabe. Bd. 4. Hrsg. von Hans Joachim Bernhard. Köln: Kiepenheuer & Witsch 2003, S. 53–55.

Anmerkungen:
1 *defilieren:* vorbeiziehen.
2 *Masche:* Kniff, Schachzug, Trick.
3 *Lenz:* eigentlich Frühling, *hier:* Zeit zum Faulenzen.

Anmerkungen zum Autor:
Heinrich Böll wurde 1917 in Köln geboren. Kurz nach Antritt des Studiums der Germanistik und klassischen Philologie wurde Böll 1939 in die Wehrmacht einberufen und war bis zum Ende des Krieges 1945 Soldat. Die Erfahrungen des Krieges und die politischen und gesellschaftlichen Entwicklungen im Nachkriegsdeutschland bilden die zentralen Themen seines literarischen Werkes, für das er 1972 mit dem Nobelpreis für Literatur ausgezeichnet wurde. Böll starb 1985 in Kreuzau-Langenbroich.

Weitere Anmerkungen:
Bei den „Pünktchen", die sich im Text finden, handelt es sich nicht um Auslassungspunkte, sie gehören zum Originaltext.

Teilaufgabe 1

Hinweise und Tipps

Welche Aufgabenart liegt vor und wie sind die Teilaufgaben gewichtet?
Die Aufgabe entspricht den ***Vorgaben der Aufgabenart I a: Analyse eines literarischen Textes****, hier* ***mit weiterführendem Schreibauftrag****. Wie meist bei dieser Aufgabenart erhält man für die erste Teilaufgabe, in deren Zentrum die Analyse eines Textes steht, etwas mehr Punkte (38 Punkte) als für den zweiten Aufgabenteil (34 Punkte).*

Was verlangt die Aufgabenstellung von mir?
Das zu den übergeordneten Operatoren gehörende „Analysieren" forderte im Abitur 2022 die umfassende Untersuchung von Inhalt, Form und Sprache eines literarischen Textes und deren Deutung. Ab dem Abitur 2023 soll für diese Anforderungen bei literarischen Texten aber nur noch der Operator „Interpretieren" eingesetzt werden.
Bei der vorliegenden Kurzgeschichte ist insbesondere die Gestaltung der Figur des Ich-Erzählers in den Blick zu nehmen.

Wie gehe ich bei der Bearbeitung der Aufgabe vor?
Zur Bearbeitung des Textes gehört seine ***optische Erschließung:*** *Markieren Sie zentrale Äußerungen des Ich-Erzählers, verdeutlichen Sie sich durch Unterstreichungen und grafische Verbindungen dessen Gedankengang und vermerken Sie in Stichworten auffallende erzählgestalterische und sprachlich-stilistische Mittel. Notieren Sie alle Ihre Überlegungen und fertigen Sie einen* ***Schreibplan*** *an.*

Wie kann ich meinen Aufsatz strukturieren?
Nennen Sie in der ***Einleitung*** *alle notwendigen Primärinformationen zum Text und formulieren Sie das Thema der Kurzgeschichte, das sich Ihnen aus der vorhergehenden genauen Analyse erschlossen hat. Im* ***Hauptteil*** *bietet es sich an, zunächst erzählerische Aspekte wie Handlungsort und -zeit sowie die erkennbare Dreigliedrigkeit der Schilderung zu thematisieren, um sich dann genauer dem Inhalt und der Deutung des Textes zuzuwenden.*
Achten Sie darauf, in einer ***Schlussbetrachtung*** *die Deutungsergebnisse noch einmal pointiert zu bündeln, um so auch die Überleitung zur zweiten Teilaufgabe vorzubereiten.*

Was gibt es bei dieser Aufgabe sonst noch zu beachten?
Bei der Kurzgeschichte handelt es sich um die subjektive Schilderung eines Ich-Erzählers, der seine Sichtweise auf seine Lebenssituation vermittelt. Andere Perspektiven als seine eigene kennen wir nicht. Umso wichtiger ist es, auch darauf zu achten, was er nicht sagt oder nur anscheinend am Rande erwähnt, so als wäre es selbstverständlich. Bedenken Sie immer, dass es sich nicht um einen zuverlässigen und um objektive Darstellung bemühten Erzähler handelt, sondern um die Äußerung einer Figur, die ein spezifisches Lebensschicksal hat.

Lösungsvorschlag

Einleitung
Grundlegende Informationen zum Text und zu seinem Thema

Heinrich Bölls Kurzgeschichte „An der Brücke" erschien 1949. Darin schildert ein namenlos bleibender Ich-Erzähler seine Tätigkeit als Personenzähler an einer Brücke. Dieser Mann, ein durch den Krieg Versehrter, dem die „Beine geflickt" (Z. 1) werden mussten, verbindet in seiner Darstellung seine persönliche Sichtweise auf eine **völlig absurde und sinnlose Tätigkeit** mit dem Ausdruck seiner **Liebe zu einer Frau**, die zweimal am Tag die Brücke überquert. In dem Text manifestiert sich die starke **Zwiespältigkeit seines Daseins** zwischen **starker Fremdbestimmung** und seiner **Liebe** zu dieser ebenfalls namenlos bleibenden Frau.

Hauptteil
Handlungsort und Handlungszeit

Der **Handlungsort** der Kurzgeschichte ist klar umrissen, eben diese schon im Titel angesprochene Brücke. Die **Handlungszeit** ist hingegen unsicher, da keine genauere Datierung genannt oder auch nur angedeutet wird. Dass die Handlung noch im Krieg spielt, ist nicht ganz auszuschließen. Wahrscheinlicher ist aber, dass sie in der unmittelbaren **Nachkriegszeit** zu verorten ist und damit nah an die Entstehungszeit des Textes heranrückt. Denn es ist von einer „neue[n] Brücke" (Z. 2) die Rede; Schäden durch Kriegseinwirkungen werden nicht erwähnt. Außerdem gewinnt man den Eindruck eines recht regen Treibens auf dieser Brücke, das nicht durch drohende Kriegshandlungen eingeschränkt wird. Letztlich deutet der Umstand, dass die geliebte Frau in einer Eisdiele arbeitet (vgl. Z. 28 ff.), zumindest vage an, dass das soziale Leben in dem Ort (wieder) in Gang gekommen ist.

Erzählstruktur

Die Kurzgeschichte hat einen **dreigliedrigen Aufbau:** Im ersten Teil (Z. 1–23) schildert der Ich-Erzähler seine **Tätigkeit** als Personenzähler auf der Brücke. Dem schließt sich eine Textpassage an (Z. 24–40), in der der Mann sich seiner **Liebe zu der Frau** vergewissert, wohlgemerkt ohne dass sie selbst von dieser Liebe etwas weiß (vgl. Z. 36). Der Text erweckt den Eindruck, als würde sie ihn gar nicht kennen. Im letzten Teil (Z. 41–62) schließlich werden diese beiden Handlungsfäden miteinander verknüpft: Der Ich-Erzähler schildert eine **Situation**, in der er von einem Vorgesetzten kontrolliert wird, aber dennoch die geliebte Frau nicht mitzählt.

Zeitstruktur

Wie das **Präsens** in den ersten beiden Abschnitten und am Ende des Textes verdeutlicht, liegt der Erzählzeitpunkt noch in der **Zeit seiner Tätigkeit als Personenzähler**. Seine grundsätzlichen Erfahrungen schildert er weithin **resümierend**. Deutlich wird das vor allem an Adverbien („manchmal“, Z. 13; „jedesmal“, Z. 18) und an den mit „Wenn“ (u. a. Z. 15, 24) eingeleiteten Temporalsätzen, die wiederkehrende Situationen zusammenfassen. Nur im letzten Teil der Schilderung wird der Ich-Erzähler **konkret** und wechselt zum **Perfekt** bzw. zum **Präteritum**, um im Rückblick ein einzelnes Ereignis („Neulich“, Z. 41) zu schildern. Im Unterschied zum Erzählzeitpunkt bleibt die **erzählte Zeit** jedoch **unbestimmt**.

Inhalt und Handlungsabfolge

Nicht bestimmbar, also unkenntlich, bleiben auch **seine Auftraggeber**. Der Ich-Erzähler bezeichnet sie gleich zu Beginn als „Die“ (Z. 1) und bleibt durchgängig bei der Nennung von Personalpronomina oder erwähnt sie nur als Funktionsträger wie etwa den „Oberstatistiker“ (Z. 44). Dadurch wird von Beginn an die **innere Distanz** des Ich-Erzählers zu diesen deutlich. Er kommt der von ihnen erteilten Aufgabe, die Personen zu zählen, die die Brücke überqueren, zwar nach, **unterläuft** sie aber zugleich, indem er sehr ungenau zählt. Abhängig ist die Sorgfalt seiner Arbeit von seiner situativen Stimmungslage, die wiederum ganz wesentlich von den Momenten bestimmt wird, in denen seine „kleine Geliebte“ (Z. 24) die Brücke passiert. Er konzentriert sich dann ganz auf die Beobachtung dieser Frau und erfasst in dieser Zeit keine Passanten. Als er schließlich eine Kontrolle, auf die ihn ein „Kumpel“ (Z. 41) rechtzeitig aufmerksam macht, mit Erfolg besteht und eine Versetzung zu einer anderen Aufgabe in Aussicht gestellt bekommt, öffnet sich für ihn in Gedanken ein **Zukunftsfenster**, das ihn der geliebten Frau näherzubringen verspricht.

Historischer Kontext

Die Kurzgeschichte nimmt ein **Thema** auf, das nicht allein für das Ende des Zweiten Weltkriegs und die unmittelbare Nachkriegszeit von Bedeutung war, sondern überzeitlich ist: nämlich die Frage nach der **Wiedereingliederung der Soldaten**, insbesondere auch der **kriegsversehrten Soldaten** in das **zivile**, **bürgerliche Leben**. Böll gestaltet mit „An der Brücke“ dieses Thema erzählerisch und entfaltet es unter anderem mithilfe satirischer Mittel und tragischer Elemente.

Verhältnis des Ich-Erzählers zu seiner Aufgabe und zu seinen Auftraggebern

Denn die **Sinnlosigkeit** der Aufgabe des Soldaten, deren Eintönigkeit unter anderem durch Wiederholungen (vgl. Z. 4, 31) unterstrichen wird, ist nicht nur der Leserschaft, sondern ebenso der Erzählfigur vollkommen klar. Er entlarvt ja seine Tätigkeit als eine **bloße Quantifizierung von Menschen**, als „Nummer auf Nummer“ (Z. 5), die am Ende des Tages den „Triumph einer Zahl“ (Z. 6) markieren.

Hyperbeln solcher Art führen zu ironischen Wendungen, die die **Distanz** des Ich-Erzählers **zu seiner Arbeit** und vor allen Dingen **zu seinen Auftraggebern** hervortreten lassen. Insbesondere die Diskrepanz zwischen der Sinnlosigkeit der Zahlen und den hohen Gefühlen, die diese bei den Auftraggebern auslösen („berauschen", Z. 3; „Sie sind ja so glücklich!", Z. 17 f.), zeugt von der **satirischen Überzeichnung** der Auftraggeber durch den Ich-Erzähler. So stellt er sich unter anderem auch vor, dass sie sich „befriedigt ins Bett [...] legen", wenn die Daten belegen, dass „viele Tausende [...] täglich über ihre neue Brücke" (Z. 8 f.) gegangen sind. Man kann es kaum anders sagen: Der Ich-Erzähler **macht sich über seine Auftraggeber lustig**, er **verspottet** sie geradezu und entlarvt die **Absurdität ihres Treibens**.
Zugleich macht es ihm „[i]nsgeheim [...] Freude" (Z. 13), die Datenlage, die sich die Auftraggeber erhoffen, durch ungenaues Zählen zu untergraben. Sein Verhalten verschafft ihm dabei offenbar auch ein Gefühl von Macht über diejenigen, die eigentlich Macht über ihn haben: „Ihr Glück liegt in meiner Hand." (Z. 14 f.)
Der Ich-Erzähler suggeriert damit eine **Autonomie gegenüber den Auftraggebern**, eine gewisse Form **innerer Freiheit und Selbstbestimmung**, die er aber bei Lichte besehen **nicht hat**. Denn – und das deutet auf **seine persönliche Tragik** hin – der Ich-Erzähler kommt aus der Abhängigkeit von ihnen nicht heraus. Er hat sich seine Arbeit nicht frei gewählt und ist abhängig vom Wohlwollen seiner Auftraggeber (vgl. Z. 51). Selbst die aufgrund seiner vermeintlichen Zuverlässigkeit in Aussicht gestellte Versetzung verändert ja nicht die hierarchischen Strukturen, in denen er gefangen ist. Der Ich-Erzähler leistet eine **sinnentleerte**, **entfremdete Arbeit** – und nichts spricht dafür, dass sich das in Zukunft ändern wird.

Verhältnis des Ich-Erzählers zur geliebten Frau

Ein weiteres Moment seiner **tragisch zu nennenden Lebenssituation** manifestiert sich in der **Liebe zu dieser Frau**. Er nennt sie „kleine Geliebte" (Z. 24), eine Bezeichnung, die im zeitgenössischen Kontext ohne Zweifel als liebevolle, ja als zärtliche Hinwendung verstanden sein möchte. Er beschreibt nicht nur Äußerlichkeiten wie ihre „langen braunen Haare" (Z. 38 f.) und ihre „zarten" (Z. 39) Füße, sondern auch die außergewöhnlichen Auswirkungen auf sein Körpergefühl: Er meint, dass sein „Herz einfach stehen" (Z. 25) bleibe. In den zwei Minuten, in denen die Frau vorübergeht, zählt er nicht weiter (vgl. Z. 26 ff.). Es ist für ihn eine Zeit, die nur ihm selbst „ganz allein" gehört und die er sich „nicht nehmen" (Z. 28) lassen will. Diese Zeit, in der er sich nur der geliebten Frau widmet, empfindet er offenbar als eine Form der **Selbstbehauptung** in einem ansonsten weitgehend **fremdbestimmten Leben**. Das bewusste Aussetzen des Zählens kann man dabei als Ausdruck seines **inneren Widerstands gegen die inhalts- und sinnleere Datensammlung** deuten, zu der er beauftragt ist.

Diesen inneren Widerstand gibt er auch nicht auf, als er kontrolliert wird. Zwar zählt er nun alle anderen Passanten, als die Frau vorübergeht – sie selbst nimmt er von der Zählung aber bewusst weiterhin aus. Offenbar ist dies für ihn ein **Akt des Beschützens:** Er will verhindern, dass sie in der Statistik zu einer Zahl **verdinglicht** und dann in verschiedenen Rechenoperationen „in ein prozentuales Nichts verwandelt" (Z. 48 f.) wird. Vor dem Hintergrund, dass ihr Eingehen in die Statistik eigentlich keine negativen Folgen für sie hätte, darf man aber auch schließen, dass es dem Ich-Erzähler vor allem darum geht, seine **Liebe jeglichem Zugriff anderer zu entziehen** und so diesen einzig **verbliebenen Freiheitsraum zu behaupten**.
Die Hoffnung, diesen Freiheitsraum ausbauen zu können, wird von der Aussicht genährt, in Zukunft nur noch die Pferdewagen zählen zu müssen, von denen nur wenige – und zudem nur zu bestimmten Zeiten – die Brücke passieren (vgl. Z. 56–60). Das würde ihm Zeit für Spaziergänge und Besuche in der Eisdiele verschaffen, und so könnte er die Geliebte „lange anschauen" und sie „vielleicht ein Stück nach Hause bringen" (Z. 61).
Aber diese in die nahe Zukunft gemalte Wunschvorstellung hebt nicht den **Widerspruch** auf, in dem er sich befindet. Denn er lässt bei seinem Blick in die Zukunft den Schritt, einander tatsächlich auch kennenzulernen, aus – wie sollte es also dazu kommen, dass er die Frau nach Hause begleitet, die zudem von dieser Liebe nichts weiß (vgl. Z. 36)? Meint er damit vielleicht nur, dass er ihr auf dem Heimweg folgen will? Er will ja auch nicht einmal, dass „sie es", seine Liebe zu ihr, „erfährt" (Z. 37). Trotz aller Selbstbekräftigung, sie zu lieben (vgl. Z. 36, 40), vermittelt der Text den Eindruck, dass diese Liebe **nicht in einer Beziehung verwirklicht werden** und daher einseitig bleiben wird. Man könnte sogar so weit gehen, diese Liebe als **illusionär** zu bezeichnen. Seine „kleine Geliebte" (Z. 24), die sie zunächst für ihn war, ist am Ende die „kleine, ungezählte Geliebte" (S. 61 f.). Sie scheint ihren ‚Wert' vor allem darin zu haben, dass sie aus der Statistik herausfällt, die er bedient.

Schlussbetrachtung

Heinrich Bölls Kurzgeschichte konfrontiert die Leserschaft mit einem Menschen, der als kriegsversehrter Soldat ohne Zweifel **eine repräsentative Figur der unmittelbaren Nachkriegszeit** ist, und stellt implizit die Frage nach dessen Integration in die bestehenden Verhältnisse. Der Ich-Erzähler wird hier zu einem Handlanger für eine **Vermessung der Wirklichkeit** gemacht, die als völlig **sinnlos** dargestellt wird. Der Text gestaltet die Tragik einer Figur, die einem hohen Maß an **Fremdbestimmung** ausgesetzt ist, sich aber in der **Liebe** einen **Freiheitsraum** bewahren will, die jedoch eine Illusion bleiben muss. Seine Liebe ist eine **Projektion** und darüber hinaus – nichts.

Teilaufgabe 2

Hinweise und Tipps

Was verlangt die Aufgabenstellung von mir?
Die zweite Teilaufgabe erwartet von Ihnen den ***Vergleich*** *der Hauptfigur aus Heinrich Bölls Kurzgeschichte mit der Hauptfigur des Romans „Unter der Drachenwand" von Arno Geiger. Als Grundlage für diesen Vergleich fordert die Aufgabe zunächst eine* ***Darstellung*** *der Bedeutung, die die* ***Beziehung zu Margot*** *für die Entwicklung von Veit Kolbe hat. Daraus können Sie schließen, dass im Vergleich die Liebe eine wichtige Rolle spielen sollte. Der letzte Satz der Aufgabenstellung nennt zudem einen Aspekt, den Sie bei der vergleichenden Betrachtung beachten sollten: die* ***erzählerische Anlage*** *des Textes.*

Wie gehe ich bei der Bearbeitung der Aufgabe vor?
Als Erstes sollten Sie sich vergegenwärtigen, welche ***Bedeutung Margot für Veit*** *hat und wie sich die Beziehung zu ihr auf ihn* ***auswirkt****. Machen Sie sich am besten auf einem Konzeptblatt* ***Notizen*** *dazu. Versuchen Sie dabei, neben konkreten Aspekten (wie die Arbeit mit Margot in der Gärtnerei) auch abstraktere Aspekte (wie die Stärkung seines Selbstbewusstseins) zu berücksichtigen.*
Achtung: Der Umstand, dass im ersten Teil der Teilaufgabe die Liebesbeziehung im Mittelpunkt steht, könnte Sie dazu verleiten, den anzuschließenden Vergleich ausschließlich auf diesen Gesichtspunkt auszurichten – aber wenn Sie die Aufgabenstellung genau lesen, dann sehen Sie, dass es ***allgemeiner um die Ausgestaltung der Männerfiguren*** *geht, wobei aber natürlich ihre Liebe eine wichtige Rolle spielt. Auch hier ist es zur Vorbereitung sinnvoll, sich stichpunktartig Notizen zu machen, z. B. in einer Tabelle, in der Sie die Unterschiede und Gemeinsamkeiten der beiden Figuren vermerken. Denken Sie dabei auch daran, die erzählerische Anlage der beiden Texte (wie in der Aufgabe gefordert) zu berücksichtigen, und machen Sie sich dafür zunächst bewusst, was darunter zu verstehen ist.*

Wie kann ich meinen Aufsatz strukturieren?
Formulieren Sie zunächst eine ***aufgabenbezogene Einleitung****, in der Sie z. B. über die sich ähnelnden Soldatenschicksale der beiden Figuren Ihren Vergleich eröffnen. Gehen Sie dann zu Beginn des Hauptteils am besten zunächst kurz auf* ***Veits Lebenssituation*** *am Romananfang ein und erklären Sie, welchen* ***Einfluss die Liebesbeziehung*** *zu Margot auf ihn hat. Den* ***Vergleich*** *der Figuren können Sie dann im Anschluss entweder blockbildend (zuerst Gemeinsamkeiten, dann Unterschiede) oder aber in gegenseitiger Verschränkung realisieren. Die jeweilige* ***erzählerische Anlage*** *der Texte kann sowohl in die ansonsten eher inhaltsbezogenen Ausführungen einbezogen oder aber in einem nachgeschalteten Argumentationsgang entfaltet werden.*
Formulieren Sie zur Abrundung des Aufsatzes einen geeigneten ***Schlussteil****.*

Was gibt es bei dieser Aufgabe sonst noch zu beachten?
Eine Herausforderung für die eigenen Ausführungen ist sicherlich der ***Umgang mit den anderen Erzählsträngen des Romans****, z. B. der Geschichte des Brasilianers, die der Mutter von Margot und insbesondere die Oskar Meyers. Erwähnen Sie sie nur,*

sofern sie für die Bearbeitung der Aufgabe notwendig sind. Achten Sie angesichts des engen zeitlichen Rahmens darauf, nicht abzuschweifen und sich auch nicht zu verzetteln.

Lösungsvorschlag

Aufgabenbezogene Überleitung

Das **persönliche Schicksal der Hauptfiguren**, im Zweiten Weltkrieg verwundet worden zu sein, verbindet Bölls Kurzgeschichte mit Arno Geigers 2018, also fast siebzig Jahre später, erschienenem Roman „Unter der Drachenwand".

Informationen zum Vergleichstext

Geigers Roman erzählt die Geschichte des **24-jährigen Österreichers Veit Kolbe**, der nach mehrjährigem Einsatz direkt an der Kriegsfront einen längeren Genesungsurlaub am Mondsee verbringt und hier eine Entwicklung vollzieht. Eine zentrale Rolle spielt dabei Margot Neff, mit der er im Verlauf des Romans eine Beziehung eingeht.

Hauptteil

Bedeutung der Beziehung zu Margot Neff für Veits Entwicklung

– Zustand vor der Beziehung

Als der junge Mann in Mondsee ankommt, ist er physisch, aber vor allem **psychisch in einem ausgesprochen miserablen Zustand**. Ihn belasten seine nur langsam heilende Verwundung und die **traumatischen Kriegserfahrungen**. Außerdem wird ihm immer klarer, wie sehr die nationalsozialistische Diktatur und deren Krieg ihn um **Lebenszeit** betrogen hat. Denn eigentlich wollte er nach dem Abitur studieren, hat seither aber nur als Soldat sein Leben riskiert. Diese seelischen Belastungen bekommt er nur – und eher schlecht als recht – mit der Droge Pervitin, die unter anderem das Angstgefühl reduziert, in den Griff. Seine enger werdende Beziehung zu Margot Neff führt aber dazu, dass er immer seltener zu dieser Droge greifen muss.

– Einfluss der Beziehung auf Veit

Die große Bedeutung der Beziehung für Veit liegt vor allem darin, dass sie ihm einen **privaten Rückzugsraum** gewährt, der eine zunehmende Distanzierung vom Krieg erlaubt, der jegliche Privatheit eliminiert hat. In der Beziehung mit Margot erfährt er **Geborgenheit** und **Momente des Glücks**, die sich unter anderem der gemeinsamen sinnstiftenden Arbeit im Gewächshaus, der ersten sexuellen Erfahrungen und der Anerkennung seiner Individualität durch Margot verdanken. Die Liebe zu ihr ist ein maßgeblicher Grund dafür, dass Veit seine Zurückstellungsunterlagen fälscht und insofern ein **widerständiges Verhalten** an den Tag legt, und trägt darüber hinaus zu seinem wachsenden **Selbstbewusstsein** bei. Und dieses wiederum darf man als Leser mit als einen Grund dafür ansehen, dass Veit durch den Schuss auf seinen Onkel den Brasilianer rettet. Mittelbar befördert seine Beziehung zu Margot also ein gegen die Obrigkeit gerichtetes Handeln.

– Veränderung der Beziehung

Ist ihre Beziehung zunächst geprägt durch ein **Bewusstsein vom Leben im Hier und Jetzt**, so entwickelt sich hieraus doch eine den bedrückenden Verhältnissen **trotzende und in die Zukunft gerichtete Lebensperspektive**. Als Veit sich am Ende des Romans von Margot verabschieden muss, um wieder in den Krieg zu ziehen, ist er sich sicher, niemals mehr am Leben gehangen zu haben als in diesem Augenblick. Die Nachbemerkung des Autors beschert ihm quasi dann auch diese Zukunft gemeinsam mit Margot, die er sich im Moment des Abschieds nur erhoffen kann.

Die äußeren Rahmenbedingungen für die Protagonisten in Bölls Kurzgeschichte und in Geigers Roman **ähneln** sich also. Beide Figuren sind als Soldaten im Krieg verwundet worden und beide werden aufgrund dessen mit einer Lebenssituation konfrontiert, die ihnen neu ist. Sie teilen dabei die Erfahrung eines hohen Maßes an **Fremdbestimmung:** Veit musste jahrelang **im Krieg kämpfen**, konnte deshalb nicht den eigentlich geplanten Lebensweg einschlagen und weiß, dass er nach der Genesung wieder in den sinnlosen Krieg zurückkehren muss. Bölls Ich-Erzähler muss eine **sinnentleerte Arbeit** verrichten, weil sonst seine „Existenz" (Z. 51) bedroht ist. Er ist wie Veit, der sich immer wieder medizinisch untersuchen lassen muss, der Kontrolle durch seine „Dienstgeber" unterworfen. Und beide Figuren versuchen, der Fremdbestimmung einen Freiraum entgegenzusetzen – und dieser Freiraum ist maßgeblich von der **Liebe zu einer Frau** geprägt.

Vergleich der Protagonisten in den beiden literarischen Texten

Jenseits aller gattungsbedingten Verschiedenartigkeit – hier der fast 500 Seiten lange Roman, dort die wenige Druckseiten lange Kurzgeschichte – markiert die Darstellung der **Liebe die wesentlichen Unterschiede** der beiden Texte. Böll leuchtet sie **wie im Blitzlicht** aus und verdeutlicht sie durch explizite Aussagen des Ich-Erzählers (z. B.: „Ich liebe sie", Z. 40) und durch die Beschreibung seiner Empfindungen und seines Verhaltens. Aber diese Liebe findet nicht wechselseitig statt, das geliebte Gegenüber weiß nicht einmal von ihr; sie ist eine **bloße Illusion des Protagonisten**, die in der Lebensrealität so wenig bewirkt wie seine renitente Unzuverlässigkeit beim Zählen der Brückenpassanten. Arno Geigers Roman entfaltet hingegen behutsam das **Werden einer auf Gegenseitigkeit beruhenden Liebesbeziehung**, die nicht nur als echter Gegenpol zu den bedrückenden Verhältnissen begriffen werden kann, sondern zu einem **widerständigen Verhalten** mit Folgen in der Realität beiträgt, wie z. B. zur Rettung des Brasilianers. Im Vergleich hierzu ist das widerständige Verhalten von Bölls Ich-Erzähler weniger risikobehaftet, bleibt dafür aber auch in der Realität **weitgehend folgenlos**.

(Berücksichtigung der erzählerischen Anlage)

(Berücksichtigung der erzählerischen Anlage)

Gerade weil die Liebe zwischen Veit und Margot real ist und sich in der Romanwirklichkeit bewährt, hat sie auch etwas konkret **Zukunftsweisendes**, bei Bölls Protagonist dagegen unterstreicht die in die Zukunft gerichtete Vorstellung eher den **illusionären Charakter** seiner Liebe. Dieser verhindert es, dass die Figuren dem Leser naherücken, auch wenn die Perspektive des Ich-Erzählers hierfür eigentlich geeignet wäre – ganz im Unterschied zu Geigers Roman, in dem diese Perspektive eine entsprechende **Nähe** erzeugt. Zu dieser Nähe trägt auch der Umstand bei, dass der Roman eine sehr viel **detailliertere**, **umfassendere** und **Entwicklungen abbildende Beschreibung** der Figur ermöglicht, als dies in der Kurzgeschichte mit ihrer typischen **Ausschnitthaftigkeit** möglich ist.

(Berücksichtigung der erzählerischen Anlage)

Schlussbetrachtung

Insofern werfen beide Texte auf ihre je eigene Weise relevante Schlaglichter auf die **furchtbaren Folgen von Kriegen**. Mag sein, dass die zeitliche Nähe zum gerade erst beendeten Krieg, durch die die Kurzgeschichte beeinflusst sein dürfte, eine zukunftsoptimistischere Sichtweise nicht zuließ und deshalb die umfassende Verdinglichung des Einzelnen in den Fokus rückte. Mag ebenso sein, dass der zeitliche Abstand zu dieser Weltkriegskatastrophe den empathischeren Blick auf die Figuren leichter möglich machte und eine Perspektive auf das öffnete, was folgen konnte. Literarische Mahnmale gegen das, was Krieg zur Folge hat, sind beide Texte allemal.

Abiturprüfung NRW – Deutsch 2023
Leistungskurs

Um Ihnen die Prüfung 2023 schnellstmöglich zur Verfügung stellen zu können, bringen wir sie in digitaler Form heraus.

Sobald die Original-Prüfungsaufgaben 2023 freigegeben sind, können sie als PDF auf der Plattform **MyStark** heruntergeladen werden (Zugangscode vgl. Umschlag-innenseite).

Aktuelle Prüfung

www.stark-verlag.de/mystark